When The Duke Loved Me
by Lydia Lloyd

『運命の恋は偽りの夜の庭で』

リディア・ロイド
旦紀子・訳

ラズベリーブックス

献辞

わたし自身よりも先にリディアを信頼していた夫へ

コンテンツ警告：この本のトーンは暗いというよりむしろ不安に満ちていると言えるかもしれません。最後にはもちろん、〝末永くお幸せに〟という結果が待っていますが、途中でいくらか難しい話題も取りあげます。あっさりとはいえ、弱者に対する性的な暴力やレイプにも言及します。また、トラウマとなる出産の短い描写や、出産が原因の死に関する議論も含まれています。また、最後には、自分の子の親とならない選択をした人物も登場します。

運命の恋は偽りの夜の庭で

主な登場人物

キャサリン・フォースター……………………歴史研究家。

ジョン・ブレミンスター……………………フォースター侯爵。のちのエディントン公爵。

エレナ・ウェザビー……………………准男爵未亡人。

エアリアル・ウェザビー……………………ウェザビー家子息。

モンテーニュ……………………伯爵。ジョンの友人。

トレンバーレィ（トレム）……………………子爵。ジョンの友人。

リース……………………侯爵。ジョンの友人。

ヘンリエッタ・ブレミンスター……………………ジョンの妹。

ジュリア・トリリング……………………貴婦人。メアリーの友人。

ミスター・ローソン……………………ブレミンスター家の事務弁護士。

ミセス・モリソン……………………ブレミンスター家の家政婦。

ピアス・フォーク……………………男爵。ジョンの又従兄弟。

マーサ・デニー……………………キャサリンの乳母。

メアリー・フォースター……………………キャサリンの叔母。

1

一八〇八年七月　英国ハンプシャー州

ジョン・ブレミンスターは舞踏室を見渡し、自分の幸運にほほえんだ。彼の前で足を止めて一礼する者はひとりもおらず、彼が通り過ぎた時に、こっそり娘の耳にささやく母親もいない。明るいが白々しい笑みを向けられることもない。紳士とは名ばかりの俗人たちと違い、ハンプシャー地方の人々は彼にまったく注意を払わない。ここでの自分はフォースター侯爵ではなく、英国でもっとも富裕な公爵家のひとつとされる家の後継者でもない。そうだ、今夜の彼はまったくの別人だ。平民に身をやつし、それがことのほか心地よい。ワインよりも、ウィスキーよりも、あるいはカードゲームで勝つよりも、二頭立て二輪馬車の競争で友人たちを負かすよりも快感だ。

この偽りの身分という楽しみにまさるものがあるとすれば、それは進んで彼の前に立つ一糸まとわぬ美しい女性だけだと、これまでの経験が訴えている。

そして今夜はその愛らしい光景に、いつもは得られない高揚感が追加される。今宵を共にする女性は彼の真の身分を知らない。家柄や金ではなく、ただ彼自身の魅力だけでものにした女性になるはずだ。

もちろん彼ひとりでこの変装を成功させたわけではない。事前に彼の親友三人が客人たちのあいだに、彼の新しい名前をさりげなく広めた。今の彼はミスター・オーヴァトンという文無しの教区牧師であり、親友のひとりで、この舞踏会の主催者でもあるトレンバーレィ子爵の遠縁の親戚ということになっている。

二カ月前にオクスフォード大学を卒業して以来、上流社会はジョンと三人の親友たちを、〝有爵の放蕩者たち《ランク・レイクス》〟と呼んでいる。全員が爵位を持っていること、さらには、上流社会が公には非難しながらも暗に黙認している悪徳と放蕩にすぐさま没頭したことからつけられたあだ名だ。ジョンはどちらかと言えば、自分たちの振る舞いをばかげたおふざけ行為と見なしている。実際、放蕩者と呼ぶのは少々言い過ぎではないか。

とはいえ、とジョンは考え、思わずにやりとした。今の自分は他者に扮することで、そうした誘惑行為に新味を加えようとしている。

すでにこの〝遠い親戚〟の広大な邸宅へ来る道中から貧しい親戚の役を演じてきた。質素なウール地の上着を着こみ、見知らぬ高貴な人々の中で必死に落ち着こうとするかのように腕組みをして、会場の片端に立っている今も、その雰囲気をうまく――しかもかなりうまく――醸しているはずだ。

適当な女性を探して室内を見まわすと、親友のひとり、モンテーニュ伯爵の姿が見えた。豊満な胸の小間使いにちょっかいを出している。レディたちの世話のために化粧室に向かっているところを呼びとめたらしく、娘も伯爵の執拗な誘いを無視することができなかったらしい。だが、舞踏室で小間使いがぐずぐずしているのに気がついて、ほかの客たちが眉を持ちあげ始めている。上流社会は使用人のそうした振る舞いを許容しない。とはいえ、今夜ここに集う人々は単なるハンプシャーの紳士階級に過ぎないから、使い走りの少女についてトレンバーレィ子爵に文句を言うことはないし、ジョンがフォースター侯爵だと認識することもない。

モンテーニュ伯爵の彼らしい振る舞いに、大げさに顔をしかめてしかめ面を向けたい衝動をなんとか抑えた。かの友は、自分よりはるかに低い身分の女性――とくに使用人――に耽溺するという悪癖があり、今回もこのトレンバーレィ邸の滞在中に楽しむ獲物を見つけたことは明らかだ。

「やれやれ、モンテーニュがまたやっている」ジョンのすぐ後ろから声がした。振り返ると四人組の最後のひとり、リース侯爵がそばのバルコニーの暗がりから現れたところだった。

「あいつは使用人たちにからむのを本気でやめるべきだ」リースが目でモンテーニュを追いながら言葉を継いだ。「醜悪だ」

「リース」ジョンは反論した。「使用人たちがモンテーニュの生きがいであることはわかっているだろう？　彼は関わりを断たないさ。七十歳くらいになって、きみとぼくとトレムは社交界にぐずぐずと居座ったせいで、もはやホイストとウィスキーしか楽しみがない老人に成り果てた時、モンテーニュはまだ階下で家政婦や台所女中やコックと楽しくやっているだろう」

リースがあざけるように笑った。彼が心底うんざりしているのは火を見るよりも明らかだ。ふたりはモンテーニュが娘を解放するのを見守った。会場の反対側から様子をうかがっていた上流階級の面々の表情がやっとやわらいだ。田舎の地主階級や土地を持たない牧師に過ぎなくても、みんなランク・レイクスの評判を知っている。自分の娘たちをこのパーティに連れてきたのを後悔したくないということだ。ジョンは、あの娘が夜も更けた頃に彼の床を訪れることに同意したと確信していた。

「あいつが、ギニー金貨に心を動かされない女性を誘惑するところを見てみたいものだ」

「彼に直接そう言ってくれ。ミスター・オーヴァトンは伯爵に向かってそんな失礼な話題を持ちだすわけにはいかない」

「きみのささやかなゲームのことを忘れていたよ」リースはジョンが着ている変装用のくすんだ色の安物の服をながめた。「つまり、ぼくは、身分が違う男とこれ以上会話を交わして時間を無駄にすべきではないということだな」

ジョンが笑っているあいだにリースはさっさと立ち去った。舞踏室のすみに向かい、そこに集う行き遅れ独身女性たちとその付添役たち相手に、社会に向けた懺悔を演じるつもりだろう。リースが自分に課す罰がどんなものであろうと、その夜はロンドンから招いた高級売春婦と過ごすことをジョンは知っている。その女性の端麗な容姿と華やかなドレスを見れば、その職業はおのずとわかる。モンテーニュはたしかに使用人好みだが、リースの高級娼婦好きには負けるだろう。

ジョンが自分の好みに合う女性を探そうとまたひしめく人々に視線を戻すと、今度は彼に合図をしているトレンバーレィの姿が目に入った。今夢中になっている女性の隣に立っている。トレンバーレィが彼女のことを熱く語りだしてそろそろ一週間になる。ミセス・マリッサ・プリンティ、黒髪が美しい官能的な寡婦で、再婚に関心がなく、慣習にもとらわれない大胆な女性とそのあたりでは知れ渡っている。トレンバーレィとはもう何週間もきわどいつけ文を交換していた。

トレンバーレィ子爵がもう一度ミセス・プリンティと、その向こう側に立っている若い女性のほうに首を傾げてみせた。あいだにいる人々に隠れてそちらの娘のことはよく見えないが、わざわざ行くほどの価値があるとは思えない。だが、トレンバーレィを無視すれば、自分が今やっているゲームを危険にさらすことになる。ミスター・オーヴァトンのような立場の男は、貴族階級の親戚を決して無視しないし、もちろんトレンバーレィもそのことはよくわかっている。

足を速めて親友のほうに向かったが、混み合った人々に紛れて一瞬姿を見失った。そして、ダンスフロアの端でようやく三人組に追いついた。

ミセス・プリンティではないほうの女性を今ははっきり見ることができた。淡いピンク色をまとっていたが、その色はきわめて印象的なその女性にはあまりに平凡すぎた。彼女のドレス自体は控えめながら誘いをかけているが、着ている本人は断固協力を拒んでいるようだ。美しい金髪は角度によって銀色にも見える。背が高く——彼の肩くらい——、流行りの形のドレスの胴着部分が豊満な胸の丸みを目立たせている。深い襟ぐりであらわになった喉元から頬にかけてさっと赤みがのぼったことにジョンは気づいた。

美しい、むしろ非常に美しいと言えるが、彼が今夜のために探している女性ではなかった。あるいはほかの夜でも同様だ。結婚適齢期のきちんとした令嬢は対象になり得ない。いくら魅力的であってもだめだ。この娘が、どこのだれかは知らないが、結婚相手を募っている上流階級の令嬢であることは間違いない。

「ミスター・オーヴァトン」トレンバーレィの言葉に促され、ジョンはピンクのドレスの娘から視線を引きはがした。「ミセス・プリンティとその従姉妹で、ダービーシャーから来られているミス・マスグレイヴを紹介しよう」

女性ふたりは膝を折ってお辞儀をした。未来の公爵であるジョンが普段受けているお辞儀ほど深くはない。それに対してジョンは、敬称がつかない地主階級の娘ふたりに通常行うよりもはるかに大げさに頭をさげた。新しい役柄にふさわしい挨拶に慣れなければと心に書き留める。

「お目にかかれて光栄です、お嬢さまがた。お邪魔したことをお許しください。今宵ここに、美しい方々がどれほど多くおられても、おふたりを目にした時、これはどうしてもお近づきにならねばと決意した次第」

ミセス・プリンティがくすくす笑う。ミス・マスグレイヴは両眉を持ちあげただけだ。だが、その眉の下の目と目が合った時、ジョンは瞬時に魅了された。全身が強い衝動に貫かれる。それはまがうことない、そして痛いほどの欲望だった。歓迎できることではない。

青い瞳は深く暗く、ほとんど黒に見えた。目をあげて彼を見つめた時、その色が官能的な濃紺色に変化した。青白い肌や銀色の髪との対比にはっと息を呑む。

ジョンは咳払いをした。

おいおい、おれはどうした？

今夜は自制心を保つ必要がある。身分というものの束縛がないことに興奮し、たまたま最初に目に入った魅力的な女性に圧倒されるなどあり得ない。そもそも自分は美しい女性たちに慣れている。通常よりははるかに多くつき合ってきたし、今後もそうするつもりだ。今夜は大事を取ってこの女性とは話さないほうがいいという結論に達し、ジョンはトレンバーレイとミセス・プリンティに注意を向けた。

だが、親友とミセス・プリンティがぎこちなく二重の意味をほのめかすやりとりを続けているあいだも、ジョンはその隣にいる魅力的な女性を垣間見るのをやめられなかった。

ジョンはため息をついた。

トレンバーレイがなにを望んでいるかはわかっている。舞踏室の向こうからトレンバーレイが合図をしてきた時にいつも望むことだ。ジョンはミス・マスグレイヴを引き受ける。トレンバーレイがミセス・プリンティとふたりきりになれるように。

すでに罠にはまっている。逃れるすべはない。ミスター・オーヴァトンの変装を継続したいのならば。

ジョンは歯を食いしばり、そちらの娘のほうに向きなおった。

「よろしければ次のダンスをご一緒していただけないでしょうか、ミス・マスグレイヴ？」

「喜んで」彼女の声は涼しげで軽やかで、少し高慢でさえあった。そしてもう一度膝を折ってお辞儀をしたが、それも浅かった。彼女は頭をさげながら、トレンバーレィがジョンになにを求めたかちゃんとわかっているというように一瞬ほほえんだ。ジョンは心の中で悪態をついたが、そうしながらも彼女がお辞儀した時に見えた胸元の乳白色の縦のすじに感嘆を覚えずにはいられなかった。

ミス・マスグレイヴをダンスフロアに連れていきながら、背後のトレンバーレィをちらりと見やると、彼はウインクをしてよこした。やはりそうだった。ミセス・プリンティに関する友の計画に、この未婚の従姉妹は含まれていなかったわけだ。

部屋の中央まで来ると、ふたりは滑るように位置についた。必要とされるのは二曲踊ること。そのあとは、リースがまだモンテーニュの不品行を補うつもりであることを期待して、リースに丸投げする。そして自分は偽りの姿のまま不品行を継続する。

その案は、最初にミス・マスグレイヴの片手を取った瞬間に消えた。ダンスをすれば、感じている魅力も消散すると考えていた。踊るのは好きではない。相手にうんざりする確実な方法でしかない。しかし、今回は最初に受けた直感が深まっただけだった。

話はほとんどできなかった。ダンスのテンポが速いうえ、室内は皆が話す雑音に満ちていたからだ。話す代わりに、ジョンはミス・マスグレイヴを観察した。視線は軽やかに移動してあらゆるものを値踏みしているかのようだ。表情は楽しげだが、かすかに冷笑を含んでいる。田舎の舞踏会に参加している若い未婚女性という自らの役柄をきちんと自覚しているようだが、それにもかかわらず、立ち居振る舞いは完璧であらゆる動きに品位があふれていた。手と手が触れた時、ジョンは焦がれにも似た不穏な感覚をおぼえた。妹のヘンリエッタが見つけた低俗な小説の中の人物であるかのように感じる。

しかし、この自嘲の思いも、ふたりの指がふたたび触れた瞬間に逃げ去った。

二曲踊り終えたあと、あまりに心を掻き乱されていたせいで慣習に従ってしまった。舞踏室の端の空いた椅子に彼女を連れていき、次のように申し出たのだ。「なにか召しあがりますか、ミス・マスグレイヴ？」

いつもならば、礼儀を失しない範囲にとどまりながら女性を喜ばせるすべを心得ている。だが今は、目の前の女性に魅せられて、まるで子ども部屋から出たてのまぬけな若造のようにしゃちこばって決まり文句を述べている。表情を整えて貴族階級特有の退屈そうな顔に戻そうとして、ふいに自分は陰気な貴族ではなく、快活な牧師ミスター・オーヴァトンであることを思いだした。それで笑みを浮かべ、感じよくにっこりしてみせた。

やれやれ、どうかしていると思われたに違いない。

「ここにわたしを置いて、どこかに行ってしまうおつもりではないでしょうね、ミスター・オーヴァトン？　もしもそうなさりたいのなら、紳士であるふりなどせずにどうぞそうおっしゃってくださいませ」

「とんでもありません、ミス・マスグレイヴ。あなたはわたしの意図を誤解している」答えていた。実はそのつもりだった。だが今はその意図とかけ離れたことを考えている。「疲れたかと思っただけです。飲み物でなければ、どうしたいですか？」

まぬけな言い草だが、少なくとも最後まで言えた。

「庭を見たいわ」

そう言って、踊っている時と同じいたずらっぽい笑みをちらりと浮かべた。

その笑みに、今回は骨がずきんとうずいた。

そして一瞬置いて、彼女が言った言葉が心に押し寄せてきた。この女性は舞踏室から出たがっている。闇夜の中に。付添役もつけずにふたりだけで。彼と。

そんな進歩的なレディにこれまで会ったことがない。スリか殺し屋が変装しているのか？彼の喉を切り裂き、金を奪おうとしているのか？　よい家柄の若いレディはこんな厚かましい要求は決してしない。もちろん、トレンバーレィのあのミセス・プリンティの親戚という点を思えば、この大胆さもある程度うなずける。とはいえ、彼女の要求はきわめて独特だ。

「実はわたし、歴史が好きなんです、ミスター・オーヴァトン」声を低めて彼女が続ける。「だから、遺跡が見たいの。トレンバーレィ家の遺跡を。子爵さまがこちらの庭を外部に公開していないことはわかっています。でも、どうしてもこの目で見たいんです」

なんということだ。この娘はトレンバーレィの庭にあるあの古い石の塊を見るために、ぼくに誘いをかけたのか？

トレンバーレィはさまざまな方面から頻繁に、この遺跡を視察したいという要望を受けている。だが、狩猟と宴会と女と寝ることしか頭にない怠惰な放蕩者である彼は、来訪者たちが自分の時間に割り込んでくるのを嫌い、古い家の確執だかなんだかの理由をでっちあげてすべてを断っている。

いずれにせよ、ジョンが遺跡を案内するのは問題ない。トレンバーレィはまったく気にしないはずだ。むしろ、彼にとって目障りでしかないあの廃墟が、ついに彼のもくろみ通りの役に立ったと喜ぶだろう。

つまり、庭に連れていけば、ジョンは間違いなくこの女性を誘惑する。そして女性も彼の魅力を無視することはできないはずだ。

好みの美しい女性が庭を見せてくれと頼んでいる――これほどの誘惑にどうして抵抗できようか？

この女性にその気があるならば、操をいただくこともできるだろう。

ジョンは、ミス・マスグレイヴが彼の顔に浮かんだ驚きの表情を見守っていることに気づいた。トレンバーレィ家の内情を詮索するのはよくないと非難されるか、そもそも不適切な要求だと拒絶されるのを心配しているのだろう。

彼は立ちあがり、腕を差しだした。

「仰せのままに、ミス・マスグレイヴ」

彼女が片手を彼の肘に置いた時に全身に走った喜びをジョンは無視しようとした。自分を抑えておく必要がある。発情している動物でなく、ちゃんとした人間として接するために。彼女をものにするつもりならば、もしも本気でそうするならば、彼女のほうから望んでほしい。

舞踏室でこの女性を解放し、歩き去るべきだった。暗い庭に連れ出すべきではない。触れられただけで自制心をえぐられるように感じる時はとくにだめだ。

それでもジョンは彼女の腕を手放すことができなかった。

ふたりは廊下に出た。庭に通じる通路を歩く。屋敷を出る時にジョンが壁に掛かったランタンをひとつ取り、曲がりくねった砂利の小道を照らしながら遺跡に向かった。

舞踏室の熱気と対照的な夜の冷気が心地よい。新鮮な空気が肺を満たした。ジョンは歩くことに意識を集中した。ミス・マスグレイヴの近さを無視するためだ。ふたりきりという事実が重くのしかかり、少し前の浮ついた雰囲気は消散した。彼女が黙りこくっているのは、集まった客たちから離れて、ふたりだけで夜に出ていく危険性を認識しているからだろう。

「遺跡はいたって平凡なものです」つかえずに言うのがせいいっぱいだ。夜気に包まれて、声が驚くほど滑らかに聞こえる。ランタンで小道を照らしながら庭を抜けると、前方にトレンバーレィ遺跡の影がぼんやり見えてきた。「ぼくが最初に見たのは昨日の午後で、子爵に連れてきてもらった。保存することが限嗣相続の条件の一部でなければ、彼はすでに撤去していたでしょう。遺跡のせいで、庭の改造計画が台なしだから」

自分の偽の身分を忘れてはならないと、自らに警告する。彼女の存在に心を乱されている今、それは難しいことではない。ミスター・オーヴァトン計画は、思い描いていた以上にうまく運んでいるが、それはつまり、より危険な道に入っていくことでもある。

「冗談ですよね？」屋敷内と同じくらい明るい口調に、彼女の沈黙を勘違いしたのだろうかとジョンはいぶかった。「古代ローマ時代に建てられたものなのに」

ジョンは肩をすくめた。イートン校以来の仲間であるトレンバーレイは、歴史にまったく関心がなく、彼にとって征服とは、次に言い寄る相手のことだと暴露したかったが、貧しい従兄弟であるミスター・オーヴァトンはそんな失礼なことは言えないので黙っていた。

ミス・マスグレイヴは彼の腕を放し、石のほうに近づいていった。彼女が離れたとたん、胸骨の上のあたりが殴られたように痛んだ。だが、その痛みによって明晰に思考ができるはずとわかっていたから、女性のことはあえて引き止めなかった。今必要なのは考えられる頭だ。

「トレンバーレイ卿が遺跡を撤去できなくてたしかによかった。どうせ、奇怪な建築物かなにかを建てるつもりだっただろうから」

「考えるだけでもどうかしているわ」

きびきびとした口調で貴族を侮辱する様子にジョンは思わずほほえんだ。遺跡に対する情熱は本物らしい。見せかけには思えない。おそらく、とジョンは不承不承考えた。庭に連れだしてくれと頼んだ時、彼女の頭の中に不適切なことはいっさいなかったのだろう。

「トレンバーレイ卿は、可能ならば本当にあの遺跡を撤去するおつもりだったと思いますか?」

ジョンはこの問いかけに、思わず笑いを呑みこんだ。トレンバーレィが庭をつかつかと横切り、遺跡の石を蹴飛ばして、つねに冷静な執事ミスター・フォックスクロフトに向かって、このいまいましい石の塊《かたまり》をどかしたいと叫んでいる姿が脳裏に浮かんだからだ。

「それは間違いない。ただ、気持ちは理解できますよ。トレンバーレィ卿は自分の所有するすべてを管理下におきたい。自分の現在を過去によって左右されたくないんでしょう」

「この遺跡は奇跡の賜《たまもの》なのよ」ミス・マスグレイヴはよほど失望したらしい。だが、ジョンにとってはその厳しい口調さえ官能的に思えた。「卿は過去から逃れることはできない。だれもできないんです。わたしたちがたどれる歴史は断片に過ぎないけれど、それでも理解しようと努めなければ」

ジョンは答えなかった。皮肉を言うことも、おもしろい逸話を話すこともできるが、理屈っぽい抽象的な会話は普段から避けている。だれに対してもそういう話はしない。ランタンの光の中で、ミス・マスグレイヴはあの濃紺色の輝く瞳で射るように彼の表情を探った。

それからつと目を伏せた。そして、真っ白い長手袋の先を引っ張り始めた。

この女性は手袋を脱ごうとしている。

その光景に彼の血が沸きたった。

「ランタンを貸してくれますか?」ふたたび、落ち着き払った冷ややかな声だった。

ジョンはランタンを渡した。指先が彼女のあらわになった指をかすめる。一瞬触れただけでも、うめき声を押し戻さなければならなかった。

彼女が石から石へ、まるで酒に酔ったかのようにひらひらと動くのを見守った。奇妙な刻み目に両手を走らせる様子は、触れることで古代の言語を読み解けるかのようだ。次はモザイク模様をじっと見おろし、指でなぞりながら、なにかつぶやいたりほほえんだりしている。そして彼自身は信じられないことに、崩れた石の山を調査している彼女の姿を見ることに喜びを感じている。彼女がため息をついて、石の構造物に指を走らせるのを見て、彼は石がうらやましかった。

彼よりも古い石の方を好む女性にこれまで会ったことがない。つねづね、レディたちからへつらいや作り笑いで接されことに慣れている。廃墟のために無視されたのは初めてだ。彼女が彼の両腕の中に飛びこんでくるほうが望ましいが、この状況の目新しさ自体、それはそれで評価できる。

さすがに彼女も、彼の正体を知ったら、廃墟のために彼を無視することはしないだろう。とはいえジョンはこの女性が、石のためならば、貴族だろうがだれだろうが無視すると信じたかった。彼女を見ているとそう思えた。

同行した教区牧師のことなど完全に忘れたに違いないと思い始めた時、暗がりから浮かぶように彼女の声が聞こえてきた。

「トレンバーレィ遺跡の話のことだけど……」

彼はその質問にほほえんだ。彼女の心が石にだけ向いていることが立証されたわけだ。

「歴史はすべて断片にしか過ぎないと言わなかったか？」彼は彼女を苛立たせて注意を引きたかった。努力の甲斐あって、彼女の視線があがり、その顔が彼の声のほうを向いた。

「断片でも必要な時もあるわ」

「ぼくは知らない。その話のことだが」

それは本当だった。彼は知らなかった。

ミス・マスグレイヴはふたたび目をあげ、ランタンの光越しに彼の顔を捜した。彼女自身は明かりに照らされて全身が見えたが、彼は暗がりにいる。しばらくして、彼女の目が、陰になった彼の位置を特定した。

「あなたはトレンバーレィ卿の親戚なのに、その伝説を知らないの？」

しまった。ジョン・ブレミンスターが伝説を知らなくても当然だが、ミスター・オーヴァトンが知らないとなれば話は違う。もっともらしい理由をでっちあげる必要がある。偉大な一族の末端の貧しい若者ならば、むしろ公爵や伯爵本人たちよりもよく知っているはずだ。一族との関係が遠ければ遠いほど、役に立つ話にはつねに磨きをかけておくものだ。

ジョンは咳払いをした。「知っていたのだが、子どもの時だったので忘れてしまった」

この不充分な説明に彼女は目を細めた。耐えられないと感じるほど長く、どちらも一言も発しなかった。

ジョンは一歩踏み出してランタンの光の中に入った。「ぜひ話してきかせてほしい」

彼女がまたじっと彼を見つめ、ふたたび重苦しい数秒間が流れた。それから、彼女はまなざしを遺跡のほうに向けた。「あのモザイクを見てごらんなさい」彼女は下のほうを指さした。「これらのタイルはすばらしいわ。それに中央のシンボル、そう、その馬よ。アトレバテス族（紀元前一世紀、カサエルに敗れてブリテン島に逃れ、勢力を確立したが、紀元一世紀にはローマ帝国の支配下に入った）の三尾の馬だわ。この遺跡は王が建設したと言われているんです。建造物全体がかつての神殿で、中央にこの馬が飾られていた。ほら、建物自体がひとつの円を成して建てられているのがわかるでしょう？」

ジョンは同意の言葉をつぶやき、光のさらに奥に進んだ。これ以上彼女に近づけば自制心を失いかねないと感じているのに、それでも彼女の声にあらがえなかった。さきほど腕に彼女の腕が置かれて、ふたりのあいだがとても近かった時のことを思い、気づかないうちに絶壁の端を歩いているかのように頭がくらくらした。

「古代ローマ人はいまハンプシャー州となっている地域に侵略した時」彼女が話し続けた。さらに低くなった声に引き寄せられてまた一歩前に出る。「その一帯を支配していた部族とその王を滅ぼさずにそのまま権力を維持させ、統治者として自分たちに服従させるほうがよいと判断した。虐殺を回避できるからと、アトレバテスの人々もその案を呑んだ。そして、その時すでに高齢で体も弱くなっていたその地の王の忠誠を確固たるものにするために、古代ローマ人は王の後継者である息子に将軍の娘との結婚を要求した」

彼は彼女の前に立っていた。そうしたければ、たった一歩でふたりのあいだの距離を詰められる。しかし、彼女の目はまだ伏せられている。廃墟に向けられているのだ。

「問題はその後継者が別な女性、子どもの時から知っている女性を愛していたこと。でも、ローマの将軍の要求は絶対で、彼に選択の余地はなかった。だから、ローマ人の娘との結婚に同意した。彼が愛していた女性は、彼がなにを約束したか知り、アルル川に身を投げた。後継者は打ちのめされた。花嫁と床を共にすることを拒否し、跡を継ぐ息子を設けなかった。そのせいで部族は衰退した。あまりに心が傷ついたために、彼の犠牲は結果的に無駄に終わったのよ。部族の人々を守る代わりに、彼はこの寺院を建てた。完璧な寺院を建設すれば、恋人が彼のもとに戻ってくると考えたのです」

「戻ってきたのか?」ジョンはなにも考えずに訊ねた。知る必要があった。

ミス・マスグレイヴは驚いて彼を見あげた。「恋人は死んだのよ」

「昔話では、時に死者が蘇ることもある」

彼女は首を振った。「この話では蘇らないわ」

その話の温かな悲しみが、悲しい輝きが、彼の最後の自制心を崩した。

ジョンは前に出て、彼女の手を取った。

彼女は驚いたようだったが、手を引っこめはしなかった。ランタンの光で素手になっている彼女の指を子細に眺める。インクがついている。指でそのインクの汚れをなぞると、彼女は笑い、今度は手を引いた。そうしながら体をひねったので彼に近寄ることになり、かすかに体が触れた。それだけで自分自身が硬くなるのを感じる。彼女の体の柔らかさが彼のすべてをこわばらせた。

「さっきメモした時についたのね。最高の思いつきは、いつも扉から飛び出す直前に浮かんでくるものだから」

「それで今夜の思いつきは？」彼が思いつけたのは、メイドに渡すメモとか買い物リスト、あるいは手紙の追伸くらいだ。

「きっとあなたは笑うわ」彼女は言いよどみ、戸惑う表情を浮かべた。もう一度彼の顔を見て、それからまた目をそらす。「遺跡を調べるのはこれが初めてではないの。英国の史跡についての本を執筆しています。というより、史跡についての話を書いているんです。以前、年取った農夫がコーフ城（ドーセット州パーベック半島にある要塞の遺跡）のことを、赤ん坊の歯茎から一本だけ突き出した歯のように見えると言っていたの。それを最初に書いたら、いい感じの冒頭になると思って」

彼は信じられない思いでミス・マスグレイヴを見下ろした。この女性は何者なんだ？　田舎の地主の娘が古い遺跡の歴史を本に書く？　そして、その疑問にさえ集中できない自分がいた。

「でも、指がインクで汚れていると面倒なのでは？」

「手袋を取った時だけよ。舞踏会は日が暮れてから開催されることが多いのでありがたいわ。めったに気づかれない」

「でも、ここで気づかれた」

彼女がまた輝くようないたずらっぽい笑みを浮かべた。頬のなめらかな赤みをランタンの光がとらえる。

彼はかがんで彼女にそっとキスをした。彼女が自分からキスを返した。彼女の唇が、その味が彼を包みこみ、その甘さに我を忘れそうになる。なんとか優しいキスに徹しようとした。舌で彼女の唇をなぞり、快感の小さい嗚咽を引きだす。彼女が身を押しつけてくるのを感じて全身が緊張する。彼女の口が開いて彼をさらに誘いこんだ。自分の口からもうめき声が漏れるのを感じた。誘惑されて声が出てしまい、本来恥ずかしいはずなのに、彼女の感触がすごすぎて気にもならない。

その時、彼女が身を離した。彼は動かなかった。進んで差しだされたもの以外を奪うつもりはない。そもそも、それが目的で、今夜はミスター・オーヴァトンに身をやつした。女性に、爵位とか理想像に関係なく、彼に、彼自身に身を任せてほしかった。

「あなたのことをほとんど知らないわ」その声はとても静かだったから、声を聞きたくて待ちわびていなかったら聞き逃しただろう。

「屋敷に戻ることもできる」その言葉にあらん限りの誠意を込めたが、そうしたがっているように聞こえないよう注意した。

彼女はなにも返事をしない。

ジョンはこの女性とここにとどまることをなにより望んでいた。それでも、得意の説得を持ちださなかった。次にどうなるか、この女性が自分で選ぶ必要がある。

彼女の指が彼の胴着を下に向かってなぞり、胸をなでた。体の反応をぐっと抑え、それ以上の積極的な動きを待つが、布地を指がなぞるだけでもじらされ、息が荒くなる。ジョンは目を閉じた。指の感触と彼女の姿と両方では刺激が強すぎる。その時、唇に彼女の唇が触れるのを感じた。口を開くように促され、彼の唇から股間のものまでいっきに欲望の震えが走った。

「ああ、きみは最高だ」唇を離して言う。体の反応と同じように、手を伸ばしてきっちりした胴衣を引きおろしたいという衝動も抑えられなかった。彼女を初めて見た時からずっと望んでいたことだ。

あらわになった彼女の胸は、想像していたよりもさらに美しい。硬くなったラズベリーのような淡い色の乳首は、苦しくなるほど甘く、唇同様に美味しそうだ。両方の手のひらで乳房を包みこみ、それからかがんで小さくて丸い小石を口に含み、代わる代わる舐めて、嬉しいことに彼女からうめき声を引きだすことに成功した。自分自身の高まりが、彼女がどれほど完璧かを口に出して言えと促していたけれど、ひとつでも言葉にすることができない。この熱狂的な感覚に、この女性に、ただ降伏することしかできなかった。

なぜなら、こうして彼女を抱き寄せ、唇を乳房に触れ、両手で体のふくらみとくびれを探索しながら、真実を知ったからだ。もしもこの女性が望むなら、明日にでも結婚したい。今すぐ、数分後に結婚してもいい。彼の侯爵夫人にしたい。その意味することが、今彼女を自分のものにできる、ずっと自分のものにできるということならば。愛らしいという言葉を越え、完璧という言葉を越え、彼が知っているだれをも越えている。そうでなければ、この女性は魔女だと思ったかもしれない。彼女の肉体、いたずらっぽい笑み、気品、遺跡の話をした時の話し方。あの話は聞きようによっては、彼自身の話のように感じた。

けれども今その話はできない。五感が彼女だけで一杯に満ちていたからだ。抱きあげると彼女の両脚が彼をはさみこんだ。ドレスの生地越しに彼の硬くなったものに彼女自身の火照りを押しつけてくる。ズボンの中でそれはこれまで経験がないほど激しく張りつめた。

その朝に、トレンバーレィ遺跡は官能的かとだれかが訊ねたら、彼は笑い飛ばしていただろう。だが今、彼女が止めない限り、自分ではもはや制御できないとわかっていた。積みあげた石の上で育ちの良い女性を破滅させることに対する羞恥心など、快感の海に落ちた一滴にしかならない。

彼女を慎重に石板のような長い石に横たえる。もう一度キスをしてその心地を堪能し、むさぼるようなキスで自分の渇望のすべてを示すと、彼女からも同じような反応を返ってきた。

このキスに、そしてそのあとに続くことに完全に身を投じたその時、叫び声が聞こえた。彼はそれを無視した。彼の下で彼女もやはり無視した。

そして彼のズボンの前立てに手を伸ばした。脈打つものを布越しにさすられると、陶酔の感覚がいっきに全身を貫いた。彼女が彼を見あげる。魅力的な笑みが顔をよぎる。前に浮かべた笑みと同じでも、今回は彼の血を沸点まで煮えたたせた。何にも増して彼女の中に入りたかった。そこで待っているとわかっている陶酔に身を任せたかった。

叫び声はますます大きくなっている。自分の名前、本当の名前フォースターが耳に入り、自分のことを呼んでいるとようやく気づいた。

それでもまだ、身を離すことができない。彼を見つけたがっている者がだれであろうと、見つからないことを願った。彼女もまだズボン越しに彼を撫でていて、スカートも押しあがっていることに気づき、彼はそちらにも気を取られた。

光が廃墟の彼らのほうに向かってくる。彼女は身を引き、叫びのほうを見やった。

彼も音と光のほうを振り返った。明るさに目が慣れると、トレンバーレィがランタンを手に立っているのが見えた。数秒後、彼の横にミセス・プリンティも現れた。

「いったいどうしたんだ、トレム？」

そう訊ねた自分の声が、彼自身の耳にも人の声に聞こえない。

トレンバーレィがランタンを下に向け、かがんでひと息ついた。

別な状況ならば、友の疲労困憊の様子にジョンは笑っただろう。だが、今は怒りが強すぎて、笑う気になれなかった。トレンバーレィを殴りたかった。この親友はさっさと立ち去って、彼を放っておいてほしい。

ミセス・プリンティが前に飛びだし、石の上の従姉妹に突進して彼女の腕をつかんだ。

「彼は先ほど名乗った人物ではないのよ、キャサリン」そう言う声が動揺のあまりうわずっている。「彼はエディントン公爵なの」

ミス・マスグレイヴは驚いた顔をした。だがすぐに笑いだした。

「ばかなこと言わないで、マリッサ。エディントン公爵は四十歳にはなってるわ」

その通りだ。だが、なぜミス・マスグレイヴは彼の父親のことを知っているんだ？　ドーセット州の出身か？　コーフ城のことを言っていた。彼の一族が代々受け継いできた大邸宅ではあるが、彼自身はあまり関心がなかったエディントンホールから、さほど遠くはない。

「今はね。そうじゃなくて、彼こそがエディントン公爵になる人なの」

「厳密に言えば、公爵の後継者としてフォースター侯爵を名乗っている」トレンバーレィが断言する。

ジョンはふんと鼻を鳴らした。そもそもトレンバーレィは爵位になんの関心もなかったじゃないか。自分が受け継ぐまでは。

「ばかばかしい。いったいどうしたんだ、トレム」

ジョンは彼の美しい銀髪の美女を振り返り、冗談めかして一礼した。

「ばれてしまいましたね、ミス・マスグレイヴ。フォースター侯爵ジョン・ブレミンスターです、お見知りおきを」

今夜のお楽しみ、ミスター・オーヴァトンを演じるという企てはもはや重要ではない。今、彼が気に掛けているのは彼女のことだった。彼女の抱擁の中に戻ることが許されるだろうか？　邪魔されたことを最後まで続けられるだろうか？

お辞儀から頭をあげた時、ジョンが見たのはミス・マスグレイヴの蒼白になった顔だった。

「あなたはフォースター侯爵？」

「そうだ。その身分を軽んじたくはないが、あえて聞く。それがなぜ問題なんだ？」

「なぜなら、友よ」トレンバーレィが答えた。「彼女は、キャサリン・フォースターだ」

今回、顔から血の気が引くのを感じたのは彼のほうだった。もう一度彼女を見やり、嫌悪感に苛まれた。ほとんどは自分に対してだ。わかったはずだ。白にも見える金髪と濃紺色の瞳、小生意気な話し方、不可解な背景、そしてなによりひと目見た瞬間に彼をとりこにした圧倒的な力。そんな女性がほかにいるか？　もちろん彼女はフォースターだ。彼のようにただ爵位を継いだ者ではなく、本物のフォースター。本当のフォースター家はまったく別な一族であり、やはり彼と同じ教区であるエディントンの出で、ブレミンスター家とほぼ同じくらい古くからの名家だった。そしてまさにそのフォースター家の不祥事が原因で、約十一年ほど前にジョンの家族はばらばらになり、その名に傷がついた。

なぜ彼女を地方の平民の娘と思えたのか？　なぜそこまで自分を欺けたのか？　彼女に感じた激しい渇望も、なにか始まるような穏やかな感覚も、恥ずかしさの表面下でいまだ息づいている。

「こいつらをこの土地から追いだせ、トレム」

吐き捨てるように言うと、ジョンはきびすを返し、屋敷に向かって歩いた。二度とキャサリン・フォースターを見なかった。

彼女に背を向けるのは死ぬほどつらかった。

だが、良心に恥じないように生きるために、歩き去る以外できることはなかった。

2

英国ロンドン
七年後　一八一五年七月

二十八歳になったミス・キャサリン・フォースターは、戸口の男たちと向き合い、威厳のある態度を取ろうとがんばっていた。覚えていないほど昔にボンドストリートの仕立店で初めて購入し、その後の厳しい生活に耐えてきたドレスを着てはいるが、少なくとも言葉のアクセントは受けてきた教育をいまだに示しているはずだ。教養とお金がある者、あるいは少なくとも週末には数ポンドが手に入る者であると他者から思ってもらいたい。

「あなたがたのような紳士の方々は病気の子どもを投獄したりしないでしょう」崩れそうなホルストンプレイス二十一番地の戸口には場違いかもしれないが、メイフェアの劇場の人気女優さながら情感たっぷりに懇願する。

「おれたちじゃない」背が低いほうがうなる。「食料品店と洋服店が寄こしたんだ。やつらも支払いが必要だからな」

「とんでもない間違いがあったのだと思うわ」キャサリンは反論し、体の向きを変えて戸口をふさいだ。「もらった請求書の支払い期限はまだ過ぎていないもの」

「そりゃいい、嬢ちゃん」背の低いほうが答える。「だがおれたちは、ホルストンプレイス二十一番地のご婦人たちと幼い准男爵を、借金返済までマーシャルシー監獄（債務不履行者収容所として使用された王座部監獄）に投獄するという権限がある」

「あなたがたは善意の方々でしょう？」キャサリンはもう一度説得を試みた。わたしをどかすために突き飛ばすほどふたりは冷淡ではない——つまり、まだ見込みがあるということだ。

「話し合いで合意することができるはずよ。わたしの叔母は……」実際のところ、レディ・ウェザビーは叔母ではないが、この状況で複雑なことは言えない。「すぐにお金——を得るはず。子どもが病気で、手持ちの資金を診察に使ってしまっただけなのよ」

背が高いほうの男は心を動かされなかった。背が低いほうが頭をさらに突っこみ、キャサリンの肘と腰のあいだの空間に油ぎった頭頂を挿しこんだ。ロンドンの男たちのほとんどがこの動作をすれば、それは好色を意味するはずだが、この男の脈拍を速くさせるのは、硬貨が手に落ちるかちゃんという音だけだろう。

それにもかかわらず、キャサリンは戸口でもう一度態勢を整え、背の低い男を無理やり引きずり戻した。

「子どもが病気なら、どこにいるんだ？」

キャサリンは好機を逃さなかった。準備はしてある。

「子どもはこの家の居間にいます。ほとんど死にかけていたけれど、ようやく少しずつ回復してきたところ」

後ろの扉を押し開け、男が控えの間をのぞけるようにしたが、戸口の守備位置は開け渡さなかった。奥では、擦り切れた長椅子にエアリアル・ウェザビーが横になっていた。そばかすの浮いた顔は死人のように真っ白だ。母親のレディ・ウェザビーが隣に坐り、打ちひしがれた様子で子どもの手を握りしめていた。エアリアルは激しく咳きこんでいる。口から離したハンカチは血で覆われていた。

「天然痘ではないかと思うんです」キャサリンがささやくと、背の低い男は慌てて数歩さがった。「わたし自身も具合がよくなくて。感染力が強いらしいですわ。それぞれに一シリングずつ差しあげたら、ミスター・クラップとミスター・シャーマンにわたしたちは見つからなかったとおっしゃってくださるかしら？　借金はすぐにお支払いしますわ。あの子の病気で金が入用でしたけど、すぐにお送りできますから」

いまや男たちはできるだけ早くここを立ち去ることしか関心はないらしい。どちらも病気にかかりたくない。死なないとしても痕は死ぬまで残る。すでに人相が悪いこの男たちにとってはどうでもいいことだがとキャサリンは思った。

「わかった、金《かね》を出せ」背の低いほうが言い、ハンカチを出してシリング硬貨を受けとった。

「おい、行くぞ」背が高いほうも彼に続いて石段をあわてておりていった。

キャサリンは扉を閉めると、その内側に背をもたせ、安堵のため息をついた。それから居間に入っていった。

「血はとてもいい考えだったわ、エアリアル」キャサリンは長椅子に向かって手を伸ばし、少年がラズベリーを包んで潰したハンカチを受けとった。

エアリアルは毛布を押しやり、元気いっぱいの十歳の姿を現した。戸口に借金取りが来た音を聞いて、急いで顔に塗った練り粉を拭き始める。

「でも、咳きこんで血を吐くのは天然痘でなく肺病の症状だと思うけれど」

「お母さんにやれって言われたんだ！」エアリアルは叫び、練り粉を取る作業を止めて、あきれたように両手を持ちあげた。

レディ・ウェザビーが手を振ってこの抗議を却下した。「それらしく見せる必要があったのよ、いい子ね」

「間違いなくあの人たちを怖がらせたね」エアリアルがにやりとした。「あの人たち、全然賢そうじゃなかった」小さく笑う。「でも、ほかになにか借金取りを撃退する方法を考えなければならないね。ぼくだって一生死にそうになっているわけにはいかないし」

レディ・ウェザビーが悲しい声をもらした。

「ああ、お母さま」エアリアルがうめいた。「泣かないでよ」

「あなたが借金取りの話をするのを聞くことになるなんて。お父さまはなんておっしゃるでしょう！」

レディ・ウェザビーの気持ちを思うとキャサリンの心も痛んだが、実際のところ、彼女の言うことはばかげている。債権者監獄を避けるための画策に加わり、人から敬われる地位を失ったことを嘆くのも同様だ。たしかに高貴な立場は失ったかもしれない。終わりの見えない借金取り回避の絶望的な企てがエレナにとって没落であることは、キャサリンも認めないわけにはいかない。亡くなった彼女の夫が、今の自分たちの苦境をよく思わないと言い張るのもいかにもレディ・ウェザビーらしい。そもそも彼女とエアリアルをこの困難な状況に追いこんだのはその夫だし、それはキャサリンについても同様だ。ただし、キャサリンに対するサー・フランシスの義務はもっと根拠薄弱であったけれど。

「あなたがたふたりによくしてやれなくて悲しいわ。ふたりとも、もっとずっとましな生活をするべきなのに」

レディ・ウェザビーはキャサリンのことを、いつも自分の子どものひとりのように話す。それも彼女のばかげたところだが、時に腹立たしいことはあっても、より愛すべき人物に感じるゆえんだ。

「心配しないで、エレナ」キャサリンは言い、彼女の手を取った。「もうすぐお金が入ってくるわ。ウィンチェスター・デイリーの編集長がラハラン城に関する記事の稿料を払ってくれるはずだから」

「あなたがいてくれてわたくしたちは幸運だわ、キャサリン。でもわたくしたちのために、あなた、働きすぎよ」

そう言いながら、レディ・ウェザビーは両手を広げてキャサリンを抱き締め、またすすり泣いた。その背中を軽く叩きながら、悲しい表情で母親を見守っていたエアリアルにキャサリンはほほえみかけた。三年前にサー・フランシスが亡くなってから、三人は幾度となく同じような場面を繰り返している。

上流社会の人々はたくさんの秘密を抱えているが、準男爵の死は、その中でも最悪の秘密をあばきだした。ウェザビー家の金が尽きたという事実。サー・フランシス・ウェザビーは財産の管理を誤り、妻、嫡子である息子、そして父を亡くした七歳の時にウェザビー家に引き取られたキャサリンを深刻な状況に追いこんだ。地所であるウェザビーパークは巨額の借金を支払うために貸しに出された。三人は年に一度エアリアルが大叔母から受けとる少額の手当と、歴史に関する執筆でキャサリンが得る報酬だけで暮らしてきた。キャサリンは英国の遺跡や歴史的建造物について短い記事を書いている。三年間かけて、かつて十六歳の時に書いた本の断片を使いながら、この専門分野における礎《いしずえ》を築いてきた。

だれもが女性は学術的な議論などできないと言うが、幸い新聞界にキャサリンが女性と知っている人はいない。これまで注意深く落とし穴を避けてきたからだ。読者たちは彼女の民俗学の小話を好んだから、編集者たちももっと書いてほしいと依頼するだけで、紳士階級の男性らしい文章を書くC・M・フォースターが、あの破滅したフォースター一族のミス・キャサリン・メアリー・フォースターであり、没落したウェザビー家とともにホルストンプレイス二十一番地でなんとかやりくりしているとは、だれひとり思いつきもしない。

残念なのは、題材が尽きてきたことだ。これまで訊ねた遺跡も、収集してきた言い伝えも数が限られている。しかも新しい遺跡を訪れるための資金がない。自分の想像力を駆使し、出版されている旅行記を参考にすれば、歴史話をでっちあげることはできる。でも、ささやかながら真実を追究した記事を愛している。その場所の自然、その場所特有の言い伝え、そして地元の人々との会話を書き綴ったものだ。そうした仕事の質を落とすと考えただけで心が痛んだ。

とはいえ、お金がどうしても必要だった。不幸が見舞ったのは昨月のことだ。エアリアルの大叔母が亡くなり、手当が終了した。しかも大叔母は、三人がひそかに期待していたような相続財産を遺してくれなかった。ほどなくして借金取りたちが現れ始めた。年一度の手当があると考えていた時でさえ、まがりなりにも上流階級としての暮らしを維持する経費を支払うのは難しかった。それが今は、キャサリンの執筆その他の稼ぎにたよって生計を立てざるを得ず、それは控えめに言っても到底充分ではない。

自分ががんばり続けなければいけないとキャサリンは知っていた。レディ・ウェザビーは決して言わないが、彼女、つまりエレナと息子エアリアルがこれほど困難な境遇にある理由の一部はキャサリン自身だ。醜聞にまみれ、頼る身内のいない子どもキャサリン・フォースターを引き受けるというサー・フランシスの決定に、多くの人々が反対した。キャサリンはその女性に、そもそもの引き金となった叔母であるミス・メアリー・フォースターに似すぎているとだれもが言った。その醜聞により、英国でもっとも古い名家のひとつであるフォースター家は没落し、もう一方の当事者であるブレミンスター家は巨万の富と著しい高位のありがたみにより、社会的黙認を得て長らえた。

サー・フランシスはキャサリンを引き受けることを名誉の問題と言って固持した。まだ無邪気な子どもだったキャサリンは、ことあるごとに彼女の父親とは親友だったと言うのを聞いた。それゆえに、ウェザビー家の財産が失われた時、エレナとエアリアルを救おうとする人々は少なかった。キャサリンの存在がなければ、支援はもっと多かったはずだ。上流階級の半分は、キャサリンを養女にしたことがウェザビーの愚かさの初期的徴候だったと考え、ほかの半分はただどんな形であれ、これほど徹底した没落騒ぎに関わりたくなかったのだ。

「やかんを火にかけましょうか」レディ・ウェザビーが言って涙を払うとにこやかにほほえんだ。

エアリアルはそんな母にあきれたように、キャサリンに向かって首を振った。エレナはしばしば絶望の涙にくれるが、なんの兆しもなく、ふいにまたいつもの快活さを取り戻す。

「わたくしにお茶を淹れさせてね、キャサリン」レディ・ウェザビーが言い張る。「あなたには、そうされる資格があるわ、自分のことはまったく考えずに、わたくしたちのためにすべてをやってくれているのだから」

母の感傷的な物言いにエアリアルはにが笑いし、キャサリンは彼のその反応を見て笑ったが、同時にレディ・ウェザビーの思いやりある言葉をありがたく感じていた。

なぜなら、レディ・ウェザビーはそう言っているが、かつてキャサリンが自分のことだけ考えた時期があるからだ。二十一歳のまさに結婚適齢期になった時、ウェザビー家の友人知人がおしなべてキャサリンを憐れみの目で見ることにうんざりしていた。キャサリンは一夜だけでいいから、家族が燃え尽きて灰になり吹き飛ばされてしまった娘ではなく、ほかのだれかになりたかった。そこで、学校で親友だったマリッサ・プリンティを説得し、彼女を訪問させてもらった。そして、ハンプシャーの隣人たちに、彼女の従姉妹ミス・マスグレイヴと紹介してくれるように頼んだ。友人はキャサリンの願いを聞き入れ、残していた用心深さや慎みを吹き飛ばす愛のいたずらに引きこんだ。

その当時、マリッサは中年の厳格な夫が亡くなり、これまでなかった予期せぬ自由を得たばかりだったから、かなり奔放になっていた。とくに説明しなくても、キャサリンが自分のために少しばかり奔放な経験をしたがっていると直観的に理解してくれた。あの晩からほどなくして、マリッサはリネンの生地商人と駆け落ちし、身分の低い男性との再婚に親族は怖れおののいたものの、本人はとても幸せだと直接聞いた。

しかしあの晩にキャサリンは、楽しみを望んだり、自由を望んだり、そのほかウェザビー家との人生以外のことを望んだりしても、それがもたらすものは危険と悲痛だけと学んだ。あの晩キャサリンは自らさまざまな意味で破滅の際まで行き、ずっと避けようと努力してきたまさにその醜聞を再燃させるところだった。自由への第一歩によって、決して一緒にいるべきでない男性とふたりきりで、決して行くべきでない場所に行った。自分に起きたことのなかで、もっとも屈辱的な出来事だった。

そしてキャサリンにとって、これはまさに啓示だった。ロンドンでの最初の社交シーズンのあと、彼女が受けた屈辱の総量は非常に多かった。十八歳の時だ。レディ・ウェザビーがキャサリンを社交界にお目見えさせると言い張り、静かな口調ながら夫を説き伏せて多少の持参金まで用意させた。それにもかかわらず、結果は惨憺たるものだった。家族の醜聞の過去と、財産がないという二点により、片手で数えられるくらいしかダンスを申しこまれなかった。もしかしたら夫や家族を得て、破壊された過去を中心にまわるのではない人生を持てるかもしれないという夢は完全に潰え、消滅した。

あの晩トレンバーレィ邸でキャサリンがジョン・ブレミンスターに出会ったのは、まさに皮肉としか言いようがない。その当時も、上流階級の人々から、若き侯爵と彼の貴族の友人たちについての噂は聞いていた。全員が大学を卒業してロンドンに出てきているという。その時点でキャサリンは舞踏会で無視されて坐り続けながら三年が経っていた。そして、エディントン公爵の後継者が社交界の舞踏会に顔を出しはじめているという情報に気持ちが落ちこみ、有力者であり、キャサリンを嫌う正当な理由を持つ若者と万が一同席する可能性を怖れ、出会いそうな場所を極力避けるようになった。どちらも子どもだった時に、エディントンで数回だけ見かけたことはあるが、正式に紹介されたことはない。もしも会ってしまったら、彼がキャサリンをはずかしめるようなことを言ったりしたりするのではないかと不安だった。

もちろん今は、自分がどれほど愚かだったかよくわかっている。もしも彼の姿かたちを知っていれば、もしも舞踏会ですれ違ってちらりとでも見ていれば、偽りの名前や美しい顔に騙されたりしなかっただろう。

その後、彼が夢に出没することはなかった。キャサリンがいつも彼のことを夢見ていたからだ。どんなに屈辱的であったとしても、キャサリンはあの晩について夢みることを、七年経った今でもやめられなかった。彼の触れた感触を、唇や耳元でささやかれた言葉を思いだしてしまう。〝ああ、きみは最高だ〟。

あの晩以来、侯爵に会ったことも見かけたこともない。サー・フランシスは亡くなる数年前から、病気を理由にロンドンの社交シーズンの参加を諦めた。最後はその病気が原因で亡くなったわけだが、これはつまり、資産が激減していたのを隠す賢い方法だったと今はわかる。とはいえ、その当時はメイフェアへ行かないことを気にもしていなかった。あの晩のあとは、侯爵に出会いたくない一心だった。

フォースター侯爵。敵なのに名前が同じとはなんと間が悪いことだろう。キャサリンの父親は、ブレミンスター家をいつも非難していた。もともと自分たちの家系が有する爵位だったからだ。イングランド内戦（清教徒革命において王党派と議会派のあいだで行われた軍事衝突）の時にフォースター家は議会派のクロムウェルを支持した。チャールズ二世は権力の座につくと、王への不実を働いた貴族たちから爵位を剝奪し、王のために闘った貴族に褒美として与えた。この時にブレミンスター家はエディントン公爵家となり、国王はその隣人であったフォースター家に対する罰として、その爵位も与えたのだった。キャサリンの父はいつも、エディントン公爵家を軽蔑するのはこの史実があるからだと説明していた。それからあの不祥事が起こり、敵意に関する説明はもはや必要なくなった。

キャサリンは頭の中でその事件のことを何千回もひっくり返してきた。彼女の一部分は、社交界がその事件について今も騒ぎ続けていることが信じられないと思っている。上流社会では、同様の醜聞が日々起きているではないか。それでもなお、醜聞がいつまでも残るかどうかはその詳細な内容と、注目度によるとわかっていた。

キャサリンが十歳の年、エディントン公爵夫妻は年一度の恒例のパーティを彼らの地所エディントンホールで開催した。その地域の上流階級の人々は全員が出席し、ロンドンからもたくさんの貴族が参加した。このパーティでキャサリンの叔母メアリーとエディントン公爵の密通が、貴婦人たちの騒々しい一団によって現行犯で発見された。その一団にはエディントン公爵夫人も含まれていた。目撃者となった公爵夫人はパーティのあいだずっと激怒していた。その後、キャサリンの叔母は行き先を告げずに失踪した。

それから、その失踪した叔母の兄であるキャサリンの父が最悪中の最悪と言えることをした。公爵に対して約束不履行の訴訟を起こしたのだ。

それにより、すでに上流社会には知れていた醜聞が増幅し、英国中に知れわたった。そしてそれがキャサリンの家族の財政的かつ社会的破滅に対する真の一撃となった。父の行動に貴族たちはがく然とした。不貞行為はしているものの、一般の人々まで広く知れわたるほど悪名高いわけではない貴族たちを心底ぞっとさせたのである。その事件と裁判はあらゆる新聞や社交界通信に書きたてられ、英国でもっともよく知られた、つまり貴族だけでなく、すべての人々が知る事件になった。

その裁判費用のせいで、父は財産と地所であるフォースターハウスを失った。財産管理人が本人に破産を告げた数日後、寝室の床に倒れて死んでいるのが見つかった。脳卒中だった。当時キャサリンは父や叔母やフォースターハウスのことを考えないようにしていた。考えただけで、身体的にも激しい苦痛に襲われたからだ。臓器のひとつひとつが弓のこぎりで体から切り離されるかのような痛みだった。

醜聞のせいで、キャサリンは交友関係から排除された。自分がやったのではない決断、自分が破ったのではない慣例、自分は経験していない情欲――それらすべてがキャサリンの運命を決めた。

あの晩、トレンバーレィ邸で、自分はまさにその運命から逃れようとしていたのだった。ダンスをしたかったし、称賛もされたかった。失われた娘時代を少しばかり経験したかった。そしてまた、トレンバーレィ遺跡を垣間見られたらと望んでいた。子爵が許可しないせいで、見学するのが非常に難しいが、キャサリンは本の執筆のためにどうしても研究したかった。ハンサムな教区牧師に庭に連れていってほしいと頼んだ時は、調査と楽しみを結びつけた自分がとても賢いと思っていた。

キャサリンの素性がわかった時に侯爵がキャサリンを追いだした様子を忘れたことはない。こいつらをこの土地から追いだせ、トレム。まるで虫けらを追い払うような言い方だった。

その思いにはっと目を開けた。

トレンバーレィ。

ひとつの考えが浮かんだ。

題材は尽きつつあるが、トレンバーレィの遺跡についてまだ書いていなかった。あの晩のせいで、あそこを遺跡とか歴史に結びつけて考えたくなかったからだ。

「どうしたの？」キャサリンの表情に気づいてエアリアルが問いかけた。「なに考えているの、キャシー？」

「編集者に手紙を書かなければならないわ」

「なにを書くか思いついたの？」エアリアルが期待するように訊ねる。彼はキャサリンの見開いた目を、糖蜜タルトや焼きたてのスコーンや焼いた七面鳥と翻訳する。大好きだが、最近はめったに口に入らない食べ物だ。

エアリアルとレディ・ウェザビーに対する愛情で胸がいっぱいになった。ウィンチェスター紙の編集者に手紙を書き、報酬の支払いのことを問い合わせるとともに、次のコラム記事について提案しよう。エアリアルとレディ・ウェザビーのためにやらねばならない。最初の家族は醜聞と狂気にまみれて破滅した。第二の家族を窮乏によって破滅させるつもりはない。

「まあ、どうしましょう！　お茶が切れてしまったわ」レディ・ウェザビーが磁器の壺を持ちあげる。その空《から》の底がキャサリンの心配の数々を反映していた。

「大丈夫よ。わたしが編集者に手紙を書きますから」キャサリンは自分を励まして内心の恐怖を押しやった。「そしてお金を受けとります」

3

新エディントン公爵ジョン・ブレミンスターはホルストンプレイス二十一番地の外に立ち、とても背が低い男ととても背が高い男が玄関から歩き去るのを見ていた。その怪しげな面相と着古した服装がふたりは借金取りだと告げていた。彼らの獲物は彼と同じだろうか、そして彼女は家にいるだろうか。借金取りを見てもジョンは驚かなかった。ここの住人がそれほど金《かね》を持っているとは思えない。

公爵位を継いでまだ二週間しか経っていなかった。父が熱病で突然亡くなり、人生が急変したことに対する衝撃からジョンはいまだ立ち直っていなかった。父が病気ということさえ知らなかった。それほどすばやく熱病は父を連れ去った。

父の死の知らせを受けて、ジョンは一昼夜かけてエディントンホールに戻った。休憩も取らず、馬の世話が必要な時しか止まらなかった。先祖代々の屋敷に到着するまでずっと、心の底で悲しみがハチのようにぶんぶんうなっていた。父との関係がこれほど不意に最後を迎えたとはいまだ信じられなかった。

子どもの時は父を、大半の爵位継承者よりもはるかに多くの時間を息子と過ごしていた男性を、心から崇拝していた。父は乗馬や狩猟や地所の管理を教えてくれた。読み書きだけでなく、台帳の付け方やその解読方法も伝授してくれた。子ども時代のもっとも好きな思い出のいくつかはどれも地所のリンゴ園を父と散策して話したことだ……なにについてだったか？　少年とあの男はなににについて語ったのか？　思いだせなかったが、その時はその会話に夢中だったことは覚えている。かつて父親に抱いていた尊敬の念を、時には憎しみにもなる積年の怒りの重みに埋もれたせいでほとんど忘れていた。ロンドンからエディントンという短い距離だったが、その道中で父に対する愛情が戻ってきた。

屋敷に到着した時、一家の事務弁護士、ミスター・ローソンが彼を出迎えた。そしてまもなく遺言書が目の前に置かれた時、後悔や良心の呵責、あるいは深い悲しみなどの優しい感情はすべて消えた。そして二週間ぶりにふたたび怒りがぶり返した。そのあとの二週間は、心を落ち着けることができなかった。平穏な気持ちの時でさえ、溶けた鋳鉄のような憤りしか感じない。

この遺言書で父がしたことは、ジョンから見れば決して許されないことであり、父のもともとの罪である醜聞それ自体と瞬時に結びつくことだった。もしもだれかの耳に入ったら、かつてのフォースター家の醜聞はすぐさま再燃するはずだ。ミスター・ローソンは遺言を正式な文書にしていた。紳士御用達の事務弁護士で、ずばぬけて優秀な男だった。貴族の気まぐれを非の打ち所がない法的書類にしてくれる。爵位を持つ顧客たちの希望に、軍人のような生真面目さで服従する。こんなひどい書類を父が作成するのを助けた彼をジョンは憎んだ。読み終えた直後に弁護士に向かって部屋から出ていけと怒鳴ったが、それで内容が変わるわけでもない。

だからこそ、自分は今ここにいる。屈辱をしのんでキャサリン・フォースターに助力を求めにきている。あのトレンバーレィ邸の夜以来、一度も会っていなかった。あの時は、この世に自分が切望する女性はこの人しかいないと確信し、どうしても手に入れたかった。上流社会の人々は、不運な娘キャサリン・フォースターのことを、そもそも彼の家を危うく滅ぼすところだった破廉恥行為を始めた当の叔母にそっくりだと言っていた。自分は間近で、むしろ間近すぎる距離で彼女を見た。今になってみるとたしかに、複製と言ってもいいほど似ていたと思う。叔母のほうは美貌で名高い独身女性で、ジョンも子どもの頃にエディントンホールでよく見かけていた。作柄のこととか、悲劇に見舞われた農業従事者の家族のことなどで彼の父親に会いに来ていたからだ。

トレンバーレィ邸のあの晩のことを、ジョンはこれまで何度も思い返してきた。両腕にキャサリン・フォースターを抱いた時に湧き起こった感情や興奮は、その後一度も感じたことはない。記憶からも体からも彼女を根絶しようと何年も努力してきた。あの出会いから何カ月かは、毎晩彼女の夢を見た。ロンドンの街の雑踏の中で、シルバーブロンドの髪と濃紺色の瞳を捜している自分がいた。

その後三、四年、半ダースのオペラ歌手や不幸せな結婚をした貴族階級の夫人たち、そして英国内でも名高い高級売春婦たちと関係を持った。だが、キャサリンに感じたもののかけらさえも見いだせなかった。どんな女性と床を共にしても、自分が変わらないことを知らされるだけだった。いまだに街路や田舎道でシルバーブロンドの髪を見かけると、彼女でないか確かめるためにその女性を追いかけたくなる。なにもしていない時は彼女を思った。そして夜も。手で自らを慰める時はいつも、七年が経ち、記憶が擦り切れた今でさえ、彼女を思い、あの夜、彼女の手がズボン越しに彼を撫でたあの夜を、期待しながら、すぐそこなのに手が届かない甘い結合を思い浮かべずには自分を解放できなかった。

　ロンドンの本屋の棚を眺め、彼女が執筆していると話した歴史書を探しさえした。遠くから彼女に触れられると期待した。もしも見つけられれば、彼女の一部を安全に手に入れられるという考えが気に入った。だが、もしその本が存在したとしても、彼には見つけられなかった。

　あのトレンバーレィ邸の晩より以前、彼はキャサリンを知らなかった。実際にはという意味では。社交界の催しで会ったことはない。子どもの時には何度か見かけた。遊んでいたのが、同じ果樹園や野原だったからだ。遠くから眺め、時々、彼が見ていると彼女が気づいていない時は近距離で観察した。あの醜聞が起こる一年前、彼はおそらく……。そのことを考えると今でも身が震える。なんと奇妙なことだろう。まもなく三十歳になる鍛えあげた男なのに顔が赤くなる。それでも事実だった。あの頃、彼はキャサリンに対して少年らしい恋心を抱いていた。あの悲劇がふたりの身に起こる直前のことだ。どちらも十一歳だった。彼女がふたつの地所の境界線を気づかずに越え、果樹園に入って石と花を集めていたのを覚えている。すべてが変わる前、この魅力的な少女の注目を引く方法をいろいろ考えていたのも覚えている。

あのトレンバーレィ邸での晩に、なぜ彼女に気づかなかったのか、自分でもいまだにわからない。時々、気づいていたのかもしれないと思う。彼の一部は彼女を認識したが、それでもとにかく彼女が欲しかったのかもしれない。

ロンドンじゅうの女性と関係を持つのは、数年前にやめた。そんなやり方を続けることはできないし、そもそもどこに行こうが幸せを見いだせなかった。もはや女性も酒も狩猟も運動もカードゲームも好きではない。彼は疲弊していた。父と同じように。キャサリン・フォースターに取り憑かれていた。

妹のヘンリエッタについて、ジョンは決して自分のようにはしないと決意していた。妹は十七歳で純粋で、もうすぐ社交界にお目見えする予定だ。絶対にふさわしい結婚相手を見つける。親切で金持ちで爵位を持つ輝かしき男性だ。公爵の地位を存分に活用して妹の後押しをする。ヘンリエッタは決して醜聞で破滅させたりしない。彼のようにはしない。爵位を与えることはできないが――できればいいのだが――提供できるあらゆる特権を与えるつもりだ。

だが、このいまいましい遺言によって、父親は彼の妹の未来を危うくした。そして自分はだれかが――とくに父親が――ヘンリエッタを傷つけることを決して許さない。

妹を必ず救ってみせる。妹によい人生を与える。

そのために、まずはキャサリン・フォースターと話をする必要があった。

4

また扉を叩く音が聞こえて、エアリアルが金切り声をあげた。「それを取って!」そして十分かけて白い練り粉を取り去った顔にあわててまた塗り始めた。

「エアリアル! シーッ!」レディ・ウェザビーが小声で制し、ペンを握って編集者宛の手紙を書いていたキャサリンを振り返った。「どうしましょう?」

「エアリアル、毛布の下に隠れていて。練り粉は今はやらなくていいから。きっと配達人よ。支払いに関する手紙を届けに来ただけだと思うわ」

キャサリンは窓からそっと外をのぞいた。ノックをしている人物の全身は見えなかったが、着ている服は見えた。配達人や借金取りが着るには上等すぎる。

「紳士みたいだけど」お金でないことにがっかりしながらも、もう一方でなかったことに安堵し、レディ・ウェザビーにささやいた。「あなたの古い友人のおひとりかしら?」

「ここに?」レディ・ウェザビーは言い、表情をこわばらせた。嬉しく思っていないことをキャサリンは知っている。どれほど没落したかを見られてしまうからだ。しかも、かつての人生からいったいだれが、メイフェアからこんな遠くまでわざわざやってくるのだろう。三年前にここに住むようになってから、貴族や金持ちの訪問は一度も受けたことがない。

「わたしが出るわ」キャサリンはレディ・ウェザビーを思いやってささやいた。使用人は全員暇を出し、今はなんでもやる女中のメリンダひとりしかいない。准男爵未亡人にとってはあまりにひどい没落だ。キャサリンならば、従僕には扮せなくても、少なくともレディの付添役としては通用するだろう。

「エアリアル、二階に行っていてちょうだい。借金取りではないようだから」

「でも、お客さまを見たいな」

「いいのよ、キャサリン」レディ・ウェザビーが背筋をぴんと伸ばした。「あの人たちが来るならば、今のわたくしと会わなければならないわ。取り繕ってもいいことはないですもの。あるがままの姿をお見せしましょう」そう言うと、レディ・ウェザビーはかつてと変わらぬ上品な身のこなしで歩きだし、予期せぬ客を迎えるために控えの間に入っていった。

キャサリンがエアリアルを見やると、彼は片方の眉を持ちあげてにやりとした。「おかあさまは成長したね」

キャサリンは笑った。

しかしその笑いは消えた。エアリアルから目を移して来客を見た瞬間に消えた。彼だ。

ジョン・ブレミンスター。

フォースター侯爵。

数分前、トレンバーレィ邸の庭での出来事を思いだしたことが、生身の彼を呼び寄せたかのようだった。

ふたりは見つめ合った。彼はキャサリンの記憶よりもさらにハンサムだった。記憶の彼の美しさは絶対にあり得ないから、自分が勝手に誇張したに違いないと思っていたのに、今、目の前に彼がいて、その仮説が間違いだったことを証明している。もちろん齢は重ねているが、よい重ね方をしている。以前はまだ少年らしさが少し残っていたのに、今の彼はさまざまなことを切り抜けて成熟した男性になっていた。

すばらしくハンサムな男性に。

キャサリンはつばを呑みこんだ。

すばらしくハンサムで、キャサリンが心から憎んでいる男性。

ドーセットの丘陵のような緑色の瞳に、つややかな、そして触れたら絹のように柔らかいと経験から知っている濃褐色の巻き毛に称賛を覚えずにいられない。あの晩のあの庭での彼の唇もいまだに覚えている。官能的というよりきっぱりと、彼女を強く求めていることを示していた——彼女の正体を知るまでは。彼の広くて硬い胸の感触がどんなに心地よかったかを自分が知っているのが嫌だった。彼の唇に喉をなぞられた時のうっとりするような感覚をはっきり覚えているのが嫌だった。

レディ・ウェザビーがいなかったら、キャサリンは幻覚を見ていると確信していただろう。そのレディ・ウェザビーを見ると、一瞬死んで、すぐに生き返ったかのような顔をしていた。

そして話し始めた時、エレナは声が震えているのを隠そうともしなかった。

「公爵閣下。こちらはミス・キャサリン・フォースターとわたくしの息子、サー・エアリアル・ウェザビーです」

エアリアルは目を見開き、おとな三人に目を走らせた。キャサリンの過去の醜聞をまったく知らないエアリアルでさえもが唖然としている。このむさくるしいホルストンプレイスに高位の貴族がやってきたこと自体が衝撃だ。

その時キャサリンは気づいた。レディ・ウェザビーが彼をなんと呼んだかを。

「公爵閣下？」

「父が亡くなった」ジョン・ブレミンスターが無表情のまま唐突に言った。ベストもクラヴァットも上着も黒を着ている。喪に服しているのだ。

つまり、彼はもうフォースター侯爵ではなくエディントン公爵。

キャサリンは汗ばんだ手のひらをドレスで拭った。気が遠くなりそうなのをこらえ、立ち続ける。彼の存在に動揺していると彼に思われたくなかった。実際にそうではないと自分に言う。頬の内側を噛み、もう一度ちらりと彼を盗み見た。そしてもう一度目を伏せた。彼を見るのは危険だとわかったからだ。

そうやって彼の前に立ち尽くすキャサリンは、鳩色に色褪せて袖に焼け焦げがある普段用のドレスを着て、髪もぞんざいにまとめただけだ。メイフェアのレディたちのきらびやかなドレスや完璧な化粧に慣れている彼にとって、とりわけみすぼらしく見えるだろう。

彼の言葉にキャサリンはなにも言わなかった。慣習的な悔やみの辞を述べることもできなかった。だれかが亡くなることが嬉しいわけもないが、亡くなった公爵に対する嫌悪のせいで、悔やみの言葉のほうが出てくるのを拒んだ。どちらにせようまく話せるかどうかもわからず、あえて口を開く危険は冒したくなかった。

幸いレディ・ウェザビーがその任を担い、社交界の婦人の非の打ち所のない口調で悔やみをつぶやいてくれた。

だがすぐに、侯爵――今は公爵――はレディ・ウェザビーの言葉を遮った。

「ありがとうございます、レディ・ウェザビー」わからないほどかすかに頭をさげたが、声はそっけなく、なんの感情も示していない。「差し支えなければ、ミス・フォースターと話がしたいのだが。ふたりだけで」

「もちろんですわ、公爵閣下」エレナはいかにも気取った口調で答え、それから態度を一変させて息子のほうに強い口調でささやいた。「エアリアル、わたくしと一緒にいらっしゃい」

レディ・ウェザビーはエアリアルが坐っている長椅子に向かい、彼をほとんど抱きあげるように立ちあがらせた。母を振り払おうとエアリアルが両手を振り回す。

「キャサリンが少しのあいだ、公爵とお話しできるようにしますよ」息子を戸口に押しやった。

「やめてよ、お母さま！」

エアリアルが母を押しやってあらがう様子に、キャサリンは動揺しているにもかかわらず、つい小さくほほえんでしまった。ジョン・ブレミンスターの口角も一瞬持ちあがったのを見たとキャサリンは確信した。しかし、その顔は同じくらいすばやく前の無表情に戻り、彼がおもしろがったと思ったのは想像に過ぎなかったかとキャサリンはいぶかった。

そして、レディ・ウェザビーが去った。

キャサリンは思わず呼びとめそうになった。

彼とふたりきりになりたくない。

必死に平静を装いながら、キャサリンはエディントン公爵を見あげた。彼の目と目が合い、一瞬どちらもその目をそらさなかった。その瞬間、あの庭でのあの晩がとても近く感じられた。彼の唇を、胴着を撫でおろす彼の両手を、押しつけられる彼の体を感じられるかのようだった。

彼が一歩さがって目をそらした。親密な感覚は消滅した。

実際、エディントン公爵は気分が少し悪そうに見えた。

おそらく、キャサリンにうんざりしたせいだろう。キャサリンを見た時に反感しか感じなかったからに違いない。

キャサリンは長椅子に坐った。まるでまねをするかのように、彼も同時に向かいの肘掛け椅子に坐った。ふたりのあいだにわずかな空間が鉛のように重たく横たわっている。

彼を観察しながら、彼も同じことをしていると痛いほど感じていた。彼の近さに肌がぞくぞくするのが嫌で身じろいだが、それでも彼を凝視するのをやめられない。少し上気しているようだが、それ以外は落ち着いている。クラヴァットの上の形良い首を愛でている自分を、両手を見てそれが触れたらどんなふうに感じるかと考える自分を憎んだ。いいえ、と自分に言ってきかせる。彼は敵だと思いださなければだめ。

永遠と感じるほど長く沈黙し、互いに相手を観察する。キャサリンは先に話し始めることを拒んだ。

「ぼくがなぜここに来たのか不思議に思っているだろう」彼がついに口を開いた。その声は低く重々しかった。

「あなたがなぜここに来たのか不思議に思っています、公爵閣下」

「もちろん、きみをわずらわせて楽しいわけではないとわかってもらいたい」

「同様に、あなたをお迎えして楽しいわけがないとわかっていただきたいですわ」

これ以上ないほど無表情な彼の顔がさらに無表情になった。

「理由もなく、きみに面倒はかけない。ここに来たのは、この件がどちらにも利すると思ったからだ」

「そんなものがあるとは思えません、公爵閣下。わたしの家族があなたの家族と関わって利したことは一度もありませんから」

キャサリンの言葉にジョン・ブレミンスターは坐ったままかすかに身を引いた。

わずかでも彼がひるんだのを見てキャサリンは内心ほほえんだ。彼には当然の報いだ。彼はすべてを得た。公爵の地位と財産と領地を得た。永遠に安泰だ。なんでも好きなようにできる。おそらく、すぐにどこかの令嬢と結婚するだろう。思いがさまざまに駆けめぐるのも、耳の中で激しく打つ鼓動も制御できずに、キャサリンは彼がこの瞬間にも十中八九婚約しているだろうと決めつけた。

「きみの家族の不面目がぼくの咎《とが》だと言うことはできないはずだ。きみの叔母と父親が自ら不名誉を生じさせたのだから」

「そして、あなたの父上の不名誉も同様に自ら招いたことだわ」

「きみはそう思っているのか？」怒りに――いや、激怒に――満ちた声が、より大きくではなくより静かになったが、むしろ鋭さは増してさらに深く切りこんでくるように感じた。「ぼくの理解はまったく違う。ふしだらな誘惑女――女夢魔《サキュバス》――がひとつの家族を破滅させた」

キャサリンは思わず立ちあがった。ショックのあまり視界が揺らぎ、胸の中で心臓が激しく打った。自分がなにをしているかもわからず、彼のほうに近づいた。彼もキャサリンの動きと同じようにしたから、ふいに気づくと彼からわずかしか離れていない位置に立っていた。彼がキャサリンを見おろす。その顔にはあざけりとしか形容できない表情が浮かんでいる。頬に細かいひげが生えているのを見ることができた。

その香りを吸いこめるほどジョン・ブレミンスターは近くにいた。革と洗いたてのリネン、上質の男性用石鹼の香りがした。そしてほかにもなにか、塩や泥のような独特な香りもした。怒り心頭に発しながらも、顎の美しい線とその上の緑色の瞳にまたしても感動せずにはいられない。その色を見て、またしても彼らが育った田舎の夕暮れ時の丘陵を思いださずにはいられない。彼はどうやって、わたしをこうも侮辱しながら、家のことを思いださせるの？彼の存在自体が耐えがたいというのに。

それでも、これまでの十七年間がすべて無駄だったわけではない。自分に打ち勝つすべを知っている。感じていることを隠すすべを学んだ。極貧だろうが微賤だろうがひ弱にはならない。キャサリンは彼の目を見つめ、声を落ち着かせた。

「あなたの父上こそ悪魔です。孤独な美しい女性を餌食にし、身勝手な欲望で彼女とその家族を破滅させた。自分の権力を悪いことに使った。そしてそれをあなたに引き継いだ。あなたが今使っているその力よ。今この瞬間に。叔母はすべてを失ったわ。わたしたちはすべてを失った」

この言葉を述べているあいだ、ひどく怒っていながらも、キャサリンはある種の安堵を感じていた。自分の咎ではないのに耐え続けてきたことに関して、だれかを非難する機会はこれまで一度もなかった。すべての責任があると長年考えてきた男の代理を罵倒するのはどれほど痛快だろう。

ジョン・ブレミンスターはまた一歩前に出て、顔を彼女の顔に近づけた。

「きみを気の毒に思ったことは何度もある、ミス・フォースター。きみが自分の運命を自ら選べなかったことを知ったからだ。だがそんなことに時間を無駄にする必要はなかったと今わかった。ぼくがきみをよく知っていることを忘れないように。あの暗い庭で一文無しの教区牧師に対して、きみが自ら進んで身を委ねようとしたことは非常によく覚えている。それまでいったいなにをしてきたのだろうな。どこであんなことを覚えたのか。それとも生まれつきか？」

キャサリンは口から出たと感じる前に自分の喘ぎ声を聞いた。

長年にわたり、多くの人々にその見解をほのめかされてきた。彼女も叔母と同じようにふしだらに違いないということを。でも、面と向かってその言葉を投げつけた者はいない。それなのに今ここに彼が、すなわちキャサリンの敵がいて、その中傷をまるで熟考すべき貴重な史実でもあるかのように偉そうに述べている。

「あの晩に関して、わたしたちは異なる記憶を持っているようですわ、公爵閣下。わたしの記憶では、立派な人々が集う舞踏会場で、若い侯爵が私的な戯れのために嘘をつき、若い淑女を誘惑したこと。まったく紳士が聞いて呆れますわ。この父にしてこの息子ありですね」

その言葉に彼がよろめくように一歩さがった。口は閉じていても、歯を食いしばっているのがキャサリンにもわかった。

もちろん、あの晩、自分がまったく無辜《むこ》だったと言えないことはわかっている。不品行に振る舞うことで、つらい人生からつかの間抜けだし、ささやかな喜びを味わいたかった。

しかし、自分とこの男は同じではない。自分は彼と快楽の一片を手に入れた。それは真実だ。でも、彼の人生はそうした瞬間があまねく織りこまれたつづれ織りだろう。彼も同じこと、いえ、それ以上のことをやったのに、こちらだけを責めるのは公平とは言えない。

彼は微動だにせず、ただキャサリンを見おろし、冷たい緑色の瞳で凝視している。その表情を見て、キャサリンの中に恐怖がこみあげてきた。この男性は自分など歯も立たないほどの権力を持っている。社交界、政治、お金。それらをあらゆることで意のままに使える。

「ミス・フォースター、ぼくが非常に特殊な件でここに来たのはきみにとって幸運だ。このひどい家に」――彼はみすぼらしい周囲にちらりと軽蔑の視線を向けた――「好んで住んでいるわけではないだろう。坐って、ぼくの提案に耳を貸すことを勧める。現在の境遇を改善する唯一の機会となるはずだ」

キャサリンは金切り声で叫んで彼を部屋から追いだしたかった。実際、今にもそうしてしまいそうだった。キャサリンの逆境に対する彼の侮辱と冷笑はあまりに屈辱的だ。その逆境のほとんどは、彼の父親が獣以下の人間でなければ、経験しなくて済んだことなのに。

「坐りなさい、ミス・フォースター」

この男に出ていけと言いそうになった。その言葉が口の先まで出かかった。

だがその時、レディ・ウェザビーの空の茶壺が心に浮かんだ。きみがこのひどい家に好んで住んでいるわけではないと思う。残酷な言葉だが、それは真実だ。レディ・ウェザビーはひとりになったキャサリンを、だれも引きとらない時に引きとってくれた。そして、彼女がキャサリンに示してくれた親切のために、今キャサリンの人生はさらにつらいものになっている。

利己的に振る舞うことはできない。自分の衝動に屈するわけにはいかない。叔母や故エディントン公爵のように、目の前にいる男のように、以前の自分のように、衝動的に行動してはならない。

ジョン・ブレミンスターの話に耳を貸すべきだ。

なぜなら、機会を拒む立場にいないからだ。あらゆる面で。

キャサリンは必死だった。

おそらく、彼の話はなんの役にも立たないだろう。でも、そこにひとつでも、ほんの小さいものでもチャンスがあるならば、それがレディ・ウェザビーとエアリアルの利益になるかもしれないならば、彼が言おうとしていることを聞かねばならない。

自分の持つ自制心のすべてを費やしてキャサリンは長椅子に戻り、坐ってスカートを撫でつけた。視線は膝に落としたままだ。

彼が部屋を横切って肘掛け椅子まで戻る気配に集中した。彼は力の誇示に勝利し、そのことによって傷つかないようにキャサリンは身構えた。耳を澄ましていると、彼は擦り切れた肘掛け椅子まで戻り、大きく力強い体をそこに落ち着かせた。張りつめた濃い静寂が部屋を満たす。静寂はさらに悪いとキャサリンは思った。自分には耐えられない。静寂の圧力がキャサリンの人生から刻々と時を奪っていくかのようだ。両手を強く握りしめた。

ありがたいことに、最後には彼が話し始めた。

「互いの家族について、ぼくたちが同意することは決してないだろう。決して友人とか親しい間柄にはなれない。過去がつねに立ちはだかっている。トレンバーレィ邸でのぼくたちの出会いは、不幸な間違い、いわば事故であり、どちらのせいにすることもできない。あの時はわれを忘れたが、二度とそういうことはない。今日ここに来たのは、ぼくたちがどちらも関わっていない昔の悲劇や間違いを論じるためではない。彼らの過去のつき合いによってどちらの家も傷ついた。だが、もしぼくたちが同意に至ればどちらも得をするし、おそらく過去も忘れ去ることができるだろう」

キャサリンは歴史家だ。過去を忘れ去ることができるとは信じていない。それでも、この過去――あの醜聞を、叔母を、彼の家族を、そしてすべてが悪い方向に運んだドーセットの教会区を――あとに残して前進したいとどれほど願っていただろう。

「ぼくがきみに言おうとしていることは、だれにも言わないでほしい。それを約束してもらえるだろうか？　もっとも近い友人たちにもだ」

「約束します、公爵閣下。共通の友人にはどちらも決して明かさないと。わたしがだれかに言うことは心配する必要はありません」キャサリンは乾いた笑い声を発し、すぐにそれを後悔した。

「真面目に言っているんだ、ミス・フォースター。ぼくのことはどう思われてもかまわないし、上流社会の半分はきみに同意するだろう。だが、ぼくの妹にはなんの咎もない。妹は傷つくべきではない」

キャサリンは膝から視線を持ちあげた。彼と目が合うと、体がまたぞくぞくし始めるのを感じた。心地よい感覚が肌を伝っていくのが腹立たしい。

体の反応を厳しく覆い隠し、キャサリンは小さくうなずいた。

「約束します」自然な口調を保たなければならない。

彼の表情が和らぐのが見えたが、それも一瞬のことだった。

「実は、父が遺言書の中で信じがたいことをした。主として、ぼくの妹レディ・ヘンリエッタに対してだ。さらにその延長線上でぼくに対してもということになる」

彼は信頼できるかどうか見極めるかのように、またキャサリンの顔を見つめた。だが、あまり元気づけられなかったらしい。

「ひと月のうちにぼくがなにもしなかったら、巨額の金が——それだけでひと財産となるが——父の資産からぼくの又従兄弟に当たるピアス・フォーク男爵に渡る」

キャサリンは顔をしかめそうになるのをこらえた。そのような相続は理にかなわない。なぜ公爵は自分の子どもたちにお金を残さないのか？　上流社会の人々は当然仰天するだろう。貴族は自分の後継者から財産を取りあげたりしないものだ。それはある意味自殺行為とも言える。

「ヘンリエッタは今年社交界にデビューする予定だ。父の遺言にある金額は六万ポンド——」

「六万ポンド？　それではひと財産ではなく、その数倍でしょう」

「わかっている」彼は苦虫千匹を嚙みつぶしたような顔をした。「妹の持参金になるはずだった金だ。もちろん、ぼくが妹に持参金を持たせることはできるが、公爵になっても、それだけの大金の用意はできない。しかしながら、その資金が唯一の問題ではないし、主要な問題でさえない。甚大な被害をもたらすのは噂話だ。フォーク男爵にそこまで高額な遺産が渡るということは、父がヘンリエッタに一ファージングも残さないという事実に結びつく。

それは彼女が父の子どもではないと公然と告白したように見られるはずだ。妹が生まれてからまことしやかに流れている噂話を立証することになり、彼女の将来を破壊することになる」

キャサリンもその噂は覚えていた。公爵夫人は夫がメアリー・フォースターと関係していたことを知ると、イーストウィック男爵と駆け落ちした。それから六カ月後に出産で亡くなった。赤ん坊は生き延びたが、その少女はエディントン公爵の娘ではないという噂が広まった。公爵はその子を自分の子どもだと断言していたが、少女をめぐる悪意に満ちた憶測はあとを断たなかった。そして、だれもその少女の姿を見たことはない。エディントンを離れたことがないからだ。

「ちゃんと理解できているかどうか確かめさせて」キャサリンは満面の笑みを浮かべた。自分の前にいる男がこれほど悩んでいる状況を多少なりともおもしろがらずにはいられない。「お父さまは妹さんのための六万ポンドをあなたの従兄弟に残したということ？」

「又従兄弟だ」

「それが大変な問題だということは同意します。とりわけ気の毒なレディ・ヘンリエッタに対しては。でも、それでなぜあなたがここにいらしたのかわかりません。できることはなにもないように思えますが。お父さまのこの不幸な――」ここでキャサリンはただ彼を苛立たせるためにほほえみ、彼が渋面を作るのを確認した――「決定に関しては。彼が行ってきた多くの選択肢と同じ、取り消すことはできないわ」

「条件がひとつある」彼が言い、その声が彼女の声を覆い消した。「実はまだ、妹の持参金を守ることは可能だ。軌道修正ができる」

「それで、その条件とは？」

「父はその財産がぼくの妹に戻されると明記した。ぼくがメアリー・フォースターを見つけることができれば」

頭がくらっとした。メアリー・フォースター。ブレミンスター家のこの複雑な状況に自分の叔母が関与しているなど、キャサリンは思ってもいなかった。というより、ついでに言えば、彼女がまだ生きているとはだれも思っていない。

「きみの叔母に年金が届けられることを父は望んでいた。厳密に言えば、彼女がそれを受け入れる必要がある」

「年金？」

「正確には一千ポンドだ。毎年」

非常に大きい金額だ。いったいなぜ公爵はキャサリンの叔母にその金を持たせたかったのだろう？　いったいなぜ、叔母が年金を確実に受けとれるために、自分の娘の将来まで賭したのだろう？　もちろん、実際に彼の娘であればということで、それについては、今かなりの疑念が生じているけれど。

「気がとがめていたのでしょうね」

「父の動機について憶測はしたくない」

「でも、罪の意識があったに違いないわ。さもなければ、なぜそれを彼女に残す必要があるかしら？　責任を認めたということよ」

「もうたくさんだ、ミス・フォースター」

わたしをこの騒ぎに引きずりこんでおきながら黙れと言うとは、なんと厚かましいこと。

「このことのなにがわたしに関係あるんですか？　あなたの問題に関してわたしの助力が得られると考えること自体が理解できないわ」

彼は顔をしかめた。彼の顔に一瞬困惑の表情がよぎるのが見えた。

「もちろんここに来たのは、どうすればメアリー・フォースターを見つけることができるか、きみに訊ねるためだ」

「それこそ、あなたが今朝じゅうずっと話していた中で、唯一おもしろいことだわ、公爵閣下」

彼のセージグリーン色の瞳が熱を持ち、唇が抑え切れない怒りで一文字に結ばれた。「彼女の居場所を明かすことを拒否するというのか？」

「彼女の居場所を明かす？　叔母の居場所などまったく知りません。そもそも彼女が生きていると推測しているのですか？　亡くなったとわたしはずっと思っていましたが」

「父は彼女は生きていると信じていた。生きていると知っていたのだと思う」

「それとも、あなたの妹さんに遺産を残したくないと本当に思っていたとか？」

「違う。それはあり得ない」

「今の状況では、あり得ないということはないと思いますが、公爵閣下。むしろ、あり得そうですわ」

「いい加減にしてくれ」

擦り切れた肘掛けに置かれた彼のこぶしが白くなるのが見えた。

キャサリンは咳払いをした。この無礼さとこの勘違い。明らかに彼の状況に希望はない。ただそれを認めたくないだけだろう。

「父はあなたの叔母に年金を与えたかっただけだと信じている」性急な声は熱を帯びると同時に抑制も感じられた。「それを確実にする保証がほしかった。彼女が生きていると知っていた。ぼくはそう確信している」

その言葉を聞いて、キャサリンは胸が苦しくなった。もしもメアリーが生きているとすれば、叔母はキャサリンと十七年間も連絡をとらないことを選択したわけだ。母とも思っていた女性の沈黙は自分にとって耐えがたい。叔母は歴史について、また重要な遺跡や自然遺産について話し、そうしたものの情報がなによりもまずそこで生きていた人々といかに関わっているかを教えてくれた。農夫たちが王よりも情報を持つことを教えてくれた。そうしながら、人生のもっとも暗い時期を乗り越えるための目的を与えてくれたのだ。

「仮に叔母が生きていると認めても、なぜわたしが彼女を見つける助けをしなければならないのですか？　叔母は明らかに見つけてほしくないんですよ」

「もちろん」また一瞬、困惑の表情が浮かんだ。「謝礼は払う」

キャサリンの胸の中で心臓が大きく打ち始めた。

スカートについた糸くずをつまみあげながら、大きく唾を呑みこみ、自分がどれほどたくさんのお金を必要としているか、山積する難題を解決するのにどれほど多くのお金がかかるかを考える。

こんなばかげた追跡で彼を助けることに対して謝礼が支払われるならば、その申し出を受けることを少なくとも考慮すべきだろう。

キャサリンは叔母を見つけたくなかった。メアリー・フォースターがこの十七年間、一通の手紙さえ寄こすつもりがなかったことを確認したくなかった。同時に、連絡するなどあり得ないような堕落した環境にいるメアリーを見つけるのも怖れていた。そしてまた、目の前の男と共に行動したくもなかった。自分の敵だ。しかも、ただひとりの男だ。これまで自分が心に……キャサリンは頭を振った。そのことは考えてはいけない。

真実は、ためらいが贅沢ということ。ずっと以前から、自分は余儀なく贅沢を諦めている。

「どのくらい支払ってくれるおつもりですか？」

彼が価値を査定するかのようにキャサリンを眺めた。「二千ポンドだ」

キャサリンは喘ぎ声を押し殺した。人生を変えられるだけの額のお金だ。

「わたしの叔母のメアリーがまだ生きていると仮定して――」

「生きている」

「わたしの叔母のメアリーが生きていると仮定して、なぜたった二千ポンドのために、生きている血縁を裏切らねばならないのでしょう？　たしかに貧乏かもしれませんが、公爵閣下、わたしにも自尊心があります」

「彼女を裏切るわけではない。ぼくが見つけなければ、彼女はこのいまいましい年金を受けとることはできない。それに、もしも受けとりたくないと言った場合は、きみが理性的に彼女を説得してくれることを期待している。このささやかな金を自分のために受けとれなくても、きみのために受けとってくれるかもしれない」

キャサリンの中で残酷な喜びがふつふつと湧き起こった。ということは、自分は彼にとって二重の価値があるわけだ。

「なぜ叔母が拒否すると思うのですか？」

「メアリー・フォースターに関して、ぼくはまったく影響力を持たない。彼女が理性的に受けてくれることを期待するが、楽観はできない。保証が必要だ」

「なるほど。そうなると、公爵閣下、あなたの企てが成功するために、わたしは非常に重要ということですね」

「そのように呼ぶのはやめてくれ。その敬称だ。〝公爵閣下〟という」

「なぜほかの呼び方で呼ぶのです？　適切な呼び方ではないんですか？　それとも、わたしが長く離れていたあいだに社交界の慣例が変わったのかしら？」

「なんと呼んでもいい。とにかく、ほかの呼び方をしてくれ」

「それは無作法だわ。それに、この典型的な上流社会の呼び方は、あなたに対する侮蔑の念を込めるのにちょうどいいし。ほかの呼び方？　エディントン？　あなたをフォースターと呼ぶ気はないわ」

「最近まで、ほとんどの人がそう呼んでいた。学校ではその名で通っていた」

「とにかくばかげているわ」

「そんなことわかっている。この話がなければ、ぼくは――」

自分がどこにいてだれと話しているか思いだしたかのように、彼はふいに言葉を切った。キャサリンは自分の意に反し、その言葉を最後まで聞きたいと思わずにはいられなかった。彼に愛する女性がいて、このばかげたことすべてが報われるのだろうか？　ふいに、彼の父のこの遺言は、社交界でダイヤモンドのようにきらめいている女性たちの中でももっとも美しい女性との結婚を阻む問題の最後の一片であるという予感がした。おそらく彼が子どもの時から知っていた女性で、イートン校やオクスフォード大学時代も長い手紙を書き続けた相手だろうか。

「ジョンと呼んでくれ。礼節を守っているふりをしても意味がないと思う」

「わたしが呼びたいように呼びます」彼の婚約者はどんな様子なのだろうか？　作り笑いをして、客間で彼の訪問を待っている？　彼を適切な敬称で呼ぶ？　もちろん、公爵とこの若く愛らしい女性は、彼の父親の悪意ある遺言の詳細について議論したりしない。互いを切り刻まないために、部屋の端と端にとどまらねばならないわけでもない。デビューしたてのかわいらしいレディのことを思い浮かべると、キャサリンの胸に怒りが湧き起こった。

「それに一万ポンドいただきたいわ、公爵閣下」

「三千だ」

キャサリンは彼の目から視線を離し、代わりに口元を見つめた。そこで彼の考えが読める。真実が口元に現れるのを彼は隠せていない。

「一万」

彼はかすかにひるんだ。「五千」

「一万。それがわたしの提示する金額です」

「それはかなりの金額だ」

「そうです」キャサリンは自分にできるもっとも快活な笑顔を彼に向けた。「でも、公爵さまは交渉できる立場ではないでしょう？」

「八千。それがぼくの最終提示額だ」

彼がはったりをかけているとキャサリンにはわかった。彼にはほかにだれもいない。頼れる人も、メアリー・フォースターを見つけるわずかな見込みを持つ人も、もちろん、メアリーを説得できる人も。

「一万ポンドです、公爵閣下」

「いいだろう」驚いたことに彼はにやりと笑った。「きみがぼくをジョンと呼ぶことに同意すれば」

胸の内で怒りが膨れあがった。彼を憎んだ。自分の持つ権力や財力を使って、望むものを手に入れる彼のやり方が憎かった。彼の容姿を、わずかに曲げた口を見ただけで、体のもっとも深い部分の筋肉がぎゅっと締めつけられる事実を嫌悪した。彼を洗礼名で呼びたくなかった。ふたりのあいだにできるだけ距離を置きたかった。

自分に息を吸うよう言い聞かせる。

こんなばかげた条件を無理強いすることはできないはずだ。

ただ、キャサリンを苛立たせようとしているだけだ。

「いいでしょう」彼を洗礼名で呼ぶことなど自分にとってなんの意味もないかのように、落ち着いた表情を保とうとした。「でも、それだけではないわ。千ポンドは前払いでお願いします」

「きみが姿を消さないとどうしてわかる？」

「わたしがそういう人間だと思っているんですね？」

「醜聞を待ち構えている各新聞にこの混乱を書かせないための希望の星だと思っている。細かすぎる印象を与えたならば謝罪する」

「わたしは逃げません。どこにも行くところがないと断言できます。千ポンドが必要なんです──これまでの出費に」

「その金は使いの者にすぐ届けさせよう」

彼はそう言うと、口を小さく曲げた。その口元に憐れみか、あるいは一抹の嫌悪を示すようなうさんくささが漂う。扉のところにいた借金取りたちを見たのだろうかとキャサリンはいぶかった。頬が赤くならないように、自分を情けないと思わないように努力する。自分のことを彼がどう思うかなんて気にするべきではない。わかっていても、彼の前で弱さを見せてしまったことをうらんだ。

困惑を隠すためにキャサリンは立ちあがった。彼も同様にした。

それから一歩彼女のほうに近寄った。緑色の瞳が彼女の瞳をのぞきこむ。キャサリンはどうしても視線をそらすことができなかった。一瞬、彼がキスをするかもしれないというばかげた思いが心に浮かんだ。

その瞬間がふたりを捉えて奴隷にし、拡大して永遠となる。

彼が視線をそらしたが、ふたりはまだそばにいた。彼が彼女のほうに身をかがめる。

「荷物を詰めてくれ」口を低く近づけて、彼女の耳元でささやいた。「彼女を見つけるまでここには帰ってこない。あしたドーセットに向けて出発する」

そう言うと、キャサリンの人生で二度目だったが、フォースター侯爵であり、新しいエディントン公爵であるジョン・ブレミンスターはきびすを返して歩き去った。二度とキャサリンを振り返らずに。

5

エディントン公爵はメイフェアの街屋敷に帰り着くと、すぐに事務弁護士にメッセージを送り、一千ポンドをキャサリン・フォースターに急送するように指示した。その用事が済むと、書斎に坐り、問題の女性について考えた。客間に入った時に、あのピンク色の口元に輝くような笑みを浮かべた様子。レディ・ウェザビーが部屋から出ていき、ジョンとふたりきりで残された時、具合が悪くなりそうな様子をしたこと。彼の侮辱する言葉を聞き、濃紺色の瞳を怒りできらめかせた。紳士としてこれまで言ったこともない、思ってさえいなかった言葉だ。

自分の振る舞いを思いだしてジョンは悪態をついた。彼女のそばにいるだけで自制心を失ってしまう。あざけりや侮蔑、とくに、醜聞や彼自身が放蕩者として噂されることに、自分は慣れているはずだ。少なくとも、かつては慣れていた。彼女にもう少しで言いそうになったことは真実だ。イートン校の数年間は、親友三人がいて、彼を守ってくれなかったらまさに地獄だっただろう。ありとあらゆる無礼な批判に耐え抜いた。次第にそうした批判に無関心にさえなり、嘲笑を笑い飛ばし、名誉の印として悪評を自らまとった。それでも、彼女の非難はナイフのように彼を貫いた。まるであの醜聞が昨日起こったかのように言われ、自分はまるで生まれて初めてあざけりや汚名を受けて足をすくませている十一歳の少年のようだった。

今日の彼女の指先も、七年前と同じようにインクで汚れていた。彼女はなにを書いているのだろう？　だれに向けて書いているのか？　恋人がいるのか？　夜、彼女を訪問するためにホルストンプレイスに来る者がいるのか？　嫉妬心が肺をきつい網のように締めつける。

ジョンは両手で顔を覆った。この午後ずっとやりたかったことだ。彼女のそばにいると、喜びと痛みが入り交じった複雑な感情を引き起こされる。彼女の髪のピンを取って、シルバーブロンドの巻き毛が肩に落ちるのを見たかった。あのみすぼらしい長椅子の上で彼女の体を抱き寄せたかった。ドレスの前を開き、神々しいほど美しいとすでに知っている胸をあらわにして、慎重に片方ずつ愛撫し、彼女に快感を与えたかった。彼がだれか、自分がだれかを忘れ、ふたりで一緒にいるのがなぜよくないかを忘れてしまうほどの快感を。こうした感情はまるで病気だ。流行り病のようだ。

彼女と一緒に旅するのは接近戦のようなものだ。まさに拷問だろう。

彼女の言葉は辛辣そのものだ。〝この父上にしてこの息子あり〟。あの醜聞が彼の家族の咎であり、メアリー・フォースターは破滅の原因でなかったという彼女のほのめかしが彼を激怒させた。

それでも彼は彼女から離れ、坐るように命じた。怒りと欲望からなんとか抜けだした。議論を続けたい誘惑にかられた。言葉の攻撃をもっと個人的なものにしたかった。そして同様に彼女の近さという誘惑も感じた。その近さが彼の正気を脅かした。自分がどれほどたやすく彼女を引き寄せ、自分の弱さをさらけだすかもわかっていた。彼女が頬に血をのぼらせて熱っぽく語った時、ジョンはその言葉に、彼と彼の家族に対する非難に、思わずひるんだ。彼女を黙らせて、目がくらむような熱いキスをしないためには、自分の中のすべてが必要だった。

その言葉に激怒している時でさえ、彼女の弱さが彼には見えた。彼女の生きている現状が当然の報いでないことはもちろんわかっている。憐れんでいるというのとは違う。渋々ながらの称賛というほうが近い。自分も噂話や冷笑には直面したが、極貧とは無縁だ。彼女の立場だったら、自分はどうなるだろうか？　もっとはるかにひどい暮らしをしていただろう。

彼女の美しさと知性とその家柄を考えれば、キャサリン・フォースターは、爵位を持ち、富裕で、たくさんの元気な子どもたちを与えてくれる紳士と結婚すべきだ。

キャサリンがだれか顔もわからない高潔な貴族と結婚すると考えただけで、気分が悪くなった。

その感情を無視しようとする。

気にするべきではない。

彼にはなんの関係もない。

それでも、考えるだけで絶望的な気持ちになる。

彼女が彼を絶望的な気持ちにさせる。

ホルストンプレイスを去る直前、危うく彼女にキスをしそうになった。あと一瞬長くとどまったら、自制心が崩壊していただろう。唇でなだめながら彼女の唇を分かち、その味を堪能しただろう。ほんの一瞬、彼女もそれを期待していると思った。彼にキスをしてほしいと。彼が一歩近寄った時に彼女が息を吸いこんだのは、ただの想像だろうか？

そんな直感はただの錯覚だ。彼を憎んでいるとあれほどはっきり示したではないか。彼女は明らかに嫌悪している。彼を、彼の父を、彼の爵位を、彼に関するすべてを。おそらく、彼女にとって、彼は世界中でもっとも望まない男だろう。彼の彼女に対する関心それ自体が、ジョン自身に対する裏切りであり、自然の冒した失策とも言える。

明日、彼女と会う時は、決意を固めて対応しなければならない。メアリー・フォースターを見つけるため、つまり妹を救うために、冷静に、そして礼儀正しくキャサリンに接する必要がある。

こうした思いを払拭しようと、彼は立ちあがって書斎を出た。そして、新任の執事フィッツジェラルドにぶつかりそうになった。

「公爵閣下」執事は言った。普段よりもそわそわしているように見える。「トレンバーレイ卿が図書室でお待ちです。もう一時間以上待っておられます。外出中と申しあげたのですが、待つとおっしゃられて」

ジョンはうめいた。キャサリン・フォースターを訪問したことで疲れ切っている。だれかに会う気分ではなかった。よしんば親友であっても。

執事は階段をおりて姿を消し、ジョンは図書室に向かった。自分が好むと好まざるとにかかわらず、トレンバーレィと会わねばならない。

図書室に入っていくとすぐにトレムが見えた。ブーツを脱ぎ、長椅子にくつろいで、スコッチを飲みながら小説を読んでいた。どうやったのか、冷製肉とチーズの皿まで調達していて、サイドテーブルに乗ったその皿はすでに半分に減っていた。

「なるほど、きみは快適に過ごしているようだ」ジョンは無防備な様子の子爵をびっくりさせようと言った。

「ほかに選択肢がなかったからな。きみがホルストンプレイスでぐずぐずしていたせいだ」トレンバーレィは答え、読んでいた本を脇に放りだした。「きみがどこに出かけたかを言わせるために、きみの執事をだいぶ脅した。困難な状況に追いこまれるか、決闘を申しこまれていたらどうするかとね。あの若者はきみの介添人になる心構えができていなかったわけだ」

ジョンは顔をしかめた。執事をぶちのめしてやろうか。彼が通らないかと期待して、背後の廊下にちらりと目をやった。

「彼を捜しても無駄だよ。きみの怒りを怖れて、地下貯蔵室までおりていったに違いない」

ジョンはソファにどしんと腰をおろした。キャサリン・フォースターに関する思いをだれかに打ち明けたことは一度もない。だが、彼が彼女に対してどう感じているかをトレムは知っている。知っているはずだとわかっている。この親友もこの件だけは心遣いを示し、ほかの件では必ずするような笑いの種に決してしてしない。

この誠実さにジョンは驚かなかった。ジョンとトレム、リースとモンテーニュのあいだには特別な一体感がつねに存在する。イートン校で最初に出会った時から、お互いに家族同様の間柄になった。友人たちはいつも彼を楽しませ、そして――これは認めざるを得ないが――孤立する危険から守ってくれた。

モンテーニュはたくさんいる貴族の親戚を次々と訪れる計画を立ててくれた。リースは一緒に酒を飲み、最近の賭け事の負けとか、父が生きていた時は、父から届くうっとうしい手紙とかについて愚痴を聞いてくれた。そしてトレンバーレィはいつも楽しそうに最新の噂話を披露し、あるいは屋敷でパーティを主催し、ジョンの恋愛事情にちょっかいを出してはおもしろがっていた。

さらにこの数年、キャサリンを忘れられない苦しさのせいで、気難しさをいや増すジョンに対して、だれひとり文句も言わずにつき合ってくれた。

「まあ、いいさ。それで？」ジョンがホルストンプレイスへ行ったと知っているなら、そこのだれに会いに行ったかも知っている。上流社会の人々のほとんどは、ウェザビー家と彼らの悪名高き被後見人が這うように暮らしている惨めな街角の住所を知っている。「キャサリン・フォースターをなぜ訪問したのか訊ねないのか？」

「知っているからさ」トレムは立ちあがり、サイドボードまで歩いていった。スコッチのおかわりを注ぎ、それからジョンのために、いるかどうか聞きもせずに一杯注いだ。「祝いの言葉を述べるべきかな？」

ジョンは信じられない思いでトレムを凝視した。この友人は明らかに頭がおかしい。

「言えよ、兄弟」トレムが長椅子にまた腰を落ちつける。「悲劇の歴史は知っている。きみの父上と彼女の愛する叔母の話などなど。きみが、死ぬ最後の瞬間まで、自分以外のフォースターを憎み続けると誓ったことも知っている。だが同時に、あの晩のことも覚えている。自分の中の葛藤を乗り越え、悲劇の歴史に関しては棚上げして、彼女と寝たいという長年の夢の邪魔はさせないと決意したのかと思ったぞ」

ジョンはキャサリンのことを思った。インクで汚れていた彼女の指先を。顎のまわりに長い髪がいくらかこぼれて顎の輪郭を覆っていた様子。擦り切れた普段着の下で盛りあがった胸。次々と思い浮かぶだけで彼のものが大きくはねた。自分が彼女と寝たいことは自覚しているが、ほかの者がそれを口にするのを聞くのは耐えられない。

「ばかなことを言うな。新聞になんと書かれるか想像できるだろう？　ヘンリエッタが社交シーズンを迎える前にそんなことはできない」

「ある研究報告によれば、物事によっては、理性より感情が優先される」

「黙れ」

「たしかに、ヘンリエッタの社交シーズンには多少影響するだろう。だが、それも彼女の持参金ですべてうまくいくさ」

ヘンリエッタの持参金という言葉にジョンはたじろいだ。

「彼女と結婚などしない」

「まあいいさ、友よ。彼女はつらい日々を耐えていると聞いたぞ。きみが有益な取り決めを受けるよう説得しにいったと踏んだ。もちろん賢明なことだ、もちろん。ぼくが提案したかもしれない。ただし、高潔を貫くきみの主義とは少し違うが」

「ぼくが高潔だったことなどあるか？」

トレムは片手を振った。「たしかに、高潔という言葉は少し違うかな。だが、きみは愛人を持つことを好まないだろう」

たしかにそうだ。ひとりの女性にそういう力、あるいは義務を持ちたいと思ったことはない。一夜の関係と持続的な関係はまったく別のものだ。しかし、トレムが正しいと認めるつもりはなかった。

「いい加減にしてくれ。彼女に愛人になれと提案してきたわけではない」

「きみがどうしても自分を責め続けたいならば、だれにも止められないさ。だが、いったいなぜ、何年も前に起きたくだらぬ出来事にいつまでもこだわって、いっさいの快楽を拒否するのか、ぼくにはかいもく見当がつかない」

「ミス・マスグレイヴの正体について警告するために、きみが死ぬほど必死に走ってきた時に、くだらぬ出来事と考えていたとは知らなかった」

「あの時は若かったからな。劇的な事態を嗅ぎつける才能があったんだ。しかも、きみが舞踏室から若いレディと一緒に消えたとすれば、意味することはひとつだ。敵と結婚するという切羽詰まった状況になる前に知っておきたいだろうと思った」

「ずいぶん賢明なことだ」彼のためを思って行動してくれたことはわかっていても、皮肉で返さずにはいられなかった。

「しかもだ、友よ」トレムが呑気に続ける。「あれはきみが、彼女がキャサリン・フォースターでも気にしないことを知る前だった。きみが気にしないならば、なぜほかの者が気にしなければいけないのかわからない」

「気にしているさ。ぼくは彼女とは結婚できない、トレム、絶対に」

「わかったよ。では、愛人であれなんであれ、申しこみに行ったのでないなら、いったい全体なぜわざわざホルストンプレイスまで出かけたんだ？」

ジョンは友人を見つめ、その日すでに二回目だったが、父の遺言に関する真実を打ち明けるべきかどうかを考えた。友の憂い顔を見て、彼を信頼するべきだと決意する。もちろん、この情報を知る範囲が広がることは望んでいない。

父の遺言に関する問題を述べるにつれ、トレンバーレィの顔色が淡い紫色に変わっていった。六万ポンドが危機にさらされていることを説明すると、トレンバーレィはグラスの中身をいっきに飲みこんだ。メアリー・フォースターを見つけて、年金受領を同意させなければ、ヘンリエッタの持参金に用意していた六万ポンドが又従兄弟に渡ってしまうことを話すと、トレンバーレィはヒューと口笛を吹いた。

しかしながら、ジョンが話し終えた時、トレンバーレィはなにも言わなかった。

「なにか言わないのか？」沈黙に迎えられるためだけに心を打ち明けたのかと思い、ジョンは歯を食いしばった。

「すべてを理解しようとしているところだ、友よ。まさに窮地だな。しかも、父上はそれをフォーク男爵に遺した？　きみの従兄弟の？　当該のレディを見つけなければ、そうなるわけだ」

「又従兄弟だ」

「それで、きみはその男を嫌っている」

「父も嫌っていた」

トレンバーレィはまた口笛を吹いた。

「父上は本気できみにメアリー・フォースターを見つけてほしかったんだな」

「明らかに」

「単なる確認だが、つまりこれは、キャサリン・フォースターと頭を突き合わせて親密な語らいを持つ必要があるというわけだな？　ふたりだけで旅をする？　夜陰に乗じて？」

見つからない執事の代わりに、ここでトレンバーレィをぶちのめしてもいい。

「必要なのは」トレムは笑い、自分のグラスにまたスコッチのお代わりを注いだ。「きみが理性とかけ離れて異常なほど好意を抱いている女性、だが、絶対に寝ないし結婚もしないと自分に誓っている女性から距離を置くことだ。ほかに方法はないだろうな」

「その口を閉じないと、この図書室の窓から投げ落とすぞ」

トレムは、悪気はないというように両手をあげてみせた。笑いすぎて息を弾ませている。

「状況の一部始終を自分が理解したかどうか確認しただけさ」

トレムはジョンを、完全に頭がおかしいと思っているかのように眺めた。

そして、正直に言えば、ジョンも自分がそうなのかもしれないと思った。

6

エディントン公爵が小さい客間から出ていくやいなや、レディ・ウェザビーがもうひとつの扉から駆けこんできた。すぐ後ろにエアリアルもいる。

「あなたは救われたのね。そうだと言ってちょうだい!」両手を握りしめ、目を輝かせている。

「なんですって?」

普通の時でも、レディ・ウェザビーは意味を成さないことを言うが、キャサリン自身、なにが起きたのか理解しようと必死の時にエレナの言葉はほとんど入ってこない。

自分はエディントンに戻ることになる。かつて全世界がばらばらになってしまった場所、七歳の時から一度も訪れていない場所に。そんなことが自分にできるだろうか。

しかも、それは始まりに過ぎない。

昔の家に戻るよりさらに悪いのは、それをジョン・ブレミンスターと一緒にやることだ。キャサリンたちの小さな客間で三十分過ごすだけでも大変だった。それでも、馬車の中と比べれば、たとえ公爵の馬車であっても客間のほうがはるかに広いだろう。馬車のような狭い空間にいたら、殺人に発展しかねない。

公爵と話をすれば必ず言い争いになる。トレンバーレィ邸の庭でのキャサリンの行動について彼が口にした失礼な言葉に、キャサリンの怒りはいまだふつふつとたぎっている。何日もふたりで過ごすと考えただけで耐えがたい。

「ああ、あなた、彼は結婚を申しこんだのでしょう？　あなたがこの洞穴から出て、社交界で輝けるように。あなたはそうなるべきですもの」思考のつらなりの中にレディ・ウェザビーの言葉が割りこんできて、ようやくキャサリンの注意を引いた。「あなたにとってこれ以上のことはないわ、愛するキャサリン」

「貴婦人になるの、キャサリン？」エアリアルの目が喜びで輝いた。この質問がもうひとつの疑問を生みだすさまをキャサリンは見守った。「でも、そしたらぼくたちはあなたと別れなきゃだめだね？」

結婚？　レディ・ウェザビーはやっぱり頭がおかしい。

「彼はわたしと結婚したいわけじゃないわ。それにわたしも彼とは絶対に結婚したくありません」

「結婚じゃないの？」レディ・ウェザビーの動きが急に止まった。「それなら、いったい全体彼はなぜここにいらしたの？　いいえ、彼はまた訪問してくるわ。ハンサムな公爵が若く美しい女性を訪問する理由はひとつしかないですよ」

ばかげた意見に直面し、キャサリンは自分が必死に言葉を探していることに気づいた。今日だけでも、もう百回は言葉探しをしているような気がする。

「どうしてそんなことが考えられるの？」エアリアルのほうを見やることで、レディ・ウェザビーに彼のためにもこれ以上言いたくないと、なんとか伝えようとする。

「ようやくあなたのほのめかしが理解できたからですよ」レディ・ウェザビーが平然と断言する。「これまであなたが言ってきたすべてがね。これを言いたかったのでしょう？　でも、あなたはわかっていなかったのよね。切り裂かれたふたりは同じくらいたやすく結びつけられること」

エアリアルがじだんだを踏んだ。「なんのことを話しているの？　だれが切り裂かれたの？」

「だれもよ。いい子ね」レディ・ウェザビーがきびきびした口調で言う。「あなたが心配することはなにもないわ」

「そう言う時は、ぼくが心配することがなにかあるんだ」

母にそう言うと、エアリアルはキャサリンのほうに向き直った。「ここを出ていくの？」

彼の声に宿る不安に気づき、キャサリンは彼の頃の自分を思いだした。今のエアリアルとほぼ同じ年齢の時に、叔母がなんの痕跡も残さずに失踪した。エアリアルに同じ思いをさせることは絶対にしない。

「わたしはだれとも結婚しないわ」

「それなら、あの人はなんのために話をしに来たの？」エアリアルの細めた視線がキャサリンと母のあいだを行ったり来たりする。

キャサリンはふたりになにを言うか、急いで考えなければならなかった。真実を明かすわけにはいかない。

「仕事に来たのよ」キャサリンはうつむき、絨毯の褪せた模様を目でなぞりながら、なんとか話をでっちあげた。「わたしが遺跡について書いていることを聞いたそうなの。エディントンホール周辺の地域の歴史を集めるために、一緒に働いてほしいと頼まれたわ」

キャサリンは視線をあげて、疑念と信頼の狭間で揺れ動いているレディ・ウェザビーを見つめた。

「最初からの候補ではなかったみたい。でも、新聞でわたしの歴史の、ほら、あのコーフ城について書いた文を読んで、執筆者の住所を編集者に訊ねたのですって。それがわたしだと知って、訪問はやめようと最初は思ったらしいけれど、調査に最善を尽くすことを優先したそうなの。ドーセットはわたしの専門だから。結婚式の前にやり終えたいんですって。花嫁への贈り物として。もうすぐ婚約する予定らしいわ」レディ・ウェザビーが口を開くのを見て急いで言った。「いいえ、わたしはお相手の名前は知らないわ。でも、その方のためなのよ」

「花嫁へあげるのだとしたら、ずいぶん奇妙な贈り物だこと。でもたぶん学術的な立場の方なのでしょう」

「彼は公爵夫人となった方に、あの土地との関わりを感じてほしいのだと思うわ。彼の先祖代々の家ですものね。それに、大金を払ってくれることになったわ、前金で」

「どのくらい？」レディ・ウェザビーがまた息を呑んだ。

「千ポンド」

レディ・ウェザビーは長椅子にくずおれると、手のひらを心臓に当てた。

「ウェザビーパークに戻るには足りないわ。でも、当座の借金を返すには充分でしょう」

キャサリンは言った。「暮らしも楽になるわ。しかもそれだけではないの。この仕事が彼の望み通りにうまく終えられたら、もっと多く払ってもらえるかもしれない」

メアリー・フォースターを見つけられる可能性がありそうもない時に、支払いの全額を言いたくなかった。しかも、歴史を調べるための支払い額としては、だれにとっても――たとえ公爵であっても――冗談にしか思えない大金だ。ただの夢物語だと思われるかもしれない。実際にそのお金を受けとった暁には、このとてつもない数字に見合う説明を考えつけるだろう。あるいは、その時までにエレナには真実を告げられるかもしれない。

「救われたわ！」レディ・ウェザビーが叫んだ。「思っていたよりも良い話でもあるわ。わたくしたちは救われて、しかもあなたを失わなくてすむのね」

「救われたとまでは言えないかもしれないけれど」キャサリンはレディ・ウェザビーの期待を抑えようとした。「でも、今朝の状況が改善されるのは間違いないわ」

今朝はウィンチェスター紙から支払われる二十ポンドが大金に思えたのだから、それは間違いない。レディ・ウェザビーの輝くような笑顔に、キャサリンもほほえまずにはいられなかった。そして、近い将来、キャサリンが糖蜜タルトを買ってくれるかもしれないね、というエアリアルの楽しい予想に笑いださずにはいられなかった。

それから、キャサリンはジョンの別れ際の言葉を思いだした。

「エレナ、エアリアル」思いがけない収入で最初になにを買うかについて言い合っているウェザビー母子をさえぎった。「あなたがたを置いて出かけなければならないのよ。ほんのしばらくのあいだだけ。これを……公爵のための仕事をするために」

「出ていく？」エアリアルは言った。「出ていかないって言ったじゃないか。あの男があなたを連れていかないって！」

エアリアルの声に浮かんだ恐怖が、稲妻のようにキャサリンの心を貫いた。

「ほんのしばらくだから。戻ってくると約束するわ」

「ぼく、一緒に行くよ」エアリアルが胸を膨らませる。「だれがあなたを守るの？　女の人は家族の男と旅する必要があるんだよ。レディはひとりでは旅できないんだ」

こう言うなり、エアリアルはキャサリンに飛びついてぎゅっと抱き締めた。キャサリンもエアリアルを強く抱き締めた。

この数週間、エアリアルは母親とキャサリンに、もうそんな年ではないと、抱き締められるのを嫌がっていた。しかし、自分のそんな成長をしばし忘れたらしい。

「ひとりで行かなければならないのよ」キャサリンはエアリアルの小さな顔を見おろした。「でも、手紙を書くし、必ず帰ってくるわ。わたしたちのためにやらねばならないことなのよ。考えてみて、エアリアル。このお金があれば、ウェザビーパークを取り戻せるかもしれないのよ」

エアリアルはキャサリンを離した。今言われたことを考えている。彼の目が絨毯からキャサリンの顔に戻ってきた。「そうなれば、ぼくがあのお屋敷の主人になるの?」

「その通りよ」

「キャサリン」レディ・ウェザビーが言った。「それはどうかしら。もしあなたがそのお金を得て――もしも充分だとしても――借金の支払いに――違うのではないかしら、わたしたちの分まで――」

キャサリンは片手をレディ・ウェザビーの手に重ねた。

「あなたとエアリアルはわたしの家族なのよ。お願い、エレナ、そうさせてちょうだい。あなたは本当にたくさんのことをしてくれた。わたしにそんな資格がない時もずっと友だちでいてくれたわ」

「あなたはいつでもその資格はありましたよ」レディ・ウェザビーはすすり泣きを呑みこみ、キャサリンの手をそっと叩いた。

それから、ふいに立ちあがった。キャサリンより先に、この感傷的なひとときから、やるべき仕事に気持ちを切り替えたらしい。

「そうね、旅をするならば、わたくしの旅行カバンを持っていったらいいわ。淑女の旅にふさわしいのはあれだけだわ。公爵の地所に行くのに庶民のような格好はさせられませんからね」そう言うなり、滑るように部屋を出ていき、残ったキャサリンは、このいっぷう変わった小さな家族の一員であって本当に幸運だとつくづく思った。

一時間後、使者により約束の救済、一千ポンドの小切手が届いた。

その夜、エアリアルが糖蜜タルトにかじりつき、満面の笑みを浮かべるのを見た時、キャサリンはこれでよかったと思った。この小さな家族にかつての栄光を取り戻させる。最初の家族は救えなかったけれど、この家族は救うことができるだろう。自分にその力があることを、キャサリンは心の奥底でわかっていた。

このお金によってレディ・ウェザビーは社交界に復帰し、エアリアルは学校に行って、出自にふさわしい立派な准男爵として人生を始められる。キャサリン自身も本の原稿を書き終えられるだろう。エアリアルとエレナを除けば、唯一キャサリンの人生に意味を持たせてくれたものだ。その原稿こそが、びりびりに破れた人生を縫り合わせて、新しい、簡単にはだめにならない人生に変えられるという期待を抱かせてくれる。

夕食後、ずっと遅く家の一番上の小さな自室でひとりになって初めて、キャサリンはこの功績を成し遂げる行く手に立ちふさがる大きな障害物を思い返した。

この厄介ごとはたくさんの名前を持っている。

公爵閣下。

フォースター侯爵。

エディントン公爵。

ジョン・ブレミンスター。

あるいは、彼が言い張ったように、ただジョンだけ。

ベッドに横たわり、ふたたびそのハンサムな顔を、そして上品な喪服の中の力強くて引き締まった体の線を思い描く。それから口。彼の考えがよくわかると時々感じる場所。キャサリンの胃が勝手にもんどりを打った。

キャサリンはうめき声を漏らし、枕を顔に押し当てて、心の中の映像を追い払おうとした。彼にとってキャサリンは望みの対象ではなく、忌まわしいけれど今は必要という存在に過ぎないと、自分に言い聞かせる。

それを絶対に忘れるべきではない。

7

翌朝、ブレミンスター家の馬車がホルストンプレイスに到着した。キャサリンは窓からその馬車を詳細に眺め、公爵がのっぴきならない事情で行動を共にしなければならない女性を――国を横断する長旅という事実はさておき――、彼のメイフェアの屋敷まで移送するといった慎重さを要する用事を請けおう馬車に違いないという結論にいたった。飾りや紋章がついていないにもかかわらず、簡素ながら堂々たる風格を持った馬車だ。

眠そうなエアリアルと涙にくれたレディ・ウェザビーがキャサリンを見送ってくれた。ウェザビーふたりが居間でキャサリンを抱き締めているあいだに、従僕がキャサリンのひとつだけの旅行カバンを馬車に運んだ。

「エディントンに着いたら手紙を書くわね。それに、あなたがたもできるだけ頻繁に手紙を書いてくださいな。それが来ないと心配してしまうから」

「心配する必要はないわ、あなた」答えながらもレディ・ウェザビーが寂しそうな表情を浮かべる。「あなたが充分なものを残してくれましたからね。あなたの留守中、とても優雅な生活ができそうですよ。どうか体を大事にしてね、わたくしたちのキャサリン。そして、早く帰ってきてちょうだい」

これ以上居間にとどまったら泣いてしまいそうだと思い、キャサリンはふたりをもう一度短く抱き締めると、急いで外に出て馬車に乗った。

馬車は勢いよく走りだし、ホルストンプレイスを後にした。見慣れた建物の姿から無理やり目を離すと、全身に刺すような痛みが全身に走った。エアリアルとレディ・ウェザビーと長いあいだ離れたことはこれまで一度もない。家族を救うためにこの任務に従事しなければならないことはわかっていたが、それでもふたりと別れるのは苦痛だった。

馬車が街路を進むあいだ、キャサリンは自分の原則をすべて妥協したわけではないと自分に言い訳をした。たしかに、叔母メアリーが生きていながら十七年間もキャサリンに連絡しなかったと示唆されたことにより、叔母への忠誠心が高まったとはとても言えない。それでも、メアリーとキャサリンの父親に、そしてなによりキャサリン自身にブレミンスター家がした仕打ちを忘れることはできない。

昨夜遅く、眠りに落ちる前に、ジョン・ブレミンスターをその爵位に許される範囲で無視すると決心した。不必要に闘争的になったり、無作法にしたりはしない。結局のところ、自分もメアリーを見つけて、年金を受けとってもらいたい——でも、彼の地位が要求する尊敬を示すことは拒否する。社交界にとっての彼の爵位と、キャサリンにとってのそれはまったく別なものだ。

それでも、馬車がメイフェアに入ったとたん、威厳とか勇敢という気分はあえなくしぼんだ。窓から外をのぞくと、サー・フランシスが亡くなる前にキャサリンの世界に住んでいた人々が見えた。上質の縦縞のズボンを穿いて杖を持ったこざっぱりした紳士たちと、鳩色からアカバナ色まであらゆる色のシルクのドレスを着たレディたちが散歩している。ボンドストリートで買い物するために出かけてきた若い女性たちは腕を組んで笑い合い、相変わらず騒々しい。彼女たちの頭の中は、キャサリンが長らく持つことができていない希望と期待に満ちているに違いない。

だれでも、それこそメイフェアの輝いている幸せそうな人々でさえも、悲しいことはあるとキャサリンは自分に思いださせた。たかが三年前、自分はあの人たちのひとりだった。たくさんの問題を抱えていたけれど、そんなことは、通り過ぎる馬車からはわからなかったはずだ。それでも、グロブナースクエアに近づくにつれ、パークレーンからリージェントストリートのあいだに存在する人々の中で自分はもっとも孤独な人間だと感じずにはいられなかった。

馬車が傾くほど勢いよく停止した時点で、憂鬱な気分を払いのけなさいとキャサリンは自分に言い聞かせた。公爵と会うためには気力体力すべてが必要だ。かすかでも弱さを示すものはいっさい彼に見せたくない。

従僕が差しだした手を借りて馬車からおりると、そこはポートランド石の外壁と大理石の柱廊が砂糖菓子のように美しい街屋敷の脇の路地だった。彼の用心深さに感謝すべきだろう。裏口から入らせることを思いついてくれてありがたかった。これ以上失う評判はないけれど、それでもブレミンスター邸に入るのを見られて面倒を増やす必要はない。自分とウェザビー家をかつての地位に復帰させたいと願っている時はなおさらだ。従僕に戸口まで案内されると、扉が開き、とても若い感じの執事が現れた。戸惑い、神経質になっているように見える。

「おはようございます、ミス・アスター。よろしければ、書斎でお待ちいただければとのことでございます」

一瞬キャサリンは戸惑った。ミス・アスターが何者かわからず、執事がほかのだれかと間違えているのではと思った。公爵の愛人のひとり？　そのような人物に間違えられたと思って顔を赤くする。それから、ジョン・ブレミンスターが使用人たちにキャサリンの本名を告げていないのかもしれないと思い当たった。

承諾の言葉をつぶやき、執事に礼を言う。彼はキャサリンを書斎に案内し、待つあいだになにか必要か訊ねた。キャサリンは彼にこのままで充分と告げた。

なぜなら、書斎に足を踏み入れたとたん、この豪奢な部屋に心を完全に奪われたからだ。キャサリンはこの部屋のすべてに胸が痛いほど激しい羨望を覚えた。ああ、地位が高いというのは、とキャサリンは思った。このような書斎を持つことだ。天井近くまで本棚がそびえて、可動式のはしごが必須の高さまで蔵書が並んでいる。書斎机も信じられないほど大きい。しかも、この部屋は図書室でさえないのだ。図書室はほかのところにあるに違いない。キャサリンは本と図書室を愛して止まないけれど、本当に心から欲しいと願っているのはまさにこの部屋のような書斎だ。あらゆる分野の知的な研究ができる部屋。その研究が重要だと告げてくれる部屋。

室内を歩きまわり、棚に並んださまざまな本を取ってみる。そして歴史学の研究書の区画を見つけた。蔵書をざっと眺め、下段の隅のほうに、書名は知っていたが、これまで読む機会がなかった数冊を見つけ、膝をついてしゃがんだ。背表紙に指を走らせただけで、心臓の鼓動が速くなる。

戸口から音が聞こえ、キャサリンは目をあげた。

公爵が部屋に入ってきた。風呂に入ったばかりらしく、染みひとつない服に身を包んだ姿はさわやかで、どういうわけか、前日よりもさらにハンサムに見えた。キャサリンはかがみこんでいた姿勢から立ちあがった。生まれた時から染みこんでいる行儀作法に則り、膝を曲げてお辞儀をしそうになる自分と闘う必要はあったが、彼に対してその種の敬意はいっさい払わないという決意をなんとか守った。

「おはようございます、公爵閣下」

彼に見られ、キャサリンは服に寄った皺を痛いほど意識した。公爵に会うのにふさわしいドレスなど一枚も持っていない。今着ている色褪せた青色のモスリンのドレスが中では最上等だが、そう呼ぶには値しない代物だ。レディ・ウェザビーでさえも昨夜、キャサリンの持っている服に憂えて、新しい服を買う時間がなかったことを嘆いていた。

「なんと、ミス・フォースター。すでに合意事項を尊重する気がないわけか？　前途にとって幸先がいいとは言えないな」

この非難にキャサリンの胃がよじれるように痛んだ。

「なんのことかわかりかねますが、公爵閣下」

「昨夜の合意に当たり、ぼくが出した条件だ。ぼくを公爵閣下と呼ばないことにきみは同意した」

なんとしゃくくに障る人だろう。たしかに、彼の地位をあがめないという決意どころか、自分はここで彼を敬称で呼んでいる。でも、ほかの呼び方で呼ぶことは、もっと親密な感じがして、それも同様に苛立つことだ。

「エディントンがいいかしら？　それともただブレミンスターとか？　よい呼び方だと思いますが」

「ジョンと呼ぶことになっている。そのために金を支払った」

「適切とは言えません」

「作法のことを言っているならば、ぼくが部屋に入ってきた時、きみが膝を折ってお辞儀をしてくれたとは気づかなかった。それとも、あまりに小さいお辞儀だったので見過ごしたのかな？」

「それはまた別です」

「そうかな？　とにかく、ぼくはこの特別な恩恵に対して支払いをしたと信じている。きみはこの同意を取り消したいのかな？　ホルストンプレイスの女性にとって一千ポンド失うのはかなりの痛手だろう」

その可能性を考えただけで息ができなくなる。彼はキャサリンを罠に掛けたのだ。

「ではその見返りに、あなたもわたしをキャサリンと呼ぶのでしたら」考えもせずに口から出た。とにかく完全降伏を避けたかった。

　ふたりのあいだの壁はなんであろうと取り崩すべきではないとわかっている。それでもなお、自分はジョンと呼んでいるのに、彼がミス・フォースターと返すのは容認できなかった。対等の立場でいたい。そうなると自分に約束した。

「いいだろう」彼がゆったりした笑みを浮かべた。まるでキャサリンの呼び方などどうでもいいと思っているかのようだ。彼は書斎机と、その向かいに置かれた肘掛け椅子を示した。「どうぞそちらへ。話し合うことがたくさんある」

　公爵は机をまわって、奥側の革張りの椅子に腰をおろした。そのなめらかな動きを賛美している自分がキャサリンは嫌だった。

　向かいの椅子に坐る。ふたりのあいだにオーク材の大きな机であるせいで、距離は近くてもなんとか平静を保てそうな気がする。

　彼の両手を見なければ。あるいは口元を。

「旅について話し合う必要がある。きみに知らせたいことがいくつかあるが、先に話してかまわないかな？」

　キャサリンはかすかにうなずいた。この問題に対処するための彼の計画が知りたかった。どうやって見つけるのだろう。もし生きていたとしても、明らかに見つかりたくないと思っている女性を。

「今朝、これからエディントンに向けて出発する。そこで、きみの叔母の昔の知り合いに質問して、彼女の現在の様子を知っているかどうか確かめる。あの地域の身分の高い女性の多くが彼女と個人的に友人だったということだ。貴婦人方が集まる文芸サロンを開いていたらしい。自由に話してもらうために、向こうに戻ったら、まずきみがその女性たちを訪問し、自分のために叔母を見つけようとしていることを伝えてほしい。ぼくが同じ質問をすれば、ご婦人方は間違いなく憶測を始めるだろう。しかも、ぼくよりきみに対してのほうが、彼女の居場所を進んで教えようとするはずだ。うまくいけば、彼女たちが叔母さんの行き先を話してくれるか、さらにうまくいけば、最近便りを受けとったかどうか聞けるだろう」

キャサリンは無表情を保とうとしたものの、彼がそこまで自分を必要としているとわかって実は嬉しかった。少なくとも、これについては、彼に対して自分のほうが力を持っている。しかも、彼の計画はキャサリンが予想していたよりもよい。キャサリン自身は叔母の友人たちに訊ねることなど思いつかなかった。彼女たちには何年も会っていないし、出会った何人かも、上流階級のその他の人々と異なる接し方はしてくれなかった。かつては文学好きな傾向があったとしても、破滅した女性と秘密裡に文通し続ける人たちとは思えない。それでも、彼女たちから始めるのはよい考えだと思う。助けになるなにかを知っている可能性が高い。

「エディントンに着いたら、ぼくは屋敷に帰るが、きみは地元の宿屋に泊まってもらう。〈王の紋章〉という宿だ。そして、ぼくたちは手紙だけでやり取りする。向こうに信頼できる配達人が何人かいる。旅のあいだ、急げば馬車で二日しかかからないが、偽名で旅をする。アスター夫妻だ。途中、静かな田舎の宿屋に一度だけ泊まることになっている。そこならば、紳士階級の夫婦として通るだろう」

「だからあなたの執事がわたしを呼んだんですね。ミス・アスターと」

「このグロブナースクエアでも、使用人たちにきみがミス・アスターだと知らせておいた。妹が社交界に出る前に行儀作法を習うために雇った家庭教師だと言ってある。御者のマーセルだけは、家庭教師でも妻でもないことは知らせておこう。もっとも信頼している使用人で、文句をつけようがない分別の持ち主だ」

「アスター夫妻」キャサリンは口の中で新しい名前を転がしてその感覚を味わい、それから口に出してみたが、言ったとたんに彼が青ざめるのが見てとれた。

「家柄のよい夫婦のふりをするのはさほど難しいことではない。それにもちろん、宿屋では別な部屋を取る」

「もちろんです」キャサリンは答えた。平静な口調を心がける。彼と部屋を共有することを望んでいるなどとは思ってほしくない。実際に、と頬の内側を嚙んで自分に言い聞かせる。望んでいない。

「なにか意見はあるかな？」

そっけなくはあるが、その言葉に彼の配慮が感じられた。キャサリンを嫌い、キャサリンが象徴するすべてを嫌悪しているとすれば、キャサリンの思いや感情にわずかばかりの配慮を示すことさえもたやすいことではないだろう。さらに言うなら、彼の地位のほとんどの男性は近い友人たちにもそうした敬意を示すことなどしないし、絶望的な状況ゆえに手を結んだだけの女性など歯牙にも掛けない。

「すべて計画済みであることはよくわかりました」友好的とは言えないまでも、理性的に聞こえるように心がける。「ただ、ちょっとした遠回りを提案してもいいですか？」なんの準備もせずに来たわけではない。彼の計画は予期していたよりもよかったけれど、全面的に信頼して彼の言いなりになるつもりはなかった。なんと言っても、叔母を知っているだけ自分は優位に立っている。

彼が眉を持ちあげた。「どうぞ」

「叔母が姿を消した一週間後に……」キャサリンはポケットから四角い小さな紙を引っぱりだした。「……この手紙を受けとりました」

今日の朝、キャサリンは自分の衣装ダンスの前まで行き、と言ってもはげて壊れかけた小さい木の塊にすぎなかったが、その一番下の引きだしから、家庭用の聖書、両親を描いた細密画、そして収集した英国の民話の中でもっとも気に入ったものなど、いくつか大事な品々を取りだした。そこにエディントンホールでのあの日のあと、叔母がどこへ行ったかについて、ヒントとなる証拠をひとつしまってあった。

キャサリンは机越しにその手紙を滑らせた。古い紙を彼が注意深く開くのを見守る。彼の力強い指が繊細な折り目をそっと開くのを見て、キャサリンの骨盤のあたりの筋肉がきゅっと締まった。

自分自身の主人になりなさい。キャサリンは心の中で小説の一文を引用し、裏切り者の体を叱責した。

彼は読み始めると同時に指で机を叩き始めた。おそらく自分でも気づいていないだろう。悔しいことに、この無意識の動きがキャサリンの体にまた欲望の脈動をもたらした。

そちらでなく手紙のほうに焦点を合わせようとキャサリンは自分を抑えた。手紙は何度も読んで、すべての言葉を覚えている。

愛するキャサリン
とても残念だけれど、あなたを残して去らねばなりません。離れることにより、上流社会がわたしの行動をほどなく忘れて、あなたが社交界に出ていく時には親切に迎えてくれることを心から願っています。悲しいことですが、今、あなたとわたしは会わないほうがいいのです。でも、あなたと離れたら耐えられないほど寂しく、あなたから離れなければならなかった自分のすべてを後悔するでしょう。
あなたがもっと大きくなったら、あなたのお父さまが、わたしが離れなければならなかった理由を説明してくれるでしょう。そしていつの日か、わたしをきっと理解してくれるでしょう。もちろん、厳しく非難するとは思いますが。あなたがいい子でお父さまを大切にしてくれるとわかっています。
今はマーサと一緒にいますが、まもなく彼女の元も離れる予定です。書ける時があったら、また手紙を書きますね。あなたとあなたのお父さまにわたしの居場所を知らせることはできませんが、いつの日かあなたにまた会えることを心から願っています。

いつまでもあなたの　　　　　　　　　　　　　　　　　　　　　　　メアリー

ジョン・ブレミンスターが今手に持っているのは、キャサリンの悲しい家族史の最後の遺物だ。父親は亡くなり、叔母は去り、フォースターハウスはずっと前に売却された。キャサリンの家族を破壊したまさにその敵が、いまやキャサリンが今の状況から救われるための拠り所になるかもしれないとは、なんと奇妙なことか。この手紙は自分が持つなかで最強かつ最後の切り札だ。

彼は手紙を置いた。目をあげた時、一瞬彼の口元が柔らかく、ほとんど悲しげに見えた。それから、同じようにすばやく硬い表情に戻った。

「きみはメアリー・フォースターの居場所を知らないと言っていたが」

「ええ、知りません。マーサは叔母の昔の乳母でした。わたしがとても小さい時は、わたしの乳母でもあった人なの。エディントンから半日足らずのラルワースで、小さい家に住んでいたわ。叔母はマーサの元を去るつもりと手紙で言っているし、そうしたとわたしにはわかります。このあとメアリーから一度も手紙が来なかったから、今どこにいるか見当もつきません」

彼はまるでキャサリンを信じるのは気が進まないとでもいうように、ゆっくりうなずいた。

「それでも、判明している中でマーサが叔母に最後に会った人物だから、最初に彼女を訪ねるべきだと思います。彼女が役に立つ情報をなにも持っていなかったら、手間をかけて無駄に遠路はるばる旅をすることになってしまうけれど」

「その老婦人はまだ生きているわけだな？」

「生きていることは知っているの。ほんのわずかだけれど年金を送っているから。とても年寄りでとても貧乏だけど、なにか知っているかもしれないわ」

彼の口元にふと感情がよぎった。憐れみ？　それはマーサに対して？　それともキャサリンに対してだろうか？

「それはとても親切なことだ、きみが……」彼が途中で言葉を切ったので、キャサリンの限られた財力についてほのめかす手前でやめたことがわかった。キャサリンは顔を赤らめ、赤らめた自分を嫌悪した。

「たくさんはあげていません」彼に見つめられて、顔がさらに熱くなった。「年にたった数ポンドだけど、彼女の幸せにとっては大きな違いをもたらせる。わたしの家族の崩壊はわたしたちに影響しただけでなく、フォースターハウスで働いていた人々も傷つけた。わたしはできる時にできることをやろうとしているだけ。それも、恥ずかしいけれど、それほど頻繁ではないわ」

彼はうなずき、机に目を落とした。キャサリンの言葉に動揺したように見える。なぜ彼が気にするのかしら。キャサリンにはわからなかった。

「どちらにしろ、マーサは話してくれるし、わたしの質問にも答えてくれるでしょう」

「わかった。最初にそこへ行こう。今夜は予定していた宿屋に宿泊できる。同じ街道沿いだ」

「家族にとってかけがえのない使用人でしたから、マーサはわたしたちのことをたくさん知っています。あなたは使用人たちに質問しました？　あなたのお父さまをよく知っている人たちとか、手紙を管理していた方とか？」

「もちろんだ」彼は言い返した。「屋敷内の男も女も子どもも全員質問した。父の最後の日々について、父が送った手紙について、そして普段と違う場所を訪れたかどうか。普段と違うことはなにもなかった。ぼくをばかだと思っているのか？」

「そういうわけではありません。でも、すぐれた知能を持った方々も目の前にある事実を見落とすこともあるのではないかと思っただけです」

「とてもおもしろい、キャサリン」彼の唇から彼女の名前が発せられると、あまりに個人的な感じがした。ただの音節の集まりなのに、彼女の体に歓迎できない快感の震えをもたらした。「家政婦のミセス・モリソンだけは父の信頼も厚く、ぼくが子どもの時から仕えてきた人だ。きみの叔母さんのことも知っていたので、メアリー・フォースターになにが起こったかを知らないかどうか訊ねてみた。彼女の居場所についてはなにも知らないと言っていた。嘘ではないだろう」

ふたりは机越しに見つめ合った。息が締めつけられる。ふたりのあいだでぱちぱち音を立てている緊張は、捜索について話している時はまだ耐えられたが、その話題がとだえると無視するのはずっと難しかった。彼の口元を見て、そこに浮かぶ感情を読もうとした。確信できないが、彼がふたりの旅のことをもう考えていないのではないかと思った。

公爵が目をそらし、胴着に手を入れて小さな四角い紙を取りだした。「出かける前に、ぼくが今朝受けとったこの手紙のことをきみは知っておくべきだと思う」

彼が机越しに手紙を手渡してきた。醜聞に関する古い手紙？　不愉快きわまりない意地悪な噂話？　キャサリンは手紙をつかみ、曲がりくねった見慣れた筆跡を見て驚いた。

エディントン公爵さま

こんにちは

ぼく、サー・エアリアル・ワージントン・ウェザビーは、ミス・キャサリン・フォースターに関して手紙を書きます。

キャサリンは歴史のことであなたを助けると同意しました。それだけで、それ以上ではない。間違えないように。キャサリンはウェザビー家の人であり、あなたがもしも彼女を傷つけたり、なにか不適切なことをしたりしたら、ぼくが夜明けにあなたと会うことになるでしょう。

さようなら

サー・エアリアル・W・ウェザビー、準男爵

この手紙を見て、キャサリンは笑いたくなり、同時に泣きたくなった。目の隅に涙が押し

寄せるのを感じ、キャサリンはあえて自分の膝に向かって笑いかけた。言葉が出ないことに気づき、無言で机の向こうに手紙を押し返す。

「十歳の男性から脅されるのは、そうそうあることではない」

目をあげると、彼はほほえんでいなかったが、まるでそうしたいかのように見えた。そのわずかな柔らかささえもが、彼の顔の危険性を増大させる。完璧な美しさに、キャサリンは打ちのめされそうだった。

なんとか声を見つけた。「エアリアルはきっと、女中のメリンダにスペルの間違いとか郵便の送り方とか手伝ってもらったのでしょう。あの子には、あなたが手紙を受けとったこと と、わたしについて心配しなくてよいという手紙を書いておきます」

「成人した男として、ぼくは自分に届いた手紙は自分で対処することにしている。この手紙の返信はもう書いてあるが、きみがよいと思うかどうか確かめたかった」

彼は二枚目の紙を机越しに滑らせて寄こした。キャサリンは文面を読んだ。

サー・エアリアル・W・ウェザビー殿
わたしはこの書簡により、この仕事のあいだ、必ずミス・キャサリン・フォースターを守り、彼女にいかなる危害も生じないようにすることを約束する。これは名誉にかけた誓いである。もしもわたしがミス・フォースターの気に沿わないことをした場合は、貴君、すなわちサー・エアリアルの仰せに従い、夜明けに出向き、すみやかな対応を受けると約束する。
謹白
エディントン公爵ジョン・ブレミンスター

キャサリンはこの男が嫌いだった――あるいは少なくともそれが、彼を見るたびに、その彫刻のような姿に、七年前のことをもう一度経験したいと望む自分に言い聞かせたことだった。それでも、これが信じられないほど親切な手紙であることはよくわかった。

「ありがとう」その手紙を机越しに押し返す。

彼がキャサリンを見る。あの柔らかな表情がまだ彼の口の端のあたりに漂っている。

ああ、どうしよう。彼の口をじっと見つめるのをやめられない。彼の感情を読むために。その口が彼女の口を覆うのをもっと想像するために。

なんてこと。こうした思いから抜けださなければならない。

彼が動き、この瞬間を打ち砕いて立ちあがった。


「出発前にいくつか済ませなければならないことがある。きみもなにか必要ならば、なんでも執事に申しつけるように」

「ひとつだけお願いがあります」彼はキャサリンを見た。問うように見開いた目はまるで彼女を喜ばせたいと思っているかのようだ。彼の顔に浮かんだ率直な気遣いに驚き、キャサリンはなにを言おうとしたか一瞬忘れてしまった。

「なにかな？」

「この旅にこちらの本を何冊か持っていけないかと思うのですが」彼の机の真向かいの棚に並んだ歴史書を指差した。「どれもとても貴重な、なかなか手に入らない本です。何年ものあいだ、読めたらと願っていたものです」

彼が眉を持ちあげた。「読書の時間があると思っているのかな？」

彼の口から出ると、その言葉は誘惑のように聞こえた。

「少しはあるかなと」ほんのわずかでもほのめかす口調にならないよう気をつける。「ラルワースまでの長い車中など」

「もちろんかまわない。きみが車中の読書に耐えられればだが」

キャサリンはお礼の代わりにうなずいた。

たぶん、この旅は思っていたよりもたやすそうだ。

そのあと部屋を出る前に、彼はふっと片手で髪を掻きあげた。絹のような巻き毛が乱れて、さらに魅惑的な雰囲気を醸しだした。

口がからからになった。

もしかしたら、それほどたやすくないかも。

8

ジョンはキャサリンを残して自分の寝室に向かった。彼女の唇に唇を重ね、その体を机に押しつけないために、あらゆる抑制心が必要だった。どのようにしたら、この馬車の旅が続けられるのか見当もつかない。彼女はあのトレンバーレィ邸の庭の晩と同様に、高潔で知的で侮りがたいことを示した。前よりはやや好意的だったが、だからといって事態は好転しない。彼女の美しさと相まって……とにかく、自分はお粗末このうえない状況に陥っている。

一緒に働く条件に、自分をジョンと呼ばせるべきではなかった。ホルストンプレイスの客間でそう言い張るべきではなかったし、明らかに彼の書斎でその条件に従うように強いるべきでもなかった。彼女が彼の名前を口にすると思うだけで嬉しくなる気持ちはどうにもならず、同様に、公爵閣下と呼ばれるたびに拒絶されているように感じる気持ちも変えられなかった。その代わりに自分をキャサリンと呼ぶようにと言われた時は、心が浮きたつように感じた。頭の中では、数えきれないほど何度も彼女をキャサリンと呼んでいたが、いざその名前で本人を呼ぶとなれば、それは耐えがたいほど親密なことに思えた。

それでもまだ悪い状況と言うには足らないかのように、今朝あの少年の手紙を受けとった。キャサリン・フォースターが息を呑むほどすばらしい、しかもあなどりがたい女性というだけでなく、身近な人々から深い愛情を受けていることを、あの手紙は明らかにした。

昔の乳母に対する思いやりも、彼女の高潔さを示している。真に備えている貴族はほとんどいないと経験から知っている得がたい資質だ。

あの書斎で彼は立ったまま、衝動を抑えるために拳を握り締め、彼女が落ち着きはらって歴史書について語るのを聞いていた。この旅のあいだにいくらか読書ができると、彼女は本気で思っているのだろうか？　それよりもなによりも、自分は市境を過ぎるより前に、みだらな行為を提案してしまうのではないかと考える。

彼の旅行トランクは荷造りされ、すでに馬車に積まれている。従僕が彼女のトランクも同じように積んでいるだろう。日暮れ前に宿に着きたければ、今すぐに出発する必要がある。すでにこの瞬間にも馬車で街を出ているべき時間だが、まずは自分自身の処理をしておかなければ馬車に乗ることはできない。さもなければ、あの閉ざされた空間に入ったとたん、自分は彼女の足元にひざまずき、あの庭で分かち合ったひとときをもう少し味わうためにどんなことでも約束してしまうとわかっている。

ジョンはすばやくズボンの前立てをほどき、片手で自分自身をつかんだ。彼のものはすでに硬く種が漏れて彼の手を濡らした。自分のその状態をののしる。たった三十分、彼女とただ話していただけで、ここまで影響され、これほど高まるとは。そんなことを、いったい彼女はいかにやってのけたのだ？

キャサリンが彼の書斎の机の上に坐り、スカートが巻きあがって、ストッキングの元をあらわにしている。脳裏に浮かんだその光景に彼は、聞いている者はいないと知りながらもうめき声を抑えた。この解放を必要とする彼にとって、音のない静けさはまさに容認のように感じられた。彼女に抗することができたらと心から願いながらも、頭の中で彼は彼女の中に入っていた。あの晩に始める機会さえなかったことを最後まで終えようとしている。彼女は彼を包み、彼女の中にそのすべてを取りこんだ。魅惑的な濃紺色の瞳が彼の目と合った瞬間、彼女が彼のものを強く締めつける。指で激しく前後させ、彼女がそうしていると想像できるように目を閉じる。オーガズムがのぼり始めるのを感じ、ベッドカバーを噛みしめてさらに強くしごく。頭の中でキャサリンを激しく突きながら、彼女の指を口に含んでインクの染みを舌で洗う。ふいにほとんど前ぶれもなく爆発するかのように、彼の手の中ですべてが解き放たれた。

もう一度うめき声を抑えたが、今回は抑えこんできた快感の声ではなかった。声に出して悪態をつく。

ひとまず解放しておけば、これからの長旅のあいだ冷静さを保てると考えていた。しかし、空想のキャサリンがいまだに頭の中を占めている状況で、すでにふたたび興奮し始めているのがわかる。むしろ、熱い思いが募り、事態を悪化させたと言えるだろう。実際、わずかに残っている最後の自制心を手放さずにいられるかどうかも定かでなかった。

十五分後、ふたりを乗せた馬車が音を立ててロンドンの街を走り、ジョンは動く馬車の中で読書をするキャサリンの能力に感嘆していた。自分が同じことをすれば吐き気を催すが、彼女は自分がやっていることをよく心得ているらしい。彼のすぐあとに、小さなカバンを携えて馬車に乗りこんだが、そのカバンにはたくさんの紙とペン、小さな鉛筆、そして彼の書斎から持ってきた何冊かの本が入っていた。キャサリンは満ち足りた様子で自分の席に腰を落ち着けた。彼が天井を叩き、馬車が唐突に走りだした時も、邪魔はいっさい寄せつけないらしい強い集中力で、じっと読んでは、紙に小さくメモをしている。本のページから目をあげさえしなかった。読みながら唇を噛み、唇の表面を歯で動かし、また時折はペンの突端を唇に持っていく。定期的に小さなインク壺の蓋を開け、印象的なほど上品な所作でペン先を浸し、流れるような動きでなにか書き留める。彼が目の前にいることさえまったく気づいていないようだ。しかも、手袋もしていない。

彼は窓の外を眺めた。憤慨しているが、そうする権利がないこともわかっている。彼と会話をするために金を払っているわけではない。それでも、彼女に話しかけたかった。ただ、言うべきことを思いつかない。頭の中を探しまわったあげく、ようやく適切に思える、しかも安全な言葉が見つかった。

「夜までにつつがなく〈王の紋章〉に着ければいいのだが。ひと晩寝れば、明日の午後にはラルワースに到着できるだろう」

「ええ、書斎でそう伺いましたわ」彼女は本から目をあげない。

彼は咳払いで困惑を隠そうとした。「ラルワースにもちょうどいい宿屋があるだろう。きみの乳母を訪ねるあいだ、そこに滞在できる」

「そうですね」彼女がついに目をあげて彼を見た。「マーサのところに滞在することはできないでしょう。一部屋だけの家に住んでいます。公爵にふさわしい宿泊場所とは言えません」

「そんなことはない。もっとひどいところに滞在したこともある」

時には、ひどいほうがよいこともある。もちろん屋敷に連れていくこともできたが、友人たちにつきまとわれる。あの時は十五歳だった。トレンバーレィの女中と納屋で過ごした夜を思いだした。女中とふたりでひと晩中、乾し草の中を文字通り転がりまわった。その娘は、今は地元の肉屋と結婚している。最後にトレンバーレィに行き、街中で彼女に会った時の衝撃をいまだ記憶している。ふたりの小さい子どもたちのことを褒めちぎり、以前と変わらず美しかった。帽子をちょっとあげて多少意味ありげに挨拶をすると、彼女も慎み深い小さな笑みで返してきた。それはまさに幸せな結婚をした女性がかつての恋人にする挨拶だった。

気を紛らわせるために、彼は乾し草置き場で現在は肉屋の妻である娘と過ごしたあの夜のことを思いだそうとした。だが、彼の心はその情景にキャサリンを置き換えた。シルバーブロンドの髪が乾し草の上に広がり、優美な唇がもっともっとと求めている。

彼はため息を抑えそこねた。

「あなたは旅行の時に緊張される方なのですか、公爵閣下？」

彼は目を開けた。「ジョンと呼んでもらうために金を払った。もう一度思いださせることになったら、その次の角でおりてもらう」

「申しわけありません」彼女は申しわけないようにはまったく聞こえない口調で言った。「あなたは旅行の時に緊張される方なのですか、ジョン？」

彼女が彼を名前で呼んだのは初めてで、それを聞いただけで彼のものは硬くなった。いまいましい女性だ。心の中で悪態をつく。

「それはまったくない。きみにも同じことを訊ねようと思ったが、きみは退屈な道中で気を紛らわせることに熟達しているようだ」

「わたしはほとんど旅をしたことがありません。英国はおろか、南部を離れたこともありません。あなたはきっとはるか遠方まで旅していることでしょうね。それなのに、道すがら暇をつぶす方法をご存じないとは」

「揺れている馬車の中で読書はできないな」

「贅沢ができた頃、ウェザビーの地所とロンドンの街屋敷のあいだを行ったり来たりする時に訓練したんです。馬車にうんざりするほど長く乗っていましたから。読むのと乗るのと両方学べるでしょう？」

読むと乗る。ふたつの言葉は平凡だったが、彼女の口から出るとなぜか不道徳な感じに聞こえた。どちらも彼の身体的不具合を軽減してくれはしない。つい先ほど使用したばかりにもかかわらず、彼の高まったものはズボンを押しあげ、目立たないように位置を修正しなければならないほど張りつめている。

なんと、絶望的な状況だろうか。

「馬車の長旅はかなりたくさんしているな」そう言って、自分の思いから気をそらそうとした。「だがまったく学んでいない」

「では、なにをしているのですか？　馬車の長旅のあいだ？」

「むしろ馬に乗って、馬車と併走するのが好きだが、今回は人目につかないほうがいいので、それはやらないことにした。普段、馬車で出かける時は、友人たちと一緒に……」彼は途中で言葉を切った。真実、すなわち、友人たちとの旅ではいつも、酒を飲んだり、噂話に興じたり、関係を持った女性たちの話を代わる代わる話すことで退屈をしのいでいるという真実を言いたくなかった。あとは、イートン校やオクスフォード大学での古き時代の思い出にふける。悪ふざけのためだけに生きて、今よりも無邪気でずっと楽しかった時代だ。

キャサリンはまだ彼を見つめて続きを待っている。

彼は首を振った。「大したことではない。読書を続けてくれ」

ジョンは友人について話したことを後悔していた。トレムとモンテーニュとリースのことを部外者に話したことは一度もない。たいていの人々は彼と友人たちの絆は本物ではなく、同じ罪業を楽しんでいた冷酷な放蕩者たちの集団に過ぎないと思っている。彼らの友情それ自体が彼にとって重要だとはだれも思っていないのだ。

キャサリンが彼をじっと見つめた。「社交界新聞であなたとご友人方の記事を読みました」

彼は内心ひるんだ。もちろん、この女性が理解しているわけもない。

「あそこに書かれている大半は戯言《たわごと》だ」彼と友人たちに関するくだらない話を通じて、彼女の心の中に入りこんだ考えは、それがなんであれ一掃したい。「信じないでほしい」

「わたしがなにを信じようが、どうでもいいことでしょう？」

彼は咳払いをすることで頭をはっきりさせようとした。彼女が言うことすべてが罠のように感じる。しかも、ズボンの中の不快感も会話力の助けにはなりそうもない。

「ぼくが言いたいのは、だれも信じるべきではないということだ。きみというつもりはなかった。好きなように信じてくれ。たしかにぼくにはどうでもいいことだ」

彼女はまだ彼を見つめていた。その表情は傷ついているというより好奇心をそそられているという感じだ。やれやれ、この女性はいったいどうやって、探究心さえも魅力的にしてしまえるんだ？　彼はキャサリンの叔母のことを考えた。同じ髪と瞳で、彼の子ども時代をぶち壊した張本人。その日初めて、硬くなるべき場所が硬くなるのを感じた。心だ。

ふたりは無言のまま何時間も馬車に揺られていた。キャサリンは彼の書斎から持ちだした本を読み続け、ジョンは目を閉じて、時々まどろみ、ほかの時は窓の外を眺めた。彼の隣の銀色の髪の女性に関するみだらな思いを頭から追い払うのはたまにしか成功しない。正午に馬車を停止させ、道路沿いの居酒屋でマーセルが彼らのために田舎風の昼食を調達した。数分後に馬車は〈王の紋章〉に向けてふたたび走りだした。

冷たい昼食を食べ始めると、ふたりのあいだの沈黙を破るのは馬車の車輪の音だけだった。ジョンはできるだけキャサリンに話しかけないという決意を固めていたが、その時キャサリンがあのインクの染みがついた指先をロールパンに伸ばすのが見えた。

「両手を見せてくれ」彼はポケットからハンカチを、上着からフラスクを取りだした。

「見せたくないわ」

「両手とも汚れている。インクのついた指で食べることはできない。なにが入っているかわからない」

「もしも毒が入っていたら、わたしはとっくに死んでいるわ」

「だが汚い。それに、死ぬことはなくても、健康を害することもある」

キャサリンが眉をひそめた。「わかったわ」そう言うと彼に向けて長くて美しい指を伸ばした。「なにをしようというの？　怖がったほうがいいかしら？」

彼はなにも言わなかった。言わずに上着から出したフラスクを開けてハンカチにウィスキーを垂らした。濡れたハンカチを取り、キャサリンの人差し指の先を持ってインクをこすり取った。白い布が黒く汚れた。彼の手の中に彼女の手がある感覚に、彼のものがまた硬くなったが、とりあえず目の前に集中すべきことがある。奇妙なことだが、触れ合っているにもかかわらず、なぜか前よりも自制できるようになっている。

「あなたはわたしを汚れた子どものように扱っているわ」不安げな声音だったが、彼の手の中で指をひっくり返す動きは、この介入をさほど嫌がっていないと彼に告げていた。

「きみがそのように振る舞うからだ」

キャサリンは憤慨の声を漏らしたが、それでも手は引き抜かなかった。

彼は首を振り、指をきれいにする作業を続行した。本当は舌で舐めてインクを取りたかったが、それでは、せっかく築こうと努力していることが徒労に終わってしまう。

きれいにし終わると、彼女は目を落として両手を眺めた。

「ありがとう」

「どういたしまして」彼は汚れたハンカチをポケットにしまい、窓の外を眺めた。

目の隅に、まだ彼を見ている彼女が見えた。

「あなたは婚約しているの？」

「婚約？」彼はさっと彼女に視線を戻した。立ち入った質問だったが、彼女の表情は変わらなかった。そのことが彼の気持ちを逆なでした。

「あなたは公爵で、若くて、見た目も悪くなくて、お金持ち」優秀な競走馬の特質を話しているかのようだった。「上流階級の母親たちは、娘のためにあなたを買おうと試みるに違いないわ。そのために持参金があるわけでしょう？」

「何人か試みる母親はいるかもしれない。だが、ぼくは結婚する予定はない」

「それはなぜ？　家系を継続する必要があるのに？　地所を維持するために、どうしても花嫁が持参する何万ポンドものお金がほしい貴族はたくさんいるでしょうに。結婚すれば、あなたの現在の苦境の助けにはなるのでは？　妻の持参金をすぐに妹や娘にまわすのは珍しいことではないでしょう？　しかも、後継者も生まれる。公爵家の問題をすべて解決する鍵に思えるけれど」

そして、まったく別の問題をもたらす、とジョンは思った。妻という、なんともいまいましい問題だ。

「ぼくは結婚するつもりはない」この言葉がまるで意志を持つかのように勝手に口から出た。キャサリンのそばにいるとしばしば起こる現象だ。気がつくと、トレンバーレィにも打ち明けない内心を打ち明けている。といっても、トレンバーレィが訊ねるとは考えられない。彼の友人たちにとって、結婚は一番高い垂木《たるき》に縄をかけて、えいと跳びおりるのと同じようなものだ。結婚とは回避すべきものと決めてかかっている。なんの説明も必要としない。「それに父がぼくの又従兄弟に遺贈した金を補塡できたからといって、噂が妹の将来を破滅させるのを食い止めることはできない」

「そうだとしても、結婚を嫌うのは、あなたの地位にとって都合が悪いように思えるけれど」

「そんなことはない。公爵となるのは嫌ではないが、妻はいらない。ぼくの死後、公爵領の仕事はだれかほかの者に託す。爵位はフォーク男爵ではない従兄弟が継承することになる。その従兄弟は大家族だ。そちらには継承者候補がたくさんいる」

「女性を怖れているのですか、公爵閣下？」軽い口調だった。その軽さは彼を苛立たせるためだろう。その口調が非常に効果的であることを彼は認めたくなかった。

「ジョンだ」彼は訂正した。「それに、誤解しないでほしい。ぼくは女性を愛している。おそらく悪名も轟いているだろう。きみのように入念に醜聞が書かれた記事を読むわけではないのでさだかではないが」

その他のことは言わなかった。ただ継承者を設けるためだけに結婚するのが耐えられないこと。毎晩彼女、すなわち、今向かいに坐っている手に負えない女性の夢を見て、起きると冷や汗でぐっしょり濡れていること。ここに坐り、いかなる点でも合意に至らない議論を交わしている時でさえも、ふたりのあいだの距離を縮めて、もっとも心地よい方法で議論を忘れさせたいと願っていることも。

キャサリンが眉をあげた。

「一生の契りを結ぶことを言下にはねつける様子から、女性を愛しているとはとても思えません。女性との性的関係をほのめかされましたが、それでは女性を愛しているとは言えないわ。それに、性的関係は心が満たされるものではないでしょう。さもなければ、その女性が去るのを見て嬉しいはずないもの」

「頼むから」股間がまた最大限に張りつめ、彼は言わずにはいられなかった。「〝性的関係〟と言うのをやめてくれ」

キャサリンは笑った。彼女が笑うのを聞いたのは再会以来、初めてのことだと気づいた。その声に体がぞくぞくした。この拷問にどれほど長く耐えられるだろうか。

「それなのに、あなたをこちこちの放蕩者だと思っていたとは。噂話がこれほど間違っているとはだれも思っていないでしょうね。あなたはむしろ評判に怯えているようだわ」

軽い口調だった。無邪気と言えるほどだ。本から目をあげてさえいなかった。しかし、自分が彼になにをしているか、まったく分かっていないとは到底信じられない。その口から出てきた言葉は、ありふれたものでも誘惑のように感じてしまう。こ、ち、こ、ちの放蕩者だ、たしかに。ジョンは心の中で悪態をつき、坐ったまま腰の位置をずらした。

彼女の美しい顔が憎くなった。独善的でいながら、賢さも兼ね備えている。不合理とわかっていても、七年前のあの廃墟で自分がなにをしたのか、彼女はわかっているような気がする。実際のところ、彼女はふたりが分かち合ったことなど関心がないかのようにそこに坐り、一方の自分は、この馬車の中で彼女を抱くという想像を止められない。

「ぼくは十六歳になる前に、たいていの男が一生かかっても得られないほど多くの女性と関係を持った」吐き捨てるように言い、言いながら、意図したよりも激しい口調だと気づいた。

「きみのような未婚女性に理解してもらえるとは期待していないが」

彼女の顔がさっと暗くなった。そして、まるで彼に殴られたかのように一瞬目を閉じた。そしてふたたび目を開け、窓のほうを向き、それから視線を本に戻した。

くそっ。

彼女の表情が、今彼が知るべきすべてを語っていた。

自分は行き過ぎた。

そして、彼女は返事をすることによって彼の威厳を保つつもりなどまったくない。

9

二十四時間足らずのあいだに、エディントン公爵はキャサリンが売春婦だとほのめかし、実際に未婚女性と呼んだ。彼の見解によれば、キャサリンは未婚の売春婦か、あるいは売春をする未婚女性であるらしい。どちらを優先するかによる。奇妙だとキャサリンは思った。今日馬車の中で彼は、未婚女性であるキャサリンは、男に触れられたこともない干上がった抜け殻――その形容は、厳密に言えば、彼が知っての通り事実ではないが、彼女の人生がみだらで退廃的ならんちき騒ぎでなかったという指摘は間違ってはいない――とほのめかし、その一方で昨日は、庭でのいちゃつきやキスをたくらんだ放埒なふしだら女だとほのめかした。

彼が部屋の手続きをしているあいだも、キャサリンは〈王の紋章〉のロビーに立ち、内心いきり立っていた。夕食の時間はとうに過ぎた遅い時間だったが、それにもかかわらず、宿屋に併設された居酒屋は混み合っている。これが〝静かな田舎の宿屋〟？

幸い、貴族や地主階級の人々はひとりもいないようだ。

公爵が険しい表情を浮かべて戻ってきた。

「ひと部屋確保できたとマーセルに言ってくる必要がある。戻るまでここで待っていてくれ」

「ひと部屋？」キャサリンは言った。ひとつだけの部屋と思うだけで頭がくらくらした。「狩猟のためらしい。ひと部屋しか空いていなかった」

キャサリンは彼を見やり、自分を未婚女性の売春婦と思っている男と寝室を共有したくない気持ちが通じることを期待した。

「ぼくも嬉しくはない。しかし、ほかにどうする？　マーセルと厩舎で寝るほうがいいのか？」

「そうしたいほどだけど」

彼がキャサリンには解釈できないまなざしを向けた。

「とにかく御者と話してくる。この場所から動かないでくれ」

彼が大股でロビーを出ていくと、待つ以外、キャサリンには選択肢はなかった。寝室をエディントン公爵――ジョン――と共有するという考えに身震いする。彼に対して怒っていながら、彼のベッドを温めると思うだけで全身を駆けめぐる願望を無視できない。

彼が戻ってきたところで部屋まで行き、それがとても小さな部屋だとわかった。ベッドが部屋の半分を占領し、それ以外にあるのは古い書き物机と洗面器、そして水が入った木製の水差しだけだ。

彼はキャサリンについて部屋に入り、扉を閉めた。そして部屋を見まわし、ため息をついた。「ひどいな」

「そんなことはないわ。もっとひどいところに滞在したこともあるから」前に彼が言った言葉をそのまま返すと、おもしろくなさそうなうなり声が戻ってきた。

「少なくとも、宿屋の主人が軽食を届けてくれるはずだ」

軽食と聞いて、キャサリンのお腹がぐるぐる鳴った。彼に対して怒っていたが、食事が来ると聞いては怒り続けているわけにもいかない。キャサリンはベッドに腰をおろした。彼はブーツと上着と胴着を脱ぎ始めた。目をそらしてみたものの、それでどうなるものでもない。ただ上着が床に落ちる音を聞いただけで、下腹部がうっ血して重たくなった。

ほどなく少年がひとり、冷たい料理を載せた盆を部屋まで持ってきた。公爵がさりげなくポケットから一シリングを出して少年に与えるのをキャサリンは見守った。少年は目を丸くし、それから走り去った。なぜ、とキャサリンは思った。彼はなぜ親切にするの？　嫌な人間ならば、徹底的に嫌な人でいてほしい。キャサリンを未婚女性の売春婦と呼んでおきながら、給仕の少年に彼の家族がひと月生活するのに充分なお金を渡す？　エアリアルに対する手紙と同じだ。予期しない時に予期しない優しい行動を示されると、非難に徹するのが難しくなる。

彼がベッドの上に盆を置き、キャサリンの隣に坐った。ふたりは無言で冷たい料理を食べた。

食べ終えた頃合いに少年がふたたびやってきて盆を片づけた。ジョンは彼にまた一シリングを渡し、キャサリンはため息を呑みこんだ。

少年が出ていくと、あとは寝るほかにすることはない。

「ぼくは床で寝る」

ジョンと目が合うとふたたび、ふたりのあいだに流れるなにかがざわめくのを感じた。魅力的とはまったく言えない木の床板に目をやる。

「いいえ」キャサリンは立ちあがり、ドレスをほどき始めた。紐を解く指が震える。「部屋は小さいけれど、ベッドはふたりに充分なくらい大きいわ。互いに相手がいないと思えばいいこと」

まるでそれが可能であるかのような言い方だ、とキャサリンは思った。鼓動が速まる。彼のほうは見ない、だけど芯入りのコルセットをつけたまま寝たりしないという決意のもと、ドレスを脱ぐ。すべてを取ってシュミーズだけになった。依然として彼を見ないまま、ベッドに近寄り、ベッドカバーを返して横になった。枕に頭を載せ、目を閉じる。

ジョンが部屋の中を動き、それからまだ着ていた残りの服を脱ぐ音が聞こえた。彼がろうそくを吹き消した。数秒後、ベッドの隣が彼の重みで沈むのを感じた。ふたりとも黙ったまま横たわっている。自分の心臓の鼓動が彼に聞こえているに違いないとキャサリンは思った。彼の息遣いも聞こえる――いいえ、感じることができる。手を伸ばし、彼に触れて引き寄せたかった。トレンバーレィ邸の庭での夜が、求めてもいないのに脳裏に浮かぶ。彼の唇がキャサリンの唇を覆う。なんてことだ、きみは最高だ。それでもキャサリンは彼に背を向け続けた。一瞬一瞬がそれぞれ永遠に感じ、ほんのわずかも動けなかった。

その時、驚いたことに彼が口を開いた。

「あんなことを言って悪かった。馬車の中で」

彼の無防備な低い声がベッドの横に感じる彼の重みと相まり、キャサリンの鼓動をさらに速めた。キャサリンは無力だった——目を開けて、彼の方を向かずにはいられなかった。窓からおぼろな月明かりが差しこみ、彼の顔を照らしている。胸は裸だ。彼はあまりに美しかった。純粋な畏敬の念を覚え、一瞬だったが、キャサリンは凍りついた。

それから、自分の怒りを思いだした。彼が自分のことをなんと呼んだかも。

「あなたはわたしのことを、昨日は売春婦と、今日は堅苦しい未婚女性と呼んだことを気づいています?」

「堅苦しいとは言っていない」

「わたしを未婚の売春婦と思っているんでしょう? それとも売春婦の未婚女性? どちらがましかわかりませんが」

「その売春婦という言葉を言うのをやめてくれ」

「なぜ?」

間近だったから、彼の口元を容易に注視できた。彼は苦しそうだった。

彼は、ふたりを隔てる短い距離を越えて手を伸ばし、キャサリンの手を取った。「今日はきみの指のインクをなめて拭いたかった」

唖然として言葉を失うはずのところだが、そうはならなかった。むしろ激しい感情が押し寄せた。あの遠い昔の夜に彼がどんなふうに触れたかをまた想像し、ここと同じような小さい寝室の暗がりで、幾度となくその光景を思い返したことを考える。

「してもらっていたかも」枕に向けた口がカーブを描いて笑みになるのを感じた。なぜこんなことを言ったのだろう。どちらにしろ、この瞬間に彼になんと嘘をつけばいいかわからなかった。こんなに近くては、警戒のしようがない。

ジョンはキャサリンの手を握り、指をゆっくりと彼の口元まで持っていった。昼食のあとも仕事を続けたから、もちろん両手ともまた汚れている。キャサリンは息を呑んだ。彼が本気なのかわからず、抗わねばという焦りと息が吸えない感覚と両方に襲われる。

その時、彼の口がキャサリンの中指をくわえて、舌が先端を舐めた。飢えているかのようにかじったり吸ったりする。その感覚がキャサリンの中心部に恐ろしい影響を及ぼした。両脚のあいだが濡れるのを感じたのだ。

それ以上黙ったままこの感覚を受け止めきれず、キャサリンは半ばつぶやきのような、半ば喘ぎのような荒い息を吐いた。待っていたものがまさにそれだったかのように、彼はキャサリンを抱き寄せた。

そしてキスをし、もはやなんの抑制もなくふたりの唇が合わさった。彼の体が押しかぶさると過去が消滅した。口を開くと、彼は飢えたようにむさぼった。両手で彼の髪を梳く。彼がうめき、体をこすりつける。ふたりのあいだには薄いシュミーズと彼のぴったりしたズボンしかない。

シュミーズの上から片手で乳房を包み、それから口を近づけ、彼女の高まりとともにとっくに硬くなっていた乳首を吸った。思わずうめき声を漏らすと、彼女自身の耳にもそれはすべてを委ねるという返事に聞こえた。舌で乳首をいじられるとシュミーズの布地は完全に濡れて、それよりもっと脚のあいだが濡れているのが感じられた。それを隠せるはずもなく、隠したいかどうかもわからない。

彼の体がまさにぴったりの正しい鍵のように感じる。彼に触れられることで、体の中の快感を受容する場所の鍵が開いたらしく、彼とでなければあり得ないと思える快感が湧き起こった。この感覚はトレンバーレィ邸の晩と同じ。でもその記憶をただの想像だとずっと自分に言い聞かせてきた。でも今ふたたび彼の腕の中で、現実のものだったと自分に対して認めないわけにはいかない。

彼の両手に尻を包まれてさらに強く引き寄せられると、ズボン越しに硬く大きくなっている彼自身が感じられた。その感触をもっと味わいたくて身をこすりつけると、ふいに彼が大きく息を吸いこむのが聞こえた。その息遣いが衝撃か興奮かわからなかったけれど、高まりすぎていて、気にもならない。

彼も同意見だったらしく、腰の上までシュミーズをたくしあげた。上にかぶさり、ズボンの中で硬く張りつめた彼のものを彼女のとば口にこすりつける。その摩擦が気持ちよすぎて、外に出さなければ快感に耐えられない。叫び声をあげると、彼は首に顔を押し当てて苦悩しているかのように彼女の名前をつぶやいた。

「気持ちいいかい？」耳元に口を当ててささやかれる。

彼女の口から、同意とむせび泣きの中間のような声が漏れた。

彼は片手を彼女の尻に添えたまま、リズムよく引き寄せて彼のものを押しつけた。それと同時に唇を首に這わせ、そこの柔らかい肌を舌でいじる。

キャサリンのその場所は布地という障壁越しでさえものすごく濡れていたから、彼のものは容易に滑り、望んでいる摩擦を与えてくれた。また押しこまれ、キャサリンは自分の中で快感が高まっていくのを感じた。クリトリスをこすられるたび、さらに高みに押しあげられると、自分が張りつめたのがわかった。一番内側の筋肉が彼をもっと欲しいと、そして快感に降伏したいと望んでいる。

「最後までいけるかい？」野獣のように荒々しいささやきだった。彼のすべてにこんなに感じてしまうなんて恥ずべきことだ。ぼうっとなるほどの快感に包まれていなければ、はっきりわかっただろう。

暗い月明かりの中ですぐ上に彼の顔が見えた。ショックを受け、立ちすくんでいるような表情は、馬車で見た他を寄せつけない傲慢な貴族とはあまりに違う。この変容ぶりが、キャサリンの中から、彼の質問に対する答えを引きだしてくれた。

「ええ」あえぎながらなんとか声を出す。

彼がふたたび腰を押しこんだ。彼のものとぴったり合わせ、同じ強さで自分を擦りつける。ふいに星がきらめいた。彼に押し当てたまま激しく痙攣し、粉々に砕け散った。

少し落ち着いたあとも、まだやめたくないと自分でわかっていた。七年ものあいだ、彼を望んできた。彼を憎むべきだとわかっていた。彼女の一部はそうしていた。彼は彼の家族によってもたらされた苦しみの象徴だった。自分は彼らによって苦境に陥り、無の存在に追いやられた。でも、理由はなんであれ、彼はキャサリンを解放し、新たな彼女を作った。しかも今は旅の途中だ。メアリー・フォースターを見つけて、ふたりの問題がどちらも解決し、自分とウェザビー家がかつての地位を取り戻せば、キャサリンとジョンは永遠に離れることになる。ふたりが自分たちと彼の妹を救うためになにをしたか知る者はいないし、この小さな宿屋で共有したこともだれも知る必要はない。奔放に互いを楽しむことができるのではないか。この任務を終えて、二度と会わなくなる前に？　レディ・ウェザビーの話し相手兼エアリアルの代理姉としての長い人生に落ち着く前に、ひとつくらい情熱に身を委ねても害があるとは思えない。

もっと欲しくて、キャサリンはジョンのズボンに手を伸ばし、布越しに彼を撫でた。手が触れた時に彼がはっと息を呑んだのが愛しく感じられた。

彼は悪態をつき、彼女の名前を何度も呼んだ。彼のものを撫で続ける。彼に息遣いがますます激しくなり、これまで官能的な経験がないキャサリンにさえ、彼自身の解放に近いとわかった。

その時、彼はキャサリンの両脚のあいだの柔らかい巻き毛に触れた。指がとば口を撫で、それから開く。キャサリンは悲鳴をあげ、身をそらせて彼に腰を押しつけた。

彼がまた悪態をついた。そして今回は身を引いた。

思わず彼に手を差し延べそうになる。

だが、彼は立ちあがった。

暗がりを通し、彼が移動し、ブーツを履いて、白いリネンのシャツと上着を着るのが見えた。

そして彼は出ていった。

ふたりの小さな部屋から去っていった。

彼が欲しくてあえぎ、いまだ荒い呼吸をしているキャサリンを残したまま去った。

そのあとずっと、何時間にも感じられるほど長くキャサリンは暗闇でただ横たわっていた。

泣かなかった。あまりに深く傷ついたせいで涙が出ない。自分を差しだし、彼は拒絶した。キャサリンに対する自分の欲望を嫌悪するかのように、最後の瞬間に良識を思いだしたかのように。キャサリンを打ち砕き、粉々にしたあとに。

これまでの人生で幾度となく捨てられたと感じてきた。叔母も、知ってさえいないただひとりの母親もキャサリンを捨てた。父は向こう見ずにも絶望的な企てに身を投じ、自らの体も魂もすべてを破壊した。社交界はキャサリンを拒絶された不幸な娘としか見なかった。

それでもなお、今この瞬間、彼の拒絶はこれまですべての拒絶よりもつらく感じた。何年ものあいだ、前を向いて進み続けた。自分の不幸は、自分自身とはなにも関係ない理由によるものだと心に言い聞かせてきた。恐ろしい事故であり、不運だった。自分の人となりや、やったこととの結果ではない。孤独の理由はかわいげのなさではない。自分が問題なのではない。それなのに、ジョン・ブレミンスターがふたたび証明した。キャサリン自身が充分ではないのだと。ほかの人々と同じく、彼もキャサリンを望まない。だから出ていった。

宿屋の小さな窓越しに射しこむ朝の光の中、キャサリンは決意した。

キャサリンがどれほど傷ついたかを彼に知られることだけは絶対に避けたい。

自分は愛されず、望まれないかもしれないが、弱くはない。拒絶されて、とりわけ彼に拒まれても壊れないくらいの強さはある。今になってここで打ち砕かれるために、これまで生き延びてきたわけではない。

今日彼に会った時、なにも起こっていないふりをしよう。

明るく平然と振る舞おう。

それ自体に無関心であるように見せよう。

自分がどれほどキャサリンを傷つけたかを彼が知ることはない。

10

ジョンは夜の冷気の中を歩き、小声で悪態をつきながら火照った感覚を鎮めようとした。こうして外に出てきても、いまだキャサリンの感覚を振り払えない。体を合わせた彼女はなんと完璧に感じられたことだろう。絶頂を迎えた時の声と感触は、これまで経験したことのない極上の味わいだった。

宿屋に戻っても、彼らの小さな部屋に戻れないとわかっている。激しく望んでいる方法で彼女を手に入れようとする自分を抑えられないからだ。薄いシュミーズを通しても彼女の体をはっきり感じることができた。彼の薄いズボンを通して彼女の濡れているのも感じた。さやを抜いて彼女の中に入ったら、どれほどどきつく熱く感じることだろう。だが、それは起こらないとわかっている。過去七年間の空想が、あの瞬間だけ現実になったに過ぎない。そもそも、あの狂気の一瞬、彼が彼女の指を彼の口に持っていった一瞬、彼女がひるまなかったのが信じられない。してもらっていたかも。ひるむどころか、彼女は彼にそう言った。

彼女の絶頂は、彼にすべてを与えてくれるだろうと告げていた。これまで望んだ何よりも強く彼女と愛し合いたかった。今なお、あの小部屋に戻って、彼女の中に自分を埋めて彼をきつく包みこむ感覚を味わいたかった。

ジョンはうなり、両手で髪を掻きあげてまた悪態をついた。

だれもいない温かな乾し草置き場を見つけ、混乱した思いをなだめようとそこに横になった。だが、結局そのまま明け方まで起きていた。

ほとんどの時間はキャサリンのことを考えていた。短い幕あいでも、彼女は神々しいほどすばらしかった。月明かりに照らされて肌がきらめいていた。この世のものとは思えない色合いのブロンドの髪が水銀をこぼしたように枕の上に広がっていた。シュミーズ越しに豊満な乳房の完璧な重さが両手に感じられ、口に含んだ乳首は硬くて甘かった。腰の広がりに手を這わせ、みずみずしい尻の丸みを包んだ。彼女が極まる時の叫び声を聞いた。

それなのに、そこでやめた。身を離す一瞬前にやめられるかと訊ねられたら、ノーと答えただろう。ノーだった。この妙なる快感をやめられない。ノー、両腕に抱いた女性を手放せない。

だがその時、ふいになんの予告も感覚もなく、あの日の光景が脳裏をよぎった。

あの日。あの醜聞が放たれた日。

エディントンホールの書斎、彼の父とメアリー・フォースター。同じシルバーブロンドの髪の不思議な女性がかがみ、その後ろに父がいた。ふたりとも、見たこともないようなゆがんだ表情を浮かべていた。

なぜなら、そのパーティでふたりを見つけたのが彼ひとりではなかったからだ。

だが、最初に彼が見つけた。

ふたりを世の中にさらしたのは自分だ。

　だからこそ、自分はキャサリン・フォースターに接近しすぎてはいけない。彼女と関係を持つなど論外だ。父と彼女の叔母のその行為をたまたま見たことも、そのおぞましい関係を世間に暴露してしまったのが自分であることもキャサリンには伝えていない。真実を、すなわち父親だけでなく、自分もその醜聞に加担し、自分の家族と彼女の家族を破滅させたという真実を、彼女に知られるのは耐えられない。彼の子どもっぽい間違いがキャサリン・フォースターの人生を破滅させ、彼女の家族を破壊したということ。自分自身の家族にも被害をもたらしたことは関係ない。キャサリン・フォースターにはなんの罪もない。そして自分は罪の意識に苛まれている。

　さらに言えば、もしもキャサリンと関係を持てば、自分は父と同じとなる。同じにならないよう努力することに成人後の人生の大半を費やしてきた、まさにその男になってしまう。彼の父は自分の責任を逃れ、守る義務がある人々を傷つけた。だから、ジョンはつねに逆のことだけをやってきた。なんの責任もなく、なんの名誉もなく、なんの約束もしない――ただ一時的な快楽だけ。公爵位を継承する前は、それでなんの面倒もなかった。

　しかし今、ヘンリエッタを守るのは彼の義務だ。ジョンと母親を不名誉と失意から守ることが父の責任だったように。自分は別な醜聞を立てる危険を冒してはならない。それがすでに一度将来を台なしにされた女性をふたたび傷つける可能性がある場合はなおさらだめだ。これでは父と同じだ。自分は無責任なことをしそうになっている。

　ついに旅の疲れに負けて眠りに落ちた。しかし、まどろみながらも、意識下ではさまざまな思いがまるでサメのようにぐるぐるめぐっていた。

目覚めた時には決断を下していた。

今日、朝一番に、昨夜ふたりのあいだで起きたことは二度と起きないとキャサリンに言う。彼女の唇を二度と味わえない、あるいは、絶頂を迎える声を二度と聞けないと考えると泣きたくなった。しかし、それが唯一の答えだ。妹の安全を守る唯一の方法だ。

納屋の二階からおりると、日差しで頭のてっぺんに穴を開けられたかのようにくらくらした。休めた感じはまったくしない。眠っているあいだでさえ、前夜のキャサリンの姿が脳裏をよぎり続けた。数回眠りに落ちた時、彼は部屋を去らずに留まった。夢の中では、毎回部屋に留まり、彼の下で彼女があえぎ、幾度となく寸前までのぼりつめた。

こうした夢の記憶を掻きまぜたくて、ジョンは頭を振った。

しっかりしろと自分を叱咤し、頭の中で今日の予定を整理した。ふたたび馬車に乗りこみ、ラルワースに向かう。キャサリンの昔の乳母マーサを見つけて、メアリー・フォースターのことを訊ねなければならない。キャサリンとの関係がどうであろうと、この計画の妨げとなってはいけない。そもそも自分自身が気をそらしている場合ではない。ヘンリエッタのために。

だから、今キャサリンに会うのは、自らのもろい自制心にとってあまりに危険すぎると即座に判断し、部屋にあがっていく代わりに宿屋の主人と出発の手配に関して相談した。

その仕事を終え、主人に背を向け歩きだそうとして、危うくキャサリンにぶつかりそうになった。非常にきちんとして、そして非常に美しかった。彼がこれまで見たことがないドレスを着て、表情は自然で、そこになんの感情もうかがえなかった。昨夜彼が出ていってから、彼のことなど一度も考えなかったかのようだ。どうやら、自分は彼女を喜ばせたものの、そのあとは、美味しくもないボンボンのように忘れ去られたらしい。そのあいだ、自分は部屋に駆け戻って彼女の足元にひれ伏したいという望みに抗って心も気持ちも消耗していたというわけか。なんと自分の耳にはまだ彼女の快感の叫び声が残っているというのに、一方の彼女は、見知らぬ人であるかのように彼を見ている。いや、もっと悪い。知ってはいるが、彼女の関心をまったく引かない男ということか。

乾し草置き場での一夜が彼の姿に美的な恩恵を与えてくれていないことにふいに気づいた。

「出ていく用意はできています」

出ていくと聞いて、ジョンの頭に一瞬血がのぼり、キャサリンが探求の旅をとりやめて完全に彼の元から去るつもりなのかと思った。それから彼女の顔を見て、宿から出ることを意味していただけだと理解した。

「馬車はすぐに前まで来ると思う」彼は喉が詰まりそうになりながら言った。「十分で出発しよう」

キャサリンはうなずいた。ばかにしていると形容してもいいような表情を向けられ、ジョンは悪態をつきたい衝動をこらえた。そのあいだに彼女はジョンに背を向けた。

宿屋の玄関に真っ直ぐに向かうキャサリンの後頭部をじっと見守る。彼女が出ていくのと同時に馬車が車寄せに止まり、マーセルの手を借りて、キャサリンが閉鎖空間に乗りこんだ。

やれやれ。

彼が乗ると馬車はすぐに走りだし、そのあいだどちらもなにも言わなかった。キャサリンがまた本を取りだすのを見て、ジョンは彼女の手から剝ぎとりたくなった。あのいまいましいペンまで持っていた。インクで汚れた指が彼にどういう影響を及ぼすか彼が伝えなかったかのようだ。彼を誘惑しようとしているのか？　それとも、ただ本を読もうとしているのだけか？　信じられない女性だ。彼のほうは呼吸するのも必死なのに、どうして目の前に平然と坐り、何千年も前に死んでいる人々について読むことができるのか？

昨夜起きたことに関して話を始める必要があるとわかっていた。二度と起こらないと告げなければならない。しかし、面と向かうと、なかなか話を切りだせない。それに、キャサリンが彼に対して、無関心以外になにか感じているかどうかも知りたい。昨夜のあとに、なにか、あるいは陳腐な欲望だけかもしれないが、なにか感じているはずだ。だからこそ、今の彼女の態度にジョンは困惑した。これほど平静で、冷ややかとも言える様子は初めて見るものだ。前にも落ち着いていると思ったことはあるが、この尊大さは未知のものだった。満足させられたあと、このように振る舞うたちなのか？　そんなふうに反応する女性を彼はひとりも知らない。

自分を抑える必要がある。過去のことがあるから、ふたりのあいだにいかなる関係も築けないことを理解してもらわねばならない。

「なにを読んでいる？」少なくとも出だしとしてこれならば安全だと確信できた。

「これはあなたの本です。だから、ご存じのはず」

「所有しているからと言って、読んでいるとは限らない」自分の耳にも険悪な声に聞こえたが、それを抑制するのは――ほかの多くのことと同様――難しかった。「父が購入したのだと思う」

なにも考えずにそう言った。キャサリンはこれまで膝に心地よさげに載っていた本を、裏切り者であるかのように見おろした。馬車から投げだすかもしれないとジョンは半ば予期したが、そうはせずに、ただページに目を落として読書を続行し、相変わらず彼には返事をしなかった。

ちくしょう。言うことすべてがうまく行かない。

「今もきみの歴史書を書いているのか？」

「なんですって？」彼女の目が本を離れて彼を見た。

「前に言っていた――トレンバーレィ邸で――本を執筆していると」

「ええ」目は見開かれたが、口調は平坦なままだ。「まだ終わっていません。歴史に関する短い文をC・M・フォースターの名前で新聞に掲載しましたが。ご存じのとおり、そのような文を女が書くのは嫌がられるので、向こうがわたしを男性と思っているほうが報酬額の交渉もしやすいんです」

この七年間に、それと知らず、この女性の書いた記事を読んでいたかもしれないわけだ。喜びと苦痛が入り交じった思いだった。自分の文を自分の名前で出すことが安全とは思えない現実が腹立たしい。まるで男でなければ新聞記事を書けないかのようだ。

「新聞業界の人間は頑固なばか者ばかりだ」吐き捨てるように言った。

キャサリンはただ眉を持ちあげただけだ。

ジョンもただ肩をすくめたが、頭の中の思いはうなりを立てていた。だれかを罵倒すれば、とりあえず愉快だし、自分の中の緊張がほぐれる。しかも、母や父や妹（ついでに言えば、彼自身や友人たち）についてあれほどひどいことを書き連ね、今も機会があれば書き続けている怪物どもをあざ笑うのは、いかなる時でもすかっとする。その時ふいに、彼女に、目の前に坐っている美しく知性あふれる女性に対しても、彼らは同じことをするかもしれないと思った。このみずみずしい体から柔らかな血肉を剝ぎとり、それに対して報酬も払わない。英国の歴史書さえも本名では執筆できないのに、その本名を、彼らは醜聞のために平気で紙面に書き散らす。

「それらの文を一冊にまとめて、いつかは刊行できればと思っているんです」キャサリンが言い続け、その言い方で、彼がなにを考えているか自分は気にもしていないことを明確に示した。「でも、まだ足りないんです。一ダースほど書かないと、一冊の本にするのに充分とは言えない。もっとたくさんの遺跡をめぐる必要があるけれど、今は金銭的に限りがあるから……」

「それが、この金でやろうとしていることなのか？　一万ポンドで？」

「一部分は」その言葉を言いながら、口角をあげて小さくほほえんだ。

その笑みを見て、ふいにこの女性は恋人がいるのかもしれないと思った。そう思ったのは初めてではない。恋人がいて、だから、昨夜は彼を厄介払いしたのか？　もちろん、と彼は思った。自分が純朴すぎたのだ。恋人がいるのでなければ、あれほど巧みに快感を見つける技をどうやって習得したというんだ？　たしかに、なにも知らないようではなかったと、彼は初めて気づいた。彼女のキスはあまりに熱かった。反応が返ってくるのもあまりに速かった。

「計画があるわけか」淡々とした口調を保とうとした。「恋人かな、おそらく？　資産家でないから、この金でようやく結婚できるということか？」

「恋人？」ぼんやりした声で言い、本から目をあげて彼を見た。

「ぼくはばかではない。昨夜、きみには恋人が何人かいたとはっきりわかった。物知らずの子どもではないからな」

キャサリンは一瞬彼をじっと見つめ、それからどっと笑いだした。

「何人かの恋人？」

「なにがそんなにおかしいのかわからない」ジョンは坐り直した。本当にわからない。なぜ彼女はこんなに笑い、笑い過ぎて出た涙を拭っているのか。彼女はあえぎながら、「独身の売春婦」と、あの言葉を繰り返した。

笑うのも、彼は〝独身の売春婦〟などと呼んだこともないのに、それを繰り返すのをやめろと言いたかったが、どうやら、その言葉を言ったせいで、笑いがさらに高じてしまったらしい。しかも、頭にくるのは、目の前であえいだり、身をよじっている彼女の姿が、彼にとって非常に刺激的だということだ。

ようやく落ち着くのを見計らい、彼は強い口調で言った。「わかるように説明してくれたら、大変ありがたいのだが」

射すくめるような視線が返ってきた。「あなたはわたしの住まいを見たでしょう？　わたしがだれと暮らしているかも見た。それで、どう思うんです？　ホルストンプレイスにわたしが恋人を泊めているとでも？　あるいは、ウェザビー家がまだ問題を抱えていなかった時、後見人が下の階で行きつ戻りつしていて、庇護下にある娘が慎重な振る舞いさえできないと知ったら、即座に街に放りだすだろうとわかっている時に、わたしが窓から何人もの恋人を迎え入れていたと想像しているわけ？　そもそもわたしがどのように彼の庇護下に落ち着いたかを考えても？」

ジョンはうなった。たしかに、キャサリンが描く状況でたくさんの恋人を持つのはきわめて難しい。

「恋人なんていません。性行為の仕組みを理解している二十八歳の女で、ロマンス小説をたくさん読んでいるだけ。レディ・ウェザビーがそういう本を好きなので」

「なるほど」彼女のほのめかしを察知できればと願いながら相槌を打つ。「つまり、きみが言いたいことは、今までに……以前に……」

「恋人がいたかどうか？　その質問に答える気はありません。そんなことを訊く権利は、あなたにはないわ」

「教えてくれたら二十ポンド払う」どうしても知りたくて必死になっているのが自分でもわかる。昨夜行ったことは二度としてはならないという宣言をするためには、この会話はあまりにまわり道過ぎないか？　それでも、彼はこの質問の答えを知る必要があった。ふいに命に関わるほど重大だと感じる。

「答えを買うことはできないわ」

「百ポンド」

「ノーと言いました」

「五百ポンド」

彼女は彼をまじまじと見つめた。「五百ポンド？　本気で言っているの？」

「墓地のように」

「それはすごい金額だわ。それはいただくことにします」

「エディントンに到着したらすぐに支払う。妹の人生にかけて誓う」

「あなたは本当に変な人ね」いたずらっぽい目つきを向けられ、また頭がおかしくなりそうになる。「でも、いいわ、五百ポンドは断れません。断れる人なんてほとんどいないと思うわ。答えはノーです。これまで男の人とつき合ったことはありません」

安堵が全身を駆けめぐった。彼女が処女でないかどうかが問題だったわけではない。そうであってほしいと願っていただけだ。いや、それだけではない。本当に処女ならば、だれか舞台袖に控えている男に連れ去られる可能性も低いだろう。

その時、別な考えが浮かんだ。「あのトレンバーレィ邸の庭より以前は？」

「ほかの質問には答えません。それに、あなたがなにを訊ねたいのかもわからない」

「だれかとキスしたことは？　あの前に？　あるいはあとに？」

彼女はしばらく彼の目を見つめていた。無関心そうな態度にひびが入るかと一瞬考える。

「いいえ」彼女が言った。彼には理解できない笑みを浮かべている。「さあ、こちらの答えは無料で手に入れられたわね」

彼はにやりとするのをこらえようとしたが、無理だった。

「そう言えば、ウェザビー家に着いたばかりの頃、ひとりの従僕がわたしにキスしようとしたわ。でも、レディ・ウェザビーがつかまえて、解雇したの。わたしを妖婦と思った人もいたみたいだけど、夫人はわたしには怒らなかった。わたしがなにかしたわけではないとわかっていたのよ」

レディ・ウェザビーの寛容さに感心しながらも、今のところキャサリン・フォースターに触れてキスをしたただひとりの男だという思いにジョンは有頂天になった。独占欲が湧き起こって頭がくらくらするほどだ。彼女が情事を重ねていたとわかったとしても同じようにくらくらしたはずだが、もっと殺意に満ちた気分だっただろう。

「あなたがなぜそれほど興味を持つのかわからないわ。なにを期待しているんです？　育ちのよいレディが守るべき規範はご存じのはず。妹がいるのだから」

たしかに彼には妹がいる。そして、もしもだれかがヘンリエッタに触れようとしたら、それが貴族であろうが農民の若者であろうが、一番近くにある脱穀機にかけてやる。彼らが妹を望み、正しい方法で申しこんでくれれば、その時はノーと言う前に熟考する。

しかし、自分はキャサリンに申しこんだわけではない。ウェザビー家の少年の手紙を思いだした。子どもが書いたとしても、非常に男らしい手紙だった。ジョンはありがたくもない一抹の罪悪感を覚えた。あの少年への誓いをすでに破っている。不適切なことはいっさいしないと言った。昨夜はその約束を木っ端みじんに打ち壊したのだ。

「たしかに妹はいるし、ぼく自身も、育ちのよいレディたちに課された制約はよく知っている」彼は言い、一連の重苦しい考えを振り払おうとした。「だが、あの夜あの庭できみは……」

著しく侮辱的にならない言い方で、この思いを言い終えることはできないとわかった。

「わたしがあのことを習慣的にやっていたと思ったわけね？　あの晩わたしもまた偽名であの舞踏会に出席していたことを思いだせるかしら？　少しばかりこっそり楽しみたいと願っていたのです。それがどうなったか考えて、もう二度と試みませんでした。きわめて隔離された人生を送っていたわ」

「ロマンス小説を除いて」

「ええ。ロマンス小説に幸あれ」しかし、彼女の視線はすでに本のページに戻っていた。キャサリンがそのような本を読んでいると考えただけで、危うくうなりそうになった。

「それで、そのロマンス小説でどんなことを学んだんだ？」

キャサリンは目をあげ、彼を見つめてあのいたずらっぽい笑みを浮かべた。「ありとあらゆる方法を。もっとも放埓な道楽者でも、わたしに教えることはもうなにもないのではないかと思うわ」

「なんとなんと」彼は彼女のほうに身を乗りだした。「それはずいぶん挑戦的な言いようだな」

彼女にキスができそうなほど近かった。ふたりの顔は数インチしか離れていなかった。キャサリンは眉を持ちあげた。

その時になってようやく、ジョンはたった一時間前に自分がどんな決心をしたか思いだした。

身を引いた。

目をそらした。

「キャサリン、申しわけない。昨夜ふたりのあいだで起こったことは、もう二度と繰り返さない。悪い結果が待っているとどちらも知っている関係を始めることはできない。気が散ってやるべきことがやれなくなる」

ジョンはまた視線をキャサリンに戻した。彼女が怒りで目を細めているか、あるいは嵐のように荒れ狂う嫌悪感が瞳に浮かんでいるものと予測したが、そうではなく、表情は平坦でなにも映していなかった。唯一の反応は、瞳孔がかすかに暗くなったことくらいか。

「もちろんですわ、公爵閣下」キャサリンは彼と目を合わせたまま、冷たいが、凍りつくほどではない口調で言った。快活できっぱりした言い方だったが、その口調のさりげない無関心さがジョンの心を切り裂いた。

彼女は彼をジョンと呼ぶのを忘れたが、彼も訂正しなかった。

結局のところ、どんなにささやかであっても、ふたりには形式的な堅苦しさが必要だった。

11

キャサリンとジョンは黙したまま、ラルワースへの馬車に揺られていた。

キャサリンの内心はふつふつと煮えたぎっていたが、平静を保つと自分に約束している。その見せかけが彼の平静さを失わせたらしいのも助けになった。宿屋でふたりのあいだに起こったことは二度と起こらないと彼が言った時、キャサリンが怒るか泣くか、あるいは少なくとも口をとがらせてすねることを予期していただろう。だが、キャサリンは計画通り、反論せずに同意してすぐに本に戻った。残りの旅の大半は読むふりをしていただけで、いろいろ思い悩んでいたことは脇に置いておく。とにかく、いかなる代償を払っても、落ち着いているように見せたかった。結局のところ、と自分に言い聞かせる。何年間も感情を抑え、逆境にも耐えてきたのは、敵の――あるいはジョン・ブレミンスターが自分にとってなんであれ、その人の――目の前で取り乱して泣き崩れるためではない。

彼に対して怒っていたが、その怒りを内に隠しておくことはできた。彼の振る舞いも多少の助けにはなった。キャサリンを拒絶するのがつらそうだったからだ。彼がキャサリンを望んでいることもおそらく間違いない。それでもなお、これまで出会ったほかの男性たちと同様、充分なほどには望んではいない。自分は彼の腕に抱かれてすべてを投じるつもりだった（実際投じた）一方で、引き戻るのはいつも彼のほうだ。それがすべてを語っているのではないか？　いつも最後にはひるんで歩き去るとすれば、それは彼女を望む気持ちがわずかしかないということだ。

とりわけ嫌なのは、キャサリンを拒否しておきながら、親切にし続けることだ。ほかのなによりもその親切のせいで、冷静さを保つのが難しい。たとえば、なぜ彼女の本について覚えている必要などある？　話したのは七年前なのに、どういうわけか彼は覚えていた。それに、キャサリンが処女かどうかというばかげた質問の答えを得るために支払ったあの五百ポンド。本気で答えが知りたかったのか、それともただ憐れんで、彼女を拒んだことに対する償いのために金を払おうとしたのかキャサリンにはわからなかった。

そして今、ふたりはラルワースに到着していて、ハンプトンの地所内の住宅団地の場所を訊くために地元の宿屋に立ち寄るべきかどうかとジョンが訊ねたが、キャサリンは以前も昔の乳母を訪問していたから、道順がわかっていると答えた。ジョンが御者のマーセルにどの道を行くかの指示を出し、ほどなくして馬車は、小さな藁葺き屋根の家が並んでいるうちの一軒の前にとまった。見たところ、何年も前に来た時の記憶と変わっていない。

この四十八時間で初めて、ジョン・ブレミンスター以外の理由でキャサリンの心臓が高鳴った。叔母に関する真実の答えを見つけられるかもしれないと思うと緊張する。

人々が活動している気配はほとんど感じられなかった。ここに住んでいるほとんどが、乾し草を刈るために地主が雇った人々だ。おそらく、その仕事や家畜の競り売りなどでみんな出払っているのだろう。高齢のマーサがそうした人々と一緒に出かけてしまっていないことを願うばかりだ。

「ひとりで行ったほうがいいと思うわ」キャサリンはジョンに言った。「あなたがだれかを説明しなくて済めば、ずっと簡単でしょう」

「そうだな」ジョンの口調は苛立ちが混じっていた。「ここで待っている」

キャサリンは馬車をおりて、馬の後ろに坐っているマーセルに向かってうなずいた。顔に痘瘡の痕が残る生真面目な若者だが、軍隊のような忠誠心でジョンのあらゆる指示に従う。まだ十八歳か十九歳くらいだろうが。ジョンがなぜ彼をもっとも忠実な使用人として選んだのかキャサリンにはよくわかった。ジョンを英雄のように崇拝しているという印象以外に、とても控えめで、ほとんど見えない存在になれるという特技がある。キャサリンは彼にほほえみかけたが、彼は困ったような顔をした。この気の毒な若者はおそらく、自分が置かれたこの状況にとても困惑しているはずだ。なぜ自分の雇い主が偽名を使い、妻のふりをした奇妙な女と旅をしているか不思議がっているに違いない。しかもその奇妙な女が今度は粗末な小家屋の一軒に向かって歩いていく。

頭の中からジョンとマーセルを押しだし、キャサリンは小さな家々に向かって歩いた。道に一番近い家がマーサの家だ。ふたたび昔の乳母に会うと、そして会った時になにを発見するだろうかと思っただけで胃がよじれそうだった。もう一度、自分がいかに叔母を見つけたくないかについて考える。ジョンから支払われるお金は欲しいが、メアリー・フォースターにふたたび会いたいとは思わない。自分が見つけたくない人を捜すというのは奇妙なことだ。

キャサリンが小さな家の扉を叩いた時、だれも応答しなかった。もう一度叩き、マーサの名前を呼んで、扉に耳を押しつけた。なにも聞こえない。家は無人だ。

マーサがすでに亡くなっているかもしれないという考えが浮かび、キャサリンは一瞬うろたえた。落ち着く必要がある。マーサが死んでいるとは限らない。出かけているというだけだ。老婦人であっても日常的なことだ。

マーサがどこに行ったか知るために、だれかを見つける必要がある。

キャサリンは建ち並ぶ小さな家々のあいだをさらに奥に入っていったが、やはり人っ子ひとりいない。その地域全体が奇妙なほど見捨てられた感じに見える。

一軒の家に近づいた。キャサリンの記憶ではマーサの弟が住んでいたはずだ。小さな窓をのぞいたが、だれも見えない。薄気味悪い、とキャサリンは思った。真っ昼間なのだから、女たちは紡いだり織ったりパンを焼いたりと働いているはずだ。その土地の催しに参加したり、地主の地所で働いていたりしても、あとに残っている人々も多少はいるだろう。

それから、煙突から煙が立ちのぼっている家を見つけた。扉に近寄り、力いっぱい叩いて、中の動きに耳を澄ませる。

よかった、とキャサリンは思った。

扉が勢いよく開いた。

目の前に、非常にみすぼらしい風体の背の低い男が立っていた。歯が何本も抜けている。

そうわかったのは、彼がキャサリンに向かってにっと笑ったからだ。彼のすぐ後ろに、同じくらい汚れた顔が見えた。そちらの衣服はさらにぼろぼろだ。

一瞬頭の中が混乱した。ホルストンプレイスに来た借金取りのふたり組にそっくりだったからだ。ひとりは背が低くがっしりしていて、もうひとりは背が高く痩せている。あの男たちがなんとしてもキャサリンを債権者監獄に引きずっていこうと、ドーセットまでつけてきたのかと思いそうになった。

それで思わず数歩後ろにさがった。

もう一度男たちを見あげ、ばかげた考えだと理解する。ホルストンプレイスに来た背の高い借金取りは歯が全部あった。今目の前にいるずんぐりした男は赤毛だが、背の低い借金取りは禿げだった。

さらに言えば、借金取りたちが社会的地位の頂点にいる人々ではないとしても、目の前の男たちとはまったく違う。

長身の男がキャサリンのほうに数歩進んで、戸外の光の中に出た瞬間、この人々を最初に見た瞬間に理解すべきだった事実に気づいた。この男たちはここの住人ではない。

明らかに何週間も――おそらくはもっと長く――風呂に入っていない。田舎では、風呂に全身浸かる機会がさほど多くない人々でも、最低限の衛生対策により、こぎれいな外見と良好な健康状態が確保されている。違う、この人たちの不潔さは恐ろしいほどだ。さらに悪いのは、ふたりが身につけている衣類の一部が場違いに見えたことだ。紳士の洋服ダンスから適当に盗んできたかのように非常に上質で真新しい。キャサリンは唾を飲みこんだ。あるいは紳士の死体から。

　遅すぎた。長身のほうがもう一歩キャサリンのほうに踏みだした。手にはきらりと光るナイフが握られている。

「財布を出しな、嬢ちゃん。このあたりに、あんたを助けるやつはだれもいねえ。住人は全員逃げだしたさ。あんたはそれを知らなかったらしいな」

　男は酔っていて、若干戸惑っているらしい。同伴者のほうは目が血走っている。

「ごめんなさい」キャサリンは両手をあげた。「邪魔する気はなかったのよ」

「だが、とてもきれいな女だ」もう一歩近づきながら長身のほうが言う。「ちょっとばかり変わってるが、きれいだ」

「ええと……お気遣いありがとう。わたしは失礼しますわ。ひとりではなく――」

「ずっと耳を澄ませてたのさ、嬢ちゃん。だれもいないだろ。だれも助けちゃくれねえ」男がナイフをちらつかせながらまた近づいた。「財布を出せ。そうすればあとは勘弁してやってもいい」

　恐怖が全身を走った。男がキャサリンをつかもうとした。危ういところで身を引いたので、彼はキャサリンの手首をつかみそこなった。その隙にキャサリンは家屋の陰から出て、小さい住居のあいだを通る小道に男たちを誘いだそうとした。

　ジョンを呼ぼうと思い、叫ぼうとしたちょうどその時、彼が男たちの背後から道に現れるのが見えた。

「おい、おまえたち。そのレディから離れろ」

男たちはキャサリンに背を向けてジョンの声のほうを見た。

「貴族だ」背の低いほうが言う。陽光の中で、酩酊しているのがよりはっきりわかる。

「金持ちの貴族」長身が言う。

「貴族はみんな金持ちだ」低い方が間違いを正すような口調で返事をする。

だが、彼の友はその言葉を無視し、ナイフを構えてジョンのほうに何歩か近づいた。

「こいつがあんたのいい女か？　おれたちがあんたの臓物をえぐり出したあとに、あの嬢ちゃんになにをするか、あんたは見たくねえだろうな」

ジョンに向かってふたりが前進する。ジョンといえば、口元のこわばりから、男たちの注意を引くことには成功したものの、どうやって追い払うかは定かでないらしい。キャサリンの心臓は長身がナイフをジョンの胸に向けたのを見てさらに激しく打った。

「わかった、おまえたち。穏当なやり方でおさめよう」

「穏当なやり方」長身が言う。「穏当なやり方は、おれたちがあんたの財布ときれいな馬車を取ることとさ」手を振って道のほうを示した。

キャサリンは周囲に目をやった。そばの柵の支柱に穴掘り用の鋤が立てかけてある。ジョンは両手をあげて話し合おうとしていたが、キャサリンは行動に出ると決意していた。両手でその鋤を握り、目を閉じて、長身の男の頭めがけて力の限り振りまわした。

鋤の平らな金属部分がぶつかる、まるでクリケットのバットがものすごい勢いでボールを打った時のようなどさっという音か聞こえた。目を開けると、長身の男が手足を広げて倒れている。まったく動かない。歯のあいだから血が飛び散っている。両手が激しく震え、キャサリンは鋤から手を離した。まったく無意識の行動だった。

背が低い男は地面に伸びている同輩をひと目見るなり、驚くべき速さで森の端めがけて走り去った。酔っ払いの走り方がぶざまだったから、もしも声が出せる状態ならばキャサリンは笑っていただろう。

ジョンを見やった。ふたりはそこに、優に一分は立ちつくしていた。足元に鋤を落としたまま、キャサリンはまだぜいぜいあえいでいた。

それから、キャサリンがなにか言えるようになる前に、彼はキャサリンとの距離を縮めて唇を唇に押しあてた。興奮と今起こったことに対する恐怖の衝動が体の内側から湧き起こり、キャサリンは思わず反応した。彼にキスを返し、両腕を彼の体にまわす。彼は快感のうめき声を漏らし、乳房が彼の胸に当たって潰れるくらい強く抱き寄せた。

そのキスはすべてを含んでいた。熱さと冷たさ、怒りと優しさ、勇敢さと恐怖。

そして、またふいに、彼はキスをやめた。

「次にきみが歩き去ろうとしたら」それは叫び声に近かった。「ぼくも一緒に行く」

それが彼女のそばにいるという誓いだったとしても、これらの言葉と、自分をもう一度キャサリンから離さなければならないという彼の決意によって、ふたりにかかった魔法は破られた。

もう一度、キャサリンは彼に怒りを覚えた。

彼がキスをしたことに対する怒り。

そして、昨夜起こったことのあとに、とりわけ今朝彼が言った言葉のあとに、キスができると彼が思ったことに対しての怒りだった。

その宣言には答えずに、キャサリンはジョンの胸を叩いて両腕の束縛を解かせ、数歩さがった。

「あなた、よ――」キャサリンはまだ震えていたが、今は恐怖ではなく怒りのせいだった。

「――よくもわたしが歩き去るなんて言えるわね。あなたのほうが一度ならず、二度、そして三度までも――何でもないことのように、わたしから歩き去った」

「キャサリン――」

「歩き去るのはいつもあなたのほう。いつも大またでわたしから遠ざかる。振り返りもせずに。トレンバーレィ邸の庭から。昨日は宿屋の部屋から。ホルストンプレイスの客間からも。あなたのほうがいつも去っていったのよ。二度とわたしから歩き去ってほしくないものだわ、公爵閣下」

「わかった。去らない。約束する」

降参と言うように彼が片手をあげた。キャサリンはそれでも納得しなかった。

「それに、それだけじゃないわ。あなたが今朝わたしに言ったこと。これが――」ふたりのあいだを手振りで示す。「――二度と起こらないと言った。それなのに、あなたは……あなたは……またわたしにキスをした。なにも言わなかったかのように」

「キャサリン、申しわけない……ぼくは怖かった。きみが……あの男たちに……」

キャサリンはまた彼の胸を叩いた。「あなたはほんの数時間のあいだに考えを完全に変えてしまうように思えるわ。これは二度と起こらないと言ったのに、まさにそれをやっている！　あなたの二度との定義は数時間なの？」

「もちろん違う」彼の美しいセージ色の瞳がきらめいた。「きみが言っていることはわかっている。ぼくの行動はたしかに誇れない」

キャサリンは黙った。疲れ切っていた。ほかに言うことはなにもない。キャサリンが正しいと彼に認めさせたが、どういうわけか、想像していたような満足感は覚えなかった。

「お願いだ、キャサリン。きみに恐ろしいことが起こると思い、恐怖にかられた。自分が矛盾していたことはわかっている」

「それはなによりだわ。あなたがわかっていたのなら」

「たしかにそうなってはいけない、それはできない。しかし、どうだろう、友人になれないだろうか？　ぼくたちは同じ、この正気とは思えないめちゃくちゃな状況に身を置いている。そしてきみは全世界でただひとり、それを真に理解できる人だ。ぼくの友だちになってもらえないだろうか？」

キャサリンは彼を眺めた。率直な表情を浮かべている。彼が歩き去ってしまうことに、熱いあとに冷たくなる振る舞いに、彼女を望んでいるのに同時に望んでいないような態度に、深く傷ついたキャサリンの心はまだ癒えていなかった。

それでも、今、この瞬間に彼を嫌っていないことは認めざるを得ない。彼がミスター・オーヴァトンでないと知って以来、初めてのことだ。(もちろん、昨夜は多少好意を持ったかもしれないけれど、と自分に言い聞かせる。あれは数に入らない。彼のずる賢い舌とペニスの魔法にかかっていたのだから)それに彼は、これまで見ただれよりも汚い男ふたりから彼女を救出するために駆けつけた。

キャサリン自身がだれからであれ、友だちになりたいと言う人を拒否する立場にないのは言うまでもない。

「わかったわ」キャサリンは指を一本立てて条件があることを示した。「あなたがわたしにキスをしないと約束すれば」

12

ジョンは小さくうなずいてキャサリンの要求に同意した。

長身の追いはぎが息をしていることを確認してから（まだ気を失ったままだったが）、ジョンは腕を差しだした。馬車まで歩いて戻ると、マーセルが待っていた。

「ご無事でしたか、公爵さま？」マーセルが訊ねた。彼の目が心配そうに翳っているのがキャサリンにもわかる。

「まったく問題ない、マーセル」ジョンが言う。彼の笑みを見ただけで膝が――骨盤のあたりも――震えて少し心許ない感じになる。友人に対しては理想的な反応と言えないが、まあ、なんとか対処できるだろう。

「わたくしにも同行させてくだされば、公爵さま。あの男たちは札付きの悪党のようでした」

マーセルは並んだ家々を見られる場所にいたとキャサリンは気づいた。そもそも彼が男たちのことをジョンに警告したに違いない。馬車の中からは追いはぎたちは見えなかったはずだ。それから、マーセルはふたりのキス――そして、そのあとの激論も見たに違いないと気づいた。きまり悪さに顔が赤くになる。ふたりの声が聞こえなかったことを願うしかない。

「それなら、ぼくたちがあの男たちを速やかに追い散らしたのも見ただろう」ジョンが言う。

「あんなくだらぬことで、うちの最高の御者を危険にさらすわけにはいかない。旅行中、公爵はまったく役に立たないからな。おまえさえ無事ならば、たとえぼくが怪我をしても、旅を中断せずに続けることができる」

「そんなことはありません、公爵さま」マーセルは言ったが、ジョンの褒め言葉に喜んでいるのがキャサリンにもよくわかった。

「ありがとう、マーセル」キャサリンは言った。「男たちのことをジョンに警告してくれたのはあなたね。あなたのおかげで助かったわ」

「なんでもないことです、お嬢さま」マーセルは言い、淡いブドウ酒色に顔をそめた。「自分が助けにまいりたかったのですが、馬車に残るようにと公爵閣下に命じられましたので」

キャサリンはマーセルにほほえみかけると、今回は御者も同じように笑い返してきた。

ふたたび馬車に乗りこむと、ジョンがうなった。「ぼくの御者といちゃつかないというのも、友人の条件につけ加えたい」

「いちゃつく！　なにを言っているの？　彼はわたしの命を救ってくれたのよ」

「ぼくがきみの命を救ったと信じているのだが」彼が顔をしかめる。

「わたしがあなたの命を救う直前にね」

彼がにやりとした。

「きみが鋤を振りまわすことに長けているとは思いもよらなかった。交渉の時に言うべきだったぞ。あのような才能はさらに少なくとも千ポンド上乗せの価値がある」

　キャサリンはあきれた顔をしてみせたが、一方で頬が熱くなるのは止められなかった。おだてられたとわかっているけれど、少なからず誇らしい。あの男を打ち倒した。もちろん、殺さなかったのは嬉しいけれど。死ぬかもしれないなんて、ジョンがかがんで息を確かめるまで、思いつきもしなかった。

「わたしが言いたいのは、マーセルが状況を知らせた時、あなたは馬車の中でふてくされていたということ」

「ふてくされる？　きみが待っていろと言ったじゃないか！　あの住宅地全体の住人が出ていってしまい、犯罪者が侵入しているとは想像もしなかった」

「予測できたはずがないわ。だれも悪くない。責任があるとすれば、行き方を訊ねるために村で止まる必要はないと言い張ったわたしでしょう。言いたいのは、マーセルといちゃついたわけではないということ」

「あの御者を雇って三年になるが、顔を赤くしたところなど見たことがない」

「あなたは友人としては嫉妬深すぎるわ」

「嫉妬ではない。所有欲かな、おそらく」

　キャサリンは笑い、それから心の中で悪態をついた。まったく見下げ果てた女だわ。うっとりして気絶しそうじゃないの。

「マーセルはきみを崇拝している」

「彼は御者の鑑《かがみ》だわ。きょうの迅速な判断に対して、なにか報いる方法を考えなければ」

ふたりが話しているうちにも、マーセルが御する馬車は村の中心に入っていった。宿屋の前で馬車が止まると、ジョンはキャサリンに馬車の中で待つように言った。

「どこにも行くな」警告する。

「村の広場なら大丈夫でしょう。それに、マーセルがいるわ。あなたよりずっと役に立ってくれる」

「とにかくどこにも行くな」彼は繰り返し、指を一本立てて厳しい様子を見せようとしたが、顔には笑みが浮かんでいた。

数分のうちに彼は馬車に戻ってきた。

「あの追いはぎたちは、もう何日もあの村に居座っていたらしい。ひとりは気絶させたので、治安判事が行って、意識を取り戻す前に捕えるようにと伝えてきた。村人たちは怖れて逃れたようだ。マーサはこの本通りを五マイルほど行った農場にいるそうだ」

「よかったわ」マーサに会うという見通しが立ち、また不安な気持ちが戻ってきた。

ジョンが天井を叩き、馬車が走りだした。馬車の窓から外を眺める様子から推して、彼も緊張しているようだ。顎のあたりの筋肉がこわばっている。口元も心配そうに一文字に結ばれている。

「なにを心配しているのか話してくれるかしら？」彼の心が読めればいいのにと思いながら訊ねる。「それとも、推測すべき？」

「あの鋤を取って、あの怪物の残りの歯を全部叩き折ってやるべきだったと思っていただけだ」

「あの追いはぎ？」

彼はうなずき、キャサリンに視線を戻した。

「ばかなことを言わないで。彼はただわたしのお財布が欲しかっただけ」

彼は暗い表情でキャサリンを見つめた。「それだけではなかったと思う」

「それはもうわからないわね。彼が必死だったことは間違いないけれど」

彼の目がきらりと光った。「きみはあんな男に同情するのか？　鋤を振った時には同情しているように見えなかったが」

「同情ではないわ。ただ、彼の敵意が……わたし個人に向けたものと思いたくないだけ」

ジョンが漏らしたかすかな声に、キャサリンは彼にもっと近づいて、直接気分を和らげてあげたいという衝動を抑えこんだ。ふたりがただの友人であることを思いだす必要がある。そして、昨日に比べれば、この状況が明らかな進歩であることも。

「生きていくのが容易ではない世の中で、お金がなくて必死になる気持ちがどんなものかは理解できるから」説明しようと試みたのは、彼に理解してほしかったからだ。脅されたけれど、あの男たちに対してとくに怒りは感じない。「あのふたりの行動に弁解の余地はないけれど、だれもが、その人がやれることしかできないというのは理解できる」

彼が信じられないという表情で、観察するようにキャサリンを見つめた。

「今、わたしたちもそれぞれの動機から、必死の思いでこの計画を遂行している。あなたは妹さんとその持参金を救いたい。そしてわたしは、わたし自身の家族を助けるためにあなたの一万ポンドがほしい」

「きみ自身の家族を助ける？」

馬車の速度が遅くなったのを感じた。馬車はこぎれいな農家の一軒に入っていった。

「エアリアルとレディ・ウェザビーよ」そう説明した時、馬車が停止した。「もっといい人生を送るためにこのお金が必要なの。エアリアルは彼にふさわしい立場に戻れるでしょう。すべてを変えてくれるお金なんです」

一瞬、彼の口元が和らぐのがわかった。

マーセルが馬車の扉を開き、キャサリンをおろした。

地面におり立つと、驚いたことにジョンも彼の隣に立った。

「ここはひとりで行くということで同意したと思うけれど」

「前回ひとりで行った結果があああなったのに？　だれかに問われたら、ぼくはきみの婚約者のミスター・アスターだと言えばいい」

キャサリンは唇を嚙んだ。マーサに嘘をつくのが嫌だった。

「でも、この農場は安全だわ」

母屋はレンガ造りの建物だった。煙突からゆらゆらと細い煙が立ちのぼっていて、とても心地よい雰囲気に見える。それでも、とキャサリンは思った。安全に関して同じ間違いを犯してから、まだ一時間も経っていない。

「家の主人にマーサと会えるかどうか訊ねるだけで、すぐに出てくるから」

彼が首を横に振った。「それでもだめだ」

顔を見れば、その決意の固さがひしひしと伝わってきた。強く結んだ口が細く一直線になっている。それに、先ほど起こったことのせいでまだ震えが止まらない状況で、どれほど穏やかに見えても、未知の場所にひとりで入っていきたいわけではない。

「わかりました。では一緒に行きましょう」

農家の扉をノックすると、白い縁なし帽をかぶってこざっぱりした感じの女性が戸口に出てきた。この家の奥さんだろう。二十歳くらいにしか見えないが、年齢より賢いらしい。ジョンを見ただけで、地位のある人間の訪問だと察知したらしく、膝を曲げて深くお辞儀をした。それからまた彼を見あげ、両頬にえくぼが浮かべた。とてもかわいい人だとキャサリンは思い、ジョンもそれに気づいただろうかと考えた。

「ごきげんよう、旦那さま、奥さま」キャサリンのほうにも小さくお辞儀をする。「なにかご用でしょうか？　ここは夫の農場で、わたしはジェニングス夫人です」

「マーサ・デニーはこちらにいますか？　追いはぎから逃れて、こちらに滞在していると村で訊いてきたのですが」

「ええ、奥さま」ジェニングス夫人はうなずいたが、その表情は少し曇った。「マーサがここに来てくれてみんな喜んでいます。わたしの祖母と幼なじみなんです。でも、あまり具合がよくなくて。お連れすることはできますけれど、たぶん眠っているでしょう。使用人の部屋のひとつを使ってもらっています。でも、もう何日も保たないかも」

「意識はありますか？」ジョンが訊ねた。

「ええ、あります」マーサが笑顔を見せた。「起きている時は、今までと同じおしゃべりなマーサですわ。お会いになりたければ、部屋にご案内できますけれど」

キャサリンはうなずき、夫人についてその農家に入った。こぎれいな客間を通り抜け、使用人部屋につながる階段をのぼる。廊下の一番奥の部屋まで来ると、ジェニングス夫人は扉をノックして声をかけた。

「マーサ？」

返事はない。

「たぶん眠っているんですわ」ジェニングス夫人はそう言うと、扉を開けて室内に姿を消した。

ほどなくまた姿を見せた。「こちらです、どうぞ」

夫人について部屋に入ろうとしたキャサリンの手首をジョンがつかんだ。マーサに会う不安が全身を駆けめぐっていたけれど、それでも彼に触れられたところから、快感の震えが腕を伝いのぼった。

「ぼくはここで待っている。知らない人間が入ってマーサを動揺させたくないからね」

ぬくもりとかけらがキャサリンの心臓を貫いた。彼は公爵であり、しかも目の前には喉から手が出るほど欲しい情報がある。彼の地位の男性のほとんどは、憐れな老婦人の気持ちなど気にもしないはずだ。

「ここにいる。必要だったら呼んでくれ」

キャサリンは返事の代わりにうなずき、喉につかえた塊を呑みこんだ。

ジェニングス夫人のあとについて部屋に入ると、角に置かれた小さなベッドにマーサが寝ているのが見えた。キャサリンが近づいていくと、まぶたが震えて目が開いた。キャサリンが子どもだった時も、マーサは眠りがとても浅かったことを思いだした。お菓子がほしくて、寝ているマーサのそばをそっと通り抜けて台所におりていこうとしても、マーサはすぐに目を覚ました。その記憶にキャサリンは思わずほほえんだ。

「だれなの？」マーサが戸惑ったように言い、ジェニングス夫人を見て、それからキャサリンに視線を向けた。

ジェニングス夫人はキャサリンを振り返った。「おふたりでお話しくださいな。なにか必要でしたらどうぞ呼び鈴を鳴らしてください」

「ありがとう。手数おかけしてすみません」

ジェニングス夫人はうなずき、小さなお辞儀をすると部屋を出ていった。

キャサリンはマーサのベッド脇の椅子に坐り、マーサの手を取った。

「マーサ、キャサリン・フォースターよ」

老婦人の顔をのぞきこむ。皺だらけで、頭頂だけくしゃくしゃの真っ白な髪に覆われている。昔は肩幅の広いがっしりした女性で、子ども部屋をみごとに制御し、どんな地位の男もひれ伏させた。自分の家がここから二十マイルしか離れていないことを考える。マーサがなにか衝撃的な事実を打ち明けない限り、自分はエディントンに戻らねばならない。フォースターハウスがどうなったかを見て、長く訪れていない古い名所も訪れる。その展望は痛みしかもたらさなかった。

老婦人がキャサリンを眺める。「わかりますよ。お気に入りの生徒を思いだせないほど具合が悪いと思いましたか？」やっとのことで身を起こす。起きる必要はないというキャサリンの言葉も手を振って却下した。「それにしても、なにをしにここにいらっしゃったんです？」

「あなたに会いに来たのよ。でも、寝ているところをお邪魔してごめんなさいね。あなたが病気だと知らなくて」

「もうあまり長くはなさそうですよ。神さまのお導き通り、時が来たようですからね」

この淡々とした死生観にキャサリンはなんと返事をしていいかわからなかったが、狼狽した顔を見てマーサはただ笑った。

「いいんですよ。もう長い人生を生きてきましたからね。あなたのお世話をしていた時でさえ、すでに年寄りでした。あなたはいくつになりですか？」

「言うのが恥ずかしいわ」キャサリンはなぜいつもマーサを愛していたのか思いだした。だれでも気楽な気持ちにさせてくれるのだ。「もう二十八歳よ」

「まだ赤ん坊ですよ。わたしはこんなに年取ったのに、あなたはまだこんなに若いとはなんと不思議なこと。羨ましいですよ」キャサリンにほほえみかける。弱っている様子なのに、目はきらきら輝いている。キャサリンはマーサの手を握りしめ、言葉に出して言えないあらゆる思いをこめた。

「二十八歳は若いとは言えないわ」

「わたしのような老人にとっては若いんですよ。さあ、あなたのことを話してください。今もあの准男爵夫人のところにおられるんですか？　あの幼い准男爵もご一緒に？　よくしてもらっていたらいいのですが」

「とてもよくしてもらっているわ。ありがとう」

「あの方々もやはり辛《つら》い日々を送られたのですよね？　あなたは本当に大変な苦労を抱えられました。もっと楽な人生を送って当然でしたのに。そういう人生を与えてくれる男性を見つけましたか？　あなたのように美しくて、こんなにお優しければ、もう見つけたでしょうね」

「まだよ、マーサ」キャサリンは笑ったが、昔の乳母の目には、いたずらっぽさと生真面目さの両方が浮かんでいた。

「わたしに嘘をつかないでくださいな。あなたは昔から嘘が苦手でしたからね。ここに入ってくる前に男性の声が聞こえましたよ」

「まあ」いまだにマーサが鋭いことに驚いてキャサリンは答えた。「彼は違うのよ――ただの友人なの。わたしを親切にここに連れてきてくれたのよ」マーサには嘘をつけないから、婚約者でもないのに婚約者と言うことはできない。

マーサは首を振った。「ロンドンからこんなところまで？　そんな長旅、男は愛のためにしかしませんよ」キャサリンは顔が赤くなるのを感じた。「あなたの恋愛を詮索するつもりはありません。でも、請け合いますよ。その人がこんなところまであなたと一緒に来たのなら、彼はあなたを愛しているんです」

「そういうのではないのよ」

マーサはキャサリンの手の甲を軽く叩いた。「まわりはみんな気づいているのに、本人が最後まで気づかないということもままあります。でも、あなたなら、本心を見極められるはず。フォースター家の女ですからね。正しい答えを見つけられます」

キャサリンの心に強い哀愁の思いが押し寄せた。その昔、家族がまだ壊れていなかった時はだれもがそんな言い方をしていたことをすっかり忘れていた。彼女自身であることに意味があった時代だ。

「さあ、なぜここにいらしたか聞かせてくださいな」

「あなたに会うためよ、マーサ」昔の乳母の率直さにはいまだに慣れない。

「わたしをばかにしないでくださいよ。エディントンを離れて以来、会ったのは一度きり、あの准男爵夫人とラルワースまで旅してきてくれた時です。なにもなければ、わたしのような骨と皮の老人に会うためだけに遠路はるばる旅してこないとわかっていますからね。さあ、白状なさい。社交辞令に費やす時間はあまり残っていませんから」

キャサリンは唇を嚙んだ。本当の動機を打ち明けてもマーサは怒らないとわかっている。

「叔母のことを訊ねたかったの」

「メアリー」マーサがつぶやいた。

「いろいろ起こったあとに、叔母はあなたを訊ねてきたでしょう？」

マーサはうなずいた。一瞬言いよどみ、それから口を開いた。「メアリー——特別なお子さんでした。そして手に負えない子でした。心の中がいつも嵐のようでした。やりたくないことは絶対にやらなかった。とても小さくて、メアリーとも呼ばれていない時からです。あ、お父さまがどんなふうにブライトリー子爵と結婚するよう命じて、どんなふうに彼女が拒絶したか。あれは十七歳の時でした。彼女自身がやりたくなければ、ほんの些細なことひとつでも、絶対にやらせられないんです。そして、彼女がそうしたいと決めたことは、絶対にやめさせられないの」

老婦人はくすくす笑ったが、同時にほかの時のほかの事件のことも思いだして、それはあまりおもしろくないことだったかのように、表情は悲しげだった。

この性格描写、とくにブライトリー子爵についての話を聞いてキャサリンの鼓動が速まった。キャサリンが子どもの時は、だれもそういう話をしてくれなかった。自分の家族についてキャサリンがほとんど知らないことは、マーサの話し方から明らかだった。フォースター家についてマーサが語るのをもっと聞きたかった。しかし、と自分に言い聞かせる。そのためにここに来たわけではない。

「メアリーがどこに行ったか知ってる？　あなたを訪ねてきたあとに」

　マーサはキャサリンと目を合わせた。互いに見つめ合う。その質問の重みで空気まで重くなったように感じる。

「ここにいらしたあと、一度もお会いしていないし、手紙も受けとっていません」その口調がぼやけて薄くなる。それは多大な犠牲を払うことで、ようやく口に出せた言葉のように感じ、初めてマーサの病状の深刻さを実感した。「どこに行かれたのか、どうなられたのか、よく考えました。あのように、非凡で優秀で、とても教養あるすぐれた女性がただの人になってしまったのだろうか？　いつも気になっていました」

　マーサはまた頭を振った。「あの方は、行き先をだれにも言わないとわたしに誓わせました。でも、今となっては、秘密を隠し通すことが、彼女を守り続けることかどうかもわかりません」

「お願い、マーサ。話してちょうだい」

　マーサはため息をついた。「ここから去ったあと、彼女はエディントンに戻られました」

　キャサリンの心臓に、まるで痙攣したかのような激しい痛みが走った。メアリーがマーサに真実を告げたのだとしたら、キャサリンとジョンは正しい方向に向かっているわけだ。唯一の問題があるとすれば、メアリーが本当にエディントンに行ったかどうかということだ。そんなことは、噂でも聞いたことがない。メアリーは兄であるキャサリンの父親に会ったかもしれないが、もし会ったとしても、彼はキャサリンに言わなかった。とにかく自分は会っていない。

「わたしのところにいらした時」マーサが言葉を継いだ。「とても取り乱しておられました。公爵が――おふたりは愛し合っておられたのですが――すべてがまずいことになってしまったのです」老女が深いため息をついた。「絶望されていました。だから、あなたとあなたのお父さまの元を去ったのです。何日も泣いておられました。しばらくして、少し強くなられて、ここを出ていかれる時にはもう決然としておられました」

愛。キャサリンは考えたことがなかった。叔母は公爵を愛していたのか？　それでも、大事なことに集中する必要があった。愛を選ぶか選ばないか、ラルワースを離れる時までに決める必要があった。そういうこと？

「どのくらい長くここに滞在していたの、マーサ？」

マーサは考えこんだ。

「短期間ではありませんでした。春の終わりの種まきの頃に来られましたが、出ていかれる時は雪が積もっていました。十二月の半ばだったと思います」

「ありがとう、マーサ」

それを聞くとすぐに、なんの予告もなく老女は眠りに落ちた。

キャサリンは乳母の手を離した。そして、驚いたことに涙が頬を流れ落ちていることに気づいた。自分が泣いているのに気づきもしなかったことに戸惑いながら、キャサリンは両手で涙を拭った。

13

廊下でキャサリンを待ちながら、ジョンは彼女と交わした契約について考えていた。

キスをしないと約束した。

安堵するべきだとわかっている。この結論は、まさに今朝、こうなれば一番いいと自分に言い聞かせていた通りだ。街道沿いの宿屋や人里離れた村でキャサリン・フォースターと、すぐにばれそうな密通やとろけそうな絶頂、そして危険なキスをすることはもう二度とない。

それが最善だ、もちろん。これでようやく、自分たちの任務に集中することができる。しかも、彼が知っていて彼女が知らないこと、すなわちあの日、彼の父とメアリー・フォースターを発見したのは自分であり、この醜聞を世の中に知らしめた破壊の張本人も自分である事実にこれ以上悩む必要もなくなる。

ありとあらゆる理由により、自分は喜ぶべきだ。

それなのに、嬉しいと感じない。

キャサリンがキスをしないように求めたことが彼を苦しめていた。ふたりの以前の関わりのせいで、彼女の中に切望の気持ちがまったく残っていないことは明らかだ。

彼とはまったく違う。

ジョンはこれまで以上にキャサリンに惹かれていた。

想像していた以上に彼女は激しい性格だ。鋤を追いはぎの頭に叩きつけた彼女を見た時は、殴られたのが自分であったかのようにぼう然としてしまった。

そのあとは、この金がほしい理由を打ち明けた。レディ・ウェザビーと息子の准男爵を助け、彼らが失った人生に戻らせるためだという。一万ポンドを欲したのは、自分のために計画を進めて、夫と家族がいる未来を達成するためだろうと想像していたが、そうではなく、子どもの時に引きとってくれた人々を助けたかったのだ。わかっているべきだった。

今朝のさまざまな出来事によって、自分はこの女性にふさわしくないと痛感した。たしかに、家族のことがあるから、一緒にはなれない。家族の問題が、ふたりが互いに惹かれ合う感情を、どんな感情が存在するにしろ、実現不可能にした。しかし、その問題がすべて消滅したとしても、自分は彼女にふさわしくないとよくわかる。おとなになってからの自分は、酒を飲んで騒いだり、むっつりと感じ悪く振る舞ったり、自分を憐れんだりして日々を過ごしてきたが、そのあいだ、彼女はいかなるはけ口も、わずかな慰めもなく苦しんできた。すべてを脇に置いても、彼女には自分より立派な人間がふさわしいと、ジョンは暗い気持ちで考えた。

この思いの叡智を自分に言い聞かせている時、当該の女性がマーサの部屋から廊下に出てきたのだった。

即座に、マーサとの会話でキャサリンが動揺しているとわかった。絶対とは言えないが、泣いていたように見える。

ジョンは高齢の乳母がなにを話したのかすぐにでも知りたかったが、この奇妙な農家の廊下が議論する場ではないこともわかっていた。そこで彼は腕を差しだし、ふたりは階下におりると、玄関でジェニングス夫人に別れを告げて家をあとにしたのだった。

馬車に戻ってようやくジョンは彼女のほうを向いた。「なにか役立つことがわかったかい？」

キャサリンは答えずに下を向き、両手を眺めている。彼はその横顔を観察した。困惑し、不安を覚えているような様子に、ジョンはこの両腕で抱き寄せて、彼女を苦しめるものがなんであろうと、癒やしてやりたかった。たとえ何が起ころうと、きっとすべてうまくいくだろうと言いたかった。しかし残念ながら、それは嘘になるかもしれない。だから、安請け合いはできない。この状況に彼は二日前よりもさらに心を掻き乱されていたから、ここでキャサリンが価値のある情報を発見してきてくれればと心から願っていた。

「頼む、彼女が言ったことを教えてくれ」

キャサリンは両手を顔に押し当て、それから離した。

「メアリーは彼女の元を去った時、エディントンに戻った」言葉ひとつひとつを慎重に測っているかのような口調で言う。

「メアリー・フォースターがラルワースを去った時？　エディントンに戻った？」

キャサリンがうなずいた。

「それでは、ぼくたちが戻るのも正しいわけだ」最初の計画が正しかったことに安堵する。

「エディントンのだれかに戻ってきたことを言ったはずだわ」キャサリンが続けた。「友人たちのだれかとか、もしかしたら……」

彼女の声が途絶えた。相変わらず握りしめた両手を見おろしている。

しばらくして、彼女が言いよどんだことがなにかふいにわかった。「ぼくの父？　なぜ彼女が父に連絡するんだ？」

キャサリンは唇を嚙んだ。それを見て、彼に言いたくないことを教えてもらってきたとわかった。

「どんなことであっても、とにかく言ってほしい」待ち切れず、声に苛立ちが混じるのが自分でも情けない。

キャサリンはうなずき、ごくりと唾を呑みこんだ。

「マーサと話すのはとても奇妙な感じだったわ。だれかがわたしに、一人前のおとなとして、わたしの家族について話してくれたのは初めてだったから。つまり、家族について本当に話してくれたということ。上流社会の人々があの醜聞について陰で非難するのではなくて」

ジョンはたじろいだ。あるいはぼくが、と思った。あの醜聞について面と向かってキャサリンを侮辱した。悔恨を伝えたくて片手を取る。キャサリンはその手を引っこめようとはしなかった。むしろ握り返してきた。これは友人同士がすることだろうか？　ふとそう考え、ジョンは自分がその答えを知らないことに気づいた。

「マーサがなにか啓示的なことを言ったわけではないの」キャサリンは言葉を継いだ。その声には最近泣いた涙の気配が残っていた。「ただ、詳細が違ったの。わたしの家族に関して、当時は若すぎてわたしが把握できなかった全体像を示してくれたということ」

ふたたび、考えこむようにしばらく黙り、それから首を振った。

「とにかく、メアリーとあなたのお父さまについて、わたしがこれまで考えたこともなかったことをマーサが話したの。あの時起こったことを――」目をあげて彼を見る――「つまり、こう言ったのよ。ふたりが愛し合っていたと」

ジョンは仰天した。愛？　その言葉を聞いたとたん、ジョンの中にかつての怒りが湧き起こった。子どもの時の怒り、父がなぜ彼と母親を裏切ったか理解できなかった時の怒りだ。

「たわごとだ。まったくばかげている」

キャサリンはまた首を振ったが、彼の手は握ったままだった。

「奇妙よね。そんなこと聞いたこともなかった。父からも、もちろん、社交界のだれからも」深く息を吸う。「あれが起こった時、わたしの父は激怒し、そして打ちのめされた。あなたにわかってほしいのは、父が叔母にすべてを頼っていたということよ。父は強い人間ではなかった。そして母の死によってさらに弱くなった。母はわたしを出産する時に亡くなったのよ。そこへ叔母が入ってきて、父の――わたしたちの――面倒を見た。父はあなたのお父さまのことを敵だと、怪物だと言い、それ以外はなにも語らなかった。そして、メアリーがいなくなったあと、一年足らずで亡くなった。公爵とメアリーが愛し合っていたなんて、わたしには思いもよらなかったわ」

ジョンもそれは考えたこともなかった。あの午後に起こったことは、欲情にかられた狂気の一瞬であると、メアリー・フォースターが彼の父をその場で誘惑したのだと、そしてたった一度のこの過ちによって、彼らの人生が崩壊したのだと思っていた。いや、ふたつの過ちだ——父の過ちとジョン自身の過ち。

「理解できない。ふたりが——あれは一回だけのことだとずっと思っていた」

「わたしもそう。でも、マーサが言ったことから、少なくとも、ふたりがつき合っていたと考えるべきだと思う。もっと複雑な事情だったのだと」

ジョンは小声で悪態をついた。父とメアリー・フォースターがけちなラブストーリーの登場人物になるとは考えたくもなかった。

「父はきみの叔母さんのことを一度も話さなかった。あの醜聞についてもだ」

キャサリンが驚いたように彼を見た。「まったくなにも話さなかったの？」

「そうだ。あれについて父と話したことは一度もない」

表面下で化膿していっただけだと、ジョンは心の中でつけ加えた。父子の関係は徐々にむしばまれ、たまに勃発する口論以外はなにもなくなった。

「話すべきだとわかっていたに違いない。だが結局話さなかった」

「マーサの話では、メアリーはマーサの元に長く滞在していたそうなの——半年ほど」

「農民たちと一緒に暮らしていたということか？」

「そうみたい」キャサリンは彼の手を離した。「それがなにを意味するのかわたしにはわからないけれど」

「ぼくにもわからない」

「でも、エディントンに戻るのは正しいと思うわ」

彼はうなずいたが、頭の中は、この新たな情報を解析しようとまだがんばっていた。

「叔母の友人たちを訪ねて、その中のひとりでも、彼女の行動を知っているかどうか確かめることはできるわね。それに、あなたのお父さまの書類にも目を通すべきではないかしら。手紙とか残っていないの？」

「わからないな」すべてが悪い方向に進んだ現場である書斎を、ジョンはいまなお嫌悪していた。何年も前のあの日以来、エディントンホールの書斎にはほとんど入っていない。「なにかあるに違いないとは思う。突然の死だったからね。熱病だ。数日で亡くなった。それなのに、もっともいまいましい遺言だけは作成する時間があったとはね。まったくうちの父らしい」

怒りが言葉ににじむのを食い止めようとしなかった。キャサリンの顔を見たのは、ほらみろ、彼の父のせいだったではないかというあざけりが浮かんでいるだろうと思ったからだ。

しかし、彼女の表情は淡々として、勝ち誇った様子はまったくなかった。

「残っている書類に目を通すべきでしょう。叔母が戻って、お父さまに会った可能性は高いと思うわ」

ジョンはうなずいて同意を示した。父の昔の書類を見ることにより、あの激しい嫌悪が再燃する懸念はあるが、ほかに選択肢がないこともわかっている。

ジョンは窓の外の田舎の風景を眺めた。過ぎ去る柵や生け垣を目で追いながら、新しい情報を頭の中で見直してみる。最初に聞いた時は、父がメアリー・フォースターを愛していた、ふたりの情事が進行中だったという可能性に嫌悪を覚えた。彼の父は、すでに最悪の予想をさらに更新する方法を見つけたわけだ。

これまでずっと、メアリー・フォースターが父の権力目当てで父を誘惑したと信じてきた。公爵の愛人となり、数々の恩恵や贅沢を手に入れることを期待したのではないか。尊敬はされているがとくに裕福ではない家族の出身でもうかなりの年齢の未婚女性だ。フォースター家はいちおう上流階級ではあるが、密通により彼の父からさらに多くを得ることができる。ふたりの関係が、あの一度のパーティを越えた、父の弱さにつけこんだあのひとときを越えた領域のものとは思いつきもしなかった。今になってみれば、気分が悪くなる予測ではあるが、考えなかった自分が愚かしいと思う。ほかにどれほど多くのことを自分は知らないのだろう？　父の最後の、かつ最悪の謎かけを解くまでに、ほかにどれほど多くのことを発見するのだろう？

目を閉じて、こうした思いを遮断しようとしたが、うまくいかなかった。

その時、銀色の裏地が視界に入ってきた。あのパーティで父とメアリー・フォースターをたまたま見つけたのは、運命の恐ろしい気まぐれだった。罪深い行為をしている真っ最中のふたりを晒して、全員の暮らしを破壊してしまった自分はなんと不運だったのだろうと幾度となく考えた。もしも父親がメアリー・フォースターとの継続的な恋愛関係を続けていたならば、ジョン自身の役割は和らぐだろう。彼の間違いの前かあとか、いつ何時ばれる可能性はあったに違いない。その場合、ジョンの責任は軽くなる。そうなれば、自分に対する憎しみも多少は減るのではないか。

キャサリンが彼の隣ではっと息を呑んだ。また危険が迫ったかとあわてて目を開けたが、そうではなく、キャサリンは海を指さしていた。

「お願い、止まって。ここで止まらなければ」

町に戻る街道はこのあたりで海沿いを走っており、馬車からでも崖や水面がよく見える。だが、灰色の空のせいで人を寄せつけない厳しさがあり、彼の目にはとくに魅力的な景色とは映らなかった。

「キャサリン」突然変わった彼女の態度に不意をつかれ、ジョンは言った。「ぼくは――」

今の精神状態では、とても馬車を離れる気にはなれないと言うつもりだった。父の情報のせいで暗い気持ちになっている。

しかし、キャサリンの顔を見て、断れないと悟った。きらきらと輝かせた瞳が、あまりに力強く荘厳な青色だったからだ。興奮した様子があまりに美しく、彼は一瞬息ができなかった。

天井を叩き、マーセルが馬車を止める。

「わかった。少しだけだ」

キャサリンが彼に輝くような笑いを向け、やおら彼の手をつかんで馬車をおりた。ジョンもおのずと引っぱられて馬車から跳びおりた。

キャサリンが彼を引っぱり、足早に崖の縁まで連れていく。ジョンはキャサリンを眺め、海風がその顔を生き生きとさせ、肌を輝かせるさまを見守った。崖の端に立ち、彼を見あげてほほえみかける。その瞬間、ジョンは自分がだれか、この女性がだれかを忘れ、この場所と隣の女性の美しさしか考えなかった。

「ほら！」彼女の差す方向に奇妙なものが見えた。海から巨大な岩の塊が突きだしているが、その真ん中を浸食による穴が貫通している。まるで岩をくりぬいて作った扉《ドア》のようだ。

「この道路を通っているかしらと期待はしていたの。子どもの時に来たことがあるのよ。父と、それから――」決めかねる様子で彼を見あげたが、すぐにあいまいな言葉は止めると決意したかのように言い続けた。「叔母と。ダードルドア（ドーセット州の海岸にある天然の石灰岩のアーチ）よ。あなたも前に見たことがあるでしょう？」

ジョンは首を横に振った。「だが、もちろん聞いたことはある」

キャサリンが両手を叩いて喜ぶ様子を見て、ジョンは笑いそうになった。あの古い岩にまるで子どものように有頂天になっている。

「これを初めて見るなんて羨ましいわ。英国でもっとも有名な名所のひとつですもの。もう二度と見ることはないと思っていたわ。でもわたしたちはここにいる」

「ぼくたちはここにいる」笑みが広がるのを止められない。「だが、あれは遺跡ではない。

きみの専門は遺跡だと思っていたが」

「遺跡と名所よ。長い期間そこにあって、人々のあいだでさまざまな話が語り継がれているもの。ここはわたしのお気に入りのひとつなの。新聞に初めて掲載されたのも、このダードルドアに関して書いた文だったわ。とても美しいでしょう？　あれを見ながら絶望するのは難しいわ」

またちらりと彼を見あげた目が輝きに満ちている。

「そうかな」疑わしい口調で言ったが、目が合ったとたん、キャサリンが彼の感じているイエスを見てとったとわかった。

「あの扉《ドア》についてどう言われているかご存じ？」

ジョンは心の内でうなった。つかの間の幸せがふいにぼやけた。もしもこの話をきみがぼくにしたら、と彼は思った。今後百年、きみのことを考えないではいられない。

聞きたくないと彼女に言うべきだ。

それでもなお、キャサリンにとって大事ならば、自分もその話を知りたかった。彼女が語ることがなんであれ、自分の歴史の一片にそれが残るだろうとも感じていた。

「いや」ようやく答えた。自分の耳にも荒っぽい声に聞こえる。「あの岩についてどんな話が伝わっているかぼくは知らない」

「伝説によれば」水の上に岩が浮かんでいるあたりを見つめながらキャサリンが語り始めた。「満月で満潮の真夜中に、ダードルドアを歩いて抜けると異なる現在に入りこむの。そこでは、あなたが後悔していることが起こっていない。妻とか子どもとか夫が生き返る。財産も元に戻る。ただ水の中を歩いていき、あそこを抜ければいいだけ。波に呑まれず、岩に砕かれなければ、あなたが望む現在に入れて、そこでは過去が起こっていないか、あるいはあなたの望む通りになっている」

ジョンは今回は声に出してうなった。

「くそっ」キャサリンに背を向け、両手で髪を掻きあげる。海を眺めた。鉄灰色の海面に三角波が立っている。その荒れた動きと暗い色が彼の苦悩を反映しているかのように思えた。

「どうしたの？」背後でキャサリンが言うのが聞こえた。「なにか悪いこと？」

彼はくるりと向きを変えてキャサリンのほうを向いた。「きみのいまいましい話だ。あれが悪いことだ」

「わたしの話が好きではなかったのね」

「あの話が好き？」彼は苦笑した。彼女のこの話を形容するのにこれほど穏やかな言い方はほかに想像できない。

「よくわからないわ。なにが気に障ったの？」

「きみのあの伝説だ。それと、トレンバーレィの廃墟できみが語った話だ」彼は言葉を切った。続けられなかったからだ。「あの話はみんな……」

「なんなの？　みんな、なに？」

「はらわたをえぐられるようだ。ぼくの最悪な人生の話のように感じる。きみも知っているだろう。ぼくに起こったすべてのことだ」

「でも、わたしはあなたのことをなにも知らないわ」

彼は頭を振り、もう一度ダードルドアに目をやった。もしも真夜中にあそこを通り抜けることができて、生き延びて話を語れたら、どんな現在を願うだろうと思った。想像する。両親が生きていて、妹が幸せで満ち足りていて、境界線の向こうからやってきた少女キャサリンが、友人よりもはるかにいい存在として彼の横に立っている。

「いいさ、試してみようか？」つれづれなる思いを断って彼は言った。

「なんのことを言っているの？」

「あの扉を抜けることだ。これまで起こったすべてを変える。どんな現在でも、今よりはいいに違いない」

キャサリンが笑った。

「今は真夜中じゃないわ」彼女が言う。「それに満潮でもない」

「やれやれ、台なしだな。すべてがもっと簡単であればいいのだが」

そう言うと、ジョンはまた腕を差しだし、ふたりは馬車に戻っていった。戻るあいだに、この現在もそれほど悪くないかもしれないという思いがジョンの頭にふと浮かんだ。

少なくとも、今は彼女と一緒にいる。

14

ジョンとキャサリンがラルワースの宿屋に戻ると、宿屋の主人は彼らのために二部屋を用意して待っていた。女の使用人がキャサリン――または彼の妻アスター夫人――を部屋に案内し、ジョンは残って宿の主人に夕食を注文し、エディントンホールへの手紙をすぐに届けてくれるよう頼んだ。屋敷の使用人たちに、今いる場所と明日の夜には戻ることを知らせる手紙だ。さらに言えば、最近の宿屋のご多分に漏れず、この宿屋も居酒屋としても機能していて、ジョンはエール一杯とキャサリンとの一日を振り返る機会をひたすら必要としていた。

宿屋の主人が彼の前に飲み物を置いて立ち去ると、ジョンは最初の至福のひと口を味わった。身体的にも精神的にも疲れ切っていた。キャサリンのこと、そして前夜に部屋を出た自分の決断についてあれこれ苦悩するところから一日が始まった。どういうわけか、一日のあいだにこの苦悩がまた別な形の苦悶に置き換わった。キャサリンが恋人ではなく、友人になるということで納得した。それからの数時間は、彼女に魅せられる気持ちが増大するばかりだった。以前は、彼女の美しさと彼の心をとらえる力を崇拝していたが、今は非現実的な理想像ではなく、現実に生きる実在の人物と見始めている。彼女の悲しみをいくらか知り、それが彼自身の悲しみとどう似ていてどう違うかを知り、それらを彼女が驚くべき強さで耐えていると知った。

それから、あの村の家々の近くで交わしたキスがあった。それは熱く甘く、快感を越えるなにかの前触れだった。あのキスと密接な接触のせいで、いまだ彼の血はふつふつと泡だっている。何度望んだことだろう。彼女にキスしたいと。昨夜のように、もう一度縁を越えさせたいと。あの馬車の後部座席でできることを何度夢想しただろう。午後のあいだずっと、彼は対立する感情に悩まされてきた。ふたり共通の過去に対する恐怖と、現在の彼女に対する欲望、そして、これまで耐えてきた彼女の強さと、任務に取り組む能力の高さに対して、彼の中で芽生え始めた尊敬の念だ。

しかも、そのどれを取っても、今夜に関しては、彼に明快な答えを与えてくれない。キスをするなと頼まれたから、キスはしない。そうは言っても、彼女の部屋で夕食を一緒に取るのは自然だろう。彼女に大きい部屋を譲ったからだが、翌日エディントンに戻った時の計画も相談する必要がある。

離れて十分しか経っていない今でさえ、彼女との親密なやり取りに戻りたかった。あの思いやりと緊張の入り交じった関係が恋しかった。

ふたりが、たとえば寝室の中で話すとかのような至近距離にいれば、なにが起こってもおかしくはないことに自分は気づいている――いや、期待している。その可能性をジョンは思い描いた。彼女が自分で決めたルールを自分で破って、彼にキスをしたならば、それに抗することはできないとわかっている。昨夜は最大限の抵抗を試みたが、今はもうそれもできない。今日を一緒に過ごしたあとでは。

その時、聞き慣れた声が彼の夢想に割って入ってきた。

そしてそれはキャサリンの声ではなかった。

「エディントン？」

ジョンは振り返り、心臓が飛びだしそうになった。

リース。

三人の親友の中で、今この状況でもっとも会いたくないのがリースだった。モンテーニュとトレンバーレィはのんびりしているが、リースはかなり神経質な、むしろ厳格とさえ言える性格で、自分が賛成できない行動を友人たちが取ることが気にいらない。つまりリースというのは気難しい男だ。とくに仲がいいのはモンテーニュで、リース自身も毎週新しい高級売春婦と出かけていたが、たとえば同行者が合わない色のクラヴァットを結んでいたり、相手が充分に低くお辞儀をしなかったりしたら、必ず指摘せずにはいられない。

「友よ」ジョンはほほえもうとした。「ここでなにをしている？　ラルワースで？」

その時信じられないことにもうひとりの親友もまっすぐ視界に入ってきた。

「モンテーニュ？」

「なんてことだ」モンテーニュ伯爵が叫んだ。「いったい全体、きみはここでなにをしているんだ、フォースター？　あ、失礼――」彼は訂正した。「今はエディントンだな」

ジョンは片手を振って称号などどうでもいいことを示した。モンテーニュとリースには、父が亡くなった時以来会っていなかった。通常ならば貴族が爵位を受け継いだ時は、親しかろうがつき合いが長かろうが関係なく、まず友人たちがこの呼称を新しい名前として呼び始める。ジョンは学校の時からずっと、この爵位の移行にあこがれを抱いていた。少年の時から、折に触れては、ただ新しい名前を得て、今後はフォースターと呼ばれないという理由だけで父の死を望んだりしたものだ。しかしながら、実際にそれが起こってみると、昔から予想していたような嬉しさは感じなかった。というよりむしろ、新しい名前になにも感じない。

ジョンは前に立っている友人たちを眺めた。ふたりが並ぶと非常におもしろい。あまりに違うからだ。モンテーニュは金髪でいかにもいたずら好き、一方のリースはもう少し暗い茶色の髪で生真面目。それでもなお、ふたりはまったく同じ表情を浮かべていた。

心配している表情だ。

くそっ。ふたりとも知っているわけか。

この友人たちが自分の秘密をほかに漏らすと思ったとか、彼らに真実を告げるのが嫌だったというわけではない。今この瞬間に質問に答える気にならなかっただけだ。

モンテーニュが宿の主人に合図をして自分とリースのジョッキにビールを注がせる。そしてふたりともジョンのテーブルの席についた。

「坐れ」リースの言い方は明るすぎた。ジョンはため息を呑みこむこともできずに従った。

「コーンウォールのぼくの従兄弟の地所からの帰路の途中だ」モンテーニュが言う。「二週間滞在していた。美しい田舎だ。美しい狩猟地、美しい女性たち」

「モンテーニュはどこにいても女性を見つけることができる」リースが補足する。「しかし、親交の範囲が少しばかり田舎すぎて、ぼくの好みには合わなかった」

「これまで出会った最高に魅力的な女性たちに匹敵する娘が複数いたぞ。だが、リースはしかめ面をして、ぼくの従兄弟の酒蔵にある中で間違いなく最上等のウィスキーを飲んでいるだけだった。リースは認めないが、高級売春婦がいなかったせいだ。この男は街の女性たちの中毒になっている」

「ぼくの考えでは、ヤギの搾乳技術は官能的技能と関連性がないと思うが」

「どこでその技術を会得したかは関係ないさ、兄弟。ぼくが楽しめればいいんだ」

困惑を深めているにもかかわらず、ジョンは思わず笑った。リースとモンテーニュは見かけの違いと同様、性格の不釣り合いがおもしろい。彼と友人たちは全員が兄弟のような関係だが、モンテーニュとリースは、ジョンとトレンバーレィがそうであるように、とくに親しい。しかし、ジョンとトレムと違い、モンテーニュとリースは似た点より異なる点がはるかに多く、互いに反対意見を言い合うことを無限に楽しんでいる。

「だが、モンテーニュの乳搾り娘のことは忘れていい」リースが言い、ジョンと目を合わせた。「質問はこうだ。きみは自分の馬車にキャサリン・フォースターを乗せて、英国の田舎を一緒に旅して、いったいなにをしているんだ」

このような質問が来ることは予期していたが、それでもジョンはその疑問にどう答えればいいかわからなかった。仕方なくふたりの友を見ながら、どうしてこの状況に陥っているか説明する言葉を探した。

どうやって説明すればいい？

トレンバーレィはおせっかい焼きで噂話が大好きだが、一方リースは上流社会というものを真剣にとらえ、鋭く分析し、批判もする。モンテーニュはそうしたことをまるで気にせず、一般人とのつき合いを好む傾向もあり、親友たちの中ではもっとも社交界の潮流に追随しない。四人の中でモンテーニュがもっとも奔放な道楽者としても知られているゆえんである。風刺漫画の多くは正確とは到底言えないが――モンテーニュは大酒飲みではないので――、狭い社交界がいかにモンテーニュの無関心を楽しんでいるかの証拠となっている。

　かたやリースは自分たちの評判を気にするたちだが、それは四人組のひとりであることをやめるほどではないし、モンテーニュと親友であるのをやめるほどでもない。それゆえに、モンテーニュとの友情を若い独身男性のちょっとした奇行に過ぎず、愛人や賭け事の謝金と同じようなものと見なして許容する社交界の母親たちからは、もっとも結婚しやすい男性と見られている。

　社交界の半分から〝有爵《ランク》の放蕩者たち《レイクス》〟と呼ばれていても、リース以外のみんながつねに評判を気にかけているとはとても言えなくても、今のジョンは友人たちに対して罪悪感を覚えていた。キャサリンとの旅があらゆる新聞の大見出しを飾れば、彼らもまた、知人や家族たちから彼らの決断について問いただされるだろう。要するに、彼を擁護する必要があるかということだ。上流社会の半分と縁戚関係にあるモンテーニュは気にしないだろう。トレンバーレィも笑うだろう。そしてリースは怒りまくり、それから無関心に落ち着くだろう。そして全員が、たとえ仕事や、さらに進んで将来的な結婚の展望に害をもたらすとしても、彼のそばを離れないだろう。心配していると認めるかどうかはともかく。

「複雑な事情なんだ」ジョンは言った。自分は罪悪感を覚えているくせに憤っている。とにかく、答えなくてはならないのが嫌なのだ。

モンテーニュが彼の肩を叩いた。

「説明するのが一番だ、友よ。わかっているだろう？　悪い状況になる場合に備えて、ぼくたち全員が聞いておく必要があるから、文句言わずに、ひと通りのことを知らせておけ。きみの恋人は多少長くきみがいなくても大丈夫だろう」

「彼女はぼくの恋人じゃない」

「だが、そのように見える、そうじゃないか？」リースが口を挟み、ひと口酒を飲んでから、モンテーニュに向かってにやりとした。「言っただろう、モンティ。こいつが彼女の元に戻っていくだろうと。五十ギニーを払えよ」

「ちくしょう。払うよ、あたりまえだろう？」

「なんだよ、賭けをしたのか？」ジョンの憤りが二倍にふくらむ。

「きみが彼女を永遠に好きだと全員わかっていたからな、友よ」モンテーニュが言う。「だが、きみが戻らないほうにぼくは賭けた。女はどこにでもいるからな」

「それは女性の顔の見分けもつかない男にとっての話だ」リースがあざ笑う。「しかも、こいつはわざわざ彼女に新しい名前を用意したんだぞ。そのやり方で彼女を楽しみ、噂話は避ける。だが、うまくはいかない。あの醜聞はいまだ火種になり得る。嗅ぎつけられるに違いない」

「きみたちふたりとも頭がおかしいぞ。わかっているのか？」ジョンは彼らの軽薄な推測に恐怖さえ覚えた。「トレンバーレィもだ」

「トレムも同じように見ている」モンテーニュが言い、ビールをひと息に飲んだ。「だが、本当のところ、エディントン、きみは困っているのか？」

「脅迫されたんだろう？」リースが言う。今度は真剣な口調だった。「そうならば、ぼくたちがきみを救いだす。ぼくは彼女がきみにどんな要求をしているのかは知らないが、きみの妹のヘンリエッタが今期の社交シーズンにお目見えすることは知っている。だから何事も細心の注意を払って整える必要がある。いずれにせよ、あのフォースターの売春婦には、息をしていることさえも後悔させてやる」

ジョンは啞然としてリースを凝視した。モンテーニュとリースがこれだけ心配しているということは、自分がよほど窮地にあると思われているに違いない。この友人たちは、とくに心配するタイプとは言えない。オクスフォード時代、ジョンがフランス人の女使用人を連れて二週間いなかった時でさえ、彼が戻って危うく放校させられそうになっても、モンテーニュは「それで、一般的に見て、フランス人の娘はどんな感じなんだ？」としか訊ねなかった。

「ぼくは困っているわけではない」ジョンはようやく吐き捨てるように言い、言ったばかりの言葉を再考した。「というより、少なくともこれはキャサリンのせいではない。それに、彼女をそんなふうに呼ぶな、リース。ぼくが許さない」

「キャサリン」モンテーニュが言い、リースに向かって眉を持ちあげてみせた。

「彼はやばいぞ」リースが、まるでジョンがそこに坐っていないかのようにモンテーニュに言い返す。「上流階級の女性を名前で呼び、その名誉を守ろうと必死とは。ついに起こったな。ぼくたちのひとりが転落したわけだ」それからジョンのほうを向いて言った。「きみが彼女と結婚したら、上流社会全体が大混乱になるぞ」

「ぼくは彼女と結婚などしない」また吐き捨てるように言う。「ぼくだって、きみたちふたりやトレムを三流新聞のネタになどしたくない。それだけは避けたいと思っている」

安堵の表情を浮かべる代わりに、友人たちは傷ついた顔をした。リースまでもがだ。

「この恋愛関係が新聞紙上を賑わすという考えにうっとりするとは言えないが」リースが一言一言を切って不興を漂わせる。「しかし、きみの醜聞を本気で気に掛けていたならば、フォースター、そもそもイートン校できみと友人になっていないし、少なくとも、監督生がきみを叩きのめしたあの日に友だちをやめていたさ」

「それに、三流紙がなんと言おうとぼくはどうでもいい」モンテーニュがつけ加える。「自分のも読んでいないからな」

「きみに新聞が読めるとはだれも思っていないさ、モンティ」リースがすかさず言った。

この侮辱の返事として、モンテーニュは乾いたパンくずをリースのビールに投げこみ、はねが散ってリースのクラヴァットにかかると笑った。

「彼女と結婚せず、愛人にするつもりもないならば」モンテーニュが言い続け、一方リースはクラヴァットを拭き、ビールのおかわりの合図をする。「いったい全体なんのために彼女と旅をしている？」

「ご期待に添えなくて申しわけないが、これはあくまで合理的な理由によるものだ。それより、なぜぼくたちがここにいるとわかった？」この事実をたやすく探り当てられたことにジョンは驚きと不安を隠せなかった。

「うちの御者がマーセルを見かけたんだ」リースが言う。「それで宿屋のおかみにエディントン公爵が泊まっているかどうか訊ねたら、彼女はノーと言い、客はアスター夫妻という名前の〝美しい銀色の髪の女性〟と〝位の高そうなお金持ち〟だけだと言うじゃないか。しかも、その夫妻が今朝、近くの村で追いはぎに出くわしてちょっとした騒ぎを引き起こしたと」

ジョンは自分に向かって悪態をついた。たしかに控えめにしていたとは言いがたい。

「それで、きみは？」モンテーニュが引き継いだ。「ぼくたちできみを自由にしてやる算段が必要かな？」

「彼女に脅迫されているわけではない。さっきそう言っただろう？」

ふたりの友人の顔を見やる。どちらも本気で心配している。ふたりが口外しないことはわかっていたが、それでももう一度絶対に秘密を守ると誓わせてから、父の遺言と、妹の将来を守るためにメアリー・フォースターを見つけるという任務について説明した。

　モンテーニュはビールを飲み干し、リースは咳払いをした。しばらくのあいだ、どちらもなにも言わなかった。

　それからようやくモンテーニュが口を開いた。「相応の敬意を払いつつ言うが、きみの父親は昔からげす野郎だった」

　ジョンはにやりとした。

「それ以上に的確な言葉はぼくでも言えない」リースが頭を振る。それからジョンを見た。「つまり、きみが彼女を利用しているんだな。その逆ではなく？」

「ぼくらはどちらもこの取り決めから得るものがあるんだ。成功すればだが」

「なるほど」リースはうなずいた。「それできみたちはただ夫婦のふりをしている……つまり、きみは……彼女と寝ていない？」

「もちろんんだ」

「本当に？」リースが言う。

「本当に？」モンテーニュがリースよりもさらに信じがたいという口調で繰り返す。

「本当だ」ジョンは断言した。「誓うよ」

「だが、そうしたいだろう？　それに近いところまで行っているのか？　冗談抜きで、その見通しはあるんだろう？」モンテーニュがたたみかける。

「後生だから、いい加減にしてくれ」

「きみはそうすべきじゃない」リースが念を押す。「とんでもない考えだ」

「ぼくは通常、快楽を慎むべきという主張に賛同しないが」モンテーニュも言い添えた。「リースの言うことも一理ある」

「ぼくがそれをわかっていないと思うか？　なぜぼくはここで、きみたちふたりと坐っているんだ？」

ジョンは頭を振った。この親友たちを置き去りにして二階に行き、キャサリンを見つけたかった。どちらにも風呂を頼んである。彼女が体を乾かしている姿を想像する。暖炉の火の前で、洗ったばかりの肌を温めている。そんな時の彼女を見たかった。そう思っただけで自分のものがかすかに動くのを感じ、空想から自分を引きずりだした。

「それはどうでもいい」ジョンはモンテーニュのほうを向いた。「きみの従兄弟の地所について教えてくれ。なにか興味を引くことはなかったか？」

「そうだな」モンテーニュが言う。「たまたまだが、ぼくの従兄弟は新妻を娶ったばかりで……」

そのあとは夜が更けるまで、この従兄弟の屋敷に関するモンテーニュとリースの話に笑って過ごした。どうやらふたりは、寝室でどうやって新妻を喜ばせるかについて従兄弟に忠告することに大半の時間を費やしていたらしい。気の毒な新妻は官能的な行為の数々に死ぬほど怖い思いをしただろう。そしてモンテーニュの従兄弟――准男爵だった――は、その行為が楽しめることをなんとか証明しようと必死だったに違いない。

「まったく情けない男でね」モンテーニュが、涙が出るほど笑いながら説明する。

「だから、微に入り細にわたって説明してやらねばならなかった」リースがつけ加える。

「夫人が恐怖におののいたとしても非難はできないが」モンテーニュは笑いすぎてあえいでいる。「ぼくの愚かな従兄弟は女性の体についてあまりに限定された知識しか持っていなかった」

その夜の最後までには、いつものことながら、友人たちのおかげで気持ちが上向くのを感じていた。おそらく、とジョンは思った。父親の遺言のことは、きっとすべてうまくいくだろう。彼の親友たち——地位が高く影響力を持ち、この世で自分を真に理解している唯一の人たち——が、いかなる醜聞に巻きこまれようとも彼のそばにいると決心してくれているのだから。

お開きになり、連れだって部屋に戻る時、リースがジョンを呼びとめた。

「とにかく……気をつけろ、友よ」身振りでキャサリンの部屋を示す。

ジョンはうなずいた。キャサリンの部屋の扉をひと目見て、声に出さずに自分に対して悪態をつく。そして前を通り過ぎて自分の部屋に向かった。

15

その晩の早い時間に部屋に入ったキャサリンは、自分を待つ湯気の立つ銅製の風呂を発見し、その光景に深い安堵を覚えた。服を脱いで風呂の中に身を沈めると、こんな思慮深い贅沢を贈ってくれた男性に思いが向かった。

風呂に浸かっているひとときキャサリンはダードルドアを訪れたことで誘発された空想に身を任せた。ジョンと自分のあいだにあの醜聞がなかったら、どんなふうになっていただろうかと考える。彼と結ばれることが、家族を裏切ることを意味しない世界を想像する。別な人生では、昨日のようにキャサリンを破滅させる行為をしたならば、彼はキャサリンの父親に――そちらの人生ではまだ生きている――彼女との結婚を申しこむはずだ。状況が違えば、彼はそうしただろうとわかっている。彼は名誉を重んじる男性だ。女性との関係は多くても、処女はひとりもいなかっただろうとキャサリンは確信していた。そう、別な筋書きであれば、彼はキャサリンに結婚を申しこんだだろう。そしてもちろん、父も承諾しただろう。

結婚を急ぐのが最善策ではないかもしれないが、娘が公爵夫人におさまるとすれば、貴族階級の父親ならば――相手の家族とのあいだに深い怨恨がなければ――気を悪くするわけがない。

結局のところ、ジョンとの結婚はある意味、遠い昔に彼女の一族が失った爵位を取り戻すことでもある。あの醜聞が起こっていなければ、キャサリンの父親もきっと幸せになっていただろう。

キャサリンは目を閉じて、ジョンの妻となった人生を想像した。きっと毎晩愛し合うだろう。彼の匂いを吸いこみ、緑色の瞳をのぞきこんで、濃い色の巻き毛に指を差し入れる。そして実感する、彼は自分のものだと。永遠に。

キャサリンは目を開けて首を振った。馬車の中での親密さ、村の家の前でのキス、思い浮かべるだけで思いが混乱してしまう。

そうだ、忘れていた。自分たちは友だちでいることに同意した。キャサリンのほうから、キスをしないように頼んだ。

それなのに、今、彼がキャサリンの寝室に来て夕食を一緒に取ることを期待している。この銅製の風呂でくつろいでいるところを見つけてほしかった。

悪態をつぶやき、湯の中に身を沈めた。

再浮上したあとは自分を叱りつけた。

別な現実というささやかな空想の中で、キャサリンは今目の前にある真実を忘れていた。この田舎を一緒に百万年走り続けても、ジョンはキャサリンとは結婚しない。

実際、キャサリンと結婚するという考えが、彼を恥じ入らせるだけだと知っている。あの醜聞はどんな紳士にとっても障害物であり、持参金がないことと合わせれば、求婚者を遠ざけるのは充分だ。これまで一度も結婚を申しこまれたことがないのも不思議ではない。美しいと思われていることも、叔母にそっくりなのだから、むしろ呪いである。それさえも、この全体の事件とはなんの関わりもない普通の貴族の話だ。ジョンに関しては、過去のせいで、ふたりのあいだになにか起こるのは最初から不可能だ。自分の家族を破滅させた醜聞を全身にまとっている女とどうして結婚などできるだろう？　その醜聞が彼の母親の人生を損ない、早死にさせたのに？

耐えがたいことだろう。

こうした思いで気持ちが落ちこみながらも、彼が現れ、今の裸の状態を見つけてくれることをひそかに期待し、キャサリンはお湯が冷えて、指先がしわしわになるまで風呂に浸かっていた。

最後には、長く待ちすぎたことを認めざるを得なかった。体を拭いて服を着た頃、扉を叩く音がした。ジョンの姿を期待したが、戸を開けると夕食の盆を持った使用人の少年が立っていた。その少年がキャサリンに、彼女の夫ミスター・アスターが下の居酒屋でふたりの旧友に出会ったことを教えてくれた。今夜は彼のことは気にしないでほしいという伝言だった。

そこでキャサリンは早めに床に入ったが、ジョンの所在についてあれこれ考えずにはいられなかった。この〝友人たち〟は、今回の任務に支障をもたらす人たちではないだろう。もしもそうならば、彼の伝言はもっと差し迫ったものだったはずだ。

おそらく、単純なことだろう。たまたま旧友たちに遭遇し、キャサリンと話すよりは彼らと飲んだほうが楽しいと思った。あるいは、その友人たちというのは本当ではなく、一夜を過ごす女性を見つけたのかもしれない。

そして、たしかに彼にはあらゆることをする権利がある。

彼がなにをしようが、自分にとやかく言う資格はない。

それがどれほど傷つくことであろうとも。


翌朝目覚めると、キャサリンは朝食をとる——正直に言えばジョンを探す——ために部屋を出た。居酒屋に入ると、宿屋の主人しかおらず、彼が「朝食ですか、奥さん？」と訊ねてくれた。キャサリンはうなずき、ポケットに入っているポンド貨幣に触れて、その馴染みのない触り心地を嬉しく思った。

振り向いて長いテーブルに近づき、着席して初めて、自分がひとりでないことに気づいた。ふたりの男性が、皿に盛った卵と腎臓の料理を食べていて、しかも、ふたりの目はキャサリンに釘づけになっている。

金髪のほう——キャサリンのような銀色がかった色ではなく、輝くような黄金色の髪——の薄青色の瞳を前に見たことがあった。彼が口火を切った。

「アスター夫人？」宿の主人に聞こえるように大声で言う。「ようやくお会いできて嬉しいですよ」

「そうだ、どうぞこちらでご一緒に」もうひとりの男も言う。明るい茶色の髪に栗色の瞳。

英国の貴族の図鑑に載っていそうな感じで、服装もぴったり合っている。幼い少女たちが大きくなったら結婚したいと夢見る時は、まさにこの男性を想像するに違いない。ただし、お話に出てくるようなその顔立ちは、キャサリンの好みからすれば少々愛想が良すぎた。

この人たちがジョンの友人たちに違いないとキャサリンは思った。本当の友人たちで、今回の計画をだれかに漏らすつもりでないことを期待するしかない。

キャサリンは力を振るい起こし、男性たちに近づいていった。

「おはようございます」挨拶をして席に座る。「本来でしたら、レディは紹介されてもいないのに人前で呼びかける男性方とお知り合いにはならないものですが、夫のご友人たちとわかりましたので」

キャサリンの自信たっぷりの言い方に、男たちはどちらも少し驚いたようだった。いいことだわ。

「親しい友の奥さまに、これほど思いがけずお会いすることもめったにないので」茶髪の男性が笑みを浮かべて言う。脅しとまではいかないが、とげのある言い方だ。

「たしかに」金髪のほうが言う。「彼の笑みはもっとずっと温かい。「彼が結婚しているとはまったく思っていなかったので」

「おふたかた」キャサリンにはふたりのゲームがさしておもしろいとも思えない。「まだお名前をお伺いしておりませんが」

「ぼくはモンテーニュ……伯爵だ。そしてこちらが――」彼は同伴者を示した。「リース侯爵」

もちろん、醜聞の記事でその名前は知っている。つまり、この人たちはジョンの伝説的なお仲間のうちのふたりということか。〝有爵の放蕩者《ランク・レイクス》たち〟の四人のうち三人が同じこの宿屋に宿泊しているとは。

「ここでなにをしていらっしゃるのですか？」キャサリンは本当にまごついていた。

「あなたと同じです」リースが言う。

「ぼくたちがここにいるのはまったくの偶然で」モンテーニュが説明する。「あなたとエディントンがここに泊まっているとは思ってもいなかったのです」

モンテーニュがジョンの本名を用いたことをキャサリンは不安に思った。リースも友人に向かって眉をひそめてみせた。

しかめ面のまま、リースは立ちあがり、宿屋の主人のところに歩いていった。彼がなにを言ったかわからないが、主人はこの部屋から出ていった。この部屋を独占できる。

「さて」リースが言った。「これで盗み聞きされる怖れはなくなった」

キャサリンはうなずいた。彼の慎重さはありがたかったが、それでもまだ心配していた。

「ジョンから友人たちに会ったという伝言をもらいました。あなたがたのことは、社交新聞のページでたくさん読みましたわ」

その言葉が口から出たとたん、顔が真っ赤になるのが自分でもわかった。この人たちも同じ情報源から、キャサリンのことを知っているはずだ。そうした記事はおしなべて実際よりひどいことが書かれている。

「ろくなことは書かれていない」モンテーニュがほほえむと、小さなえくぼがひとつ現れた。「あなたのことも知っている、キャサリン・フォースター」リースが静かに言った。

ぴったり三十秒、だれもなにも言わなかった。

モンテーニュが沈黙を破った。「きみは彼をジョンと呼んでいる。レディ・ヘンリエッタ以外にそう呼ぶ人はいない。そして彼の父親は——もちろんきみも知っての通り——もうこの世にいない」

「わたしが彼をフォースターと呼びたくなくて、彼もそう呼ばれたくなかったのです」キャサリンは厳粛な表情を浮かべて重々しくそう答えたが、伯爵の目は笑っていた。キャサリンの深刻な様子がおもしろかったらしい。その快活さにつられてキャサリンはくすくす笑った。リース侯爵が気でも違ったのかという顔でふたりを見比べた。

「いいじゃないか、リース」モンテーニュが友に言う。「これは喜劇だ。彼女が笑えるならば、きみも笑えるだろう」

ちょうどこの時、宿屋の主人が盆を持って入ってきて、またすぐに姿を消した。

「訊ねてもかまわないかな」リースが友人の陽気にしようとする試みは一顧だにせず、ぶっきらぼうに言う。「この取り決めで、きみはなにを得るんだ？」

キャサリンは持っていた四角いトーストを皿に置いた。「なんですって？」

「きみは彼がメアリー・フォースターを見つける支援をしている」リースが言う。「なぜそんなことをする？」

「声を小さくしてください！」キャサリンは肩越しに後ろを見やったが、だれもいなかった。

「すでに言ったと思うが、ぼくはあの男を大切に思っている」キャサリンが顔を戻すと、リースは言った。「それで？」

「やめろよ、リース」ささやき声だったが、キャサリンにも聞こえた。「落ち着け」

なぜかわからないが、モンテーニュ伯爵の親切にしようという試みが、リースの質問以上にキャサリンを困惑させた。自分は爵位を持たず、上流階級でもないかもしれないし、汚名を負わされたかもしれないが、こうした男たちの言いなりになるほど気弱で分別のない娘ではない。

「報酬をいただくんです、もちろん。わたしとわたしの家族に関して、あらゆる種類のおぞましい噂をお聞き及びと思いますが、同じくああした三流新聞の数々に中傷され続けている紳士のおふたりが、そうした紙面を鵜呑みにしていることに驚きましたわ。わたしは失踪した叔母のような狡猾な売春婦ではありませんし、世間知らずの小娘でもありません。ブレミンスター家と違って、あの醜聞は実際にわたしの家族を破滅させました。だから、わたしはこの報酬が必要なんです。わたしがあなたがたの友だちを正当な報酬で助けるのではなく、もっとふらちなことをしようとしているかのようにあてこするのをやめていただければありがたいですわ」

ふたりの男をじっと見つめた。どちらも仰天しているように見える。伯爵のほうはまさに凍りつき、手に持ったフォークも口に運ぶ途中で止まっている。侯爵のほうは口元を不愉快そうに一文字に結んでいる。叱責されるのは我慢ならないらしい。

「聞いてくれ」リースが言った。「ぼくたちはなにも――」

「キャサリン？」

キャサリンは振り返り、ジョンを見あげた。朝食の同伴者に関するキャサリンの選択をまったく喜んでいないようだ。

キャサリンは彼の友人たちのほうに顔を戻した。そうしながら、ふたりの目の中にこれまで見のがしていたものを見いだした。キャサリンとジョンと同席しながら、モンテーニュ伯爵とリース侯爵はどちらも――そう、ほかの言い方は見つからない。ふたりは心配している。その表情がキャサリンの怒りを和らげ、むしろ少しおもしろがらせた。社交界新聞の紙面はこの男たちをもっとも奔放な放蕩者に祭りあげた。しかし、この宿屋の朝食の席で友を、まるで彼が欄干の上に片脚で立っているかのように心配そうに見つめている彼らは、少しも奔放には見えない。

滑稽な擁護者がいるのはキャサリンだけではないようだ。キャサリンはエアリアルの手紙を思いだして思った。この男たちはただ一緒に酒を飲んで騒ぐだけでなく、本気で互いを思いやっている。自分が間違っていたことがわかり始めた瞬間だった。

「なぜこの人と話しているんだ？」

「エディントン、しょっぱなからやめろ」リースが言った。「まるで、ぼくたちがこのごたごたにもっと巻きこまれたいかのような言いっぷりだな。実際、もう行くところだよ。明日までにロンドンに戻らねばならないから、急ぐ必要がある」

「この人になにを言ったんだ？」ジョンがほえるような声で友人たちを問いつめる。

「なあ兄弟」モンテーニュが両手をあげて中立であることを示した。「ただ知り合いになっただけだ。彼女がきみのものであることはわかっている」

きみのもの。

キャサリンは心臓が胃の中に落ちこんだような気がした。しかもまた、顔が真っ赤になるのを止められなかった。だれかが、さらに五百ポンドを差しだしたとしても、今この瞬間にジョンを見あげることはできなかっただろう。ジョンは友人の言葉を否定も肯定もしなかった。なにも言わず、友人たちもただ立っている。

「ロンドンで会おう」ようやくリースがジョンに向かっていかにも意味ありげに言った。「それまでは、気をつけろ。お会いできてよかった、ミス・フォースター」そのあとはキャサリンにひややかに挨拶し、大股で出ていった。

モンテーニュはまだ残っていた。「またすぐ会えるさ、エディントン」優しい口調で言う。「それまで大丈夫だろうな？」

「出ていけ」ジョンがぴしりと言う。

友はうなずいたが、すぐに出ていかずにジョンに顔を近づけた。声を落としたが、それでもキャサリンにもまた聞こえた。

「こんなことを言って意味があるかどうかわからないが、ぼくは彼女が好きだぞ」

ジョンは返事をかろうじてうなり声にとどめたらしい。

「ではこれで、ミス・フォースター」モンテーニュがまた温かな笑みを浮かべて言う。

そして、モンテーニュ伯爵も立ち去った。

ジョンがキャサリンのほうを向いた。「嫌な思いをさせられただろう？」

「いいえ」キャサリンは小さな声で答えた。

「なにか不適切なことをしたか？」

「なんですって！　いいえ。わたしをなんだと思っているの？」

「きみじゃない。あいつらだ」

「あの方たちはあなたのご友人たちかと思ったけれど」

「そうだ。友人だから心配している。人となりを熟知しているからね」

「わたしもあなたの友人だわ。それはお忘れでしたか？」

「きみはあいつらとは違う、言うまでもなく」

「それにしても」キャサリンは言った。「あの人たちは放蕩者のようには見えなかったわ」

「きみはそう思ったかもしれないが、実際は確実にそうだ」

「とにかく、わたしはこれ以上ほかの貴族の面倒を見るつもりはありません。すでにそのひとりと醜聞になりかねない状況で旅しているのだから。同行者があとふたり加わることに、わたしの評判が耐えられるとは思いません」

「おもしろい」彼の声にはユーモアのかけらもなかった。

「あの方たちはあなたのことを心配していたわ」自分が見たものを伝えようとする。「わたしが危険だと思っていたみたい。そうであればむしろよかったんだけど。真実よりもおもしろかったでしょう」

「真実が御しやすいわけではない。きみと同様に」

「わたしたちがここにいることをあの方たちに知られたのはまずいこと？」彼のほのめかしを無視する。どう解釈すればいいかわからなかったし、それをわかろうとするだけで平静心を失ってしまう。

ジョンが首を横に振った。「彼らはだれにも言わない」

「あの方たちは、あなたにとって真の友だちなのね」

「もちろんだ」むっとしたような言い方だった。

彼はほかにもなにか言いたそうだった。でも、彼がなにか言う前に、宿屋の主人が小さな紙を持って駆けこんできた。

「失礼しますよ、ミスター・アスター」主人が言う。「食堂をしばらく貸し切りたいというご意向は侯爵さまからうかがっていましたが、今、これを受けとりまして。持ってきた使いが急ぎだと言うんです」

ジョンは手紙を受けとり、チップの硬貨を渡した。封を裂いて開け、内容に目を通すのをキャサリンは見守った。

美しい顔だと称賛を覚えずにはいられない。濃い色の巻き毛が額にかかり、集中しているせいか、緑色の瞳がいつもより濃くなっている。

読み終わると彼は片手でその手紙を握りつぶした。「馬にすぐ鞍をつけて出発しなければならない」

唇から血の気が失せている。

「なにが起こったの？」不安に駆られてキャサリンは訊ねた。

「妹だ。病で寝こんでいたのが……」彼が言葉を切る。ふたりの目が合う。「重体に陥ったらしい」

「すぐに発ちましょう」

恐怖で目の奥がずきずきした。そんな恐ろしい事態に直面し、彼に向かってなんと声をかけたらいいかもわからない。

それでも馬車に向かいながら、ひとつのことだけは思わずにいられなかった。これで本当に、わたしは家に帰るのだ。

16

日が暮れるまで、キャサリンとジョンは黙って馬車に揺られていた。ジョンは心配でいても立ってもいられないようだった。ヘンリエッタが、父を殺したのと同じ熱病に罹ったと思っているらしい。そしてキャサリンは、なにが助けになるか、あるいは慰めの言葉になるかわからなかった。

キャサリンもレディ・ヘンリエッタ・ブレミンスターのことが心配だった。会ったことはない。知っていることと言えば、彼女が十七歳で、まもなく社交界にお目見えする予定ということだけだ。それから、長年ささやかれている噂も知っている。実はエディントン公爵の娘ではないという噂だが、ジョンは言下にそれは嘘だと断言した。

もうひとつだけわかっているのは——だれが見ても明白な事実だが——ジョンが妹をとても愛しているということだ。

エディントンへ数時間のところまで来ていたのは幸運だった。マーセルの巧みな手綱さばきにかかれば、夜中には到着するだろう。

今ジョンは馬車の窓から外を眺めている。彼の横顔には苦悩が刻まれ、その痛みを見ているだけで、キャサリンの胸もぽっかりと穴が開いたように感じられた。それでも、慰めようという試みを彼がどう受けとるかわからない。両家族のあいだの確執ゆえに、偽善的と思うかもしれない。

かといって、こぶしにした手を口に当て、窓から外をじっと見ている彼を見るのはつらすぎた。

そのうち、もうこれ以上沈黙していられなくなった。

キャサリンは身を乗りだし、彼の膝に置いた手のほうに手を伸ばした。そしてその手を包んだが、彼は振り払おうとしなかった。視線は窓の外に向けたままだったが、キャサリンは払われなかったのを良い徴候と解釈した。

「とても心配でしょうね」

彼は手を握り返した。「ヘンリエッタを守ると、いつも自分に言い聞かせている」窓の外を見たままだ。「それなのにいつも失敗する」

キャサリンはまた胸がまたずきんと痛むのを感じた。「そんなことはないわ」

「だが、そうなんだ」そしてその瞬間、彼の声が一瞬揺らいだ。「妹が生まれた時に、ぼくはずっと妹を守ると自分に誓った。だが、その誓いを守れたことがない。守れるほど帰ってこなかった。この数年はとくにそうだった。あの巨大な屋敷に父だけと暮らしていて、妹が寂しいことはわかっていた。だが、多くても年に二度くらいしか帰らない。本当はもっと帰れたはずだ。だがぼくは自分のことしか考えなかった。あそこに彼と一緒にいるのが嫌だった。だからほとんど近づかず、妹の苦しみを放置した」

「でも戻っていた。大事なのはそのことだわ」

「それにあの遺言がある。父のこの計略を察知し、食いとめるべきだった」

「お父さまがそんなことをするなどと、疑わなかったのでしょう？」

彼は首を横に振った。「いまだに意味がわからない」彼が言い、ようやくキャサリンを見た。その強い視線にキャサリンは驚いた。これまで見た中でもっとも率直なまなざしだった。

「妹は父の娘だ。ぼくの命にかけて誓う。しかも、父は妹を愛していた。むしろ溺愛していた。一緒に暮らしていて、父もできる限りのことをしていたと思う。だからこそ、この条項が理解できない。あのお金がフォーク男爵に行くことを意図していたわけではないはずだ。ただぼくにきみの叔母を見つけさせたかったんだ。こうすれば、ぼくが重い腰をあげるとわかっていた」

「わたしを見て」キャサリンはそう言い、彼のセージ色の瞳と目を合わせた。「今言ったことが真実ならば、ヘンリエッタからお金を取りあげることなど絶対にしないはず。メアリーに年金を送ることをあなたに頼んで、あなたが拒否することを怖れたのだわ。そのための保険よ。あなたが妹を愛していると知っていた。彼女に害が及ぶことはさせないとわかっていたのね」

「だが、ぼくはメアリー・フォースターがどこにいるか知らない！　いまだ発見にはほど遠い。それに加えてヘンリエッタが病気だ。死ぬかもしれない」

キャサリンはさらに身を乗りだし、両手を彼の胸に当てた。「メアリーは見つかるわ。そして、ヘンリエッタは若い。お父さまよりもずっと強いはずだわ」

見つめ合うと、そこには彼の苦悩だけでなく、ふたりをつなぎ、引き寄せ合う電流のようなものが感じられた。それはなにがあっても消えず、つねにそこでぶーんと振動しているように思えた。

彼が目をそらした。「どうしたらよいか考える必要がある」ジョンが静かに言う。

「なんのこと？」

「きみは宿屋に泊まるという最初の計画だ。それはできない」

「どういうことかわからないわ」

「きみを宿屋にひとりでいさせられない。屋敷に滞在する必要があるが、当然、本名を名乗るわけにはいかない。偽名を使ったとしても、正体がばれる可能性がある」

「ひとりで宿屋にいても充分に安全だわ」妹のことが心配な時に、自分のことで面倒をかけたくない。「エディントンの上流階級で叔母の旧友だった人たちに会って、なにか知っているかどうか訊ねなければならない。エディントンホールに滞在しながらそれをやったら、怪しく思われるでしょう」

「だめだ」彼の声はかすれていた。「宿屋にひとりで泊まることはだめだ。ぼくが許さない。エディントンホールの使用人たちには、社交界に出る準備のため、行儀作法を教えにきた家庭教師と紹介しよう。ぼくたちの滞在中は訪問者を受け入れない。ヘンリエッタの熱病と、そのせいで弱った体のせいにすればいい。神のおぼしめしで回復できればのことだが。遠回りの道を通って、ひとりで、どこかほかから来たように訪問すれば、叔母さんの旧友のだれひとりも気づかないだろう」

「危険すぎるわ」

「ほかの方法は受け入れられない」

キャサリンは答えなかった。このやり方で叔母を捜したほうが簡単だろう。どちらもエディントンホールにいれば、相談もしやすいし、計画も進めやすい。しかも、彼の近くにいられる。利点は多々ある。キャサリンは唇を噛んだ。そして、問題も多々ある。

急カーブで馬車が傾き、キャサリンは席から飛びだしそうになった。

そしてすぐにまた急カーブ、今度は完全に席から飛びだしてジョンの膝の上に着地した。戻ろうと動いた時、彼の両腕に包まれた。

「そのままそこにいてくれ。ほんの少しだけ」

彼の抱擁に沈みこむと、彼の体が反応するのを感じた。彼が顔をキャサリンの髪に押しあてて息を吸いこむ。キャサリンは目を閉じた。

次に目を開けた時、目の前に彼の首があった。なめらかな肌に無精ひげが生えかかっているその輪郭をうっとり眺めずにはいられない。

彼が心配のあまり気が気でないことはわかっていたが、キャサリンは次にやることを止められなかった。唇を彼の襟のすぐ上に押しあてたのだ。

キスをすると、彼はため息をついて体の力を抜いた。襟沿いを舌でなぞる。彼が低いうなり声を漏らすと、自分の下で彼のものが硬くなっていくのが感じられた。

「ぼくはきみにキスをしないと約束した」奇妙な声になっている。

「約束したわ」キャサリンは言い、彼の顎にまたキスをした。「でも、わたしは、あなたにキスができないとは言っていないわ」

「くそっ」

キャサリンは彼にキスをした。唇で彼の唇をじらし、そっと口を開けさせる。下唇を越えて舌を差し入れると、彼は手を伸ばしてキャサリンの顔を包んだ。

キャサリンは身を引いた。「すみません、公爵閣下。わたしたち取り決めをしていたと思いますけれど」

彼が翳った目でキャサリンを見あげた。だが、キャサリンの言う意味を理解するとすぐに笑いだした。

「いいだろう」両手を座席に戻した。「きみがやりたいようにやってくれ」

「ふーむ」自分の大胆さに自分で驚いた。自分ではない大きな願望に取りつかれているかのようだ。「まずはあなたになにをできるのか解明する必要があるわね」

キャサリンはスカートの下で彼の膝にまたがれるように位置をずらした。両脚のあいだに彼の硬いものを感じ、その感覚に思わずあえいだ。彼に触れるのはとても心地よい。しかも、宿屋での晩の記憶がまだ鮮明に残っていた。焦がすような感覚だ。

「するな」彼が言う。あえいでいる。

「なにを？」そう言いながら、自分の中心を彼に押し当てて動かせるように少しだけ動くと、彼が押し殺したうめきを漏らした。

「それだ」

「でも、あなたは気にいっているようだけど」そう言い、唇を彼の唇に当てて、そそるような動きを繰り返した。もっとも奥深いところにある筋肉が律動的な動きでぐっと締まるのを感じ、思わず快感の叫びをあげそうになって、急いで嚙み殺した。唇を動かし続けて彼を長いキスに引きこむと、二重の快感に爆発しそうになった。唇を離して言う。「なぜやめなければいけないの？」

彼は返事もできないようだった。ただ彼女を見あげただけだが、そのまなざしにも、わずかに開いた口にも、キャサリンを望む純粋な欲望が見てとれた。そこにあることは知っていたけれど、ここまで強く現れたのは見たことがない。彼が答えずに見つめた時、あるいはむしろ、言葉ではなにも言わないからこそ、これまでよりもはるかに多くが伝わってきた。

「やめてほしくない」彼がようやく言う。「きみが欲しい。いつもそう望んでいる。それがどれほどか、きみにはわからないほどだ」

キャサリンはかがんでまた口をとらえ、その口づけに自分の欲望のすべてをそそいだ。それがわかったらしく、彼も同じように反応する。

両腕を彼の肩においてバランスを保ちながら、彼の硬く長いものに自分をさらに押しつけると、彼の息遣いがどんどん荒く速くなっていった。

「キャサリン、ああ」

彼が座席に置いていた手の片方を持ちあげ、キャサリンの尻に当てて上下に動きを導いた。厳密に言えば約束を破ることになるが、その感覚があまりによすぎて、彼に注意することもできない。

彼の手の動きで彼に押し当てられるたび、内側の筋肉がさらにきつくなっていく。高まる快感がさらに鋭くなり、さらに凝縮し、甘くていくらか苦しいほどの圧力となってさらに増大する。

「お願い」キャサリンは彼に言い、自分がなにを頼んでいるかもわからないまま、彼の肩に指を食いこませた。「お願い」

しかしジョンはキャサリンの頼んでいることがわかっていたらしい。ほほえみかけると、スカートに手を伸ばし、押しあげてストッキングの上のほうをあらわにした。

脚のあいだの巻き毛の塊を探るように触れ、彼女の中に指をわずかに挿し入れた。そこがとても濡れているのがわかると彼女を見あげた。

「すごく濡れている」彼は言い、その指を自分の唇に持っていった。「すごく甘い」

それを見てキャサリンは、その動きの親密さに、そして、触れている感触が無くなったことの両方に小さい泣き声を漏らした。

「同意すると言ってくれ」彼が触れるのを再開しながら言う。

「同意？」快感のかすみに包まれ、彼がなにを言っているかわからない。

「屋敷に滞在すること」

「それは……いい考えじゃないわ」なんとか言ったが、またゆっくり優しく撫でられて激しくあえいだ。

彼の指全部がゆっくりと彼女の奥まで滑りこんでくると、触れられることの快感に促されるようにその指を包む自分の内側が膨れあがり、意志を持っているかのように動いた。

「そうすると言ってくれ」指がさらに奥まで入ってくると、頭が真っ白になった。ほんの一瞬、えも言われぬ快感に襲われる。

それでも応じるわけにはいかない。いい考えではないけれど、それよりもなによりも、そんなに長く身近にいたら、なにが起こってしまうか恐ろしかった。彼に対して自分はあまり無防備だ。彼を望む思いが強すぎるのだ。「言えない」

また指が巧みに動き、彼女の内側の奥深くの震えているその一点を見つけると、優しく撫でた。

「きみを守る必要がある」彼が言う。「守らせてくれ」

キャサリンの答えを待たずに彼は指を前後に指を動かし、腿の頂点の感じやすい突起をこすり始めた。

すすり泣き、もっと欲しくて彼に体を押しつけ、身もだえする。彼はそれを与えてくれた。指を挿し入れるのと突起を撫でるのを交互にやって瀬戸際まで、絶壁の上まで押しあげたのだ。

しかしながら、練習を積んだらしき加減の仕方で、それ以上は行かせない。際を越えさせせてはくれない。

「同意だ」彼がつぶやいた。「イエスと言ってくれ」

「言えない」必死で繰り返すけれど、もう降参に近いとわかっていた。頭の中は欲望の蜜で甘くどろどろになっている。

「イエスと言わなければ、最後まで行かせない」彼が言う通り、数回撫でただけで絶頂に達するほど間際だった。必死の思いで彼から身を離そうとする。

「いたずらな娘だ」彼がにやりとする。片手はまだキャサリンの腰を支えている。「のがれてごらん」

「お願い」

「同意だ」親指は突起に当てたまま、彼は挿し入れた指をさらに奥深くに挿しこんだ。快感のまさに中心の場所を押されると、内側が膨れあがっていっぱいに満たされたように感じた。もう少しのところで苛立って叫びそうになる。彼が拷問とも思えるほどゆっくりした動きで親指を動かし始めた。「イエスと言ってくれ」

彼がもう一回指を動かすだけで、自分の中に溜まった緊張をいっきに解放できる。キャサリンは息と正気を求めてあえいだ。彼はキャサリンを思いのまま操れる。それがどれほどの力か考えたくもない。彼はキャサリンを弱くする。降参したくなかった。彼の言葉による要求にも、体に要求していることにも。それでも、もうこれ以上長く彼を拒めるかどうかわからない。抗したいのと同じくらい応じたいのだから。

指をまた動かされると、目に涙が湧きでるのを感じた。もう一度動かされると、今度の興奮は純粋な喜びとなった。そこで打ち負かされた。これ以上抗しきれない。実際に頰を涙が伝うのを感じた。これほど必死な状態でなければ、恥ずかしく思っただろう。

「イエス」キャサリンはあえいでついに言った。「そうするわ」

彼がキャサリンにほほえみかけた。「よし」

「お願い」懇願する。

「心配しなくていい。もっとよくしてやれる」

彼は長いキスをしながら、動きをさらに速め、撫でるのとキスを同時に行った。二重の感覚にまた達しそうになる。彼は唇を離し、キャサリンの目をのぞきこんだ。

「きみは本当に美しい」張りつめた声で言う。指がキャサリンを絶頂の際まで押しあげる。

「ああ、きみは最高だ」

遠い昔からのその言葉に連れられて、キャサリンは縁を飛びこえた。彼の首筋に頭を埋めて叫び声を押し殺す。彼の指を包んで激しく痙攣するのを感じた。その反発の力が快感をさらに深めて陶酔の境地に達すると、頭から彼以外のすべてが消えた。

そのまま、ふたりがどのくらい長く坐っていたのかわからない。そのうち彼が両腕で彼女を抱きあげ、隣の席にゆっくり坐らせた。彼の胸に顔を埋める。くたびれきってなにか言うこともできない。

ほどなくキャサリンは、気づくとうとうとし、いつしか眠りに落ちていた。潮流のような速い流れにあらがうことができずに無意識に引きずりこまれたのだった。

目がさめた時キャサリンは、動きがなくなったせいではっと目覚めたことに気づいた。馬車が停止していて、そしてキャサリンにはわかった。

空気の匂いから、そして暗闇の真の暗さからわかった。自分がふるさとに戻ってきたことを。

17

キャサリンが腕の中で眠りに落ちたあと、ジョンはふたつの光景のあいだで心が引き裂かれそうになっていた。最初の光景はキャサリンの輝くような姿だ。馬車の後ろで彼は危うく理性を失いそうになった。彼女を喜ばせるというこの上なくすばらしい経験のせいでいまだ血が騒ぎ、張りつめた彼自身もズボンを大きく押しあげている。

二番目の光景は繰り返し浮かぶ光景で、最初の光景とは相反する。エディントンホールで妹が死んで横たわっている姿だ。自分が家に到着して、妹がすでに亡くなったと聞かされる場面を想像してしまう。妹のベッドの脇に立つ自分が見える。そこには青白い顔の妹が命を失って横たわっている。この苦痛に満ちた光景が浮かぶたびに、涙がこみあげてくる。

ふたつの矛盾する光景が代わる代わる浮かんでいたから、エディントンホールに到着した時は心底ほっとした。長い年月、一度もなかったことだ。

門を通り抜けると、車寄せにミセス・モリソンが立っているのが見えた。馬車が停止するのも待てずにジョンは飛びおりた。ヘンリエッタは亡くなってはおらず、回復が期待されているとミセス・モリソンに聞かされ、ジョンは地べたにキスをしそうになった。

ミセス・モリソンにまだ馬車の中で寝ているキャサリンを起こして、寝室に案内するように頼んだ。それからヘンリエッタに会いに行った。

妹は大きな石造りの部屋の天蓋つきのベッドに横たわり、微動だにしなかった。部屋が大きすぎて、彼女を呑みこんでしまいそうに見えた。青白い顔と、熱っぽい額を見つめる。薄茶色の髪は汗でぐしゃぐしゃに濡れている。起こさないように注意しながら、ジョンはひざまずき、両手を組んだ。どうか死なないでくれ。ジョンは祈った。何度も何度も。頼むから死なないでくれ。

そのあとジョンは自分の寝室に行った。部屋の巨大さとベッドの冷たい広がりが恨めしい。しかし、キャサリンが馬車の中でどれほど疲れていたかを考えれば、その眠りを邪魔する権利は自分にはないと感じている。枕に頭を載せた時は、絶対に眠れないだろうと思った。見慣れた天井を凝視し、ヘンリエッタに対する心配と、キャサリンが彼のベッドにいたらという強い願いとに心が二分された。

ジョンははっと目を覚ました。射しこむ光が彼の顔を叩いてくる。この田舎独特の静けさが聞こえてくる。かすかに大気が震えているような静けさだ。朝だった。どうにかして眠ったようだ。顔をこすり、ヘンリエッタの病気と彼の抱える重たい案件を思いだした。今すぐに起きて、妹の様子を見にいき、せん妄状態から目覚めたかどうか確認するべきだとわかっているが、ベッドから出られない。両手で顔を覆い、またベッドに背を預けた。

しかも、それでいながら、キャサリンのこと、昨夜馬車の中で彼女がどのように快感を得たのかを考えずにはいられない。赤くそまった頰も指で触れた時の感触もすばらしかった。自分が望んでいるのと同じほどには、彼女は彼を望んでいないのではないかとずっと不安だったが、昨日彼に触れられるのを楽しんでいたことは間違いない。

また自分が硬くなるのを感じた。今ここに、このベッドに、彼女が彼と一緒にいてくれたらと願わずにはいられない。だがそうではなく、彼女はエディントンホールの長い廊下のひとつをずっと行った先にいる。ミセス・モリソンが彼女を案内するのにふさわしいと判断した部屋に。自己嫌悪に陥りながら、昨日の光景を脳裏で再現したせいで張りつめた自分のものをつかんだ。

扱きながら彼のベッドにいるキャサリンを思い描く。濃紺色の瞳とシルバーブロンドの髪、両脚が彼にまわされて……。

その時、寝室の扉を激しく叩く音が聞こえ、彼は自分を小さくののしりながら自分を解き放った。

「旦那さま、妹さまが目を覚まされました」

「ちょっと待ってくれ、ミセス・モリソン」胸の中に湧きあがった希望が勃起を静めてくれた。鹿革のズボンを穿き、トランクからシャツを出して着た。従僕のひとりがありがたいことに前夜置いていってくれた洗面器で急いで顔と手を洗う。

ベッドの反対側にある姿見に映る自分がまあまあきちんとしていることを確かめると、彼は向きを変えて扉を開けにいった。

「ミセス・モリソン」相反する感情が駆けめぐっているせいで両手が震えている。「ありがとう。案内してくれ」

ヘンリエッタの部屋に向かって歩きながら、彼が子どもの時からこの屋敷にいる優しい性格の高齢女性はヘンリエッタの現状を話してくれた。

「とてもいい知らせです、旦那さま。熱がさがったんですよ。峠は越しました。数日もすればずっと元気になられますよ」

この説明に喜びながらも、直にヘンリエッタと話し、この目で回復している姿を見なければ、到底安心できない。

エディントンホールの広い廊下を歩いた。ミセス・モリソンは話し続ける。彼の返事は端から期待していない。彼女が自分で話して自分で返事をしているおかげで、ジョンは自分が育った、そして今は、非常に奇妙に覚えることだが、彼の、彼だけのものであるこの巨大な住居の状態を吟味することができた。長年この場所を嫌ってきたにもかかわらず、今はずらりと並んだ大きな窓から朝の光が差しこんでくる様子がすばらしいと思える。父がもはやここに住んでいない――もうどこにも住んでいない――ことが、そして角を曲がったところで、この巨大な屋敷の中をゆったりした足どりで歩いている老人に出くわさないことが、とても奇妙に感じる。

ここ数年、父はいつもこの屋敷の中を歩きまわっていた。その足どりから、なにか深刻な問題について熟考していると知れた。だが、それがなんであれ、彼はジョンには打ち明けなかった。

「とにかく安心したよ、ミセス・モリソン」妹の寝室に着く間際にジョンは言った。

「もうひとつお話ししたいことが、旦那さま。お連れになられたミス・アスターを、お母さまの昔の部屋にお通ししたんですよ。すみません、でも、事前のお知らせがなかったので、客用寝室をご用意できなかったんです」

なんてことだ、と彼は思った。どれか客用の翼のひと部屋にいると想像していたが、実は彼の部屋から扉四つしか隔たっていないところにいたとは。

「わかった」淡々とした声で言うのが難しかった。「ミス・アスターをひとりだけ客用翼に置いておくのもよくないだろう。孤島に置き去りにされたような気分になってほしくはないからね」

「とても感じのいいレディですね、旦那さま」ミセス・モリソンの顔にわかっていますよという表情がかすかに見える。

「そうだな」態度からなにも悟られないように気をつける。「ヘンリエッタには、すばらしい家庭教師になってくれるだろう」

「そうですね、旦那さま」とりすましたお辞儀を見て、先ほどのほのめかしは自分の想像に過ぎなかったのだろうかといぶかった。

子どもの時から知っていて、かつては第二の母のような存在だったミセス・モリソンが、今は彼に対して控えめに話すのがありがたかった。多少寂しくは感じるが、長年の親しい関係に甘んじない態度は尊敬に値する。

「では失礼します、旦那さま。ヘンリエッタさまとおふたりでお話になりたいでしょう。あとでまたご様子を見にまいります」

ジョンはミセス・モリソンにうなずき、それからヘンリエッタの部屋のほうを向いた。扉を開ける。妹がどこにいるか認識する前に、彼女の両腕が首にまわされていた。

「ジョン！」妹が金切り声をあげてぴょんぴょん跳ぶ。「帰ってきたのね！」

妹を抱きとめると、こんなに回復したのだという安堵で胸がいっぱいになった。ベッドから跳びだしてきた妹が、数時間前に意識もなくうなされていたはずだと気づき、その無謀さに怖れおののいた。

「ベッドに戻りなさい」急いで命じる。「休まなければだめだ」

ヘンリエッタはしかめっ面をしたが、すぐに部屋を横切り、ふとんの中に戻った。

「重病だったんだろう」不機嫌な声を出したくなかったが、どうしようもなかった。「それなのに飛びまわっているのか。それじゃよくならないぞ」

ベッド脇の椅子に坐る。今朝まで、看病のためにミセス・モリソンが使っていたであろう椅子だ。

「もう気分はいいの。ミセス・モリソンが大げさすぎるのよ。少しうわごとを言っただけで、大したことないのにお兄さまに連絡するなんて。でも、怒るわけにはいかないわ。だって、それでお兄さまがエディントンに帰っていらしたのだから。単調な人生が一時的に中断されるということ」

そう言ってほほえむ。兄が帰ってきたという幸せで胸が張り裂けそうになっているらしい。

「おまえの人生も、もうすぐ単調でなくなるさ」

「ええ」妹の目がぱっと輝いたのを見て、ジョンはいたたまれない気持ちになった。妹はほとんどなにも知らない。父の遺言のこともちろん伝えていない。誕生に関する噂話を阻む盾になっていた巨額の持参金が危ういことも。これまでの人生ずっとエディントンに隔離され、上流社会の多くの人々が、彼女を不義の子だと憶測していることさえ知らない。社交界デビューに心を躍らせている少女に過ぎないのだ。「それに、新しい家庭教師を連れてきてくれたと聞いたわ。社交界のために。パーティの華になれるわね」

両腕をあげ、ふざけて優雅なそぶりをしてみせたが、彼女の期待が本物であることはジョンにもよくわかった。

「そうだ。少し元気になったら、授業を開始できるだろう」

キャサリンに話しておかねばならない。キャサリンが妹に実際に教育をすることになるとは考えていなかった。しかし、ヘンリエッタの家庭教師としてエディントンホールに滞在するからには、ほかの選択肢はない。キャサリンがさほど迷惑に思わないでくれればと願うばかりだ。あるいは、ここまで複雑な事態を想定していなかった彼に腹を立てるかもしれない。

「明日にはすっかり良くなるわ」ヘンリエッタがにっこりする。「輝かしき人生の第一歩ね」俗っぽい風刺の口調をまねる様子を見てジョンは笑った。だが、その裏で、妹の高い期待を目の当たりにして、狼狽しか感じなかった。

先ほどまで想像していた、亡くなってまさにこのベッドに横たわるヘンリエッタの姿を思いだした。家族の墓地で父母のすぐ隣に埋葬するところさえ想像していたのだ。その光景と、目の前の生き生きした、まるで妖精のような妹の姿との対比にジョンは感情を押し殺した。

「おそらく。とにかく、おまえは回復に専心しなければいけない。ミス・アスターと話して、明日から授業を始められるかどうか聞いてみよう」

ヘンリエッタがいぶかしげな顔をした。「傲慢な貴族みたいな言い方はしたくないけれど、ミス・アスターはそのためにここに来たのでしょう？　準備はしてきているはずよ」

ジョンはため息をついた。いざとなるとヘンリエッタが一歩も引かないことを忘れていた。

「もちろんだ。しかし、旅の疲れを取るのに数日必要だろう」

「ロンドンからの旅がそんなに大変とは思わなかったわ」青色——薄いけれど暖かみのある青——の瞳がきらめいた。「でも、わたしが知るはずないわね。エディントンからほとんど離れたことがないのだから。社交界に出ても、きっとあかぬけない田舎娘と思われるでしょうね」

「おまえは輝くよ、大丈夫だ」

兄の皮肉っぽい口調に、ヘンリエッタが鼻の上に皺を寄せた。「よく考えてみると、たしかにミス・アスターは疲れを取るのに数日必要かもしれないわ。不愉快きわまりないお兄さまと一緒に二日間も旅をしたあとではね」

兄とミス・アスターが一緒に旅をしたことに妹が注視したのは驚いた。真っ青になりそうなのをなんとかこらえ、願わくは穏やかな笑みに見えてほしい笑顔を向けた。「たしかにそうだ」

「いいわ。明日授業が始められるように、わたしも今日は休みます」

「よし」そう言いながら立とうとする。

「ひとつ質問をしてもいい？」彼が完全に立ちあがる前に妹が訊ねた。キャサリンのことをさらに訊ねられるのかと思い、彼はめまいを感じた。

「もちろんだ。なにかな？」

このふたつの言葉を言うあいだも、ジョンは妹に対する彼の重い責任を痛感していた。妹に残されたのは彼だけだ。さまざまな事柄について、妹の相談に乗る準備をしてくるべきだったとわかっているが、今はどうしたらよいかわからない。妹が直面している危険の大きさに動揺し、そこまで考えていなかった。

「お父さまがいなくて寂しい？」

予想していた質問ではなかったが、妹がそう言うのを耳にして、自分がすでに保護者として失格だったことに気づいた。もちろん、父が亡くなって妹はとても寂しいはずだ。亡くなってまだ一カ月しか経っていない。自分は遺言書の余波に翻弄され、しかもキャサリンのことがあり、父の死によって妹がいかに影響を受けたかまで思い及びもしなかった。だが、ヘンリエッタのために、ジョンは遺言について知る前に抱いていた感情を呼び戻そうとした。帰路を馬で駆け抜けたあの時、悲しみによく似たなにかに圧倒されていた時の気持ちだ。

「もう二度と話せないことがうまく想像できない。今になっても、屋敷内を歩いている父上の姿に会えると思いこんでいる。出かけている時は、家に戻るように命じる手紙が届きそうな気がする」

ヘンリエッタは悲しげな笑みを浮かべた。「家に呼び返す手紙がしょっちゅう届いたのね？」

罪悪感が押し寄せた。「そんなにしょっちゅうではない。それに、正確に言えば、呼び返されたわけでもない。ただ、とにかく帰ってきてほしいと思っていることを知らせてきただけだ」

「お父さまもわたしもそうだったわ」

「すまなかった、ヘンリエッタ。もっと頻繁に戻ってくるべきだった。ただ――」彼は頭を振った。妹は醜聞のことを知らないのだから、説明はできない。

「お兄さまが悪いわけではないわ。おとなになれば、忙しいものね」ベッドカバーの模様を指でなぞる。「わたしも、お父さまが亡くなられて寂しいと感じられたらいいと思うの。でも、悲しく感じる時は大抵、あるいは、悲しく感じなきゃいけないと思う時もだけど、お父さまの大半はもうとっくにいなかったって気づくのよ。大きくなるあいだずっと、お父さまがいなくて寂しいとすでに感じていたわ。お父さまのほとんどはお母さまと一緒に亡くなったのだといつも思うの」

ジョンはたじろいだ。過去についてほとんど知らないのに、ここまで真実に近づけるとは考えもしなかった。ある意味で妹は幸運だとジョンはいつも思っていた。醜聞以前の父を知らないから、と理由づける。だから、父がどれほど衰えたか知りようもない。だが、今になって思う。もともとの父を知っていて、その喪失がどれほど大きなことだったか知るほうが、ただ推測しかできないよりはむしろよかったかもしれない。

「すまなかった」彼は繰り返した。「お父さまはおまえを愛していた。それは間違いない」

その言葉を口にしながらも、苦い罪悪感を覚えずにはいられない。心の一部で思っていたからだ。そうだったか？　彼の父はヘンリエッタを愛していただろうか？　遺言からはそうでないように思える。それでも、娘に対する父の愛をジョンは自分の目で見ていた。この十七年間、ヘンリエッタはジョンと父をつなぐ唯一のものだった。

「そして、わたしもお父さまを愛していたわ。いつもとても優しかった。ただ、ここにいる時でさえ、いるように感じなかった。少なくとも、いつもいるようには思えなかった」ヘンリエッタが目を伏せる。「だから、お父さまもわたしも、お兄さまにここにいてほしかったんだと思うわ。お兄さまが来れば、この家も幽霊でいっぱいのような感じが薄れたから」

「レッタ、埋め合わせをすると約束するよ」

妹は彼を見あげてまた瞳をきらめかせ、そして大きくほほえんだ。

「最近父を亡くした娘に、経験したことがないほど輝かしい社交シーズンを与えてくれることによって？」

彼は笑い、喉までせりあがってきた恐怖を押し戻そうと試みた。「そうだ」ジョンは無理やり笑い、呑気そうな表情を浮かべようとした。しかし恐怖は頭蓋骨を激しく叩いていた。

18

キャサリンは立ちあがって服を着た。コルセットとストッキングの紐を結び、ジョンはこの巨大なエディントンホールのどこにいるのだろうかと思った。おそらくヘンリエッタの看病をしているだろうから、自分からは捜さないと決意する。その代わり、ひとりでこの場所に慣れることにしよう。

それから、昨日馬車で起こったことはできるだけ考えないようにする。恥ずかしいとか屈辱的だとか感じるのもだめ。さもないと、冷たい日の光の中で、あまりに無防備に感じてしまう。彼にふたたび自分の多くを、自分が望んでいることまでも見せてしまった。自分が――というより、彼と自分のふたりともが――さらけだしたものによって、旅の途中で見つけた休戦協定が根底から変わってしまったという感覚を払拭できない。

寝室を出て、階段を一階までおりた。この場所の大きさとその堂々たる風格に驚嘆する。ここは子どもの時のかすみがかった記憶にも残っている。数回だが、キャサリンは叔母のメアリーに連れられてこちらの家族を訪問するためにエディントンホールを訪れ、この巨大な建物を目の当たりにした。叔母がこの地域の問題について公爵と話し合うのを聞いたりしたが、ふたりが同じ部屋にいるのを見たのはほんの数回のことだ。

フォースター邸のほうが古いが、このエディントンホールははるかに大きい。その当時も感銘を受けたが、今も同じように深い感動を覚えたことを認めるのは、家族に対して不誠実だとも感じた。きちんと手入れされた庭を見渡せる大きな窓々、どこまでも広がる石の床、朝の陽光の中で、キャサリンには目もくれずに忙しく動きまわっているたくさんの使用人たちのざわめき。そのすべてにキャサリンは畏敬の念を覚えた。自分が招かれざる詐欺師で、気づかれないようにそっと歩きまわっているかのように感じる。

そのうち絵画展示室に行きあたり、キャサリンは過去のエディントン公爵たちとその夫人たちの厳粛な顔を鑑賞した。ジョンの父親の大きな肖像画を見つける。まだ若い時に描かれたものを見て、ジョンにとてもよく似ていることに気づいた。違うのは濃い茶色の瞳くらいだ。

その肖像画から目を離すと、戸口にいるジョンに気がついた。

「妹さんはいかがですか?」声に恐怖が混じっているのが自分でもわかった。遠すぎて彼の表情は分からない。

「ヘンリエッタは峠を越えたようだ。昨夜のうちに熱が引いたらしい。きょうは休むように言ったが、めざましい回復を見せている」

「それはよかったわ」

「あの子はもう大丈夫だ」

キャサリンは彼と目を合わせた。「そう伺ってとてもとても嬉しいわ」

彼はむっつりとうなずいた。「話し合う必要がある。ヘンリエッタのことだ。家庭教師の件で」

ジョンは前の公爵夫人、つまりジョンの母の肖像画を見あげた。セージ色の緑の瞳は母から受け継いだものだ。キャサリンもその絵を眺めた。夫とメアリー・フォースターの情事によって破滅させられた女性が、自分の家にキャサリンがいるのを認めるだろうかとキャサリンは思った。

同じことを考えたらしく、ジョンはその肖像画から目を離した。ふたりで展示室をゆっくり歩いた。

「ヘンリエッタに授業をしてもらわねばならなくなりそうだ」

「もちろん、授業をしなければならないでしょう。家庭教師がなにも教えてくれなければ、妹さんは疑い始めるに違いないわ」

キャサリンは彼を見あげた。表情からはなにもうかがえない。口の線も、実際にどう感じているかなにも明かしてくれない。昨日の率直さは完全に消えていた。彼がなにを考えているか、キャサリンに対してなぜ突然心を閉ざしてしまったのかまったくわからなかった。とはいえ、ひとつだけ思い当たる。ふたりの新たな親密さが、ふたりのあいだでこれまでに築いたことをすべて変えてしまったという考えは正しかった。

「それはまったく思いつかなかった」

キャサリンはなにも言わなかった。妹と深く関わることになるこの職業をキャサリンの仮の身分として選んだことについて、彼が後悔しているのは明らかだった。

彼が足を止めたのは、公爵の親族らしき太った男性の絵の前だった。

「そのために来たわけではない仕事のことで、面倒をかけることになる」彼の態度は、旅の最初に示した礼儀正しいものに戻っていた。

「一万ポンドの一部と考えていただいて結構ですわ」

彼は笑わなかった。笑わそうと思って言ったのだが、ほほえみさえしなかった。なにが問題か訊ねたかったが、訊ねなかった。ふたりはまた歩き始めた。

ようやく彼が口を開いた。

「妹はあの醜聞のことをなにも知らない。そのことは妹に言わないようお願いしたい」

「なんですって？」ふたりは展示室の一番端に着いたところだった。振り向いて、壁を背に立って彼を見つめる。「人々がなにを言っているかなにも知らないと？　ご両親のあいだになにが起こったかも？」

「そうだ」いまやふたりは部屋の隅で向き合って立っていた。「そして、ぼくは言いたくない。今はだめだ。持参金を取り戻すまでは」

「ジョン、妹さんは知る権利があるわ」

ここまで成長してくるあいだ、彼と彼の父親が彼女に、自身の存在に関するこれほど重要な事実を知らせなかったとは信じがたい。キャサリンはほかのだれよりも、彼の妹が社交界でなにに直面することになるかを知っている。同じ醜聞が、キャサリンの社交シーズンを破滅させたのだから。上流社会が自分に向けた目を覚えている。顔だけでなく全身までもがドレスの下でどんなに火照ったかも、舞踏会場を歩いている時の周囲のささやき声も覚えている。少なくともあの時の自分は、なぜそのように扱われるのかを知っていた。受け入れてもらえると期待していったら、あざけりで迎えられる娘の気持ちがどれほどかは想像したくもない。

「社交界に出る前に話さなければならないわ。知らずに出ていくことはできないはず」

「妹にとってなにが正しいかはぼくが決める」

「これまでも、決めることに関してうまくやってこなかったのでは？」自分のほうが間違いなく正しいとわかっている。それなのに彼が向けてきた苛立ちにかっとなり、キャサリンは言い返した。「あなたも、あなたのお父さまも」

父のことを言われたとたん、彼はキャサリンに数歩近づいた。緑色の瞳が怒りで険しくなる。客間で今と同じように向き合った時以降でもっとも強い怒りだった。

「ぼくの家族についてなにも言うな、ミス・アスター。きみはここにひとつのことのために来ている。ぼくがメアリー・フォースターを見つけることを助ける、それだけだ。妹と話す時は、ぼくの指示に従ってもらう」

キャサリンは頭をそらして彼を見つめた。権力をかざした理不尽な要求に対する怒りが全身を貫く。絶対に引きさがらない。彼が間違っているのだから。キャサリンは目をそらさず、持ちあげた顎もほんのわずかもさげなかった。

それでも、彼を見つめながら、その緑色の瞳と真っ黒な巻き毛、そして美しい顎の線を内心愛でずにはいられなかった。あの馬車でのあの親密さがありながら、どうすれば、そのあと初めての再会をこんな怒りの会話に変えられるのかキャサリンには理解できない。だが、彼は平気でそれをやってのけた。

「あなたはなにが正しいかをわかっていないように思えます、公爵閣下」

その言葉を聞いても、彼の表情は変わらなかった。ほんのわずかに厳しさを増しただけだ。

絵画展示室の反対側の扉が勢いよく開き、ふたりはさっと離れた。

お仕着せを着た従僕が扉を抜けて入ってきた。「旦那さまとミス・アスターのための朝食のご用意ができました」

ジョンは小声で悪態をつくと扉から出ていった。従僕はキャサリンを待っている。

同じようにする以外に選択肢はなかった。展示室の敷居を過ぎて部屋を出ながら、キャサリンは涙を食いとめるという堅い決意のもと、目をしばたたき続けた。

19

キャサリンが朝食用の部屋に入っていくと、すでに若いレディが食卓に坐っていた。

その少女を観察する。小振りで繊細な目鼻立ちの顔、明るい茶色の髪は上品な形にかわいらしく結ってあり、朝らしいさわやかな黄色いドレスを着たその姿からは、無邪気さと辛辣なちゃめっ気が共存している印象を受けた。その娘はキャサリンを見ると、温かな青色の瞳を輝かせた。美しい娘だとキャサリンは思った。社交界に出ても際だつことだろう。もしも出る機会を得られれば。

この少女に出会った驚きのおかげで、頭からジョンとの緊張状態を追いだせたのはよかった。ちょうど、当の男性が大げさにため息をつくのが聞こえてきたからなおさらだった。

「ヘンリエッタ」ジョンが怒鳴る。「一階でなにをしているんだ？　部屋で休んでいるはずだろう」

「気持ちがいいんですもの、ジョン」娘は言った。「それに、ミス・アスターとお会いしたかったの」

「もってのほかだ。休んでいると約束した。二階に戻りなさい」

「お支度もしたのよ、お兄さま。朝食をいただくくらいには良くなっているわ」

「顔色が悪い」彼が言い返す。ヘンリエッタが少しやつれているのはキャサリンにも見てとれた。

「朝食のあと、ほんのちょっとだけ庭を散歩したら、すぐにベッドに戻るわ！　約束する！」

ジョンは苛立っている様子だった。ヘンリエッタが動いてはいけないとジョンはわかっているのだ。

「わかった」食いしばった歯のあいだから吐きだすように言う。「だが、また具合が悪くなったりしないでくれ」

ふたりの議論が済んだようだったので、キャサリンは少女のほうに向き直り、膝を折って小さくお辞儀をした。「お嬢さま、わたしはキャサリン・アスターと申します。お目にかかれて嬉しく存じます」

少女が椅子からひょいと立ちあがった。「まあ、そんな形式ばったことはやめてちょうだい！　これまで、わたしを訪ねてくれる人はひとりもいなかったわ。お友だちになりたいの。それ以外は我慢できないわ」

キャサリンはほほえみ返した。太陽のような若いレディを前にして、ジョンの振る舞いに傷ついた心の痛みが溶けていくのを感じた。ジョンを見やると、顔をしかめているのがわかった。妹の気立ての良さのせいで、キャサリンとヘンリエッタの関係を自分が制御するというジョンの計画が頓挫したことは間違いない。

「もうすぐ授業が始められるくらいお元気になることを願っていますね」ヘンリエッタの親

しみを励ましながらも、ある程度の礼儀を保とうと心がける。

「ええ」ヘンリエッタが答えた。「興奮で有頂天になっているのは自分でもわかっているわ。社交界に出ることを昔からずっと楽しみにしていたんですもの」

「坐りなさい」ジョンが妹に言った。「今すぐ」

「ほんとにつまらない人だと思うでしょう?」ヘンリエッタはそうキャサリンに言いながらも、兄の指示に従った。「適切な行動しかしないのよ。でも、ひげを剃る必要はあるみたい。また顎ひげを生やすつもりじゃないでしょう、ジョン? ミス・アスター、兄はオクスフォード大学にいた時、とってもみにくい顎ひげを生やしていたのよ。戻ってきた時は、ミセス・モリソンがカミソリを持って襲撃しようとしたくらい」

「もういい、ヘンリエッタ」ジョンが言った。彼が顔を赤くしたのが、キャサリンにはおかしかった。

「本当に、ミス・アスター、それはそれはひどかったわ。父もミセス・モリソンもわたしも、みんな彼を見てぞっとしたもの」

「レッタ」兄が警告するように言う。

「ほら、怒らないで、お兄さま。今ならば、あのひげについて笑えるわ。つまり、あの時も笑ったけれど、今は笑わない理由がないということよ」

「たしかにそうですね、公爵さま」絵画展示室でのやりとりで傷ついた気持ちはいまだ残っていたが、ヘンリエッタのからかうような口調には抗えなかった。「ぜひうかがいたいですわ」

　ジョンがキャサリンに不満げな視線を向けた。

「その顎ひげはなんのためだったのですか？　最新流行だったのかしら？」キャサリンはヘンリエッタに訊ねた。

「とんでもない」少女が答える。「ありえないわ」

　「知っておいてもらいたいが、妹よ」ジョンは苛立ちながらも、おもしろがっているらしい。「あれは最新流行の顎ひげで、友人たちはみんな生やしていた。とても魅力的だとレディたちにも思われていたんだ」

　ヘンリエッタが吐き気の音をまねしてみせた。「今度の社交シーズンで流行にならないことを願っているわ。紳士の方々の気を引く気持ちが失せてしまうもの」

　ジョンが妹をにらんだ。「おまえはだれの気も引いてはならん」

「そんなばかな、お兄さま。互いの気を引かないなら、社交シーズンはなんのためにあるの？」

「妹さまのおっしゃる通りですわ、公爵さま」キャサリンが笑顔で口をはさんだのは、ヘンリエッタに対する好意が刻々と増していたからだ。彼女に同意することでジョンをむっとさせたいという気持ちもあった。この少女がなにを知るべきかに関しては、キャサリンの意見を尊重しないかもしれないが、世の中のありのままを知りたいという少女自身の希望を完全に無視することはできないはずだ。「わずかな戯れもなくては、最初の社交シーズンの意味がありません。でも、そういうことはすべて授業で話し合いましょう。その授業には、適切な範囲内にうまく留まる方法も含まれますからね」キャサリンはヘンリエッタにウインクをしてみせた。

「どこでこの方を見つけてきたの、ジョン？」ヘンリエッタのショックを受けた様子から、これまでの大胆な言葉のほとんどがはったりだろう。「たくさんのことを教えていただけそう」

「この人が教えるのは、なにが適切かということだけだ、ヘンリエッタ」ジョンが言う。「それから、おまえのような若いレディが知っておくべきことについて」

彼に警告の視線を向けられ、キャサリンは呆れ顔をしないようにこらえた。彼は正真正銘のおろか者だ。この少女がなにに直面しているかをだれよりもわかっているのはキャサリンだということを理解していないから、信頼して妹を委ねるつもりもない。おそらくはキャサリンのことを不祥事にまみれた不名誉なフォースター家の人間としてしか見ていないが、そうであるからゆえに、ヘンリエッタにとって最上の家庭教師になれる。なぜなら、彼が信じたいかどうかはともかく、ヘンリエッタも同じような多くの中傷と闘うことになるからだ。

「もちろんですわ、公爵さま。でも、ヘンリエッタが学ぶべき内容のうち、戯れの部分に関しては、世の中に出る前に学ぶ必要があります。行儀作法の本に書かれた振る舞いがあり、現実がある。そのふたつの釣り合いを取ることを学ぶのが、レディとなる第一歩ですわ」

ジョンがまた敵意のこもった視線を向けてきた。キャサリン自身は自分の雄弁さに驚いていた。長いあいだ、この問題については考えないようにしてきたからだ。

「よろしい」彼がキャサリンから目をそらし、咳払いをした。「きみはもちろん、しっかりした哲学を持っているようだが、戯れ以外の課題から始めたほうがいいだろう」

「兄の言うことを気にしてはだめよ、ミス・アスター」ヘンリエッタが言う。「兄の命令に従ったら、一日中ドクター・フォーダイス（一七六〇年代にロンドンで人気を博した説教師、牧師。若い女性のための説教集を刊行した）の説教集を読んで、清教徒のような服装をしなければならなくなるわ」

キャサリンがほほえんだのは、ただジョンを少しからかいたかったからだ。謎めいて見えることを期待した笑みだったが、彼は明らかに不愉快そうだ。だが、その固く結んだ口元に、ほんの一瞬だが、深刻な懸念がよぎるのが見えた。ヘンリエッタに対する心配だとキャサリンは気づいた。そして、その深い愛情に心を動かされた。妹の幸せをここまで心配する兄が、あるいは公爵が世の中にどれほどいるだろう。多くはないに違いない。

「よろしい」彼が繰り返した。「ぼくはこれから家令と公爵領の重要事項について相談しなければならないので、親交を深めるのはふたりに任せよう」

そう言いながらキャサリンを一瞥《いちべつ》したが、その視線がなにを意味するかキャサリンには解読できなかった。警告？　それとも謝罪？　彼の口元にも注目したが、やはりよくわからない。

「あなたは本当に」そう言うヘンリエッタの顔には愛情があふれている。「この世で一番感じ悪くて、一番嫌な人だわ」

「まさにその通り」彼は朝食室の戸口に向かいながら、おどけた口調で言った。「だが、今日は授業はなしだ。庭を少し散策したら、ヘンリエッタ、ベッドに戻るんだぞ」

キャサリンはこれまで教えたことがない。本来ならば、教養はあるが収入がない娘として住み込みの家庭教師か学校教師の道に進んだはずだが、悪評のせいで、自分たちの大事な、そして影響を受けやすい娘のために彼女を雇おうという家庭はなかった。生徒に対してどのように話せばいいかわからない。手本にできるのは叔母のメアリーとレディ・ウェザビーしかいないことに今更ながら気づいた。どちらが妹の行儀作法の模範となってもジョンは喜ばないだろうが、ほかに選択肢はない。

五分後、肩掛けにくるまったキャサリンとヘンリエッタは庭にいた。

兄のそばでは、兄をからかう妹らしい性格を見せていたヘンリエッタだが、兄が去ると、キャサリンに対してはいじらしいほどの敬意を示した。そこには学びに対する強い熱意が感じられた。

「舞踏会にはたくさん出席なさったんでしょう？」青いアヤメに縁取られた小道をそぞろ歩きながらヘンリエッタが問いかける。

「そんなに多くはないわ」キャサリンは、ウェザビー家が失脚する前に一緒に参加させてもらった贅沢な催しのことを思った。「あなたはまず、そのほとんどがとても退屈という現実に向き合う必要があるわ。なんでもわくわくするわけではないということ」

「そうよね」ヘンリエッタは生真面目に答え、キャサリンと腕を組んだ。この進歩的な娘の信頼を示す振る舞いにキャサリンは心が軽くなった。キャサリンが妹に悪影響を与えるのではないかとジョンが心配しているらしい時にはなおさらだった。「ジョンがあなたをここに連れてきてくれて本当に嬉しいの。わたし、もっと頻繁に重い病気になるべきね」

キャサリンは首を振った。「そんなこと、お兄さまは喜ばないでしょう。それに、あなたの病気の知らせを聞く前に、この仕事のためにわたしを雇っていたのよ。ここに来る途中で知らせを受けた時、とてもとても心配されていたわ」

「わかっているわ」ヘンリエッタは石のベンチに腰をおろし、キャサリンも隣に坐った。「冗談よ、もちろん。ただ、兄がいない時はとても寂しいから」

キャサリンはヘンリエッタのいかにも少女らしい悲しげな顔を見やった。その顔つきには、情熱的な態度にはそぐわない陶磁器のような奇妙な美しさがあった。

「ミス・アスター」娘がキャサリンの手を取る。「言いにくい話を打ち明けてもいいかしら？」

困った、とキャサリンは思った。この少女はなにを言おうとしているのだろう？　厩舎係の少年に妊娠させられたが、それでも社交シーズンに出ることを望んでいるとジョンに話している自分の姿が脳裏をよぎった。ヘンリエッタの性格――キャサリンは知り始めたばかりだが――を鑑みれば、そのくらいは決然と言いそうだ。

ジョンは妹がキャサリンに心を打ち明けるのを喜ばないだろう。言いにくい事柄は、兄に話しほうがいいと勧めるべきだ。

だが、ヘンリエッタが目を閉じているのを見て、また別な言葉が浮かんで、言おうとしていた言葉を舌先で止めた。兄に話せないのはなぜか？　女性的な問題だからに違いない。ああ、困った。

それでも、あまりに若くあまりに無防備で、明らかに友だちを必要としているヘンリエッタを見ると、気持ちを落ち着けて耳を傾けるほかはない。

「あなたが知っているかわからないけれど」ヘンリエッタが話し始めた。「でもわたしの家族が――ジョンがあなたに伝えたかどうかわからないけれど――わたしたちは白ユリのように純白というわけではないの……評判に関してだけど」

ヘンリエッタの言葉を聞きながら、キャサリンは反応を顔に出さないようにこらえた。ジョンはヘンリエッタが醜聞についてなにも知らないと言っていたが、今のヘンリエッタの口調はそうではないことを示唆している。

「なんについて言っているのかよくわからないわ」キャサリンはなにか言う前にヘンリエッタがどのくらい知っているか測りたかった。「もう少し詳しく説明してくれるかしら」

ヘンリエッタが唇を噛んだ。「つまり、とてもとても昔、父が、……亡くなってしまったことはご存じと思うけれど……」片手をもう一方の手首までおろし、ドレスの袖口をいじった。「つい最近亡くなったこともきっとご存じよね」

ヘンリエッタの声が震えた。親を失ったこの少女を思い、キャサリンは身を切るような悲しみを覚えた。どのように感じているか、あまりにもよくわかったからだ。

「とにかく」ヘンリエッタが落ち着きを取り戻して言葉を継いだ。「その父には愛人か、なにかそのような人がいたの――母ではない女性よ」

キャサリンはふたたび、驚きが顔に出ないように自分を抑えた。ヘンリエッタがなにを知っているかを知るまでは、自分が知っていることを明かせない。いったい全体、どうすればジョンはそこまで無知になれたのか？　ヘンリエッタは醜聞の余波が残る中、まさにその震源地で成長したのに、なにも気づかないと思ったのだろうか。なにも知らなかったら、それこそ愚鈍もいいところだが、ヘンリエッタはむしろ鋭い感性の持ち主だ。キャサリンもジョンの話を鵜呑みにするべきではなかった。彼が確信しているようでも、この状況をしっかり見極めていないのではないかと疑うべきだった。

「その女性はすぐ近くの地所の人よ。高級売春婦ではなくて、普通の貴族の女性なの」

次の言葉はキャサリンの家族に関するさげすみだろうと、心の中で身構える。

「そして母がそのことを知ったの」ヘンリエッタが暗い口調で言った。フォースター家のことは、この話には関係がないかのように言わずに話を進めた。「とてもショックを受けたらしく、自分も出ていってしまった。自分の――ええと、男爵だと思うけれど、たぶん」

かわいそうなヘンリエッタ、とキャサリンは思った。だれひとりとして自分には直接語ってくれず、それでいながら自分の人生を決定づける出来事について、断片をつなぎ合わせて全貌を知ろうとするのがどんなことか、キャサリンはよく知っている。しかも同じ出来事についてなのだからなおさらよくわかる。

「正直言って、どの人かはっきりしないけれど、たしか男爵だったはず」自分のことを語っているかのように言う。「とにかく、それはどうでもいいの。母は男爵だかなんだかと駆け落ちした。そして、それから間もなくわたしが生まれたの。そしてわたしの出産で母は亡くなったわ」

キャサリンはヘンリエッタの繊細な顔をのぞきこんだ。この少女はキャサリンの答えを待っている。外部の人と話す機会がほとんどないから、それが世間に広く知られているかどうかを確かめたいのだ。

「その話は聞いたことがあるわ」キャサリンはもっと多くを語りたいと思いながら、ただうなずいた。

「ばかげているわ」ヘンリエッタが言う。「そうだと思っていたわ。だれもが知っていることなのね」少女がため息をつく。「わたしが父の子どもではないと言っている人もきっとたくさんいるわ。母が男爵か、男爵じゃないかもしれないけれど、だれかと駆け落ちしたから」

「たしかに男爵よ」少なくとも、それは言うべきだとキャサリンは思った。

「まあ、そうなのね。本当の男爵ならよかったわ。もしもわたしが恥ずべき不義の子だとしても、少なくとも貴族の血筋ではあるわけですものね」

キャサリンは笑ったが、冗談めかして言うヘンリエッタの気持ちを思うと心が痛んだ。印象に残ったのは、ヘンリエッタが母の行動に焦点を置いて語っていたことだ。それで、叔母の行動によって自分までが評価されているといつも感じていたのを思いだした。ヘンリエッタの話から、同じ恐怖が聞きとれたからだ。公爵夫人の行動は、キャサリン自身はとくに考えなかった観点だが、ヘンリエッタにとっては、この母の決断が、今の自分に対する人々の見方にいかに影響するかがもっとも気がかりなのだ。それに比べれば、この事件における父の役割、あるいは近くの地所から来た貴族の女性の役割には無関心である。たしかにキャサリンも、たとえばこれが父の醜聞であって、社会的にも実質的にも母に一番近い存在だった女性の醜聞でなければ、同じような屈辱は感じなかったかもしれない。

「とにかく」ヘンリエッタが言った。「あなたはわたしが社交界に出るための家庭教師なのだから、この話をするべきだと感じたの。これがすべてに影響するのではないかと不安でいっぱいだったから。わたしの人生は、始まる前に壊れてしまうのではないかと」

ヘンリエッタの目から涙があふれだした。キャサリンはヘンリエッタの手をさらに強く握りしめた。

「そのことについて、お兄さまに話したことは？」

「とんでもない！　どうして話せるでしょう？　恥ずかしくて絶対できないわ！　兄はとてもきちんとした人だし、尊敬されている。兄の血統を疑う人はいない。その兄にこんなことを話すなんてあまりに恥ずかしいことだわ」

〝きちんとした人〟という形容にキャサリンは危うく笑いだしそうになった。上流社会の噂話のすべてがエディントンホールの壁の中まで届いているわけではないらしい。

〝有爵の放蕩者たち《ランク・レイクス》〟のことを聞けば、この娘はきっとショックを受けるだろう。さらに奇妙なのは、兄が女性でなく、出自にも疑問を持たれていないから、兄にとってこの事件は恥ではないとヘンリエッタが考えていることだ。この事件に関して彼が抱える苦悩を妹はなにも知らない。叔母がなんの前触れもなく行動したことを考えれば、自分の家族もなんら変わらない。

「ヘンリエッタ、わたしたちはお兄さまと話をしなければいけないわ。あなたがなにも知らないと思いこんでいると思うから」

「それはわかっているわ。わたしがそれほど子どもだと思っているのよ」

「でも、どうして知ったの？」

ヘンリエッタは笑い声を立てた。「使用人たちが話しているのを何度も耳にしたわ。わたしが知らないなんてあり得ないのに、ジョンと父はそれについて決して話さなかった。ふたりが恥ずかしいと思っているからだとずっと思っていたわ――わたしのことを」

この言葉で、ジョンに対してわずかに残っていたキャサリンの忍耐心が全壊した。悲しい思いで、頬を伝っているヘンリエッタの涙を見守る。

「それは本当ではないわ」キャサリンはもっとはっきりしたことが言えればと願った。言えない代わりに、ヘンリエッタをそっと抱いた。ヘンリエッタのための怒りが沸き起こる。出会ったばかりの他人とも言える人間に、ふたりきりになってすぐにこの話をしなければならなかったヘンリエッタの孤独は想像に難くない。

ヘンリエッタがある程度泣きやむと、キャサリンは体を離して手を取った。ヘンリエッタの青い瞳は苦悩に満ちていた。この件について話をできるほどにはまだ子どもらしかったことがありがたい。

「わたしたちで解決しましょう、ヘンリエッタ。約束するわ。でも、それにはまず、お兄さまに話をする必要があるわ」

ヘンリエッタが身をすくませた。また涙があふれ出る。

キャサリンは自分の社交シーズンのことを考えた。レディ・ウェザビーが、疑問を呈する夫を抑えて、キャサリンも社交シーズンを経験するべきだと言い張り、同時にキャサリンが直面することになる現実を教えこんだ。ウェザビー家に連れられてたくさんの舞踏会に出かけたが、求愛者になりそうな男性の関心を引く希望を多少なりとも持てた会はほんのわずかだった。最初の舞踏会のあとも参加し続けた理由はレディ・ウェザビーだ。

最初の舞踏会から帰る馬車の中で、キャサリンが感情を制御できずに泣き続けた時、サー・フランシスは不快感でいたたまれないようだったが、レディ・ウェザビーは手を伸ばしてキャサリンの手を取った。その時に彼女が言ったことを今でも覚えている。〝これはあなたの落ち度ではないのよ、いい子ね。あなたにはなんの関係もないことのせいなのよ〟この思いやりに満ちた言葉は、当時のキャサリンにとってなによりもありがたかった。たぶん、とキャサリンは唇を嚙んだ。レディ・ウェザビーが自分に対してしてくれたことを、ヘンリエッタにしてやることができるかもしれない。短い滞在だが、エディントンにいるあいだに少なくともひとつくらい正せるだろう。ほかはうまくいかなくても。

「わたしもそばにいるわ」キャサリンは続けた。「社交界であなたがこの問題にどう対処するべきか相談しましょう。なにもかもうまくいくわ、約束する」

この約束をするのは危険だとわかっていた。三週間後に自分はもうここにいないかもしれない。叔母を見つけたらすぐに去ることになる。それでもなお、自分が十七歳で不親切な世の中に対峙した時、もっと友だちがいてくれたらと願ったことを覚えていた。ヘンリエッタの経験が違うものになってほしい。そうできるはずだ。ヘンリエッタには兄がいる。公爵位の権力がある。そして、今の彼女にはキャサリンがいる。

20

　ジョンは午前中を図書室で家令と過ごし、教区の問題に目を通してから、数通の急ぎの手紙をロンドンに送った。友人にも手紙を書き、エディントンホールに着いたことを知らせた。妹が重い病気にかかったが、奇跡的に回復した。ただ、それがいかにもヘンリエッタらしい急激な回復で、むしろ心配になっていると書いた。

　上流社会でもっとも人気がある婦人服の仕立屋にも手紙を書き、できるだけ早くエディントンホールを訪ねてくれるように依頼した。エディントンまで出向いてヘンリエッタに最初の社交シーズンで着るドレスを仕立ててくれれば破格の謝礼を払うと持ちかけた。

　そのあとは乗馬に出かけ、キャサリンのことと、ヘンリエッタに関する心配を頭から追い払おうとした。ヘンリエッタに対する心配を脇に置くのは考えていたより簡単だったが、キャサリンとの議論について考えることは止められなかった。ふたりの会話がなぜあんなふうに違う方向に進んでしまうのかジョンは理解できなかった。醜聞についてヘンリエッタに話していないことをキャサリンに諭された時、ジョンは頭に血がのぼった。キャサリンが正しいことはわかっていた。上流階級に入っていった時にどんなことを言われるかを妹は知っておくべきだ。しかし、この現実を伝える前に持参金を確実にして、ほかのさまざまな力で噂話など乗り越えられると請け合いたい。キャサリンにやりこめられて過剰に反応してしまった。キャサリンは今頃彼のことを怒っているだろう。当然だ。

こうした思いにもかかわらず、田舎の陽光は彼の顔を照らし、気持ちまで温めてくれた。なにがなんでも、出てきた時よりも機嫌よくエディントンホールに戻る。そしてキャサリンと仲直りする。自分にそう言い聞かせた。

幸い、屋敷の玄関でキャサリンに会えた。

「少しお話しできますか、公爵さま？」

キャサリンに公爵さまと呼ばれ、ほかの人々の耳を気にしてこの敬称を使っているとわかっていても、一瞬ひるんだ。

ふいに彼女にキスをしたいという衝動にかられる。

もちろんそうはせず、要請にただうなずいた。

彼が止める前に、キャサリンは書斎に足を踏み入れた。

彼の父の書斎だ。

呼び戻したかったが、彼女はすでに部屋の中に姿を消していた。自分の弱さを叱りつける。書斎に入ることはできる。不合理なことにこだわるな。

それでもなお、キャサリンに続いてその部屋に入った時には身震いせずにはいられなかった。父とメアリー・フォースターの情事を露呈させて以来、この書斎にはほとんど足を踏み入れていない。一方で彼の父はその後の日々をますます長くそこで過ごしていた。

ジョンはふたりのあいだに距離を置くために、巨大なオーク材の書斎机の向こうに腰をおろし、両腕を組んでキャサリンが話すのを待った。なにはともあれ、ほかでもないこの場所で不適切なことが起こってほしくない。

「妹さんとの散歩から戻ったところです」

その口調を聞いて、ジョンの心がうち沈んだ。知り合いになるためにふたりだけにした。キャサリンに対し、妹と一緒にいてくれることに信頼を置いていること、そして絵画展示室で言った激しい言葉をすまなく思っていることを示したかった。ヘンリエッタは自分のしたいことに執着し、進めようとするだろう。妹は時に少々熱中すぎる傾向がある。だが、その純粋さと愛情深い性格に魅了され、しばらく一緒に過ごせば、キャサリンもなぜ彼がこれほど妹を心配するのかわかってくれるに違いない。妹はすべてが優しく、生気にあふれている。世の中で待ち構えているものにさらされた時に彼女が屈してしまうことをジョンは怖れていた。

朝食を共にするあいだに、ヘンリエッタがすぐにキャサリンに夢中になったことを見てとった。そうなることはわかっていた。もう長いあいだ妹は、世の中へ出ていく方法を教えてくれる友人であり助言役になってくれる同じ階級の女性を必要としていた。その役割に、粘り強いのに柔らかく、知的なのに情が深いキャサリンよりふさわしい女性は想像できない。

だが残念ながら、キャサリンはすでに妹に嫌気が差したらしい。

「それでどうだった？」勇気を出して言ってみた。

そしてふいに、キャサリンが怒っているかもしれないと思った。濃紺色の瞳の奥に炎がきらめいている。ジョンが好きな種類の炎ではない。

「彼女はあの醜聞のことを知っていたわ、ジョン。庭でわたしに、あなたにはどう話していいかわからないと言いました。あなたとお父さまがそのことについて彼女と一度も話さなかったことが信じられない。妹さんは、話してくれないのは、自分が悪いからだと思っているんです。ふたりが彼女のことを恥ずかしく思っているからだと」

「なんだって？」ジョンは心臓が飛びだしそうになった。「妹があのことを知っている？」

「すぐにそう疑わなかった自分も恥ずかしいわ。もちろん知っているに決まっています」

「どうやって？」

「使用人たちが話しているのを聞くんです！　もちろんでしょう。彼女は愚かではありません。それどころかその逆だわ」

「考えもしなかった――どうやってあの子が――そんなことをこの屋敷のだれが妹に話すんだ？」

「だれも話しません。それが問題なんです。すべてを漏れ聞いて、でもなにも言わなかった。そんなこと、終わりにしなければいけません。わたしには我慢できない」

やはり怒っていたとわかったが、それはヘンリエッタが面倒だからではなかった。ヘンリエッタのために怒っていたのだ。

「わたしたちはそのことについて、妹さんと話し合う必要があります。そして、その際は、わたしも同席します。彼女にそうすると約束したからです。あなたが台なしにするのを黙って見ているつもりはないわ。妹さんの指導役としてわたしが不充分だとあなたが思ってもかまわない。とにかく、彼女とそれについて話し合い、社交界に参入した時にどんなことを予期するべきか言わねばなりません」

「きみが妹の指導役として不充分だとぼくが思ったとでも？」

「今朝、そのようにはっきりおっしゃいました」

「いや、そんなことは言っていない」実際に感じているのが正反対のことなのに、いったいどうやってそんな印象を与えることができたのか見当もつかない。「そんなつもりではなかった。ただ、あの醜聞について話すのを待ってほしかっただけだ」

「そうですか、でもすでにご存じでした」

怒っているキャサリンは堂々として潔《いさぎよ》かった。彼の前を行ったり来たりし、身振りを交えて話している。ピンからは髪が少しほつれ、動かす手は震えていた。

「戦略を立てて、準備をさせることはできます。彼女につらい思いをさせないための方法をいくつか思いついています。でも、本当に、ジョン、いったいなぜ、一度も話さないなどということができたんですか？　あなたのお父さまもです。純粋な少女と形容されていましたが、彼女はほとんどおとなですよ。それも、とても賢くて才能のあるおとなです」

「わかった」彼は父親に、そして自分にも怒りを覚えながら、言い返した。あの老人はなぜ気づかなかったんだ？　自分もなぜそれほど間抜けだったんだ？　今になってみればよくわかる。

「わたしに起こったことを、あの優しい少女に経験させるつもりはないわ。そんなことをされるいわれはないんですもの。だれだってないけれど、妹さんはとりわけそう。もう充分につらい思いをしてきているんです」

ジョンはあえぐように浅い息を吸いこんだ。キャサリンは正しい。自分は妹があの醜聞について知っていることも気づかない愚か者だった。妹を守るどころか、沈黙によって傷つけていたことさえ気づかなかった。それでも、彼の息を奪ったのはそのことではなかった。キャサリンだった。ヘンリエッタに関して主張し、彼女を守りたいと宣言するキャサリンだった。

力説したせいであえぎながら、キャサリンが彼を見つめた。彼も見つめ返し、彼女の下唇が上下する様子を眺める。

それから、彼女が言ったことに気がついた。

「きみに起こったこと？　なにが起こったんだ？」

苦しむキャサリンを思い浮かべただけで、憤りが体中を駆けめぐる。キャサリンに危害を加えたやつは殺してやる。どこまでも追いつめて、ばらばらにしてやる。

キャサリンは、気でもおかしくなったのかという目で彼を見た。

「わたしの社交シーズンはもちろん散々でした。みんなにささやかれ、あてつけを言われ、憐れまれた。ダンスに誘われることさえほとんどなかった。無視されるか、あざけられるかどちらかでした。最悪なのは、みんなにただ凝視されたこと。まるでわたしが彼女、叔母のメアリーであるかのように」

「求愛者は何人もいただろうに」

「持参金がなくて呪われた家の娘に？」そっけなく言う。

「だが、こんなに美しいのに」

「やめてください」彼女の声は警告をはらんでいた。朝から初めて、彼女の顔に本物の苦痛がよぎるのを見た。

「なぜだ？　きみは美しい」

「それでも充分には美しくないということ」

その言葉が彼の心に突き刺さった。それは違う。この女性を言い表すのに、美しいという言葉だけでは足りないほどだ。

神々しいほどだ。

輝いている。

ジョンは自分が一歩彼女に近づいたことに気づいた。

「トレンバーレィ邸の庭できみと過ごしたあの晩のあと、ぼくはきみがどうしても忘れられなかった。何年も絶えず思い浮かべていた。今もそうだ。だから、充分に美しくはないなどと言わないでくれ。きみはもっともすばらしい女性だ、これまで会った中で」あるいは触れた中で、と心の中でつけ加えた。

「ばかなことを言わないでください。わたしにお世辞を言う必要はありません」

ジョンは手を伸ばした――欲望からではなく、自分の言葉が誠実であると納得させたかったからだ。片手をウエストにまわすと、キャサリンははっと息を呑んだ。たしかに唐突すぎた。だが、わかってもらわねばならない。

「お世辞ではない。きみは自分がどれほどぼくを悩ませてきたか、わかっていない。あの夜のあと、ぼくはもう同じ人間ではなかった。考えられなかった――ほかの女性たちのことは。たとえ関係しても、それはなんの意味も持たなかった。きみのことしか考えられなかった」

「そんなの本当のはずがないわ」彼女が目を細めた。その目は信じていないと言っていた。

自分がどこにいるかはわかっていた。官能的な行為と結びつけたくない最たる場所にいるとわかっていながら、ジョンは乱暴にキャサリンを抱き寄せた。両手をウエストに当てると、彼女の感触と、長いあいだ隠してきた秘密を明かした高揚が組み合わさり、彼の正気をゆがめた。自分がどこにいるか、ここでキャサリンとこんなことをするのがいかによくないかわかっていながら、自分を止められなかった。

キャサリンが彼を信じていないとすればなおさらだ。彼女が彼に与えた影響の大きさを理解していないならばなおさらだ。

「父が亡くなる前も、きみを訪ねることを何百回も考えた。父の遺言書を読む前だ。きみのことを考えて気がおかしくなるかと思った」

遺言書のこと、彼の家族のことを言ったのが、キャサリンの中のなにかを変化させたらしい。彼女は両手を彼の胸に置いた。

「わたしはあなたのことを夢に見ていたわ」彼を見あげて言う。

「ぼくは夢以上だ」彼女の両目が大きく見開かれる。ここでこんなことをすべきではないと、おまえにはここにいる権利はないと分別は叫んでいたが、自分を止められない。そっと彼女の口にキスをして、その唇をそっとたたずませた。彼女の甘さに酔えると確信する。それだけ強力だった。だが、これ以上先にはいけない――ここでは。

「ぼくは一瞬も過ごせなかった」彼女の口の端にまたキスをする。「きみのことを考えないでは」

彼の告白に息を呑んだのがわかった。そのあと、キャサリンのほうから唇を押しつけて、彼を書斎机に押しやった。そうと理解する前に、背中が机に当たり、腰をおろしそうになる。そして彼女は彼の脚のあいだにいた。唇は彼の唇に重なり、脚のあいだで彼の硬くなったものを押す彼女の感触があまりに素敵で体を離せない。快感のかすみに包まれながらも、彼の理性がこの場所について警告している。父とメアリー・フォースターの記憶が脳裏にひらめいた。あの宿屋の晩と同じだったが、今回は彼に拒絶反応を起こさせる代わりに、むしろ彼女のほうに引き寄せた。なぜかは説明できない。おそらく、あらゆる神経が彼女に完全に支配されていたからだろう。相手を夢中にさせる側は慣れていたが、その反対はこれまで感じたことがなかった。彼女の触れる感触が彼を無防備なまでに解放した。

唇を離し、あえぎながら額を彼女に額にそっと当てる。

ふたりの目が合った。

彼女の表情は間違えようがなかった。

自分たちがこれからなにをしようとしているかジョンは理解した。

扉を叩く音がした。

「ジョン」ヘンリエッタが扉の外から声をかける。「レディ・トリリングから手紙が届いたわ。明日、訪ねてきてくださいって。返事を書いてイエスと言っていいかしら？」

危ういところでなにが起こりそうだったかを、しかもそれがどこで起こりそうだったかを理解し、ジョンは激しい衝撃を受けた。胃がもんどり打った。自分はどうしてしまったんだ？

キャサリンが彼から身を離し、警戒の目で彼を見る。

「ちょっと待ってくれ、ヘンリエッタ」声を振りしぼる。「すぐだから」

片手を口に当てて小さくののしった。

自己嫌悪が全身をめぐる。父親よりはましなはずだ。その言葉が彼のどこか奥深くから飛びでてきて頭蓋骨をがんがん打った。

キャサリンが肩に触れるのを感じたが、払いのけた。自分がこうまでろくでなしと感じている時に、彼女の優しさは耐えられなかった。

21

書斎での出来事のあと三日間、キャサリンはジョンに会わなかった。彼は食事を一緒に取らず、ミセス・モリソンか執事を通して謝罪を伝え、キャサリンとヘンリエッタには自由に授業をさせた。

始めのうちはキャサリンも、あの書斎でヘンリエッタに邪魔されたことに彼が異様なほど動揺したように見えたのは、自分の想像に過ぎないだろうと思っていた。それほど大したことではないと思ったからだ。しかし、彼の顔には、なにかものすごく恐ろしいことが起きたかのような、形容しがたい奇妙な表情が浮かんでいた。それがなぜか、キャサリンには理解できなかった。ヘンリエッタには見られなかった。だれにも気づかれなかった。

あの瞬間の彼の顔つきに、キャサリンはあのトレンバーレィ邸の庭で彼が見せた様子を思いだした。まったく同じ恐怖と嫌悪の表情を浮かべていたからだ。

しかしそれも、片手を彼の肩に置くまではっきりわからなかった。彼女の触れた手を払いのけて、嵐のように部屋から出ていった。彼は立ち去った。ふたたび。

そしてもう三日が過ぎたが、彼のことはほとんど見かけもしない。

この状況のせいで、キャサリンは静かにふつふつとはじけている怒りの中にまだ取り残されている。馬車の中や書斎でふたりのあいだに起こったことを継続する必要はないが、まるでキャサリンが悪かったかのように、彼女を避ける権利はないはずだ。なんと言っても、書斎でキスをしたのは彼のほうだ。キャサリンのことを美しいと呼んだのも彼のほうだ。気持ちを告白してキャサリンを完全に屈服させたのは彼のほうだ。だから、今度は自分が彼を避けてやると決意した。だから、忙しくするために予定をたくさん詰めこんだ。

まず、ヘンリエッタとの授業に時間を費やした。熱病から完全に回復した少女は、上流社会について学ぼうと意欲まんまんだ。最初に社交界の礼儀作法と席次について指導し、同時に求愛に関することや、普通では起こりそうもない状況でどう振る舞うかに関し、次々と発せられる質問に答えた。

第二に、レディ・ウェザビーとエアリアルに長い手紙を書き、旅を要約した報告を添えた。その中で居酒屋併設の宿屋のことやダードルドアのこと、乳母だったマーサを訪ねたことも書いたが、エディントン公爵との心を掻き乱す燃えるようなやり取りはもちろん省いた。

ヘンリエッタと一緒でない時は、時間を見つけて、エディントンホールの図書室で本の執筆をした。ストーンヘンジに関しては、論点の多い文を編集したことがあった。一万ポンドを手に入れて、研究に集中できるようになった暁にどんなことができるか夢は膨らむばかりだ。ウィルトシャーの有名な埋葬塚であるウェーランドの鍛冶場と呼ばれる史跡や、コーンウォールのロッシュロックを訪ねることもできるかもしれない。ファウンテンズ修道院のアーチ型の窓から射しこむ朝日を見るか、ペブリル城のてっぺんからキャッスルトンの村を一望してもいい。自由に仕事ができる。そして、ほかの夢と違い、その夢を実現するのに、セージ色の瞳の公爵は必要ない。

しかしながら、朝になると、これ以上黙っていることができなくなった。ジョンは話したくないかもしれないし、顔も合わせたくないだろうが、やるべき仕事は待ってくれない。メアリー・フォースターを捜す計画を再開するには、まず醜聞のことをヘンリエッタに話す必要がある。自分だけで話してしまいたいという誘惑にかられたが、ヘンリエッタのためには、その会話にジョンが参加するべきだとわかっていた。

そうした理由で――彼とふたりきりになりたいという希望では断じてない――、キャサリンは朝食後に――もちろん、ジョンは妹やキャサリンと一緒に食べていない――彼を呼びとめた。彼は屋敷を出ていこうとしていた。どうやらもう一回、田園地帯を馬で走ってくるつもりだったらしいが、その活動は最近とみに、屋敷内のふたりの女性を避ける手段のように見えている。

「ミス・アスター」キャサリンが近づくと、彼は頭をさげた。

キャサリンは冷笑し、周囲を見まわした。見える限り、たしかにだれもいない。

「ミス・アスター？　ご冗談でしょう？」

「なにか用かな？」キャサリンの口調にひるんだらしく、彼は切望めいた視線を厩舎のほうに向けた。

「お忘れかもしれませんが、わたしたちは差し迫った仕事を抱えています。メアリー・

フォースターを見つけること。ヘンリエッタと話すこと。覚えていますか？　それともこの方針になにか問題でも？」

「声を低くしてくれ！」彼が玄関の外にキャサリンを連れだし、そのあいだもキャサリンの肩越しにそばにだれかいないかを確認する。

「だれにも聞かれていないですわ」

「注意するに越したことはない」

「いいでしょう」キャサリンは外に出たところで周囲を見まわした。「少なくとも今は絶対にわたしたちだけだわ」

「ヘンリエッタとはそのうち話そう」

「明日です」キャサリンはぴしゃりと言った。「すでに待ちすぎているわ」

「わかった」彼の目に怒りがゆらめくのを見て、彼に対する苛立ちはさらに募った。

「それでメアリー・フォースターを見つける件は？」

「今夜、父の書類から始めよう。彼の――うちの書斎の中で待ち合わせよう」そう言うなり、さっさと歩きだした。

「ありがとうございました。公爵閣下！」彼の後ろ姿に向かって大きく声をかけたのは、ただ彼を苛立たせるためだったが、案のじょう彼は振り返り、キャサリンに向かって顔をしかめてから厩舎の中に姿を消した。「よい朝を！」

その時、先ほど彼が言いよどんだ言葉がふいに浮かんだ。

彼の書斎。

もちろんそうだ。自分がここまで愚かだったとは信じられない。メアリー・フォースターとエディントン公爵が彼の書斎でことに及んでいるところを見つかったというのは、上流社会で周知の事実だ。そしてもちろん、昨日ふたりがいたのはまさに同じ部屋。

あの書斎こそ、彼の奇妙な不機嫌さの原因に違いない。


しかしながら、書斎でのジョンの不機嫌についてそれ以上考える時間はなかった。今日はキャサリンに任された大事な日だったからだ。大きい声では言えないが、キャサリン自身もかなり興奮していた。

今日は仕立屋のミセス・ウォーバートンがエディントンにやってくる。

ジョンはこの業界の第一人者であるミセス・ウォーバートンに、エディントンまで来て、ヘンリエッタの社交シーズン用に新しいドレスを作ってくれるよう依頼した——非常に賢明な取り計らいであることはキャサリンも認めざるを得ない。

ヘンリエッタはもちろん、寸法合わせにキャサリンも立ち会ってほしいと言い張った。

応接室にいたヘンリエッタにキャサリンが合流した直後、屋敷の外で馬車が止まる音が聞こえた。ヘンリエッタが窓に駆け寄り、キャサリンも続いた。玄関の前に赤紫色の縁飾りがついたかわいい馬車が見えた。扉が開き、従僕のひとりが手を貸して、あでやかな黒いドレスを来た小柄な女性をおろす。続いて地味な濃灰色の服を着た三人の助手もおりてきた。

「いらしたわ！」ヘンリエッタが叫び、手を叩いた。「いらしたわ！　どうしましょう、気絶しちゃうかも」

「気絶なんてしませんよ」キャサリンは笑った。ヘンリエッタの頰に健康的な赤みが差している。

これまでもキャサリンは、レディ・ウェザビーの名文句でヘンリエッタをおもしろがらせてきた。レディ・ウェザビーのことは、キャサリンの父親であるミスター・アスターの旧友ということにしてある。若い生徒をからかって、レディ・ウェザビーの十年来のお気に入りの言葉のひとつを披露する。

「過度な装飾品を好むのは、内なる魂が貧相だから」

「まあ、キャサリン！」ヘンリエッタが反駁する。「まさか、そんなこと信じていないでしょう？」

「たしかに信じているとは言えないわね」キャサリンは笑った。「レディ・ウェザビー自身、装飾品が大好きだったんですもの」

「心配しなくて大丈夫……」ヘンリエッタがくすくす笑う。「わたしは控えめであっさりしたドレスにするつもりだから。宝石も一度にひとつかふたつだけ。約束するわ」

社交界がデビュタントの装飾品として真珠以外は許容しないことをキャサリンは知っていたが、今はヘンリエッタが宝石の夢に浸るに任せた。

ほどなく、長い鏡と巻いた布を抱えた従僕を何人も従えたミセス・ウォーバートンが、ミセス・モリソンの案内でヘンリエッタの部屋に入ってきた。主人に続き、三人の助手も列になって入ってきた。

ロンドンの上流社会で活躍するほとんどの仕立屋と違い、ミセス・ウォーバートンはフランス人ではなかった。官能的なアクセントも謎の過去もない。

むしろ、だれもが知っている通り、彼女の家族は人々の記憶にある限りの昔から服の商売をしていた。自分はシフォンの織物と針に混ざって育ったのですよと、彼女は客に向かって語るのを好んだ。厳格な態度は、美しい黒の絹服を着ていなければ、直接会っても学校教師で通っただろう。だが、体に合った美しいドレスが、彼女をとても魅力的に見せていた。

幸い、キャサリンはレディ・ウェザビー家に長くお世話になっていた時分でさえ、すでに名を知られていたミセス・ウォーバートンの店に足繁く通うことはなかった。レディ・ウェザビーが呼ぶところの、〝ミセス・ウォーバートンの中世価格〟を支払う余裕がなかったからだ。なぜそう形容するのかとキャサリンが訊ねると、レディ・ウェザビーは言ったものだ。

「それだけの金額を支払うのは、自分から進んで拷問にかけられるようなものだからですよ」

ミセス・ウォーバートンが来ることになっているとジョンに聞かされた時は、事前にキャサリンに相談してくれればよかったと言った。キャサリンがミセス・ウォーバートンを個人的に知っているというのはあり得ない話ではない。上流社会における女性服の仕立屋はそういう存在だから、キャサリン自身も実際は知らなくても、知っているような気になる。だが、キャサリンの指摘に対するジョンの返答は、とにかくミセス・ウォーバートンならば、だれにもなにも言わないと彼が信じていることを示していた。彼が楽観的すぎるのか、それこそ中世価格を支払っているのか定かではない。

事務的という評判に違わず、ミセス・ウォーバートンは即座に、そして無愛想に仕事を開始した。

ほどなくヘンリエッタは服を脱ぎコルセットだけになって、あらゆる種類の衣類のために計測され始め、そのあいだ中、本人は興奮で身を震わせていた。キャサリンと目が合うたび、ヘンリエッタはにっこりとほほえんでみせた。

「社交シーズンが楽しみでしょう、レディ・ヘンリエッタ？」鏡に映るヘンリエッタの笑みを四度見た時点でようやくミセス・ウォーバートンが訊ねた。

「ええ、とても楽しみで興奮しているわ、ミセス・ウォーバートン。あなたがわたしの仮縫いのためにロンドンからわざわざいらしてくださったことを感謝しているわ」

「なんの問題もありません、お嬢さま」ミセス・ウォーバートンが言うのを聞いて、キャサリンは冷笑を抑えこんだ。ジョンが支払っている金額を考えれば、たしかになんの問題もないだろう。「力強い手に導かれることを願っておりますわ。若い女性の人生でもっとも重大な瞬間ですもの」

「本当に」ヘンリエッタが言う。「そのためにキャサ……ミス・アスターがいてくれるのよ。すべてを教えてくれるの」

キャサリンとヘンリエッタは出会ってすぐに形式的な物言いを省いてしまったが、仕立屋がいるところでは〝ミス・アスター〟と呼ぶように念を押す必要性をキャサリンは承知していた。ただし、本人が実践できるかどうかは別問題だ。とはいえ、こんなに気分が高揚している少女に注意するのは忍びないし、どちらにしろヘンリエッタにミス・アスターと呼ばれるのも好きではない。自分がこの少女をいかに騙しているかをひときわ感じさせるからだ。

ミセス・ウォーバートンがキャサリンのほうにちらりと目を向けた。公爵の妹の付添役としては少しみすぼらしい装いだと思っているのかもしれないと、その視線を感じてキャサリンは思った。

「それに、ミス・アスターの昔の付添役がいつも言っていたおもしろい表現を、いろいろ教えてくれるのよ」ヘンリエッタが話し続けた。「秘密の婚約についての言葉はなんでしたっけ、キャサリン？」

「一度警告されたんです」キャサリンは言った。「秘密の婚約のことを。付添役はこう言いました。秘密の婚約とは、言い方を変えれば、ただの禁断のいちゃつきですよと。ただし、それをとても楽しそうと思っている言い方でしたけれど」

ヘンリエッタは笑いだしたが、仕立屋はただ非難めいた表情を浮かべただけだ。ミセス・ウォーバートンが道徳と礼儀作法に関して厳しいという評判はキャサリンも聞き及んでいた。しかしこの保守的な姿勢も夜会服には反映されず、彼女のドレスはどれも官能的な曲線で名高い。キャサリンが社交界に出ていた当時、娘たちはミセス・ウォーバートンの仕立てたドレスを着れば、結婚相手が見つかると信じていたものだ。ジョンが妹のためにミセス・

ウォーバートンを選んだことに少し驚いたが、ロンドンにあまたいる仕立屋の違いを粉粒ほども理解しておらず、もっとも名が知られている彼女を選んだのではないかと疑っている。それも、キャサリンの意見を聞くべきだった理由のひとつだ。とはいえ、ウォーバートン製の砂糖菓子のように装飾された美しいドレスを着てお目見えすることを、ヘンリエッタが嫌がるはずがない。

「秘密の婚約はとてもロマンティックだわ」ヘンリエッタが言う。「小説にもよく出てくるわ」

ヘンリエッタを注意しようとキャサリンは口を開いた。ミセス・ウォーバートンは爆発しそうに見えた。この少女は、他人に話す時にもう少し用心する必要がある。

しかしながら、キャサリンが話す前に、戸口から別な声が聞こえてきた。

「きみの昔の付添役に全面的に同意するよ、ミス・アスター」ジョンが言う。「おまえも覚えておくべきことだ、レッタ。秘密の婚約などをしたら、ぼくが相手の紳士を馬用の鞭で打つことになる」

「ジョン！　あなたはここに来てはいけないのよ！」ヘンリエッタはすでに服を着終えていたが、それにも関わらず兄に説明した。

ミセス・ウォーバートンはと見れば、すでに膝を折って深々とお辞儀をしていた。「公爵さま」

ジョンは小さなお辞儀を返した。

「それに、言わせていただければ、公爵さま」年配の婦人が言う。「秘密の婚約に関するあなたさまの表明に心から同意しますわ」

「ロマンティックでもなんでもない」ジョンが妹に言う。「それにいい考えでもない。おまえが秘密の婚約などしたら――相手が王子であろうが――その縁組を拒否する」

「でも、お兄さま、だれもが秘密にあこがれるのではなくって？　密かに交わされるまなざしとか？　それに、秘密なのだから、その婚約はだれにも知られないのよ！　ロマンティックでないなんて、どうして言えるの？」

ジョンと目が合うと、キャサリンは彼がほんのわずかだが顔を赤らめていると確信できた。

「ミセス・ウォーバートン」ジョンが咳払いをする。「あなたの助手のだれかに、妹を寝室に連れていって、生地を選ぶように頼んでもらえないだろうか？」

ヘンリエッタは部屋から運び去られることに抗議したが、ジョンは受けつけなかった。

「わたしもご一緒したほうがいいですか、公爵さま？」ミセス・ウォーバートンが訊ねる。

「いや、ミセス・ウォーバートン」ジョンはヘンリエッタが出ていくのを確認してから言った。「ミス・アスターの寸法取りもお願いしたい」

「公爵さま？」仕立屋が困惑した声で聞き返した。

「ミス・アスターにも、夜会用のドレスも含めて何着か頼みたいのだ」

「こ…公爵さま」キャサリンは口ごもった。髪の生え際から顎の先まで真っ赤になっているに違いない。「それは受けとれませ――」

「ぼくはきみの雇用主だ。ミス・アスター」ジョンが言った。「反論は受けつけない」

キャサリンはそれ以上言えなかった。仕立屋も突然の事態の変化に同じく仰天しているようだったが、やはり反論はできそうもなかった。なにも言わずに、身振りでキャサリンに高くした台に乗るように指示をする。

ジョンは部屋から出ていく代わりに、その台の向かいにある椅子のひとつに腰をおろした。

キャサリンは彼に出ていくよう、目線で必死に促した。ひとつは彼に対して怒っていたからだ。もうひとつは、ミセス・ウォーバートンがこの振る舞いをきわめて異例と思うとわかっていたからだ。

実際、ミセス・ウォーバートンは片目でジョンの動きを追っていた。

「公爵さま?」問いかけさえした。

「ぼくはこの席に坐っているつもりだ、ミセス・ウォーバートン」

「かしこまりました、公爵さま」ミセス・ウォーバートンが唾を飲みこむ。表情が暗くなり、道徳的な憤怒としか解釈しようがない顔になった。

それでも仕立屋はキャサリンの地味な灰色のドレスを脱がせ、コルセットをほどいたので、キャサリンはシュミーズだけで立つことになった。

鏡越しにジョンと目が合った。

彼は興奮していると思えなくもない様子で、唇もいつになく赤い。椅子には坐っているが、キャサリンから目を離さず、なんとなくそわそわしている。

彼のまなざしに紛れもない欲望を見てとると、キャサリンの中に怒りが湧きあがった。キャサリンのことを何日も無視していたあげく、突然現れて、こんなばかげた、ぜいたくすぎる贈り物を与えると約束し、しかも彼と、ロンドンでもっとも人気の仕立屋の前で服を脱ぐように命じた。

本当に腹立たしい男だ。

絶対にこらしめてやる。

彼女を無視したことに対して。

彼が優位に立ってこちらは反論できない時に、数ヤードしか離れていない場所にいることに対して。

そうよ、わたしをもてあそんではいけないことを教えてやる。

「シュミーズも取りましょうか、ミセス・ウォーバートン？　計測はできるだけ正確にしていただきたいので」

仕立屋が青ざめた。

キャサリンは鏡越しにまたジョンと目を合わせた。彼の明らかにショックを受けた表情も、さらにやってやれとキャサリンをあおっただけだった。

馬車の中で跳びはね、ベッドでは体を重ね、村の道では口づけし、とりわけ悪名高き書斎で欲望のあまり自分を失いそうになった。しかし、全身裸の姿を彼は見たことがない。

「も……もちろんですわ」ミセス・ウォーバートンが言い、屈辱に満ちた目でジョンを見やった。それでも、助手のひとりに手振りで指示し、キャサリンがシュミーズから脚を抜く手伝いをさせた。

いまや鏡に向き直ったキャサリンは、ストッキング以外は裸だった。恥ずかしさに頰は燃えるように熱かったが、キャサリンは体をすぼめる代わり、鏡の前でまっすぐ背筋を伸ばして立った。

ドレスがどのような線になるかを想像するかのように、つかのま両手で乳房と尻をなぞる。くるりと向きを変えて、鏡を背にすると、体をよじって背後の姿も映し見る。そうやって、彼が全身余すところなく見られたことを確認した。

そして最後に、なんとか力を掻き集めて、彼の目を合わせた。

彼の口は半ば開いていた。その目はガラスのようだった。

そして彼は、破壊された——ほかにいい言葉が見つからない——ように見えた。

そこで、締めくくるために、キャサリンは彼にほほえみかけ、彼がなによりも欲しているものはキャサリンだとちゃんと知っていることを知らせるために、彼の前でしなを作ってみせた。

そこまでやったところで、彼は部屋から飛びだしていった。

やったわ、とキャサリンは思い、鏡のほうに向き直った。両手が震えている。でもこれで、彼の記憶にちゃんと残せたはず。

22

なんと腹立たしい女だ。

ジョンは厩舎から屋敷へ向かって戻っているところだった。キャサリンを避けたいがために、またマーセルと一緒に夕食をとってきたが、いまだに騒いでいる心を鎮められていなかった。

キャサリンに裸を見せつけられて以来、考えられるのは彼女の裸体だけだった。脳裏に焼きついたあの姿は永遠に彼を焦がし続けるに違いない。豊満な乳房、バラのつぼみのようなピンク色の乳首、腰の柔らかなふくらみ。知る限りもっとも形がよくてもっとも美しい太腿の途中で引っかかってかろうじて止まっているストッキング。そしてなによりも太腿のあいだの金色の陰毛。

もちろん、彼女はわざとやったのだ。

彼女を避けている彼を罰するために。

たしかに罰せられて当然だと自分でもわかっている。

そもそもあの部屋に留まったのは、単に仕立屋がキャサリンの寸法をちゃんと測るかどうか確認するためだった。自分が出ていったとたんに、キャサリンがなんだかんだ理由をつけて計測をやめさせるだろうと思ったからだ。ヘンリエッタにあれだけのことをしてくれたのだから、キャサリンはこの贈り物を受ける資格がある。

たしかに部屋に留まった理由はそれだけではない。シュミーズ姿のキャサリンを見るという強烈な誘惑にあらがえなかったこともある。

ところが、彼女はそのシュミーズも脱いだ。その時点で彼の選択肢は、ミセス・ウォーバートンの目の前の台で彼女をものにするが、彼女を連れて部屋から出るかのふたつしかなくなった。

もうすぐ、彼女と書斎で落ち合うことになっている。父の古い書類に目を通すためだ。エディントンホール内でキャサリンの操を奪ってはいけない理由を彼に思いださせてくれるものがあるとすれば、それはこの仕事だろう。

ジョンはあの書斎を嫌悪している。

そして、キャサリンの近くにいると、その書斎の中でさえもみだらな行為をしたくなる事実を嫌悪している。

あの書斎で起きそうになったことについて、危うく歴史が繰り返しそうになったことについて、ジョンはいまだに苦悩していた。彼が父とメアリー・フォースターを発見したように、危うくヘンリエッタが彼とキャサリンを発見するところだった。

あの醜聞についての情報を掘りださねばならない。これまでずっと忘れたいと思ってきたあの日についてもっと知らねばならない。

ただし今は、ただ思いだすのがつらいから忘れたいのではなく、キャサリンが欲しいからこそ忘れたい。意識からあの記憶をすべて排除し、新たにキャサリンと始めることを苦しいほど望んでいる。

唯一の問題は、そうできないことだ。

少年の時に見た記憶が奥深くまで染みこんでいる。

彼は小声で悪態をついた。

書斎に到着する。

もちろん彼女はすでにそこにいて、彼の父親の椅子に坐っていた。彼女の前でろうそくが一本燃えている。

「こんばんは、公爵閣下」

ジョンは中に入って扉を閉めた。

彼女のほうを振り返っただけで口が渇いた。ああ、この女性はなんて美しいんだ。

「公爵閣下と呼ばないように」にらみつける。「合意済みだろう」

「ごめんなさい」キャサリンが冷たい声で言う。「ほかにだれもいないことを忘れていたわ。さて、どこから始めましょうか？」

この質問が彼を今の状況と目の前の仕事に引き戻した。

「書斎机からだ。父が手紙などを取っているとすれば、そこしか考えられない」

「この屋敷全体で、そこしか考えられないの？　寝室は？」

「すでに確認した。昨日」

けるということは、この三日間に少なくともなにかはしていたわけね」

「そうだ」彼女の当てこすりにむっとし、そっけなく返事をする。

それから、机に近づき、引きだしの前に膝をついた。一段ずつ出しては中身を机の上に空ける。

椅子を引いてキャサリンの向かい側に坐った。ジョンは手を伸ばして手紙のひとつを取ったが、キャサリンは動かない。

「手伝ってくれないのか？」

「なんとなく……」キャサリンは言葉を探しているようだった。「いけないことに思えて」

「父はもう死んでいる」我知らず非情な言い方になった。「それに、今はすべてぼくのものだ。たしかに私物ではあるが、それをきみが気にするとは思わなかった。父のことを好きでなかったはずだ。どちらにしろ、こんなにあっては、ぼくひとりではどうにもならない」

キャサリンに対してそう認めてもいいように感じた。数日前ならば、家族を裏切っているように、敵に降伏することのように感じただろうが、今はささいなことに思える。

キャサリンが首を振った。「以前はね。でも、今はそんなふうに割り切れないの」

ジョンは持っていた一通を放りだし、別な手紙を取った。「どういう意味だ？」

「今はあなたのことを知っている。ヘンリエッタのことも。彼はあなたの父親で、たしかにいけないことをしたかしれない。わたしの叔母がしたように。でも、叔母もそうだけど、一概にこういう人物と決めつけられないわ。きっともっと複雑な方だったのでしょう。だから、良心の呵責を覚えずにお父さまの古い手紙を調べるのが難しく感じるの」

キャサリンの偏見のなさに心を動かされたが、それを知られたくなかった。この部屋に坐って古い手紙の山をあさっている時に、表明することではないように感じた。

「罪の意識は追いやってくれ。この書類全部をひとりで調べたくはない」

「わかったわ」キャサリンはため息をつき、一枚の手紙を取った。「なにか関係がありそうなものは見つかった？」

「メアリー・フォースターに関連するものはなにも」返事がないのでジョンはキャサリンを見やった。黙ったまま、手に持った手紙を凝視している。

「なんだ？」

「あなたは読みたくないと思う」

「嘘だろう、なんだ？」顔から血の気が引くのを感じた。なにが書いてある？

彼女がにやりとした。「あなたは、イートン校史上稀に見るひどい学生だったのね」

顔に血が戻ってくるのを感じたが、今度はろうそくの光の中でもわかるくらい真っ赤になっているに違いなかった。

「なんと書いてある？」奪おうとしたが、届かないところにキャサリンが持っている手を動かした。

「ジョン君の最近の行動は目に余るものがあります。授業に出席せず、使用人に町から菓子を買ってこさせ、やはり反抗的な友人トレンバーレイ、モンテーニュ、リースの三人の加勢により……」

「返してくれ」また手を伸ばした。必死になるのもばかげているが、子ども時代の愚かしい行動を知られて、甘やかされた傲慢なばか息子という印象を強めたくない。

「嫌よ！　とてもおもしろいわ」

彼が立ちあがって机をまわりこむと、彼女も椅子からひょいと立ち、彼から逃れようと部屋の隅に逃げこんだ。追いかけて、彼女のウエストをつかみ、片手で彼女の手を取って動けないようにする。そしてもう一方の手で彼女の指からその手紙を奪いとった。

彼女が笑い、つかんだ手をほどこうと体をよじった。手紙を取り戻そうとする。動かないようにするためにさらに押さえつけた。

「じっとしていろ」彼女を押さえながら同時に手紙を読もうとした。「これは校長のヒースが書いた手紙だ。なんでも早とちりする人物でね。たしかにモンテーニュとトレムとぼくは悪がきだったがリースは規則に従っていた。ほとんどの場合はということだが」

手紙を取ろうとがんばったせいで息を切らしていた。見おろすと、キャサリンも激しくあえいでいる。

昼間のことが思い浮かんだ。彼の前で裸になったその姿と今の姿が重なり、彼のたがを緩ませた。

抱き寄せてキスをする。唇が合わさると、彼女は驚いたようにため息をついた。

「今日はきみのせいで死ぬかと思った」首すじにささやきかける。「わかっていると思うが」

「ええ、わかっていたわ」彼の動きに反応して体を押しつけてくる。彼はうめき声を漏らした。「でも」彼女が体を離した。「手紙の整理が終わっていないわ」

そう言うと、ぼう然とする彼を残してさっさと歩いて机に戻り、自分の椅子に坐った。ただ、歩き去った！　彼などどうでもいいかのように。すでに手紙を取って目を通し、重要ではなかったらしく捨てている。彼はまだ部屋の隅に立ち尽くしていた。

「置き去りにされるのはいい気分ではないでしょう？」もう一通取りながら、辛辣な口調で言う。

「なんだって？」ようやく彼女のほうまで歩いていった。

「いつもは、あなたが歩き去るから」彼女が手をひょいと振る。

「この前……この部屋が起こったことは……申しわけなかった」

「いいのよ。気にしていないわ」

「気にしていないようには思えないが」

キャサリンが彼を見あげ、じっと見つめた。

「あの夜がどう終わったか覚えていますか？」

「どの夜だ？」

「最初の夜よ、わたしたちの」

トレンバーレィ邸の庭での夜のことを言っているとわかった。

「もちろんだ。見つけられたあとは、ただ別れて戻った」

彼女がため息をついた。苛立ちの吐息だった。「違うわ。あなたが去ったのよ。トレンバーレィ卿に〝こいつらをこの土地から追いだせ〟と言って」

「そんなことを言うべきではなかった。だが、それほど衝撃的だったんだ。きみがだれか気づいていなかったから」

「わたしもあなたがだれか知らなかった。それなのに、あなたはわたしをそこに置き去りにした。胴衣が乱れてさがっている状態で、マリッサとあのひどい子爵のもとに。子爵はわたしたちに、ただちに出ていけと言い渡したわ」

ジョンは言うべき言葉を思いつけなかった。自分が去ったあとの状況など考えてもいなかった。

「わたしが屈辱を感じていなかったとでも？　怯えていなかったとでも？　あなたが……あなたがあなただとわかった時に？　でも、わたしはあなたを置き去りにしなかった」

「だが、きみの表情は拒絶していた」

「そうだったとしても、わたしは立ち去っていない。立ち去るのはいつもあなたのほう。庭での夜も。あの宿屋でも。書斎でも。きょう、ミセス・ウォーバートンといた時も」

「今日は、あそこにあれ以上留まれば必ず起こった事態を、きみもミセス・ウォーバートンも見たくなかったはずだ」

「ただの冗談だったのよ」キャサリンは手紙を一度に何通も取って目を通していた。読み終えた手紙を怒りにまかせて叩きつけるように置く。

彼は手を伸ばして彼女の手を取り、その動きを止めた。

「ぼくにとっては冗談ではなかった。ぼくが立ち去るのは、それ以外に選択肢がないと感じる時だ。きみのそばにいたくないという理由ではない。どうするべきか判断できないからだ」

その言葉に彼自身も驚いた。キャサリンが彼と目を合わせた。

「本当にすまなかった、キャサリン。きみを傷つけたいと思ったことはない」

その言葉を理解してくれたのがわかった。彼女の気持ちをすっかり和らげるには不充分でも、今彼に言える最善の言葉だった。

ふたりは残っている手紙の山を整理した。イートン校とオクスフォード大学からの、彼の思わしくない生活態度を知らせる手紙は引きも切らず、父がそのすべてを取っておいたことにジョンは驚いた。

「ここにはなにもないようだ」最後の一通まで読み終えると、彼は言った。

「だが、確認しないわけにもいかなかったからね。一両日中に、メアリーの友人訪問を開始しよう。なにか知っているかもしれない」

キャサリンが視界から消えた。手紙を元に戻そうとしているのか、引きだしにかがみこんでいる。

「いったい全体なにをしているんだ？」なにかを引っ掻くような音が彼の神経を苛立たせる。

「なにか見つけたみたい」キャサリンの固唾を呑んだ声が聞こえた。

「なんだ？」ジョンは机をまわってそちら側に行った。

キャサリンは手に破れた紙切れを持っている。

「引きだしの奥に詰まっていたの。継ぎ目に押しこまれていたのよ。でも、これはメアリーの筆跡だとわかるわ。わたし宛に届いた最後の手紙を何度も何度も読んだから、筆跡は覚えているわ」

「なんと書いてある？」

キャサリンは彼にその切れ端を手渡した。破れていたから、文章も切れ切れだったが、左下の隅に書かれた言葉ははっきり読めた。〝あなたの要請通り、明日エディントンに向けて出発します〟。

「父に会いに戻ってきたのか」ジョンはがく然とした。「父は知っていた」

「彼のほうが要請したのよ。彼が望んだから、叔母は戻ってきた」

ふたりは黙って坐り、その紙切れを眺めた。

「だれかが知っているはずよ」キャサリンがようやく口を開いた。「なにか起こったのか。ふたりはここで会った。叔母は彼に会いに戻ってきたのよ」

「だが、そのあとにどこへ行ったか、父は知らなかったに違いない。行き先を知っていたならば、連絡もできたし、遺言書にも書けたはずだ。なぜ知らなかったのだろう？　ぼくには理解できない」

「わたしもよ。でも、これはわたしたちが正しい方向に進んでいるということだわ」

ふたりの目が合った。

ジョンはごくりと唾を飲みこんだ。この新しい情報の断片が、自分の中のなにかを叩いていた。

真実を告げる必要がある。

この真実がふたりのあいだを隔てていることに、これ以上耐えられない。

過去のこの事実が、これ以上ふたりのあいだに立ちはだかることがないようにするべきだ。

「きみに話していない事実がある。全体とは関係ないが、少なくとも、ぼくが立ち去った理由ではある。トレンバーレィ邸で。宿屋でも」

キャサリンが彼を見あげた。ろうそくの暗い明かりに輝く目は黒みがかって美しかった。

「今も立ち去るということ?」

「きみにはわかってもらえると思う」言い始めた。脈が激しく打っている。「ぼくが経験したことを、ほかのだれよりも。しかし、それでも、まったく同じというわけではない」

ジョンは両手で髪を掻きあげ、部屋の中を行ったり来たり歩き始めた。キャサリンは急かさなかった。ただ待っていた。ずいぶん経って、ジョンはようやくキャサリンの前で足を止めた。

「ぼくがふたりを見つけたんだ。あの日のことだ」

ジョンはその告白がキャサリンに命中したとわかった。目を大きく見開いたからだ。この三日間、彼女を傷つけている自分を嫌悪してきた。ヘンリエッタがノックをした時にたじろいだ自分を憎んだ。彼の子どもっぽい過ちで、父とメアリーの運命を封印してしまったあの日を、ふたたび繰り返そうとした自分を憎悪した。

「どういう意味？」

この醜聞で自分が果たした役割について、これまでだれにも言ったことがなかった。親友たちにもだ。知っているのはその現場にいた人だけだった。新聞にも載らなかった些細なことだ。だが、彼にとっては違う。彼にとっては、些細なことではなかった。

それでも、ジョンはキャサリンに真実を告げたかった。そのせいで彼女に拒絶されるとしても。すべてを理解してほしかった。彼女から立ち去ったとは思ってほしくなかった。

「客はみんな芝生に出ていたが、そこに父の姿はなかった。母は父にかたわらにいてほしかったんだ。普段はとても社交的な父が、その日に限って客たちをもてなしていないことで、母は苛立っていたと思う。それで、ぼくに、父を探してくるように言いつけた。ぼくはあらゆるところを探した。ずいぶん長く探したように思えたが、それほどではなかったかもしれない。そこでまだ書斎を確認していないことに気づいた。パーティにいるはずの父が書斎にいるとは思ってもみなかったからだ」

「ふたりが書斎にいるところを見つかったのは知っているわ」

彼はうなずいた。もちろん知っているはずだ。

「書斎まで来て扉を開けると、父とメアリー・フォースターがいた。そこに母が現れた。まさにその瞬間、ぼくのすぐ後ろにいたんだ。三人の友人たちと一緒に。おそらく、ぼくが時間がかかっていることに業を煮やしてやってきたのだと思う」

キャサリンの目がさらに見開かれた。「だから、三日前、ヘンリエッタが戸口に来た時……？」

「あとちょっとで、同じ間違いを犯すところだった。長いあいだずっと父を憎んできたが――自分もまったく同じじゃないか？」

「知らなかったわ。あなたがふたりを見つけたということを」

「きみに言いたくなかった。おそらく、すぐあとに母が見つけていただろう」頭の中で何度そう繰り返したことだろう。「だが、見つけなかったかもしれない。おとなならば、本能的にこの書斎の扉を開けてはまずいと思ったかもしれない」

キャサリンは彼を見あげて目をしばたたいた。キャサリンに憎まれることを自分は本気で怖れている。キャサリンの破滅を招いた当事者だという理由でキャサリンが彼を憎んでも当然だ。

だが、キャサリンは手を伸ばし、両手を彼の肩に置いた。「あなたは子どもだったのよ」

その瞬間、今度は彼女の美しさが彼をぼう然とさせた。美しい顔立ちにはいつもはっとするが、今はそれではなく、顔に浮かんだ優しさに彼は引きこまれた。

「あなたの過ちではないわ。叔母もあなたのお父さまもおとなだったのですもの。もっと慎重であるべきだったのよ」

「だが、ぼくも今はもうおとなだ。その時の――その事件が起こった時の父と同じ年齢だ」

「ジョン、あなたは家族がいる既婚者ではないわ。それにヘンリエッタも、あなたの十歳の娘ではない。彼女は十七歳で、しかも妹よ」彼を見あげてにやりとした。「だから彼女は、扉というものは、入る前にノックをしなければいけないとわかっていたのよ。そして、あなたもどうやって鍵をかけるか知っている」

「そんなに簡単にぼくを無罪放免しないでくれ」ジョンはキャサリンの言葉を信じたかった。長いあいだ彼の中で脈打ち、血を流していたものを癒やす香油のように感じられた。

「真面目に言っているのよ。それがどう見えるか、わたしにはわかる。わたしたちがどう見えるかもわかる。その日あなたが見た光景が、あなたをどれほど悩ませたか、あなたがそのことに、どれほど責任を感じてきたかもよくわかる。でも、わたしたちはあの人たちと同じではないわ」

いまや彼女の両手は彼の胸に当てられていた。指が探るように動くたび、彼は息を呑んだ。

「きみに触れる時はいつも」彼は言った。「危険を冒しているとわかっている。ぼくたちのことを、ぼくがきみに感じている気持ちをだれかに知られたら、ヘンリエッタの機会を損なうことになる。彼女の将来を潰すことになる」

キャサリンは顔をあげて彼の目をのぞきこんだ。「たしかに危険かもしれない。でも、あの時と同じ危険ではないわ」ため息をついて彼から身を離そうとするのに、彼の体があらがった。「それにあなたは受け入れなければいけないわ。わたしたちがどうしようと、ヘンリエッタの前には困難が待ち受けていることを」

キャサリンがまた身を引こうとしたが、彼はその手を離さなかった。ろうそくの光でつかんでいる手を調べる。

「またインクで汚れている」

「手紙を書いたからよ」キャサリンがほほえんだ。「それに、ここに来る前も少し執筆していたの」

「まったく油断ならない。このインクがぼくにどれほどの影響を与えるか知っているはずだ」

「でも、なぜインクなの？」

「わからない」指を見おろす。「きみがきみだけの世界にいることを教えてくれるからかもしれない。その世界にいるきみはぼくのことなど考えていない」

「でもわたしはいつもあなたのことを考えているわ」

ジョンは両手でキャサリンの顔を包みこんで口づけると、書斎机まで押していき坐らせた。三日前と同じ場所だが、ふたりの立ち位置は反対だ。

彼女の両脚のあいだに挟まれると、ジョンはその机が、ふたりが一緒になるためにぴったりの高さであることに気づいた。だが、もっとゆっくりしたい。この瞬間を心ゆくまで味わいたくてキスに集中する。彼女の香りを吸いこむ。永遠とはいかなくても、今のこのひときは自分のものだ。そして今は、ふたりを邪魔する者もいない。

「触って」キャサリンが彼を見あげた。「前にしてくれたように。馬車の中で」

彼はほほえみかけた。あれを楽しんで、あれ以来考えてくれていたと知ってとても嬉しい。

だが、伸ばした手をスカートの下に入れる代わりに、ドレスの後ろにまわした。

「待って。まずは今日見たようにきみを見たい」

キャサリンがいたずらっぽい笑みを浮かべた。今日の午後に自分で裸になった時に浮かべたのと同じ笑みだ。そしてあの晩、何年も前にトレンバーレィ邸の庭で浮かべた笑み。

「無視されたことにものすごく怒っていたから、あなたを罰してやりたかったの」

「そのもくろみは成功したよ」かがんで首元のくぼみに口づけると、快感で震えるのが感じられた。机から引きおろし、くるりとまわして背中を彼のほうに向けさせる。

「きみの裸体を見ながら、きみを抱けないとわかっているのはまさに拷問だった」ドレスの紐をほどいた。「ぼくがなにもできないとわかっていて、ぼくにすみずみまで見せるとは」

今はそのドレスが落ちて足のまわりに溜まっている。彼はコルセットの紐をほどき始めた。

「なぜミセス・ウォーバートンにわたしの計測をさせたの？」

「きみになにかしたかったんだ。いいだろう？」

「過分なものはお受けできないわ」

コルセットが取れて、シュミーズだけになり、彼はそれも脱がせた。

そしてくるりとまわして自分のほうを向かせた。

「信じてくれ、過分などではまったくない」

暗闇でろうそくの光だけに照らされたキャサリンの美しい髪が錯覚を起こし、彼女の姿が揺らめいて見える。自分が幻を見ていて、現実にはそこにいないのだろうかとジョンは思った。

だがもちろん、彼女が実在することはわかっていた——手を伸ばして彼に触れたからだ。触れられて少し安心したものの、彼女がなにをしようとしているかわからなくて、それがなんであれ欲しくてたまらないせいで、体の全神経が張りつめている。彼女は彼に体を押し当て、彼の唇に唇を重ね、首すじにキスをしてから、彼の胴着のボタンをはずし始めた。

「きみが見たい」そう言いながら、キャサリンのあらわになった肌と自分を隔てるリネン地のシャツを脱いだ。

キャサリンが乳房を彼の裸の胸に押し当て、キスをする。肌が触れ合った時の感覚は想像した以上の、つまりあり得ないほどすばらしく、彼女の肌はミセス・ウォーバートンの最上等の布地のように滑らかだ。その感触を心ゆくまで堪能しながら、今夜キャサリンを自分のものにしたいと望む自分をもはや止められないと悟った。これまで千回とも思えるほどその思いに抗ってきたから、これ以上は無理だ。キャサリンを望むべきではないかもしれないが、しかし望んでいる。そしてそれを受け入れる。

彼女を押していき、書斎机に坐らせた。

「さあ」かすれ声で言う。「よく我慢したね」

両脚のあいだに手を伸ばし、彼女を乱れさせられるとわかっている場所をまさぐる。すでに濡れそぼり、ふっくらと盛りあがって完璧な状態で彼を待っている。そこをそっと触れると彼女ははっとあえぎ、また彼の肩に指を食いこませた。

「しーっ」彼は言った。「力を抜いて」

濡れたとば口をまさぐりながら、うなじにキスを這わせ、喉から漏れるうめき声を愛でる。そうしながら、両方の乳房にもキスをして、硬くなったピンク色の乳首を吸う。彼女が官能的なうめき声を漏らし、くずおれないようにまた彼の肩にしがみついた。

ジョンはキャサリンの前にひざまずいた。

「なにをしているの？」快感にくぐもったその声に、彼のものが一層固さを増す。

「大丈夫、ぼくを信じて」かぐわしい茂みに顔を押しつけ、舌先で小さな快楽のつぼみを見つける。

もう一度彼女があえぎ、彼の肩にしがみついた。

「ジョン、あなたはなにを……」

答えは舌の動きだった。ゆっくりと舐めて高まりを押しあげていくにつれ、快感のうめき声が細い悲鳴のように喉から漏れた。それだけで危うく達してしまいそうになる。舐め続けながら、一本の指をゆっくりと彼女の中に滑りこませると、彼女は彼の名前を繰り返した。舌と指の愛撫を続けて緊張が高まっていくのを待つうち、筋肉が張りつめ、内側の襞が彼の指を、まるで巻きつくようにきつく締めつけた。

彼は奉仕の舌と指を離して立ちあがった。

「ジョン、お願い、やめないで」

「やめないさ」彼はズボンの前をほどいた。

キャサリンが手を伸ばして彼に触れ、硬く長くそそり立ったものを撫でた。彼女に入りたがっている先端に指が止まり、ゆっくりなぞる。その動きが繰り返されると、彼は悪態を呑みこんだ。彼女がまたあのいたずらっぽい笑みを浮かべて彼にほほえみかけた。

「これが好き？」また撫でられると、快感のさざなみが全身に広がった。

「好きだ」荒っぽく答える。「だが、もっと好きなことがある」

机に坐ると、中に入るのにぴったりの高さだったから、彼は濡れている場所に彼自身を押し当てた。

その接触により、彼の中のなにかが解き放たれた、生まれて初めて、自分がいるべき場所にいると感じた。

「お願い」彼女が言う。「お願い」

柔らかくてきつい中にそっと挿し入れると、あまりの快感に気絶するかと思った。もはや自分を止められず、彼女の腰を前後に少し揺らしながら根元まで挿入する。ゆっくりと入れたり出したりすると彼女は小さく泣き声を漏らした。みずみずしい巻き毛の中に手を入れて快感のつぼを探り当てると、そこをこすりながら、彼女の中のものを前後させた。彼のまわりがきつく締まるのを感じてあやうく漏れそうになる。もっとゆっくりしなければ。

「やめないで」

親指を彼女の下唇に当てる。「よくばりだな」

彼女が彼を見あげてほほえむ。彼が愛する生意気な笑みだ。その笑みでまた危うくいきそうになる。

それをこらえ、熱い口づけを交わしながら、彼女の中に入っている感覚――あり得ないくらいきつくて、あり得ないくらい濡れている――と、彼の唇に重ねられた彼女の唇の感触を堪能する。

また動き始め、次第に速くしていくうち、ふたりのちょうどいいリズムに行き当たる。彼女は両手で彼の肩をつかみ、彼のものがさらに深く入るように腰を持ちあげた。さらに何度が押しこんだあと、もう一度悪態をついてから、彼女の目を深くのぞきこみ、彼女の中に突き入れる。

そのまま両脚のあいだに手を入れてまさぐると、割れ目が快感でふくれあがっていて、さらにもう一度の淫らな触れ方をすると、待っていたように絶頂までのぼりつめて、彼の名前を叫んだ。

これ以上一瞬でも長く中に留まっていられない瞬間、引きだして、あらわになった太腿と巻いた恥毛にほとばしらせた。彼女のくれた快感に体が激しく痙攣した。

これまで多くの女性と関係を持ってきた。それでもこれは、人生で経験した中でもっとも官能的で、もっとも魂を揺さぶる経験だった。

そして今、彼女を自分のものにしたことで、明らかになった。自分は彼女を欲することを絶対にやめないと。彼女を手放すことは絶対にできないと。

23

ジョンがホルストンプレイスに来る以前、キャサリンにも自分なりの人生設計があった。どうにかして自分とレディ・ウェザビーとエアリアルのために財政的安定を得る。調査研究に従事し、代理姉と代理娘の役割に専念する。

しかし今、すべてが変わった。

キャサリンとジョンは、そもそもの不祥事の現場であり、ふたりを引き合わせた醜聞の現場である呪われた書斎で愛し合った。そうすることで、その場所を変えただけでなく、キャサリンの人生も変えた。

そうすることで、これまで立ちはだっていた事情、ふたりを離していた過去はキャサリンにとってもうどうでもいいことになった。

彼の父親と自分の叔母がしたこともどうでもいいし、自分の父親がいかにしてその事態を悪化させたかも、彼の母親が破滅を倍加させたこともどうでもいい。

今自分が望んでいるのはジョンだけ。

なぜなら、今の自分は以前と違う人間だったからだ。今は彼のものになった。以前の古い生活設計に戻りたくない。

「ジョン」服を着て身なりを整えたあと、キャサリンは言った。「わたし――」

なんと言っていいかわからなかった。自分が感じていることをどう説明すればいいかわからなかった。

彼が振り向いてキャサリンを見つめた。

「わかっている」キャサリンの手を取って甲に口づけた。

廊下に出た時は時刻もかなり遅く、彼はまだキャサリンの手を握っていた。彼は言わなかったが、ふたりで彼の部屋に行くとわかっていた。そこで、さきほどの奔放な快楽のひとときをふたたび経験することになるとわかっていた。

ふたりの部屋がある廊下に入る角を曲がったところで、キャサリンは危うくミセス・モリソンに激突しそうになった。

「旦那さま！」ミセス・モリソンが叫んだ。「ミス・アスター！　驚かせないでくださいよ！」

年配の婦人は驚いた様子で両手を胸の前で握りしめていた。キャサリンはベッドから抜けだしたところを、格別厳しい女性の校長に見つかった女生徒のような気持ちになった。

握っていたジョンの手にミセス・モリソンの目が向いたのに気づいて、キャサリンは本能的にその手を離した。離してから、後ろめたさを倍加させる動作だったと気づいたがもう遅い。

まったくもう。

「ミセス・モリソン」ジョンが言った。「驚かせてすまなかった」

そう言うと、夫人の横を通りすぎようとしたが、夫人に行く手を阻まれた。

「こんな時間にお屋敷の中を歩きまわって、なにをしていらっしゃるんですか、旦那さま？」

「きみはそのような質問をする立場にはいないだろう、ミセス・モリソン？」

「わたくしの立場ですか？」夫人があとずさりした。

「ミセス・モリソン」苛立ちをはっきり示してジョンが言う。「ただ、ミス・アスターに屋敷の中を案内していただけだ」

「屋敷の中を案内？」老婦人が言った。「坊っちゃま、いえ、旦那さま。それを信じろと言うんですか――屋敷の案内？　あたしも昨日今日生まれたわけじゃありませんよ」

ジョンの顔が凍りつくのがキャサリンにもわかった。もちろん、このふたりはとても長いあいだ互いをよく知っているのだ。

「滑稽ですわ、火遊びなんて。お気の毒なミス・アスター。あなた大丈夫ですか？　なにか不適切なことをされていなければいいのですが。これは――」非難の目でジョンを見やり、それから背筋をぐっと伸ばした。「エディントンホールで培われた教育とは無関係です」

「でも、不適切なことはなにもされていませんわ、ミセス・モリソン」恥ずかしさと嬉しさのはざまでキャサリンは言った。「本当です」

「わかっただろう、ミセス・モリソン？」ジョンが晴れやかに言う。「すべて問題ない。ただし、この屋敷案内についてレディ・ヘンリエッタに言わないでくれれば、大変ありがたい」

ミセス・モリソンがふんと鼻を鳴らした。「もちろん言いませんよ。こんなことをレディ・ヘンリエッタに言うはずないですよ。お嬢さまは未婚の娘ですからね。でも、あたしは違います。若い頃に一度や二度はこのお屋敷案内だってしていますからね。もう少し慎重にされることをお勧めしますよ、坊っちゃま、いえ、旦那さま」

ジョンとキャサリンは彼の部屋にあと数歩のところで立ったまま、ミセス・モリソンが去るのを待った。だが、老婦人は立ち去る代わりに、両眉を持ちあげてふたりをじっと見つめた。

そのまま三人とも優に一分は立っていた。

なんとまあ、とキャサリンは思った。おかしな状況でしょう。

「おやすみなさいませ、公爵さま」キャサリンは言ってとっておきのほほえみをジョンに向け、それから自分の部屋に向かって歩きだした。「おやすみなさい、ミセス・モリソン」

翌朝、キャサリンが服を着て髪を留め終わった時、扉をノックする音が聞こえた。

ミセス・モリソンの厳しい顔を半ば予期して扉を開けたが、目の前にいたのはジョンだった。彼の緑色の瞳がいたずらっぽく輝いている。

彼は部屋に入るとすぐにキャサリンにキスを降らせ、キャサリンをしばしあえがせ、うっとりさせた。

「昨日、きみにもうひとつ約束をした」

「なんでしたっけ？」あのいかにも公爵然とした書斎机で彼が彼女の中にゆっくり入ってきた以外、昨日のことはほとんど覚えていない。

「妹にふたりで話をすると約束した。今朝話そう。朝食の時に」

「ヘンリエッタにね、そうだったわ」昨日の興奮の中、若い生徒のことをすっかり忘れていた。

ジョンを見あげ、彼の顔に浮かぶ疑念に気づく。

彼は妹にあの話をしたくないのだ。

その表情を見て、彼が妹と話すのは、少なくとも一部分はキャサリンのためだと直観的に感じた。

「ふたりで彼女に話をする必要があるわ」疑念を払拭させようとキャサリンも繰り返した。

「それから、ふたりだけで昨日のことを話す必要もある」彼がそう言いながら、焦がすようなまなざしを向ける。朝のこの会話により、キャサリンは彼女の人生が――すでに大きく変化していたけれど――もはや同じではないと確信したのだった。

「ヘンリエッタが先」からかうように言う。「あなたの約束通り」

ふたりが朝食室に着くと、明るい青色のドレスを着て、結いあげた髪をピンで留めたヘンリエッタがすでに坐っていた。その魅力的な髪型が、鏡の前でかなりの時間を費やしたことを示唆していた。

「キャサリン！」キャサリンを見たとたんヘンリエッタが言った。「わたしの髪型どうかしら？　ミセス・ウォーバートンが持ってきたドレスの図版を参考にグレーテルがやってくれたの」

「とてもかわいいわ」キャサリンは言いながら着席した。「とても魅力的」

その褒め言葉に少女は頬をそめた。「お兄さま？」よく見えるように頭を彼に向け、兄の批評を待つ。

「うーん」彼が言った。「かなり縮れているが？」

ヘンリエッタが大げさにため息をついてみせた。「本当に失礼な人ね、お兄さまって。我慢できる人なんていないわよね、キャサリン」

キャサリンはほほえんだが、なにも言わなかった。ヘンリエッタとジョンの両方と関わる難しさのひとつは、自分と彼の関係が見かけよりも親しいことをこの妹に明かさない限り、親しそうに振る舞えないことだ。ミス・アスターは雇用主をからかったりしない。

そこでキャサリンは言った。「わたしはとても魅力的だと思うわ」

「ほらね？　お兄さま？」ヘンリエッタが言う。「魅力的ですって。社交界に出たら、紳士の方々全員を魅了するわ」

「おまえはだれも魅了しない」兄が言い返した。「ぼくが許可しない限り」

ヘンリエッタは兄に向かって顔をしかめてみせた。

「ところで、レッタ、きみに話さなければならないことがある」

少女が目を見開いた。助けを求めるようにキャサリンを見やる。

「わたしたちが話していたことよ、レディ・ヘンリエッタ。わたしからお兄さまにお話をして、お兄さまも誤解を解くことを望んでいらっしゃるわ」

「でも、わたしたち、そんな……」ヘンリエッタは緊張した声で言い始めた。視線がさまよう。「わかったわ。でも、話し合うことなんてないわ」

「レッタ」妹の不安げな様子を無視して、ジョンは言った。「かつて起こった不祥事について、きみとなにも話し合わなかったことを詫びたい。ぼくが話すべきだった。父も話すべきだった。きみはもう子どもではないと、ミス・アスターに言われた。たしかにそうだ。もっとずっと前に話をするべきだった。だから、どんな質問でも受けつける。なにが起こったかについて」

いまやヘンリエッタは自分の紅茶茶碗の底に深い関心を寄せていた。

「ヘンリエッタ」キャサリンは言った。「質問したいことがあったでしょう？」

娘が目をあげる。確信を持てず、不安と怯えに苛まれた表情がそこにあった。キャサリンは胸が張り裂けそうだった。

「わたし、本当はお父さまの娘でないんでしょう？」

「もちろんおまえはお父さまの娘だ」ジョンがすぐに言った。「ぼくが保証する」

「どうして保証できるの？」

「おまえが生まれた時にそこにいたからだ」彼のその言葉にキャサリンは驚いた。「学校から戻ってきていた。正確に言えば、おまえが生まれる前の晩に戻ってきた」

「本当？」ヘンリエッタが言う。ふいに嫌そうな顔になる。「お母さまがわたしを産むところを見たの？」

「もちろん見ない。だが、おまえが生まれた夜にここにいた。翌日におまえを抱いた。おまえはこの屋敷内で生まれたんだ。保証する」

「それならなぜ、みんなは違うことを言うの？」

ジョンがためらったのがわかった。

「ぼくたちの母親が駆け落ちしたからだ、きみも知っているように。イーストウィック男爵と。だが、母が出ていった時、母はすでに身ごもっていた。それは覚えている。実際、両親に言われていた、あの事件が起こる直前だったが。ぼくにきょうだいができると」

ヘンリエッタが大きく息を吸いこんだ。その繊細な顔が安堵で和らいだのがキャサリンにも見えた。

「出ていって半年後に、母は出産のために戻ってきた。その時の様子は部屋の外にも聞こえた。かなり大きかったからね。翌朝、母は亡くなった。そして、おまえがいた」

「では、わたしは間違いなくお父さまの実子なのね？」

「そうだ、ぼくが保証する」

「ただの悪意ある噂話だわ」キャサリンも言った。「あなたもこれから学ぶことになるわ、ヘンリエッタ。上流社会は、悲しい話をおもしろおかしく粉飾するのを生きがいにしている噂好きの人々がたくさんいるのよ」

「でもなぜ？　なぜそんなひどいことができるの？」

キャサリンはジョンのほうを向いた。情報を完全に共有しているふたりだからこそできる無言のやりとりが交わされる。彼よりも自分のほうがうまく説明できるとわかった。

「これからあなたも社交界の若いレディのひとりになるわけだけど」キャサリンは話し始めた。「社交界というのはとても競争が激しいところなの。意地悪いとも言えるわ。ほとんどの若いレディたちにとって、社交シーズンでもっとも重要なのは夫を見つけること。そうした結婚には、必ず地位と巨額のお金がからんでいるのよ。両親は自分の子に――そして自分たちの繁栄のためにも――最上の縁組を望むもの。噂話や陰口や醜聞や、そうしたすべては、最高の縁組を勝ちとるために使う手段なのよ」

「だから、だれもわたしを望まないということ？　醜聞のために？」

「いいえ」キャサリンはきっぱり言った。「あなたを望む人はたくさんいるでしょう。あなたは若くて美しくて、そして公爵の妹だから」

「それに、六万ポンドの持参金もある」ジョンが口を挟む。そう、願わくは、とキャサリンは心の中で言い添えた。叔母を見つけられたらね。

ヘンリエッタが鼻の上に皺を寄せた。「お金のために愛されたくはないわ」

「あなたはそうはならないわ」キャサリンは言い、ジョンに警告の視線を向けた。若い娘に当然の価値観に対し、もう少し配慮がほしい。「でも、それだけ高額の持参金を持てることは幸運と感じるべきだわ。なぜなら、それがあることで、あなたは自分が選んだ男性とずっと楽に結婚できるからよ。どうしようもないほど激しい恋に落ちたのに、自分ではどうにもならない理由でその縁組が不可能になることよりもつらいことはないわ。でも、これまで多くの若い女性がその苦しみに耐えてきたのよ」

「なぜ縁組が不可能になってしまうの？」ヘンリエッタがかすれ声で訊ねる。

キャサリンはためらった。「たとえば、ある男性があるレディを愛したけれど、そのレディに財産がないために、親族に反対されるかもしれない。あるいは、心配事や責任を抱えていて、それを解決するために資金を必要としていたら、義務感に縛られて、財産がないレディに愛を誓えないでしょう。でも持参金があればその問題を取り除くことができる。だから、持参金があるというのは、本当に感謝すべきことなのよ」

「わかったわ」ヘンリエッタがうなずいた。「持参金は愛を助けるものであると同時に、愛を引き寄せる餌にもなる」

「そういうこともあるでしょう」キャサリンは言った。「その部分に関しては、今後の授業で話を続けましょうね。男性があなたの持参金ではなく、あなた自身を好きかどうか判断できなければならないわ。それが高額の持参金の不都合なところね。誠実でない求愛も受けるでしょう。お金がない娘たちのただひとつの慰めは、魅力はその娘自身だと自信を持てることだわ」

ジョンの視線を感じ、キャサリンは振り向いて彼を見やった。彼の結ばれた口元から、キャサリンがヘンリエッタに話した言葉に感銘を受けたことがわかった。

「ほかに質問はあるかい、レッタ？」ジョンが訊ねる。

ヘンリエッタは首を横に振った。

「陰口にどう対応するかを学ぶ必要があるわ」キャサリンは言った。「そのためにわたしがいるのよ」

「ありがたいことに」ジョンがうなずいた。

そのあと、キャサリンとヘンリエッタはずっと一緒に過ごし、ヘンリエッタの将来について語り合った。ジョンはこれまでのようにふたりを無視するのをやめて、昼食も夕食も共にした。社交シーズンに大きな期待を抱いていることについて、彼は妹をからかった。それからキャサリンをちらっと見たが、そのまなざしに欲望を掻きたてられ、内心ぞくぞくしたことは否めない。ヘンリエッタとジョンと一緒にいて、キャサリンは生まれて初めてこんなに笑った。もちろんこの三年間も、レディ・ウェザビーとエアリアルと一緒に笑い合ってきたが、それはむしろ、どんどん悪くなっていく没落の人生を生き延びる手段でもあった。エディントンホールでヘンリエッタとジョンと一緒に笑うのはまったく違う種類の笑いだ。安全な笑い。生き残りをかけた次の戦略を考える必要なく、冗談を言ったりふざけ合ったりできる。

そして今、キャサリンは自分の寝室でナイトガウンに着替えていた。屋敷中が寝静まったら、ジョンが来てくれるかもしれないと願っている。

そう思ったちょうどその時、ノックの音が聞こえた。キャサリンはほほえんだ。予想していたより少し早いが、どちらにしても嬉しい。

急いで扉を開いた。「ミセス・モリソン？」

老婦人が重々しい表情を浮かべて立っていた。

「なにかまずいことでも？　レディ・ヘンリエッタのお具合が悪いのですか？」

「みんな生きていますし、元気ですよ、ミス・アスター。あなたと話がしたかったのです、ふたりだけで」

「そうですか。どうぞ」キャサリンはミセス・モリソンを部屋の中に入れて扉を閉めた。

この女性がなにを望んでいるのかわからない。しかし、キャサリンはこの家政婦を高く評価していたから、なにを求めていようと喜んで力になるつもりだった。

「それで、ミセス・モリソン？」老婦人にじっと見つめられてキャサリンは落ち着かなかった。あまりに執拗で、あまりに厳しいまなざしだ。

「あなたがどなたかを、あたしが気づかないと思っているならば」老婦人が言い、かすかに身を震わせた。「あたしを大ばかと思っているってことですね」

その言葉にキャサリンはあとずさりした。「なんですって？」

「最初に見た時も少し疑ったんですよ。でも、昨日の夜、どこから戻ってきたか知りませんけど、旦那さまと戻ってきたあなたを見てわかりましたよ。あなたがだれか知っていますよ、ミス・フォースター」

キャサリンはよろめいてさらにあとずさりした。返事をしようにも、言葉が見つからない。

「このあたしにとぼけないでください。あたしの母はあなたの乳母、マーサ・デニーの友だちでした。あなたが子どもの時にここに来ていたのを覚えていますよ。叔母さまと」

キャサリンはショックを受けていた。ここでだれかに気づかれる可能性があるとは実は思っていなかった。来たのはほんの幼い時だったからだ。

「旦那さまが——前の旦那さま、レジナルドさまがメアリー・フォースターと一緒にあたりで馬を駆っていたのも覚えています。ええ、ええ、この場所で起きていることはみんな知っています。あのおふたりは——」ミセス・モリソンは言葉に詰まった。その目に苦痛の影がよぎるのがキャサリンにもわかった。だが、首を横に振るとそれも消え去った。「なぜここに戻ってきたんです？」

なんと答えればいいか、キャサリンにはわからなかった。

その時またノックが聞こえた。振り返って扉を開きながら、やはりこの陰謀に気づいた従僕とかではなくてジョンでありますようにと祈った。

ありがたいことに、そこに立っていたのはジョンだった。顔に浮かべた罪深い笑みは、キャサリンの部屋の中央に立っているミセス・モリソンを見たとたんに消えた。

「ミセス・モリソン？」

「彼女は知っているのよ、ジョン」キャサリンは言った。自分でも声が震えているのがわかった。「わたしがだれか知っているの」

「いったい全体、どうしてわかった？」ジョンがミセス・モリソンに訊ねた。

「旦那さま」彼女の声も震えていたが、それは怒りのせいだった。「あたしをなんだとお思いです？　偽名であたしを騙せるとでも？　どこにいようが、フォースター家の人間はわかりますよ。髪の毛！　目の色！　あたしはずっとここに住んでいるんです。ちょっとしか留まらない使い走りの女中じゃありません。こんなごまかしをしながら、あたしになにを企んでいるか言わないなんて、無謀もいいところですよ、お父さまと同じ」

キャサリンが見守る中、ジョンは歩いて老婦人の前に立った。

「ぼくは父親とは違う。この関係も、見かけとはまったく違うんだ」

「なんとまあ。たしかにお父上ではないですけど、とても似ていますよ。それに関係なんて、この目で見れば、それ以上強力な証拠なんていりませんよ」

「わたしがここにいることをだれにも言わないでくださいな」キャサリンは少し前に出て言った。すでに懇願口調になっている。

「だれかに言う？」ミセス・モリソンが言い、くるりと振り向いてキャサリンを見た。「頭がおかしいんですか？　言うわけがないじゃないですか。だれかが発見して、また新たな醜聞を抱えることになるのをあたしは怖れているんです。それより、あなたがたはいったいなにをしているんですか？」

「ミセス・モリソン」ジョンが前に出た。「心配してくれることは感謝する。そして、ごまかしていたことも謝る。おまえが正しく推測した通り、このすべてが見かけとは違う」

キャサリンは彼を見あげた。なにを考えているのか、顔からは判読できない。この話をどうするつもりだろう?

「そしてもちろん、ぼくはおまえを信頼している」彼が言葉を継ぐ。「それに、両親を亡くしたぼくにとって、もっとも親に近い存在だったのだから、おまえには真実を話す」

彼はキャサリンに一歩近づき、彼女の指と指をからませた。「秘密なのだが、ぼくたちは婚約している」

「秘密に婚約?」老婦人がぽかんと口を開けた。

「そうだ」威厳ある口調で彼が言う。「公に婚約するのは待たねばならない——醜聞のせいで——ヘンリエッタが社交シーズンを経て結婚するまでだ。ぼくたちは、あの子の機会を損ないたくない。ヘンリエッタが結婚したら、ぼくたちも婚約を発表し、そして結婚する」

ミセス・モリソンの口が空いたり閉じたりしたが、なかなか声が出てこない。

「そうですか」ようやく返事をして、それから謝った。「お邪魔してすみませんでした、旦那さま」

「まったく問題ない、ミセス・モリソン。だが、当然ながら、これについてはだれにも、いっさい言わないでくれるとありがたい」

「もちろんです、旦那さま」ミセス・モリソンが答え、膝を折ってお辞儀をした。「昔も今も、あたしは口が堅いんです」

そう言うと、ミセス・モリソンは部屋を出ていった。

キャサリンはジョンを見た。彼の宣言は衝撃的だった。婚約しているなどと、その場を取り繕うために言ったのか、本気でそのつもりなのかまったくわからない。これは求婚の言葉？　それともまたごまかすための方便？

彼は視線をキャサリンに戻したが、なにも言わない。彼の口元も読めない。キャサリンの顔は燃えるように熱かった。彼はなにか言うべきだ。まさか、ひとりで解明しろと言い放って、この部屋から出ていくことはできないはずだ。

とはいえ、彼は黙ったままだ。

その沈黙がキャサリンを苦しめた。もう耐えられなかった。

「賢明なやり方だったと？」

「いや、すまなかった」彼が言った。「きみに聞かずにあんなことを言うべきではなかった。しかし、彼女の懸念を払拭するもっともらしい説明はあれしかなかった」

彼はまだ自分が言った意味合いをはっきりさせていない。しかしながら、今の言葉は、結婚の申しこみを真剣に考えているにはほど遠いように思える。

「もちろんそうね」彼の表情を読み解けないまま、キャサリンは言った。

「きみをわずらわせて申しわけなかった」

そう言うなり、彼は部屋を出ていった。

24

ジョンは昨夜のどこから悪い方向に進んだのかよくわからなかった。自分たちのことについて話すためにキャサリンの寝室に向かった。言うべき言葉を暗記していたわけではないが、計画の大まかな概略はすでに考えてあった。そしてどういうわけか、その戦略を、ひざまずいて申しこむべき女性ではなく、ミセス・モリソンに打ち明けるはめに陥った。

昨晩ミセス・モリソンが部屋を去ると——まったくおせっかいな女性だ。彼にとって第二の母のような存在でなければ、彼の女性関係を邪魔したという理由で解雇していただろう——、彼はキャサリンのほうに振り返った。

そして、彼女の顔に浮かんだ表情——恐怖——を見て即座に、今ここで計画を説明しないほうがいいと確信したのだった。そこで、あの選択肢を公開したのは、ミセス・モリソンを納得させるためだけというふりをした。そうすることで屈辱から自分を守った。キャサリンが彼との将来を望んでいないことは明らかだ。望んでいると考えるほど自分は愚かではない。

さらに悪いのは、ここで断られたあとも、馬車の狭い四角い空間でまたキャサリン・フォースターとの同席に耐えねばならないことだ。キャサリンの叔母の友人たちを訪ねなければならないのだから。

実のところ、今この瞬間もジョンは馬車の中に坐り、キャサリンが現れるのを待っていた。

そしてもちろん、とジョンは悪態をついた。雨が降っていて、それは彼らのいい口実にはなるだろうが、彼の暗鬱な気分にはなんの役にも立たない。

ようやく従僕の手を借りてキャサリンが馬車に乗りこみ、彼は天井を叩いた。

「本当にひとりでも行けましたのに、公爵さま」出発すると、キャサリンが冷たく言った。「正直言って、あなたの同伴は不必要な危険を増すだけです」

ジョンは歯を食いしばった。正体を隠すためにかなり苦労した。馬車自体も村で調達した貸し馬車で、マーセルが御者台にいるわけではない。なんの変哲もない普通の馬車だから、だれも公爵が乗っているとは思わない。エディントンホールから来たと疑われないために、御者にはまず町の中心まで行き、それから町を出て訪問先に向かうよう指示してあった。

「ぼくは馬車で待っているつもりだ」

「よかった」

「とはいえ、どこに行くのか教えてくれればありがたいのだが」

叔母の知り合いの貴婦人たちに関して、キャサリンは名前を記した一覧表を持っているはずだが、ジョンはいまだ見せてもらっていなかった。

「いいわ」キャサリンが手提げ袋から表を取りだし、彼に渡した。「なにか知っているかもしれない人たちよ。最後にレディ・トリリングを訪ねましょう。叔母のもっとも近い知り合いよ。子どもの時からの友だちだから」

ジョンはうなった。レディ・トリリングは彼の家の友人でもあった。

「なにか？」彼の返答代わりのうなり声を聞いてキャサリンが言った。

「レディ・トリリングはぼくの父の友人でもある」

「以前にヘンリエッタと一緒に訪問したことがあるのね？　どうでした？　まだオウムを飼っていた？」

「ジョリーはぴんぴんしていたよ」ジョンは言ったが、その鳥のことを考えただけで渋い顔になった。「だれにとっても不幸なことに」

「わたしはジョリーが大好きだったわ」

「ぼくもだが、それは子どもの時の話だ。当時はあのうるさいおしゃべりがおもしろいと思ったが、今聞くと、頭が割れそうにうるさいだけだ」

「それに関しては、自分で判断する必要がありそうね」キャサリンが言った。その言葉に苛立ちが混じっていたが、それがなんの苛立ちかジョンにはわからなかった。


夕方までに、キャサリンは五軒訪問した。全員がキャサリンを喜んで迎え入れた。温かいと言えるほどではないが、少なくとも誠意は感じられた。中には形式的な応対だけの人もいたが、いずれにせよ、ふさわしい振る舞いができたとキャサリンは確信していた。おずおずした様子と面目ないと思っている態度、そして悲しみを適度に混ぜ合わせ、田舎屋敷の趣味よく内装をしつらえた客間に坐り、行方不明の親族について質問したのだ。

実際、婦人たちのほとんどは同情的だった。レディ・ラングリーは、キャサリンと叔母がとても仲が良かったことをよく覚えている、それなのに何年も行方がわからないのはどれほどつらかったでしょうとキャサリンを慰めた。その言葉に心が締めつけられ、むしろ申しわけない気持ちになったことは否めない。

残念なことに、メアリー・フォースターの居場所についてなにか知っている人はひとりもいなかった。

レディ・トリリングはとりわけ親切だったうえに、想定外の反応を示した。金切り声を張りあげるオウムを――ジョンの言う通り、オウムはキャサリンの記憶よりずっとうるさかった――黙らせてから、キャサリン自身について詳しく訊ねたのだ。

「ああ、そうだわ」老婦人は言った。「もちろん、ロンドンのレディ・ウェザビーは存じていますよ。とても快活な愛らしい方。何度かお会いしたことがあります。そういえばあのご家族は……」どう言っていいかわからなかったらしく、言葉を切った。

「サー・フランシスのせいで没落しました」キャサリンはそう言って、レディ・トリリングが言い始めた文を完結させた。

「レディ・ウェザビーに手紙を書いてみましょう」レディ・トリリングが言う。「おつき合いを再開できたら嬉しいわ。あの方のことは大好きでしたから」

「ありがとうございます」

自分が叔母を探していることを、レディ・トリリングがレディ・ウェザビーに言わないでくれればとキャサリンは願った。あるいは、一番いいのは、そもそもレディ・ウェザビーに手紙を書かないことだ。しかし、疑われずに、手紙を書くことを禁じる手だてはない。普通に考えれば気高い親切な行為であり、おそらくレディ・ウェザビーもありがたく思うだろうとわかっていればなおさらだ。

そんなこんなでキャサリンは馬車に戻り、ジョンと帰路についたが、叔母の発見には少しも近づいていなかった。

この遠出でメアリー・フォースターに関する情報がひとつも得られなかったことに、ジョンもがっかりしているようだった。

それ以外にも、彼の浮かない顔には、なにかキャサリンにはわからない理由があるようだった。でも、将来ふたりが一緒になれる可能性を、キャサリンがどう感じるかはまったく考慮せずに放棄したのは彼なのに、勝手に不機嫌そうにするのは意味がわからない。彼の無神経さにキャサリンのほうが傷ついたのに、彼はキャサリンに対して怒っているらしい。

彼は窓から激しく降りしきる雨を眺め、キャサリンのほうを見ないだけでなく、話しかけることさえ拒否している。

聞こえるのは馬車の屋根と車輪を叩く雨音だけだ。

「フォーク男爵がそのお金を実際に相続したら、あなたはどうするの？」この質問が彼を苛立たせることはわかっていたが、むしろキャサリンは彼を怒らせたかった。

「ぼくになにができる？」彼が吐き捨てるように言う。「なにもできない」

「その又従兄弟に対するあなたの評価は？」

返事はない。キャサリンは彼を見やった。相変わらず窓の外を眺めているが、前よりもあからさまな感じだ。

「その資金を活用できる方？　エディントン公爵よりもふさわしいかもしれないわね。公爵はすでにたくさん持っているのだから」

どんという音が聞こえた。彼が馬車の座席にこぶしを叩きつけたのだと気づき、キャサリンはぎょっとした。

「あの男はいかなることにもふさわしくない」

「あなたはその人を本当に嫌いなのね」

「不快な男だ」

「その人物判定を詳しく話してもらえないかしら？」

「嫌だ」

「その人についてなにも話してくれないのは、公平じゃないと思うわ。この捜索に関連しているならば、わたしも知っておくべきですもの」

「関連していない」

「どちらにしろ、とにかく話していただきたいわ」

彼がキャサリンのほうを向いた。「だめだ」

それに対してなにか言う前に、キャサリンの目に窓の外の景色が飛びこんできた。心臓がぎゅっと締めつけられる。

フォースターハウス。

自分を止める前に、キャサリンは馬車の天井を叩いていた。完全に止まる前に馬車から出て、丘に広がる緑の広大な牧草地と、その丘をくだった先に立つ屋敷を眺めた。

古い屋敷のたたずまいをじっと見つめる。切妻造りの屋根と灰色の石壁は以前と変わらない。キャサリンがポニーを飼っていた放牧場もまだ同じ場所にあった。いまだに自分のもののような気がする。美しい生け垣を見おろしていると、何千という記憶が一度によみがえった。

「くそっ」ジョンがかたわらで言うのが聞こえた。「すまない、キャサリン。この道を通らないように御者に伝えておくべきだった。マーセルはわかっていたはずだが、貸し馬車の御者は……」

キャサリンは彼の言葉をほとんど聞いていなかった。その昔の景色にただ没頭し、激しい雨とさめざめと流れる涙が顔を濡らしているのもよくわかっていなかった。それが雨でも涙でもどうでもよかった。ただ目の前の光景に心を奪われ、ただ立ちすくみ、そして打ちひしがれていた。

気づくとジョンの腕の中にいた。そして遅ればせながら、自分がむせび泣いていることに気づいた。

膝がくずおれた時もジョンが体を支えてくれた。まわされた彼の腕はとてもしっかりしていた。

「キャサリン。すまなかった」髪を撫でながら耳元で彼がささやいた。雨がふたりの服の表面を流れ落ち、髪も濡らし、すべてに浸透しても、彼は無理にキャサリンが促そうとしなかった。「すまなかった」

全身ずぶぬれに濡れそぼってようやく、彼はキャサリンを馬車に連れ戻した。馬車が走りだす。遠ざかっていく屋敷をキャサリンは見なかった。だんだん褪せて消えていくのをもう一度見ることに耐えられなかった。

馬車の中で、彼はキャサリンを膝の上に抱き寄せた。彼の肩に顔を当ててキャサリンは泣いた。まぶたの裏に映る屋敷の姿がぼんやりしてくるまで泣き続け、そのあいだずっと彼は背中を撫でてくれていた。昨夜彼に恥をかかせられたことを忘れてはいけないし、彼に弱さを見せるべきではないとわかっていた。でも、まわされた両腕があまりに心地よく、その抱擁に抗うことはできなかった。

彼はキャサリンが静まるまでずっと抱いて、耳元で慰めの言葉をつぶやいていた。そのうちになぜか、苦悶がいつの間にか願望に変わったことに気づいた。

最初はキャサリンが彼にキスをして、彼がキスを返した。進めるべきかどうかわからないようなそっと優しいキスだった。

でもキャサリンは、自分が彼を望んでいることがわかっていた。でも彼のクラヴァットに手を伸ばすと、彼は言った。「待ってくれ。もうすぐ家に着く」

一分後、ふたりが乗った馬車はエディントンホールの前に止まった。彼はキャサリンをうながして玄関に入り、そのまま大広間を抜けて階段をあがって彼の部屋まで行った。

彼の部屋に入ったことはなかった。エディントンホールのほかの部屋と同様に立派な装備が施されていたが、少年らしい雰囲気も残っていた。そこでキャサリンはようやく、彼が父親の続き部屋に移動していないことに気づいた。今いる部屋は、屋敷の当主の部屋ではなく、その後継者の部屋だ。

振り向くと、彼が部屋に鍵をかけているところだった。そしてようやくこちらを向いた。

「あなたはびしょぬれだわ」キャサリンは言った。

「きみもだ」

彼がキャサリンのドレスをすばやく脱がせた。キャサリンがコルセットとシュミーズを自分で脱ぐあいだに、彼はブーツを脱ぎ、ほかのものも取って、裸になった。

キャサリンは驚嘆の思いで、彼の堂々たる裸体を眺めた。書斎の暗い光の中ではそれほどよく見えなかったからだ。

力強く張りつめた太腿、滑らかな胸板、わずかな動きに合わせて盛りあがる筋肉。その光景は今さっき彼女を深く切り裂いた悲しみさえも忘れさせるほどだった。

悲しみにもかかわらず、自分が彼を望んでいることがはっきりわかる。いいえ、かかわらずではない。悲しみゆえに、彼を望んでいる。こんなに悲しくても彼が欲しい。それはつまり、どんな時でも彼を欲することをやめられない証だろう。この心の痛みを止められるのは彼だけ。彼にもっと近づきたい。

彼がキャサリンを優しく押してベッドに横たわらせた。唇を重ねる。それから、うなじをキスでたどり、乳房に、そして太腿のあいだに口づけた。彼の舌が彼女の中に届くのを感じてキャサリンはあえいだ。その快感が悲しみもなにもかも覆い隠す。でも、キャサリンはもっと欲しかった。もっと近づく必要があった。

「あなたが必要なの」自分の耳にも聞き慣れない性急な口調だった。「もっとよ。お願い」その願いを聞き入れ、彼が指でまさぐる。当てられている手に向かって身をそらすほどの快感だったが、それでもまだ望んでいるものではない。

彼のペニスに手を伸ばし、撫でながら近くに引き寄せた。とば口のすぐ前に来たところで彼が止めた。

「これがきみの欲しいものなのか？」しゃがれ声で確認する。その目の奥深くに、キャサリンを欲する強い渇望が見えた。それがキャサリンにはとても嬉しく思える。

「ええ。お願い」

「キャサリン」彼が言う。「きみを傷つけたくない……きみは動揺していて……」

「だから、気持ちよく感じさせて」中に入ってきてほしい。そのためには自分から働きかける必要がある。身を起こし、自分から彼にキスをした。彼女の口の中に彼がうめき声を漏らす。彼のものをふたたび手に取り、自分のほうに導いた。先端が少し入ると、ジョンはまたうめき声を漏らした。

「わたしが欲しいでしょう？」彼がさらに奥に入れるように両脚を広げる。「そう言って」

「そうであることはわかっているはずだ」

「でも、そう言って」キャサリンは答えて、彼にほほえみかけた。彼の抑制を解き放つとわかっている笑みだ。

「きみが欲しい」彼は言い、キャサリンの中に挿し入れた。「ものすごく」言葉に合わせて、さらに挿入する。押されるたびに衝撃が走った。「これまで欲したなによりもきみが欲しい。あるいはだれよりも」

突くたびに、快楽の波が打ち寄せる。その波が彼女の内側で砕け、また新たにもっと大きな波となって押し寄せる。

「すごすぎて死にそうだ」そう言うと、引きだして動きを止めた。「それでもまだ欲しい」また彼女の中に入り、こんどは根元まで貫くと、キャサリンのまぶたの裏に星が散った。

また動きを止める。「自分で触ってごらん」うなり声で言う。

「どうすればいいかわからないわ」もうろうとしながら言う。彼がキャサリンの尻に当てていた手を離し、キャサリンの片手を持っていってクリトリスを触らせた。

「ここだ。騙されたと思って撫でてごらん」

自分を撫でながら耳を澄ませる。彼の言う通りだ――快感が増し、内側の興奮が高まって絶頂に向けてのぼり始めるのが感じられた。彼がまた動き始める。押したり引いたりするたびに、じらされながら押しこまれるたび、少しずつ端に近づいていく。

最後の責め苛む動きとともに、キャサリンはばらばらに砕けて叫び声をあげた。彼の硬いものを包んでいる内側が締めたり緩んだり激しく痙攣するのを感じた。彼の種を最後の一滴まで自分に引きこもうとしているかのように。

一瞬あとに彼が体を離し、すばやく引きだして、脇のベッドカバーに解き放った。彼の驚きの叫びを聞いて、そこではない場所への放出を危うく回避したことがキャサリンにもわかった。

ふたりは横になり、息が収まるのを待った。キャサリンが目を閉じたのは、彼がすぐに立ち去るとわかっていたからだ。

しかし、彼は動かなかった。目を開いた時、彼はキャサリンを見つめていた。

「大丈夫か？　きみは欲しいと言ったが……でも本当は……」

キャサリンは彼の手を握った。「本当に欲しかったのよ」

それでも彼は心配そうだった。「キャサリン、昨日のことは……」

キャサリンは眉をひそめた。心臓がどきどきする。さあ来た、と自分に言い聞かせた。説明。あんなありもしない可能性を述べて彼女をからかったことに対する謝罪。

「きみに訊ねないで、ミセス・モリソンに婚約したと言うべきではなかった」

それは、キャサリンが予想していた言葉とは違った。どうして彼はわからないのかしら？

「わたしが嫌だったのは、その部分ではないわ」

彼はとまどったようだ。

「だって、どう感じると思う？」彼がなにも理解しないことに苛立ってキャサリンは言った。

「婚約したと言うなんて。たとえミセス・モリソンに対してだけにしても、たとえ見せかけだけだとしても、本当はそんなつもりがないとわたしはわかっているのに、それを聞いたら……」

「どんなつもり？」

「わたしにそれを言わせないで！」

「きみがなにを言いたいのかまったくわからない」

キャサリンは信じられないという顔で彼を見やった。「結婚するつもりなどないということよ」

答える代わりに、ジョンは笑いだした。この人は笑っている。彼を殴るべきか、部屋から飛びだしていくべきか、キャサリンはわからなかったが、後者をするためには、現状が全裸ゆえにしばし時間がかかる。

「笑っているの？」

彼がキャサリンの手を取った。「ミセス・モリソンに言ったことを聞いただろう？　秘密の婚約のことだ」

「もちろん聞いたわ」

「あれはきみに提案しようと思っていた計画だ」

キャサリンの心臓が止まった。そんな可能性は頭に浮かびもしなかった。

「結婚するということ？　ヘンリエッタが社交シーズンを終えたあとに？」

彼がうなずいた。「だが、ミセス・モリソンが出ていったあと、ぼくはきみの顔を見た。その計画にぞっとしている顔だった」

「違うわ！　あなたが本気で言っているかどうかわからなかっただけ。なにも言わないから、本気ではないと思ったのよ」

「本気も本気、真剣だった」

キャサリンは彼を見つめた。同じことを望んでいながら、どうしてこんな誤解が生じてしまうのだろう？

「それで、どうかな？　結婚してくれるか？」

危険なほどの幸せをすでに感じていたけれど、それでも彼をからかわずにはいられなかった。

「それは、あなたと秘密の婚約をするという意味？　でも、秘密の婚約とは、言い方を変えた禁断のいちゃつきだとだれかが言っていたでしょう？」

「たしかに、禁断のいちゃつきにはなるな。ぼくたちの結婚という結果に終わる禁断のいちゃつきだ」

キャサリンは彼にキスをした。彼のすべてを取りこみ、この瞬間のすべてを記憶に残そうとした。すばらしくハンサムな彼の姿。彼女を見つめる緑色の瞳がきらめくさま。自分の胸が破裂しそうな感覚。

その時、砂利を敷いた車寄せを走る馬車の音が聞こえてきた。キャサリンはキスをしていた唇を離した。

「なんてことだ」ジョンが言い、ベッドから起きあがって窓の外をのぞいた。キャサリンもそれにならった。

古ぼけた貸し馬車が門のところで停止した。車輪の輻《や》が一、二本なくなっており、外観もあり得ないほどぼろぼろだ。降り続いている雨のせいで、さらに古びてひどい状態に見える。

キャサリンとジョンは困惑して顔を見合わせた。

彼の目に疑問が浮かんだ。メアリー・フォースターということはあるだろうか？

その時馬車の扉が勢いよく開き、ひとりの紳士がおりてきた。

ふたりの紳士が続く。

「お節介屋どもだ」ジョンが息を吐いた。

キャサリンは彼を見あげてほほえみかけた。「前にお会いした時、あなたのことをとても心配していらしたもの」

25

その夜、キャサリンとジョン、ヘンリエッタ、そして訪ねてきた〝有爵の放蕩者たち《ランク・レイクス》〟の三人は、大広間で略式の夕食をとった。モンテーニュ伯爵とリース侯爵、そしてトレンバーレィ子爵の来訪に、ヘンリエッタはもちろん大喜びだった。三人が――とくにジョンの親友であるトレンバーレィが――訪れた時はいつもかわいがってくれるからだ。

リースの馬車が壊れたために、三人組はおんぼろの貸し馬車を使うことを余儀なくされた。その馬車は出発したウォーキングからの道中ずっと雨漏りしていたという。そして今ジョンはキャサリンとヘンリエッタを眺めていた。リースがクラヴァットにくっついた水生昆虫を見つけた時のあわてぶりをモンテーニュがまねし、それを見て大笑いしているキャサリンとヘンリエッタを見守る。骨の髄まで満足感に満ちている。これほど幸せだと感じたのは記憶の限り初めてだ。ヘンリエッタがキャサリンを〝ミス・アスター〟と思いこんでいることと、メアリー・フォースターがいまだにジョンの追跡を逃れていることを除けば、いまこの瞬間に悪いことはひとつも思いだせない。

夕食を済ませ、楽しい謎かけゲームでひとときを過ごしたあと、キャサリンとヘンリエッタは部屋にさがった。ヘンリエッタをそれこそ引きずるようにして二階に行かねばならなかったが、それは、彼女が、夜もふけるまで紳士たちと過ごしたがったからだ。しかし、それは適切の範囲を明らかに超えている。まもなく社交界に出て、本格的に上流社会の若いレディとなる身としてはなおさらだ。女性たちがようやく出ていくと、いよいよジョンはひとりで友人たちに対峙することになった。

「ご覧の通り」三人に物問いたげな顔を向けられ、ジョンは言った。「ぼくは絶好調だ」

「なんの話かわからないが、友よ」モンテーニュが言う。「ぼくたちはただ、この屋敷を訪ねたかっただけさ」

「傲慢そのものだ」トレンバーレィも言う。「ぼくたちがきみのために来たと思うのは」

「まさに。ぼくたちはきみの妹の美しい家庭教師に会いに来たんだ」リースが言う。「街道沿いの居酒屋で会って、非常に魅力的な女性だとわかったからね」

「地獄に落ちろ！」ジョンは言った。「それに無駄足だ。彼女にはもう相手がいる」

友人たちのいかにも愉快そうな顔がひどく真剣な顔に変わるのは、なかなかおもしろい眺めだった。モンテーニュの明るい青色の目とトレンバーレィのハシバミ色の目とリースの濃い茶色の目が同時に同じように丸くなった。

「彼女と結婚したわけか」トレンバーレィが言った。「すると思った、くそっ」

「まだだ」ジョンは訂正した。「まだできない。ヘンリエッタが無事に社交シーズンを過ごし、ふさわしい結婚相手を見つけるまでは。彼女が決まり次第、ぼくたちも結婚する」

ジョンは顔に笑みを浮かべずにはいられなかった。半分は自分が幸せだったからで、もう半分は友人たちの顔に恐怖と怯えの表情が浮かんだからだ。

口々に祝いの言葉を述べながらも、三人は明らかにこの結婚が差し迫っていないことを喜んでいるらしい。仲間のひとりが独身生活に別れを告げるという事実に慣れるためには時間が必要だろう。モンテーニュにいたっては、この事態をひとつの時代の終焉と表現したのだった。

それからの数日間は、幸せな状態が続いた。屋敷に友人たちが滞在してヘンリエッタを楽しませてくれたから、キャサリンとこっそり会うひとときに罪悪感を覚えずに済んだ。毎晩彼女の寝室に行って逢瀬を重ねたことは言うまでもない。そのたび彼は心身とも満たされ、彼女に触れるたび、いっそう彼女に惹かれ、なおのこと離れられなくなった。絶望的なほど徹底的に制圧されたわけだが、彼自身がその状況をなにより望んでいたのだから救いようがない。

親友たちの到着から二日後、全員で果樹園を散策した。そろそろリンゴが旬を迎える。果実の多くはまだ青かったが、どの年も早めに熟す実が多少はある。熟して落ちたリンゴを、ヘンリエッタは時折かがんで拾った。この活動でも友人たちが彼女にかしずいてくれたから、ジョンはみんなの声が聞こえないところでキャサリンと並んで歩くことができた。

「あなたの婚約者となったところで」キャサリンが半ばからかい口調で言う。この一週間ですっかり彼のお気に入りになった口調のひとつだ。「ひとつ知りたいことがあるのですが」

「なんでも聞いてくれ」

「あなたはなぜ、あなたの又従兄弟をそこまで憎んでいるの？　わたしたちがメアリー・

フォースターを見つけられなかったら、あのお金を相続する方」

「ああ、それか」

並んでしばらく黙って歩くあいだに、ジョンは考えをまとめようとした。正しく説明したかった。

「父の遺言を最初に聞いた時」ジョンは言い始めた。「相続するのがフォーク男爵でなければ、おそらく六万ポンドを手放しただろう。ヘンリエッタの持参金については、自分のほかの資金から充分な額をまかなえると考えた。たしかに、父がヘンリエッタを実子ではないと言っているように思われるかもしれないが、それでも、父への腹いせに、そのままなにもしないことを選ぶ可能性はあった。きみの叔母さんを見つけたくなかったし、あの醜聞を蒸し返したくもなかった」

キャサリンはほほえんだ。「そして、わたしに助力を求めたくもなかった」

「そうだ」ジョンはほほえんだ。「絶対にそうしたくなかった」

ふたりはまた少し黙って歩いた。顔に当たる陽光とリンゴの木が落とす影、そしてキャサリンの静かな期待が、これから話そうとしている難しい内容にもかかわらず、ジョンの気持ちを落ち着かせてくれた。

「だが、父はフォーク男爵に遺した。そんなことは、ぼくには絶対にできない——それを父はよくわかっていた——自分たちの資産からフォーク男爵に六万ポンドを渡すことなど」

他の人たちがまったく見えないことに彼は気づいた。彼らの声も聞こえないことを確認し、ジョンはキャサリンの手を取った。いつもやっていることのように、この世でもっとも自然なことのように、さりげなく指をからませる。

「ぼくがまだ若かった時、フォーク男爵と彼の父親はよくエディントンホールを訪ねてきた。とくに秋は雷鳥狩りや狐狩りなど多彩だ。父と亡くなった前男爵は親しかったんだ。父親が亡くなっても、フォークひとりでやってきた。歓迎しない理由はなかった。そしてヘンリエッタが十二歳、フォークとぼくが二十三歳になったばかりで、彼は父にヘンリエッタとの結婚を申しこんだ」

「彼女がまだ十二歳なのに、婚約を望んだということ？」

もちろん、とジョンは思った。幼い年齢で整えられる貴族の結婚についてキャサリンは耳にしたことがあるのだろう。それでも、成人した男が十二歳の少女と婚約しようとするのは、前代未聞とは言わないまでも、一般的ではない。だが、フォークの意図はそれではなかった。

「ただ婚約したかったわけではない」補足する。「結婚を望んだ」

「十二歳で？」

「彼は十四歳までは待てると父に言った。持参金を前払いで受けとることができるならばと」ジョンはあざけった。「だが、理解しておいてほしい。これが明らかに、このふたつの家族の親しい関係をぶち壊す裏切り行為だということを。フォークをとくに好きだったことはないが、彼の父親は立派な人で、家族ぐるみのつき合いだったからね」

「当然だわ。お父さまは男爵が気でも違ったかと思ったでしょう」

「父は彼を憐れに感じていた。だが、もちろんそんな求婚を断る理由はいくらもある。主な理由は、父が自分の十二歳の娘をだれにも、結婚はもとより婚約させるつもりがまったくないということだった。フォークの求婚を、父は断固拒否して、ヘンリエッタが適齢期になった時に、ほかの求愛者と同様もう一度申しこむように言い渡した。それでも親切にしようと努力はしていたよ。フォークの父親はぼくの父にとって兄弟のような存在だったし、おそらくフォークが、孤児になった悲しみをヘンリエッタと結婚してうちの家庭に加わるという希望とはき違えたに違いないと考えたからだ」

「フォーク家のことを気にかけていたとすれば、そう考えても不思議ではないわね」

「だが、それで終わりにはならなかった」ジョンは歯を食いしばった。「その訪問から彼が帰ったあと、彼がヘンリエッタに言い寄り、愛情を得ようとしていたことが判明した」

「なんですって？　十二歳の少女の愛情？」

「下劣な振る舞いはなかった、ありがたいことに。彼女に触れたりはしなかった。ヘンリエッタがなにもなかったと言った。それでも彼は、今訪ねてきてくれている友人たちと同様に、ここでは非常に親しい関係だったのだから、執拗な働きかけが許されれば、なにが起こったかは推して知るべしだ。つまり、あの男はヘンリエッタの愛情を勝ちとるために準備を進めていたわけだ。ちょっとした贈り物とか、いろいろと。ヘンリエッタはまだ彼の意図に気づいていなかったが、ぼくたちにとっては、そうした行動の意味は明白だ。もちろん、彼の求婚に関してはヘンリエッタには話さなかった」

「そうでしょうね」

「だが、もっと他にもあった。父が発見したのだが、フォークは父親が亡くなって以来、財産管理をきちんとしていなかった。賭け事の借金があって、緊急に金を必要としていた」

「だから、彼女の持参金が欲しかったのね」キャサリンは彼を見あげて言った。

ジョンがうなずく。

キャサリンは歩みを止めた。「つまり、あなたのお父さまは、あなたが彼には絶対にお金を渡さないと知っていた。お父さま自身も渡すつもりはなかった。だから、あなたはメアリー・フォースターが生きていると確信していたのね」

「この十年で、父とぼくのあいだで意見が一致したのはこの一点だけだ。つまり、父はフォークがこの金を得ることを望んでいなかった。一方で、ぼくがフォースターを――とくにメアリー・フォースターを――毛嫌いしていることも知っていた。ぼくが学生時代につらい経験をしたことも知っていた。万が一にもぼくがメアリー・フォースターを見つけられない怖れがあるならば、フォークに金を遺すという遺言にはしなかったはずだ。一方で、本気で脅さない限り、ぼくが見つけようとしないことも知っていた」

「ふたつの最悪な選択肢、フォーク男爵にお金を遺すか、メアリー・フォースターを見つけるか、そのどちらかを選べというわけね」

「まさにそうだ」

「ずいぶんひねくれた提案だこと」

「極悪非道な提案だ。自分の父ながら、本当にひどい男だとつくづく思うよ。だが、それほどまでに、自分の金がメアリー・フォースターに届くようにしたかったに違いない。そして、どうすればぼくが重い腰をあげるかよくわかっていた」

ふたりはまた黙って歩いた。手はからめたままだ。フォークのことをキャサリンに話したことで、ジョンは気持ちが軽くなっていた。

「なんとしてでも、フォーク男爵がお金を受けとれないようにしなければ」

「だが、残念ながら受けとることになると思う。あと二週間しか残っていない。父はぼくの能力を過大評価していたに違いない」

キャサリンはまた彼を見あげてにっこりした。「でも、お父さまはわたしのことを過小評価していたわ」

「父がきみを当てにしていたとは思えないが」彼は笑った。

「そうね、それはないわね。でも、あなたとお父さまにとって幸運なことに、わたしはあなたを助けて叔母を見つけることができる。そして、お金を受けとるように説得できる」

ジョンはキャサリンを抱き寄せてキスをした。人生におけるこのすばらしい瞬間を、自分は本当に経験しているのだろうか？　ほかのだれかの人生から盗んできたのではないだろうか？

ジョンはまたキャサリンの手を取り、ふたりは歩き続けた。低い枝にリンゴがひとつなっているのを見つけた。赤いが、まだ完全に熟していない色合いだ。その実を摘んでひと口かじると甘い汁が口全体に広がった。

そのリンゴをキャサリンに差しだすと、彼女は笑い、受けとってひと口かじった。ジョンは彼女がリンゴでも人でも、甘く優しいものに向かってほほえみかけるのを見るのが好きだった。

「あのね、わたし、よくあなたを見ていたわ」リンゴを彼に返しながら言う。紅潮した頬のせいでさらに美しい。

「どういう意味だ?」

「この果樹園で。わたしたちの地所の境界線に近いところで、いつもあなたを見ていたの。あなたはお父さまとよくここを歩いていたし、わたしのお気に入りの場所でもあったから、時々おふたりをそっと観察していたのよ。あの立派な方が息子になにを言っているのか興味しんしんだったわ」

彼は言葉が出なかった。

彼女の書くおとぎ話のひとつの冒頭のように聞こえた。まるで新聞に掲載している伝説のようだ。

「台所からパイを盗むところをコックに見つかったとお父さまにこぼしていたのを覚えているわ」

彼は足を止めて、彼女を見つめた。リンゴの芯を地面に投げる。

「ごめんなさい。こんなこと話すべきではなかったかしら」

「いや、お願いだ、続けてくれ。父はなんと言った？」

「お父さまはあなたにこう言ったの。〝息子よ、見つからずに盗めないパイを食べる資格はおまえにはないぞ〟それを聞いてわたしも笑ってしまったから、今でも覚えているの」

ジョンも笑った。今はその時のことを思いだせる。脳の裏側で、今の話が古い鐘を打ち鳴らした。父の葬式のあとにエディントンから馬で戻る時、果樹園で交わした長い会話について考えた。なにを言われたかまったく思いだせなかった。幼少時代のその断片を永遠に失ったと思っていた。それを今、キャサリンが復元した。彼に戻してくれたのだ。

ジョンはまたキャサリンを抱き寄せた。

「話すべきではなかったかしら？」

「話してくれてとても嬉しい。忘れていたからね。それに、ぼくもきみを観察していたよ。髪とこの不思議な濃紺色の瞳が輝いて、まるで小さな妖精の女の子のようだった。きみには見えない位置から、きみが遊んでいるのを眺めた。宝探しをしているようだった。いつも、きみに話しかける勇気を掻き集めようとしていたが、一度も成功しなかった。話しかけられていたらよかったな。そうすれば、親しくなれただろう」

「わたしは思わないわ」キャサリンが身を乗りだして彼にキスをした。「そうしたら、わたしたち、ここにいなかったでしょうから」

ヘンリエッタの喜んでいる声が聞こえて振り向くと、友人たちが疲れた足どりで丘を越えて戻ってくるのが見えた。キャサリンの手を離した。ぎりぎりだった。一秒後にヘンリエッタがくるりと振り向いたからだ。

「ジョン！」ヘンリエッタが叫びながら、彼のほうに走ってくる。三人の助手を従えている。「トレンバーレィが、わたしたちも舞踏会に行けるって！　レディ・ラングリーの舞踏会よ！」

ヘンリエッタとキャサリンをびっくりさせるつもりだったのに、友人たちに台なしにされたわけだ。

「すまんな、兄弟」トレンバーレィが本気で悔いているような顔で言う。「出席しようかどうしようかとリースに言っていたのを……レディ・ヘンリエッタが小耳に挟んだというわけだ」

「本当よね、ジョン？　本当に行かれる？」兄の前で跳ぶように交互に足を踏み変えている様子は、育ちが良い十七歳の娘というより、農家の十歳の娘のようだ。

「そうだ、行かれる」

ヘンリエッタが歓喜の声をあげた。

「初めての舞踏会よ！」ヘンリエッタはそう言い、キャサリンの両手を握りしめた。「ミス・アスター、わたしたち、舞踏会に行くのよ」

26

その夜遅く、ベッドの中でキャサリンはジョンに、舞踏会に行くのはとんでもない考えだと説得しようとした。

「仮面舞踏会だ」彼は反論した。「きみの顔がだれかに見られることはないから、正体はだれにも知られない」

「でも、ヘンリエッタはまだ社交界に出ていないのよ」そう言い、妹は若すぎて、仮装舞踏会に出るに早すぎるとジョンが思ってくれることを期待する。「不適切だわ」

「田舎の舞踏会だ」ジョンは肩をすくめた。彼が正しいとキャサリンもわかっていた。若い娘たちは、社交界に出る前にさまざまな、とくに地元の教区の催しに出て経験を積む。「ぼくたちみんなで始めから終わりまでずっと付添役をつとめよう。あの子がダンスを待ってただ立っているはずもないからね」

「でも、わたしはヘンリエッタの家庭教師よ。そういう立場の人は舞踏会には行かないわ」

「きみは付添役として行く。それなら適切だ。だれも家庭教師と付添役の違いなどわからない。それに、きみが同行すべき理由はいくらもある。そもそも、兄と兄の三人の友人だけが付き添うよりははるかに適切だ。それに、きみならばヘンリエッタに周囲の状況を説明してやれる」

「でも危険すぎるわ」

「ぼくを信じてくれ。それに、リースとトレンバーレィとモンテーニュ、ぼくで全員の関心を引きつけるから、きみのことはだれも気にしない」

「まあ、傲慢なこと」

「とんでもない」ジョンはキャサリンにいたずらっぽくほほえみかけた。「独身の若い貴族が四人揃っているんだぞ。社交界の母親たちが自分を抑えられるはずがない。それに、きみが反対できない理由がもうひとつある。メアリー・フォースターの発見に役立つかもしれないということだ」

「どのように？」

「近隣のレディたちはきみがメアリーの姪だと知っているから、たとえなにか情報があっても、きみに言うのはためらう。仮面舞踏会ならば、たまたま漏れ聞いたことから情報を得られるかもしれない。つまり、ぼくたちの参加は避けられないということだ」キャサリンの耳の後ろにキスをして、引き締まった体をキャサリンの体に重ねた。「絶対に必要だ」

「叔母のことをおおっぴらに話していたりするかしら？」

「可能性はある。それに、とにかく藁にもすがらねばならないからね」

たしかに、とキャサリンは思った。叔母の友人たちの訪問に失敗したあと、かつてフォースターハウスで働いていて、今も近くに住んでいる元使用人数人を見つけだした。だが、残念ながら、メアリー・フォースターに関しても、居場所に関しても知っている者はいなかった。

彼が正しいとキャサリンは思った。疑念を引き起こさないように気をつけて、あらゆる冒険を試す必要がある。

それに、仮面舞踏会はたしかに楽しそうだ。


それからの二日間は、舞踏会のための準備で、とくにヘンリエッタのための準備で、興奮のうちに過ぎ去った。

「舞踏会はいつだって大混雑よね」ヘンリエッタが舞踏会の日の朝食で言った。

「なぜ知っているんだい？」トレンバーレィが訊ねる。「参加したことないだろう？」

みんなが笑い、キャサリンでさえ、生徒を笑いものにしては申しわけないと思いながらも少し笑った。

ヘンリエッタは顔を赤らめ、いくらかばつが悪そうだったが、思ったほど困った顔もしなかった。

「数年前に皆さんで参加したでしょう？　雷鳥狩りでエディントンに滞在していた時に。戻ってきた時にそう言っていたわ」

「なるほど、レディ・ヘンリエッタ」トレンバーレィが言う。「ぼくがそう言ったのならば、本当に違いない」

「あなたが言ったわけじゃないわ」ヘンリエッタが訂正した。「言ったのはリースよ。シャツの前がこぼれたパンチで汚れていて、ある無作法者の肘がぶつかったと言っていたわ。それほどの大混雑だったから」

「肘鉄を食らわせたのはぼくだ」モンテーニュが声をあげ、リースに向かって片腕の肘で打つまねをした。「無作法者とは！　きみが注意を怠っていたら、またやるぞ、リース」

「それは怖いな」リースが新聞の後ろから、少しも怖がっていない声で言う。

キャサリンはジョンの友人たちが大好きになっていた。モンテーニュは太陽のように明るく快活で、しかも思いやり深く、のんびりした性格だ。どんな時でもほかの人々の助けに駆けつけ、あるいはだれかが犯した失敗をうまく片づけてくれる。リースは一見して冷たく見えるが、その凍るような外見は表皮に過ぎず、内面は慎重で思慮深い。そして三人の中でもジョンの一番の親友であるトレンバーレイは、おもしろくて騒々しいが、時にふさぎこむ面もある。知性にあふれた顔に時折苦悩がよぎることにキャサリンは気づいた。人生のほぼ最初から孤児だった生い立ちによるものかもしれない。

三人全員がジョンをとても大切に思い、心から心配していることをキャサリンはありがたいと思っていた。しかも、彼らはジョンとキャサリンの婚約を反対していない。婚約が現実だと感じられるのは、三人のこの承認のおかげだ。

一方、ヘンリエッタは、舞踏会用のドレスの試着を許されて有頂天になっていた。まさにその日の朝、ミセス・ウォーバートンから新しいドレスが届いたばかりだ。ヘンリエッタがあまりに幸せそうだったので、キャサリンは、自分に色褪せた黒いモスリン地のドレスしかないことを少し残念に思った。ミセス・ウォーバートンは、ヘンリエッタの初めての夜会服を急いで仕上げる時間しかなかったからだ。

しかし、朝食後、自分の部屋に戻ると、くすんだ赤色の美しいドレスが待っていた。ドレスに合った仮面と短い手紙がベッドの横に置かれていた。

幸せになる資格などないぼくを、だれよりも幸せにしてくれたキャサリンへ

ジョン

書かれた文字を指でなぞりながら、キャサリンは目をしばたたいて涙をこらえた。信じられない。なぜ彼はいつもこんなに親切にしてくれるの？　そのせいで、完全に、そしてばかみたいに彼に惚れこまずにはいられない。

日が暮れて、ラングリー家のパーティに出かける時間になった。

その舞踏会にキャサリンを連れていくのは危険だとわかっていたが、ジョンはそうせずにはいられなかった。今はまだ結婚することはできないが、社交界を経験する資格は充分にある。厳密に言えばヘンリエッタの付添役としての参加だとしても。

あの何年も前の晩、トレンバーレィ邸の庭で彼女を残して自分が立ち去った時にどれほど屈辱的だったかを彼女の口から聞いて以来、どうにかして埋め合わせをしたかった。だが、

それがパーティに誘った理由だと告げれば、キャサリンが参加を拒否すると知っていた。だから、ヘンリエッタのためであり、またドーセット州の貴族階級の人々から情報を得る手っ取り早い方法になるかもしれないと説得した。どちらも嘘ではない。とはいえ、キャサリンを喜ばせ、彼女にふさわしいものを与えたいというのが一番の動機であることは否めない。前に起こったことに取って替わるほど楽しい思い出を与えたかった。だから、ラングリー家の仮面舞踏会の招待状を受けとった時は行くべきだとすぐにわかった。まだ社交界に出ていないヘンリエッタを仮面舞踏会に連れていくのはたしかにきわどい決断ではあるが、赤ん坊の時から知っている紳士たちが付添役で周囲を固めてくれる。

そんなわけでジョンは今、エディントンホールの玄関に立ち、ヘンリエッタとキャサリンと彼の友人たちが現れるのを待っていた。予定より少々遅れている。この会のために、キャサリンには美しい色合いのドレスを用意した。あの色はきっと彼女に似合うはずだ。

そんなことを思いながら振り返ると、そこに彼女がいた。

キャサリン。

その姿は……あまりに美しかった。エディントンホールの長い主階段を彼のほうに向かっておりてくる。キャサリンはいつも美しいが、そのドレスを着て、髪を丁寧に結いあげた彼女はきらめいていた。近づいてくると、息遣いに合わせて胸の先端があがったりさがったりしているのが見えた。熱い欲望に全身を貫かれ、駆け寄って抱きしめたいという衝動を抑えるために、手を強く握り締めなければならなかった。

キャサリンがあいまいにほほえみかける。手を取ろうと近づく彼に、首をわずかに横に振って口の動きで伝えてきた。「ヘンリエッタが」

たしかにその時、妹はちょうど階段の上に姿を見せたところだった。新しい緑色のドレスを着てとても愛らしい。

「どうかしら？」くるりとまわってみせて、枝つき燭台を危うくひっくり返しそうになった。

「なるほど優雅だ」彼があきれ声で言うと、ヘンリエッタはちょろっと舌を出してみせた。

「とても美しいわ。レディ・ヘンリエッタ」キャサリンが彼の脇から言う。心からの賛辞を受けてヘンリエッタはほほえんだ。

「そうだ」ちょうどやってきたトレンバーレィも言う。「とても素敵だ」

「あなたもまああちゃんとしているわ」ヘンリエッタがトレンバーレィに言い、やはり現れたふたりに対してつけ加えた。「あなたがたおふたりも」

トレンバーレィが片手を胸に当てる。「きみの言葉に深く傷ついたよ、レディ・ヘンリエッタ。まあ、むさ苦しいと思われるのがぼくの最後の野望ではあるが」

このひやかしにジョンの妹はつんと澄ましてみせ、それから跳ぶように階段をおりてきた。これは間違いなく、とジョンは思った。キャサリンは彼の妹にまだ、上品に階段をおりる方法を教えていないらしい。

27

ラングリーアビーに到着した瞬間に、ヘンリエッタが正しかったとわかった。まさしく完璧な大混雑であり、それこそジョンの目的にかなった状況だった。だれであっても間近で観察されることは避けたい。人が多すぎれば、とりわけ貴族階級の人々はいちいち注意を払わなくなる。馬車の中で全員が仮面をつけた。ヘンリエッタの仮面はキャサリンが手伝い、キャサリンの仮面の紐はジョンが結んだ。うなじに指が触れると、彼女が震えるのが伝わってきた。

「あとで」とても静かに言ったから、キャサリンに聞こえたかどうか定かではない。しかし、馬車を降りる時に手をぎゅっと握られ、聞こえていたとわかった。

キャサリンの仮面にもジョンは満足していた。彼女の顔を完全に隠し、だれかはまったくわからなくなっている。

舞踏会場は人々でいっぱいだったから、進行係が彼らの到着を告げる声も、喧噪に紛れてほとんど聞こえなかった。

すばらしい。これこそ彼が望んでいたものだ。

ほぼ瞬時に人波がリースとモンテーニュとトレンバーレィを呑みこんだ。一番目は好みの高級売春婦を、二番目は魅力的な使用人を、そして三番目は複雑な結婚で退屈している若い夫人か未亡人を探しているだろうとジョンは想像した。

ジョンとヘンリエッタとキャサリンは縫うように会場内を進んだ。だれもが仮面をかぶっているのと、彼自身がドーセットで開催される舞踏会に滅多に出席しないせいで知人かどうかもわからない。ジョンはキャサリンとダンスをしたかった。かつてトレンバーレィ邸で踊った記憶を再現したかったが、既婚婦人に付添役を頼まない限り、ヘンリエッタを人混みに残してはいけない。

その時、レディ・トリリングがレディ・ラングリーとレディ・トラーと一緒に立っているのが見えた。まさしくジョンが望んでいた三人組だ。

レディ・トリリングは彼を見つけると、手を振って合図した。ジョンの仮面はドミノ（顔の上半分だけが隠れる仮面）なので、身をやつすという意味ではまったく役に立たない。

「レディ・トリリング」三人がやってくると、ジョンは言った。「今夜のあなたはすばらしい」

「まあ、年寄りをおだてないでくださいな、公爵さま」視線がヘンリエッタに向けられる。

「こちらがレディ・ヘンリエッタ？ こんなかわいい仮面をつけて、こんなに美しい夜会服を着ているから、わからなかったわ」

ヘンリエッタが膝を折ってきちんと小さくお辞儀をすると、キャサリンが誇らしげに小さくほほえんだのがわかった。

「ええ」ジョンは三人に言った。「こちらがぼくの妹、レディ・ヘンリエッタです。今度の社交シーズンにお目見えする予定なので、こちらの、レディ・ラングリー、あなたの舞踏会に連れてきたのです。上流社会に慣れるための教育としてこれ以上の催しはないと思いまして」

この褒め言葉にレディ・ラングリーが小さく頭をさげる。

「教育という点では」彼は手振りでキャサリンを示した。「ミス・アスターが妹の家庭教師であり、社交界のあらゆる場で付添役を務めてもらっています。レディ・ラングリー、レディ・トリリング、レディ・トラー、こちらはミス・アスターです」

〝付添役〟という言葉に貴婦人たちの目から好奇心が消えたが、それでも三人とも丁重に会釈した。キャサリンは膝を折って完璧なお辞儀をした。上流社会にふさわしいが、有給の付添役らしい控えめで注目を引かないお辞儀だ。すばらしい、とジョンは思った。三人の婦人たちにキャサリンを近くで観察してほしくない。

「レディ・トリリング」次の一歩に反対する反応が戻ってくる可能性に備えながら言う。紹介のあとにこれほどすぐに頼む計画ではなかったが、ワルツが始まる音が聞こえたからだ。この依頼はもちろん異例だが、彼の地位と、ヘンリエッタの教育についてほのめかしたことでなんとか受け入れてもらえることを期待した。「ミス・アスターとぼくが一曲踊るあいだ、レディ・ヘンリエッタの付添役を引き受けていただけないでしょうか？」

仮面の下でさえ、キャサリンがぎょっとしたのがジョンにはわかった。事前に伝えていない。伝えたら絶対に同意しないとわかっていたからだ。ヘンリエッタが顔をしかめたのは、明らかに老婦人たちとあとに残されることが嬉しくないからだ。妹にはしばらく忍耐してもらおう。キャサリンが拒否したがっているのもわかったが、今ここでみんなの関心を引かずに断ることはできない。

レディ・トリリングと彼女のお仲間たちは驚いたようだった。

「本物の舞踏会でどのようにワルツを踊るかを、ぼくたちふたりで見せると妹に約束したんですよ」できうる限り愛想よくジョンは説明した。「普通はそんなことはしないのですが、今ここでできれば大変ありがたい」

レディ・トリリングが頭を少しさげてつぶやいた。「もちろんですよ、公爵さま」戸惑いは隠せないが、この奇行をあえて疑問視するつもりはないらしい。ジョンは片腕をキャサリンに差しだした。

「ミス・アスター？」

キャサリンは彼の腕を取った。ほかに選択肢はない。

「シャンパンは一杯だけにしなさい、レッタ」ジョンは彼をにらんでいる妹に言った。「すぐに戻ってくる」

会話が聞こえないところまで来るとすぐに、キャサリンは小声でささやいた。「なにを考えているの？　ワルツなんて踊れないわ。どんなに奇妙に見えるかわかっているでしょう？」

「わかっている。だが、きみに埋め合わせをしたかった」

「わたしがだれかをみんなに知らせることで？」

「違う。トレンバーレィ邸の舞踏会とその終わり方を償いたかった。きみともう一度踊りたかった」

彼の腕の中でキャサリンが力を抜くのを感じた。なにも言わなかったが、議論に勝ったことがわかった。彼はキャサリンに全神経を集中させた。触れた時の妙なる感触、一緒にまわるたびに息ができなくなる。もちろん、ワルツの踊り手としてもすばらしい。目を合わせ、仮面の下の濃紺色の深みを見つめると、キャサリンがもう怒っていないのがわかった。

踊りが終わる直前、もう一度彼女を近く引き寄せた時に、彼は言った。「いつか、できるだけ早く、社交界全体の前で、ぼくの公爵夫人となったきみとこうして踊りたい。ここにいる全員が、きみがぼくのものだと知るだろう」

キャサリンの心臓がドレスの下で激しく打っている。もう何年もワルツを踊っていなかったから、レディ・ウェザビーが雇ってくれた家庭教師が、なにも考えなくてもステップが踏めるようになるまで仕込んでくれたことを神に感謝した。よりにもよって、必要以上に近くで観察されたくないレディ・トリリングの面前でキャサリンにダンスを申しこんだジョンに最初は腹を立てていた。それでも彼と腕を組んで踊っているうち、怒りはいつしか溶けていった。

そして彼が、いつの日か、彼女が彼のものだと全員に知らせると約束した時に完全に消滅した。

もちろん、驚くべきではない――秘密とはいえ婚約しているのだから――けれど、これまで世の中から無視されてきた身としては、彼が自分のものだと公に宣言したがっていることがとても嬉しかった。

踊りながらもかすかに触れ合うたび、のちほどベッドで分かち合うひとときがほのめかされるようでぞくぞくした。

音楽が次第に遅くなっていくことをキャサリンの体は嘆き悲しんだ。みんなのところに戻って、またただの雇用主と被雇用者のふりをしなければならない。彼が腕を差しだし、ふたりはヘンリエッタに合流するため、舞踏会場を横切って歩きだした。

ところが、ヘンリエッタのほうに歩きだしてすぐ、彼女が付添役の老婦人たちの隣に立っていないことに気づいた。

レディ・トリリングとほかふたりの婦人たちは同じ場所に立ち、さらに高齢の猫背の紳士と話しこんでいた。その男性がバートン侯爵とわかったのは、子ども時代の記憶からだった。

「ヘンリエッタはどこかしら?」近づきながら、キャサリンはジョンに言った。

「わからないが、すぐに見つかるだろう」

落ち着いた声で話そうとしているが、明らかに心配している。

近づいてくるふたりを見て、レディ・トリリングがヘンリエッタに知らせようと振り返った。そして、少女がいないことに気づき、眉をひそめた。

「公爵さま」レディ・トリリングが驚いた声で言う。「おかしいわ。レディ・ヘンリエッタはここにいらしたんですけれど、でも、いないみたい……迷子になったのかしら？」

「迷子に？」ジョンが訊ねる。レディ・トリリングが警告するかのようにジョンの腕をつかんだ。

「休憩室に行ったのかもしれませんわ、公爵さま」

「探してまいりますわ」キャサリンはジョンに言った。「休憩室まで一緒にまいりましょう。そうすれば両側が見られて、混んでいる中に紛れていても見つけられるでしょう」

レディ・トリリングは心配そうだった。「本当にごめんなさいね、公爵さま。そんなに遠くに行ってはいないと思います」

「大丈夫ですよ」ジョンは一礼した。「あなたのおっしゃる通りだと思います、レディ・トリリング」しかし、仮面があってもジョンの固く結んだ口はよく見えたから、この年配の婦人をごまかせたとは思えない。

レディ・トリリングと彼女の友人たちから離れると、ジョンはひと通りの悪態をついた。

「目を離すなんて、なぜそんなことができたんだ？」

「そもそも踊るべきではなかったのよ」罪悪感に胸がふさがれる。

「くそっ。ほんの数分離れていただけだ」

ふたりは人混みを掻き分けるようにして休憩室に向かった。混み合った人々の中で進むのは難しく、しかもレディ・ヘンリエッタはどこにも見えない。

「レディ・トリリングはぼくのことを、生まれた時から知っている」ジョンがまた吐き捨てるように言う。「父のことも、彼が子どもの時から知っていた。ワルツのあいだくらい、片目を妹に向けているくらいできるはずだと思うだろう？」

「見えないところに行くのを放っておいたはずはないわ。レディ・ヘンリエッタは自分から、なにも言わずに立ち去ったのよ」

ふたりは玄関までやってきた。キャサリンは振り返ってジョンを見やった。「わたしが休憩室を確認してきます。あなたはこのまま舞踏会場を探してください。どこかにはいるはず。ここでまた落ち合いましょう」

彼はキャサリンの腕を放そうとしなかった。

「わたしは大丈夫」キャサリンは言った。「初めての仮面舞踏会に出た十七歳ではありませんから」

「気をつけて」彼が低い声で言い、キャサリンはうなずいた。ゆっくりした足取りで休憩室に向かう。混み合った玄関の人混みの中に自分を押しこむように進み、レディのために設けられた場所を目ざした。

休憩室の中も非常に混んでいた。ヘンリエッタの緑色のドレスと明るい茶色の髪を探したが見つからない。キャサリンはヘンリエッタとさほど年が違わないレディふたりが泣いているあいだを通過し、鏡の前に陣取っておしゃべりに余念がない既婚婦人たちの横をすり抜け、コルセットの紐やひら紐や飾り帯を結んだり結び直したりしているたくさんの女性たちを見ながら、縫うように前進した。

「……それで今はあちこち立ち寄って、彼女を探しているんだけど、わたしが知っている限り、メアリーは彼女に会いたがっていないのよ」

「でも、なぜ会いたくないの？」

さすがに振り向いて話し手がだれか確認できなかったが、それが先ほど脇を通った鏡の前の老婦人たちのだれかということは声でわかった。キャサリンは凍りつき、まさか自分が考えていることを話しているはずがないと思った。それでもストッキングを直すふりをして、耳をそばだてた。

「実はね、自分の居場所をだれにも言わないでほしいとジュリアに言ったそうなの。ジュリアはどうすればいいかわからなくなっているわ」

「でも、どこにいるのよ」

「それが、ジュリアはわたしにも話そうとしなかったのよ。わたしはまったく知らないけれど、ここからそんなに遠いところとは思えないわ。ジュリアは最近も連絡を取ったようだったから」

「まあ、そうなの？」

「ええ。メアリーは姪が探していると知って、それでも見つかりたくないらしいわよ」

「奇妙なこと」

「そうよね。でも、これ以上なにも話さないほうがいいわ。わたしが話したと知ったら、ジュリアに怒られるから」

そう言うと、片方のレディが、その夜参加している独身男性のうちのひとりが結婚相手にふさわしいかどうかという話を持ちだし、メアリーと姪の話は終わりになった。それでも、聞いた情報だけで、今日二度目だったが、胃が激しくもんどりうつには充分だった。

移動して部屋を出る時、声の主であるレディたちがだれか見極めようとキャサリンは肩越しに振りかえった。太ったミセス・キンゼイとターコイズ色のドレスを着たレディ・マートンで、そのどちらも、その週の始めにキャサリンは叔母のことを訪ねるために訪問していた。

その数秒のあいだ、ヘンリエッタのことはすべて頭から消えていたが、休憩室から出たとたんに、少女が行方不明であることを思いだした。恐怖が戻ってきた。雑踏を見まわしてジョンを探したが、彼も見つからない。

叔母に関する噂話を聞いたことが、キャサリンの心の中のなにかをノックした。ヘンリエッタのことがさらに心配になり、人々がさらに体を押しつけてくるように感じた。目を閉じて、自分ならばどこへ行くだろうかと考えようとした。

全身から汗が噴きだした。

かつて一度、今のヘンリエッタとさほど年が変わらなかった時に、絶望するほど傷つき、無視され、その結果、気づいてもらえるところ、注意を払ってもらえる場所に行った。トレンバーレィ邸のパーティ。若くて、元気で、どう感じるかを知るためだけに過ちを犯すつもりでいた。

そんなことできるはずがなかった。

それにもかかわらず、自分がその間違いを犯すところだったことを、キャサリンはだれよりもよく知っている。七年前のあの晩、ジョンとの無分別な行為をだれにも見つからなくて幸運だった。娘がだれでもそれほど幸運でないことを自分は知っている。

「大変だわ」舞踏会場に向けて急いだ。自分の行く手の人々を無作法に押しのけても気にしなかった。自分が跳ね飛ばしたポルトワインのグラスが持ち主の胴着に着地した時も、足を止めずにわずかに謝罪をつぶやいただけだった。雑踏を押して突き進み、ついに舞踏室にたどり着く。中に入ると移動はずっと楽になった。ジョンのことは探さなかった。ヘンリエッタに行き着くことが肝心だ。なんとかバルコニーに出ると、何組もの男女や三人組がそこここに集い、すでに酔っぱらって大声で話していた。しかし、その集団のどれにもヘンリエッタはいなかった。キャサリンは息を吸いこんだ。おそらく、心配する理由などないのだ。

その時、庭におりる石の階段に気づいた。なぜかわからないが、それを見たとたん、キャサリンにはわかった。

急いで階段を走りおりる。頭上の飲み騒ぐ人々の声のせいでほとんどなにも聞こえない。だが、その時声がした。「お願い。わたしはそんな――そんなつもりは――」

「ヘンリエッタ！」キャサリンは呼びかけ、声の方向に走った。「ヘンリエッタ、どこにいるの？」

走っているあいだに、仮面が取れて落ちたが、拾いあげるために足を止めたりしなかった。

緑色のドレスが見えて、それからヘンリエッタの泣き顔が見えた。ひとりの男が、ツタが這う石壁に彼女を押しつけていたが、ヘンリエッタが彼に抱かれることになんの関心も持っていないことは火を見るよりも明らかだった。

「彼女から離れなさい！」キャサリンは叫んだ。

キャサリンの声に男はヘンリエッタを離した。キャサリンはヘンリエッタの手をつかんで、彼から引き離した。

「キャサリン」ヘンリエッタがすすり泣く。キャサリンは少女の肩に腕をまわした。

「ヘンリエッタ」なだめるように言う。「大丈夫よ。わたしがここにいるから」

見知らぬ男を見やる。顔から血の気が引いて真っ青になっているが、年頃はキャサリンと同じくらいに見える。濃茶色の髪はもじゃもじゃで、不快な顔立ちではないものの、今は挑戦的なとげとげしい表情のせいで醜く見える。

「誤解があったようだ」そう言い始めたが、それ以上言う前にキャサリンはつかつかと近づき、顔を平手打ちにした。

男が一瞬驚いた顔でキャサリンを見あげる。それから、彼女に飛びかかってきた。

28

ジョンは、キャサリンがバルコニーに通じる扉を抜けて出ていくのを見た。そのあとを追いながら、いったいなぜ、キャサリンはヘンリエッタが外に出たと思ったのだろうかといぶかった。

だが、あとを追ってバルコニーから階段をおりるとすぐに、怯えた様子のヘンリエッタが見えた。顔が涙で汚れている。そしてキャサリンが、彼からはよく見えない男と対峙している。

そのあと、キャサリンが前に出て、その男の顔を激しく平手打ちするのが見えた。男が彼女に飛びかかった。

その瞬間にジョンも走り寄り、背後から男を引いて、キャサリンから引き離そうとした。男はキャサリンの両方の肩をつかんでいたが、ジョンが大声でののしりながら、男を投げ飛ばしたため、庭の小道の敷石の上に勢いよく倒れこんだ。

ジョンは顔をあげ、その男が従兄弟だと気づいた。

くそっ、又従兄弟だ。

ピアス・フォーク男爵だった。

「くそ野郎！」ジョンは横たわった彼を罵倒した。

フォークがにやりとした。月明かりの中、その顔はことのほか幽霊のように見えた。まるで死体が生き返ったかのようだ。

「おまえの妹が、このツタに隠れてぼくに身を任せたようとしたんだ。あと数分あれば、まさにそうなっていたさ」

ジョンがフォークを黙らせるために肋骨をすばやく蹴ると、フォークは悲鳴をあげた。

「後悔するぞ」男爵が息をつまらせながらも吐き捨てるように言う。「おれが義理の弟になった時に」

「そんなことはあり得ない。おまえが妹と結婚することはない」

「彼女の貞操はすでに損なわれたんだぜ、エディントン。おまえには、妹をおれと結婚させるしか道はない。醜聞を避けるために」

「醜聞などくそ食らえだ。どちらにしろ、おまえのような大酒飲みの賭博打ちで、破産したあげく、女を襲うような男の言うことをだれが信じる？」

そう言うとジョンは、おまけだというように、また男爵を蹴りあげた。

それから目をあげ、キャサリンと視線を合わせた。キャサリンは怒りのあまり声も出せず、身を震わせながらも、両腕をヘンリエッタにまわしている。当のヘンリエッタは心掻き乱されているが、身体的には無疵のようだ。おそらく、フォークがヘンリエッタを押さえつけて襲おうとしたところを、キャサリンに邪魔されたのだろう。

彼の背後からさらに足音が近づいてくるのが聞こえた。見あげると、レディ・トリリングが見えた。来るなり状況を把握したらしい。地面に仰向けに倒れているフォーク、のしかかるように立つジョン、青ざめて震えているヘンリエッタ、そして彼の妹に両腕をまわしているキャサリン。

キャサリン。

仮面が取れている。

キャサリンの顔を見て、レディ・トリリングの目が見開かれたのがジョンにもわかった。その視線がジョンに戻り、それからフォークを見やった。

「レディ・ヘンリエッタは気分が悪そうですね」レディ・トリリングが言った。声はしっかりしており、かすかに震えが感じられるだけだ。「お宅の馬車を呼ぶ手配をいたします、公爵さま。十分後に入り口の前で落ち合いましょう。レディ・ヘンリエッタのお具合が心配でしょう。混雑した舞踏室は抜けたくなければ、横の庭から入る通路がありますからね」

レディ・トリリングはまだ地面に横たわっている男のほうを向いた。

「フォーク男爵」鋭い声で言う。「レディ・ヘンリエッタの具合は悪くなかったなどと、もしもだれかに言ったら、亡き夫があなたに貸していた多額の借金をすぐに支払ってもらいます。くれぐれもお間違えなきように。わたくしには、あなたの人生をきわめて困難なものにすることができるのですよ」

わかったという返事の代わりにフォークがうめき、ジョンはこの男をもっと殴りつけるべきかどうか考えた。徹底的に叩きのめしたい。彼の妹にやったことに対して。キャサリンをつかんだことに対して。しかし、レディ・トリリングの脅しに一撃をくらった様子を見て、ジョンは後ろにさがった。今自分が我慢すれば、レディ・トリリングの策略が功を奏し、フォークはヘンリエッタについて、なにも言わないかもしれない。

多大な努力の結果、ジョンはフォークに背を向けた。レディ・トリリングに伴われ、ジョンとキャサリンはヘンリエッタを連れて屋敷の表にまわった。

馬車に乗りこむ時、ジョンは老婦人に、自分はヘンリエッタとミス・アスターと一緒にエディントンに戻っているとトレンバーレィ子爵に伝えてほしいと頼んだ。

「キャサリン・フォースターのことですね」老婦人が彼に言う。仮面の後ろの表情は読みとれない。

「ええと、そうです。それについてはできれば……」

「心配なさらないで、公爵さま。わたくしはだれにも言いませんから」

ジョンはレディ・トリリングに向かってうなずき、約束を守ってくれることを期待しながら、馬車に乗り込んだ。

馬車に乗ったはいいものの、キャサリンの心臓はさまざまな理由で早鐘を打っていた。一番大きい理由はレディ・トリリングに見られたことだ。仮面をしていないキャサリンをはっきり見たことは間違いない。レディ・トリリングは、エディントンホールに滞在中の家庭教師兼付添役は、無名のミス・アスターではなく、ミス・キャサリン・フォースターだと知っている。庭でフォーク男爵に示したレディ・トリリングの強さにキャサリンは感銘を受けていた。しかしながら、休憩室で耳に挟んだことを考えれば、慎重に扱うべき情報を友人たちに話し、その友人たちが、非常に思慮分別があったわけでもなさそうだ。レディ・トリリングが、たとえキャサリンの正体を暴露したとしても、少なくともヘンリエッタのことは黙っていてくれるように願った。

馬車の中は陰鬱な沈黙に包まれていた。キャサリンはヘンリエッタに腕をまわしていたが、ヘンリエッタはまだすすり泣いている。ジョンは目を閉じ、頭を座席の背に持たせている。今すぐにでもラングリー家の庭に駆け戻り、フォーク男爵を死ぬほど打ちのめしたいという衝動を抑えようとしているのだろう。

「あなたは大丈夫、ヘンリエッタ？」自分は同じ問いをもう百回は訊ねていそうだ。

ヘンリエッタはうなずき、またすすりあげた。

「あいつはおまえになにをしたんだ？」ジョンがふいに言葉を挟んだ。「なぜあいつと庭に行くことになった？　レディ・トリリングからなぜ離れたんだ？」

「ジョン」キャサリンは強い口調で言った。ヘンリエッタがなぜあそこに行ったかどうかはどうでもいい。彼女は悪くない。

その時、遅ればせながら、自分が彼を名前で呼んだことに気づいた。ヘンリエッタが動顛しているあまり、この失言に気づかないことを願った。

ジョンが口調を和らげ、妹の手を取った。

「すまない、レッタ。おまえをとがめるつもりはない。これはおまえの落ち度ではないからね。ただ、なにがあったのか知りたいだけだ。おまえがなにを言っても怒ったりしない」

ヘンリエッタが縮みあがったのを見て、兄が怒るのを怖れていたのだろうとキャサリンは思った。自分もヘンリエッタくらいの年齢で、礼儀作法に縛られていた当時、舞踏会場に溶けこんで自分の楽しみを見つけたいと幾度空想したことだろう。

「わ……わ……わたし、レディ・トリリングのそばをは……離れたの」キャサリンはヘンリエッタの肩を強く抱きしめた。そうされて少女は少しほっとしたらしい。「舞踏会の部屋を見てみたかったの。それに、あなたに置いていかれて怒っていたし」

「ダンスを一回踊るだけだった」彼が優しく言ったが、キャサリンはヘンリエッタが正しいとわかっていた。ふたりの関係を知っていれば、ダンス一回分くらいで苛立ったりしなかっただろうが、ヘンリエッタはなにも知らなかったのだ。ふたりの関係は、ヘンリエッタの年頃の娘に言って聞かせるには適切とは言えない。彼女を守りたい一心でなにも教えなかったが、かえって、なにも知らないことがヘンリエッタを危険にさらした。

「わかっているわ」ヘンリエッタがうなずいた。「愚かだったわ。ごめんなさい」

「どこでフォークと出会ったんだ？」

ヘンリエッタが膝に目を落とした。「舞踏室のまわりを歩きながらいろいろ見ていたら、男の人が近づいてきて、わたしを知っていると言ったの。どうして知っているのか訊ねたら、仮面をとって、そうしたら従兄弟のピアスだったのよ！」

「又従兄弟だ」ジョンがぶつぶつ言う。

ヘンリエッタは呆れたようにくるりと目をまわしてみせた。それを見て、ヘンリエッタが兄に対して苛立ちを示せないほど精神的に痛手を受けているわけではないと知り、キャサリンはほっとした。

「とにかく、彼が時々いらして滞在していた時のことは覚えていたのよ。お兄さまは覚えていないでしょうけれど、彼はいつもわたしにとても親切だったわ」

ジョンが知っていると言う代わりにうなった。

「ラングリー家の庭を見たいかと訊ねられたの。バルコニーからおりたすぐの所と言われたし、彼は家族だと思っていたから！　それで、バルコニーからおりたら、わたしにキスをしてきたの！　本当に気持ちが悪かったわ！　すごくべたべたしていて。それで、離してくださいと言ったのに、離してくれなかったのよ！　その時キャサリンが彼の後ろに近づいて、わたしを離すように言ってくれて、それでやっと離れたの。そしたら、キャサリンが彼をひっぱたいたのよ！」

「たしかに」ジョンがほほえんだ。「そこの部分はぼくも目撃した」

「わたしもそうするべきだったのかしら？」ヘンリエッタがキャサリンに訊ねた。「あの人をひっぱたくべきだったの？　レディがそんなことしていいの？」

「いいとは言えないわね」キャサリンは言った。「でも、彼は紳士とはまったくかけ離れた振る舞いをしたのだから、ひっぱたくこともできたわ。あるいは悲鳴をあげるの。とにかく、彼から逃れるためにできることをなんでもしていいのよ」

「レッタ」ジョンが言う。「男と庭に出てはいけない」彼が後ろめたそうな表情をキャサリンに向けた。「たとえその男がきみのよく知っている紳士たちでもだ。絶対に安全とは言えない」

「あの時あの人は」ヘンリエッタがつぶやいた。「わたしの貞操が損なわれたと言っていたわ。わたしは破滅させられたの？」

「もちろん、絶対にそんなことはないわ」キャサリンはきっぱり言った。

「では、なぜ彼はあんなことを言ったの？」

キャサリンは最初なにも言わなかった。ヘンリエッタにどの程度言うべきか決めるのはジョンの役目だと思ったからだ。

しかし、彼がなにも言わないので、自分が口火を切るべきだとわかった。

「妹さんにきちんと話す必要がありますわ、公爵さま」静かに言う。「これを知らせなければ、妹さんを守れないわ」

ジョンはため息をついた。「あの男は、きみの貞操を奪ったと言いたかっただけだ。その醜聞から逃れる唯一の方法は彼との結婚だと主張できるように。それが彼の狙いだった。だが、彼がなにをしようが関係ない。ぼくはそんな結婚には決して同意しない。だが、あの男が期待したのは……」ジョンは続けることができずに言葉を切った。

「彼が期待したのは、あなたに暴行を働くことで」ジョンがここの部分を言えないとわかり、キャサリンはつけ加えた。「あなたを、彼と結婚しなければならない状況に追いこむこと」

「でもなぜ？」ヘンリエッタが言う。「わたしのことなんてほとんど知らないはずよ」

「おまえの持参金が欲しいんだ」ジョンが言う。その顔が苦々しげにゆがんだ。危うくそうなるところだったとキャサリンは考え、身を震わせた。

ヘンリエッタの口がぽかんと開いた。「なんて気持ちが悪い」おまるの中にどぶネズミがいたかのような言い方だ。

「あいつはしばり首になるべきだ」ジョンが言う。「すまなかった、ヘンリエッタ。あの男のことを警告しておくべきだった。父もぼくもなにも話さなかったのは、あまりに不快なことだったからだが、あの男はおまえが十二歳の時に結婚を申しこんできた」

「わたしに結婚を？　十二歳なのに？」

「そうだ。あいつがやってきて、おまえに感じよくしていたのを覚えているだろう？」

「なんて恐ろしいこと！」

「お父さまはもちろん断った。そのあとに、おまえの持参金目当てだとわかったんだ」

馬車がエディントンホールの前で止まり、こうしてみんなで家に戻ってこられたことに、キャサリンは心から安堵した。


その夜遅く、キャサリンは自室に戻り、ナイトガウンに着替えていた。その前はヘンリエッタが眠りに落ちるまで、彼女の手を握っていた。まだ当惑しているようだったが、明日の朝にはずっと気分がよくなっているだろうとキャサリンは思った。

扉をノックする音が聞こえた。立ちあがって扉を開ける。

ジョンが部屋に入ってきた。

両腕をまわされて、キャサリンは彼の胸に頭をもたせた。

話し合うべきことはたくさんあったが、彼の腕に抱かれた心地よさが、その思いを追い払った。

彼がかがんでキャサリンにキスをする。キスを返すと彼が低くうなり、それを聞いただけで欲望が体を滝のように伝った。体を彼の体に押しつけるのは、今夜ずっとそうしたかったけれど、舞踏会場の人々の前でできなかったことだ。彼が下着の下ですでに硬くなっているのを感じた。そのほかはゆったりしたリネンのシャツしか着ていない。

彼がキャサリンのナイトガウンを剝ぎとった。

「きみは最高だ」

キャサリンはほほえんだ。彼はいつもそう言う。トレンバーレィ邸の庭でも言った。一緒に過ごす夜はいつもそう言う。

キャサリンはベッドに坐り、全身で彼の視線を受けとめた。キャサリンから視線を離さずに彼が寝間着を脱いで床に放るのを眺める。床に落ちた衣類が水たまりのようになっている。

彼女の上に彼が体を重ねてくると、キャサリンはためらうことなく脚を大きく開き、彼を迎え入れた。

最初、キャサリンの内側に入っても彼は動かなかった。見つめ合うだけで息遣いが荒くなる。彼がキャサリンの両方の手首を持って頭上に持ちあげた。

彼がゆっくり動き始めた。入れたり出したり、じらしながら、少しずつ押しこんでいくにつれ、キャサリンの中に最初から溜まっていた緊張がみるみる高まった。彼の顔にも同じ快感が高まっていくのが見える。絶頂に向けて少しずつ押しあげられ、極上の快感に我を忘れそうになった時、彼がキャサリンを見おろして言った。「きみをぼくのものにしたい」

「わたしはあなたのものよ」快感のあまりすでに答えるのも難しい。

「きみの中で達したい」

彼の言葉の裏の生々しい欲求にキャサリンはあえいだ。この強烈な快感に包まれていると、それに伴う結果など、それが彼らの計画をどう煩わせようが、どうでもよくなった。自分の中を彼のものでいっぱいに満たしたい。完全に彼のものになりたい。

キャサリンは彼を見あげ、はっきりとうなずいた。「お願い。わたしもあなたにそうしてほしい」

「それをやったら、きみはもう取り消せなくなる」

「それでも、そうしてほしいわ。お願い。わたしを完全にあなたのものにして。わたしはあなたのものよ」

この言葉を聞くやいなや、彼は欲望にかすれたうなり声を発して自らを解き放った。同時にキャサリンもいっきに砕け散り、彼の肩をつかんで声をあげた。

どのくらい経ったかキャサリンにはわからなかった。そのくらい長く、ふたりは茫然自失のまま横たわっていた。そのあと、彼はキャサリンのほうを向いて手を取った。

「待ち切れないよ。きみと早く結婚したい。すぐにだ。何年も待てない。とにかく、ヘンリエッタが相手を見つけるまで待っていられない。もっとずっと早くきみと結婚したい」

「でも、できないでしょう？」

彼が首を振った。「今夜の事件がぼくに教えてくれることがあったとすれば、それは妹に嘘をついていたら、妹を守れないということだ。二度と嘘はつかないと彼女に約束したのだから、きみとのこともほかにしようがないだろう？　妹にぼくたちのことを知ってほしい。そしてきみと結婚したい。彼女の社交シーズンに差し障るかもしれないが、長い目で見れば、そのほうが妹にとってもいいはずだ。それに、ヘンリエッタはきみが大好きだから、きっと喜ぶ」

「彼女にとって不公平ではないかしら？」

「きみに会うためにホルストンプレイスに行ったあと、トレンバーレィはぼくがきみに結婚を申しこむために行ったと思っていた。彼には最初から、ぼくがすべきことが見えていたんだな。それで、ぼくが結婚を申しこんだわけではない、ヘンリエッタのためにそれはできないと言った時に彼が言ったことがずっと心に残っている。ヘンリエッタは公爵の妹であり、巨額の持参金があるのだから、すべてうまくいくさと彼は言った。そして、理性より感情が優先されるべきこともあるとも言った」

ジョンの親友の言葉がいかにも彼らしいと思い、キャサリンはほほえんだ。でも、なにも言えない。

「お願いだ」彼がキャサリンを見つめて言う。「ぼくと結婚すると言ってくれ。何年か後ではなく、数週間後に。すぐにでも。準備が整い次第だ」

「ヘンリエッタにはなんと言うの？」

「真実を言う。彼女は理解してくれるだろう。ぼくにはわかる。お願いだ。ぼくと結婚してくれ」

29

翌朝目覚めた時、キャサリンは昨夜のことは夢だったかと思った。それから、自分を包んでいるジョンを感じ、現実だったとわかった。

ふたりは結婚する。

三年後ではなく、一年後でもなく、ヘンリエッタが結婚したあとでもなく、長くても数週間のうちに。そして、今日ヘンリエッタにふたりの本当の関係を話そうと決めた。それから、友人たちと家族に婚約を知らせる。すでに、できるだけ早いうちに小規模な結婚式をあげる計画を立てていた。

ジョンが隣で動くのを感じた直後に耳の後ろにキスをされた。振り向いて彼にほほえみかけた。目をのぞきこむと、彼の目にはこれまで見たことのない柔らかさがあった。

キャサリンの部屋の扉をノックする音が聞こえた。

ジョンのくつろいだ様子が即座に警戒態勢に変わった。

キャサリンは寝台の支柱にかけてあったガウンを取り、体にしっかり巻きつけてから扉を開けた。

敷居の向こうにミセス・モリソンが立っていた。「ミス・アスター」皮肉を含んだ独特な口調で言う。「レディ・トリリングがいらっしゃいました」

キャサリンはジョンを見やった。興奮に満ちた前夜のあとで、ふたりともキャサリンがレディ・トリリングに見られたことをすっかり忘れていた。どちらにしろ、今となっては大した問題ではない。

「それから、旦那さま、ご友人方がお戻りになりました」ミセス・モリソンが戸口の外からでも彼に聞こえるように声を張りあげた。彼女のいるところからジョンは見えないはずだが、そこにいることは知っているらしい。「今夜ロンドンにお帰りになると言っておられます。昨夜の寝不足を解消されてからだと思いますが」

キャサリンはミセス・モリソンのほうに向き直った。「レディ・トリリングがここにいらしているの？　まだ正午にもならないのに」

「とても緊急な用事だとおっしゃっていました」

「わかったわ」キャサリンは言った。「すぐに降りていきますと伝えて」

ミセス・モリソンは膝を折ってお辞儀をすると立ち去った。

「ぼくも一緒に行ったほうがいいかな？」

「わたしだけで話したほうがいいような気がするわ。わたしだけに取り次ぎを求めたのですもの。それに、あなたに話すのを忘れていたけれど、昨夜の混乱の中であることを耳にしたのよ。その内容から、おそらくレディ・トリリングが叔母の居場所を知っているかもしれないと思うの。以前の訪問の時は、正直に言っていなかったんだわ」

「なんだって？」彼が身を起こしてベッドに坐った。

キャサリンは昨夜休憩室で漏れ聞いたことを急いで伝えた。

「叔母さんがきみに会いたがっていないというのか？」話を聞いてジョンが言った。

「どうもそうらしいわ」ジョンに問われ、キャサリンは胸に走った痛みを無視しようとした。

「ちくしょう」

「レディ・トリリングになぜ叔母を探しているか話さなければならないかもしれないわ。叔母の居場所を言いたくないでしょうけれど、それなりの理由があれば教えてくれるかもしれないもの」

「昨夜、レディ・トリリングはヘンリエッタの評判を気にかけてくれていた。その様子を見て、信頼できる人だとぼくは思った。きみが必要だと思ったら、彼女に真実を打ち明けることに異論はないよ」

「そうね」キャサリンはうなずいた。「なにをおっしゃりに来たのかわからないけれど、なんであろうと、訪ねてきてくださって嬉しいわ。こちらからももっと詳しく伺えるでしょう。もしかしたら、今回はわたしが探している答えをくださるかも」

ジョンはキャサリンに向かってにっこりした。「きみはこうすると決めた時、とても魅力的だ。男爵を平手打ちにするのも得意だし」

「初めてにしては上出来だったわね」キャサリンは笑い、自分にそそがれる彼の視線を楽しんだ。

「そうだな。さあ、レディ・トリリングに会っておいで。終わったら、ぼくのところに来てほしい。書斎にいる。これまであの部屋が好きだったことは一度もないが、なぜか今は居心地よく感じる」

キャサリンはジョンにキスをしてぞくぞくする感覚を一瞬味わうと、急いで身支度をした。そして、自分たちが必要としている答えをレディ・トリリングから引き出すという硬い決意のもと部屋をあとにした。


客間に入っていくと、レディ・トリリングは暖炉のそばの肘掛け椅子に坐っていた。彼女の前でキャサリンは膝を折って丁重にお辞儀をした。

「堅苦しい礼儀作法は省きましょう、ミス・フォースター」

「ありがとうございます、レディ・トリリング、では、どうぞキャサリンと呼んでください。わたしが子どもの時からご存じでしょうから」

「いいでしょう、キャサリン。話し合うべきことがたくさんあります」

キャサリンは老婦人の向かいに腰をおろした。「はい、そうだと思います」

「昨夜はとんだ騒ぎでしたね」

「噂にならなければと願っておりますが」

「噂にはなりません」レディ・トリリングがすぐにきっぱり答えた。「庭での騒ぎにだれも気づきませんでしたし、フォーク男爵には目立たずに出ていくよう命じましたから、あの人の愚行もだれにも見られていないでしょう。もちろん、ヘンリエッタから目を離したことにはわたくしも責任を感じています。それについては、あなたと公爵に謝罪せねばなりません。ところで、あなたとジョンがなぜ知り合いなのか訊ねてもよろしいかしら？」

「あることで助力を頼まれました」キャサリンは言った。「とても重要なことです。どちらにとっても」

「あなたの叔母さまを見つけること」レディ・トリリングが目を光らせて言う。

キャサリンはうなずいた。

「それで、あなたがたの関係に関する計画はどうなんです？　叔母さまを見つけたあとに？」

ぎょっとしたキャサリンにレディ・トリリングは温かな笑みを向けた。

「あなたとジョンの関係が慎み深いもので、単なる友人だとわたくしを説得できると思っているならば、手間を省いてあげましょう。昨夜のワルツと、庭であなたに向けた彼のまなざしを見たあとに、あなたがなんと説得しようと信じませんよ」

この女性に嘘をつく理由が見つからなかった。打ち明けたほうが、叔母の捜索についても賛同してくれるかもしれない。

「結婚するつもりです」

レディ・トリリングの目が見開かれた。だが、それ以外とくに動揺も見せずに夫人は言った。「そういうこともあろうかと思っていましたよ。婚約は、どのくらい前から決まっていましたか？」

「とても最近です」

「では、おふたりはメアリー・フォースターを見つけるために一緒に行動するようになったということかしら？　その前はなんの関わりもなかったと？」

キャサリンはトレンバーレィ邸の庭での夜のことを考え、顔が赤くならないよう念じた。

「はい、おっしゃる通りです」

「なぜあなたがたは彼女を見つけたいの？」

「ご説明しますが、どうかだれにも言わないでください。ヘンリエッタの将来を危うくする危険があるために、わたしたちも秘密裡に進めていたんです」

「どんな形であれ、ヘンリエッタのようなかわいい娘さんが傷つくのを見るのは、わたくしも望んでおりませんよ」

「ジョンはあなたが彼の家族にとって誠の友であることをわかっていて、あなたには真実を告げていいと言われています」

レディ・トリリングが満足したようにうなずいた。そこでキャサリンは亡くなった公爵の遺言について詳細に語った。

レディ・トリリングはショックを受けたようだった。呆れたようでもあったが、それでも落ち着いた様子は変わらなかった。

「どこから話せばいいでしょうね。はっきり言えるのは、先代の公爵がピアス・フォーク男爵を嫌っていたことです。ヘンリエッタがまだ子どもなのに結婚を申しこんできたのですよ。

持参金目当てに。公爵から直接聞きました」

「それは知っています。実際にあのお金をフォークに相続させるつもりはなかったと理解しています。ジョンに、メアリーを見つけさせるためだったんです」

「なんとずるいことを、レジナルド」夫人が悪態をつく。「ひどい男ね。でも、どうしても放っておけなかったのでしょう」

「どういう意味ですか？」

レディ・トリリングがため息をついた。「わたくしたち、子どもの時はずっと一緒でした――レジナルド、わたくし、あなたの叔母さまのメアリー。記憶にある限り、あのふたりはどちらも相手を放っておけなかった。いつかは結婚するとわたくしは思っていました。若かった当時は、そうなりそうでした。ふたりは交際していた――いえ、それ以上でした。どちらも慎重ではなかった。親が同意するかどうかなど気にもしていなかったのです。地所が隣り合わせで、一緒に育ったようなものでしたからね」

レディ・トリリングが頭を振った。

「でも公爵――ジョンの祖父のウィルバーフォースが同意しなかった。交際を許さなかったのです。そして、メアリー・フォースターと結婚したら、一切の手当を打ち切ると脅したのです」

キャサリンは背筋が凍りつくような気がした。「公爵はなぜそんなに反対を？」

レディ・トリリングがキャサリンをじっと見つめる。キャサリンにも答えはすぐにわかった。

「持参金ですね。公爵の子息に釣り合うほどの額を用意できなかったのですね」

「こう言っては失礼だけど、フォースター家は名門ですが、お金はありませんでした。たしかにとても古い家柄ですが、かつてのような権力も財産もなかったのです。公爵はこの縁組を自分とその後継者である息子にふさわしくないと感じていたのですよ」

「そして、彼も従った」初めて聞く話だったが、その真実をずっと知っていたような気がした。「レジナルドは叔母と別れたのですね」

現実によって残酷に引き裂かれたふたり。自分の叔母とジョンの父親のそんな姿を想像すると、内臓がよじれるような感覚を覚えた。メアリーと亡くなった公爵に関するミセス・モリソンのほのめかしを思いだした。彼女もこの話を知っていたに違いない。もちろんそうだ。レディ・トリリングが言葉を継ぎ、キャサリンの物思いをさえぎった。「ふたりの婚約が公になることはありませんでした。でも、ふたりは本気でした。わたくしはこの目で見ました。どうしても逆らえずに、父親の言うことを聞いたあとも、レジナルドはメアリーを諦めなかった。グロリアと結婚した時でさえもです。グロリアは公爵の後継者に嫁ぐのにふさわしい家の出で、やはり美しい人でした。愛することが難しい女性ではなかったし、レジナルドも彼なりに妻を愛しました。でも、彼女はメアリーではなかった」

「叔母はなぜほかの男性と結婚しなかったんですか？　申しこみはいくらも受けたでしょうに」

「ええ、たくさん受けましたよ。でもあなたの叔母さんは好きでもない男を受け入れる気がありませんでした。それに、レジナルドを愛していたのです。そのあと、あなたのお母さまが亡くなり、お父さまが失意にくれた。そして、叔母さまは兄であるお父さまとあなたのためにフォースターハウスに留まった。彼女が不幸だったとはわたくしは思っていませんよ」

「隣に公爵が暮らしていても？　ほかの女性と結婚して？」

レディ・トリリングは肩をすくめた。「よく思っていなかったことは確かです。でも、フォースターハウスは自分の家ですからね。それに、女というのは、男に一番愛されている時はそうとわかるものです。あなたの叔母さまも、レジナルドが一番愛しているのは自分だとわかっていました。何年ものあいだ、地域の催しなどで通りすがりに話をする以外、なにもありませんでした。ジョンが生まれ、レジナルドはグロリアと真の幸せを築きました。よい父親でしたよ。あなたの叔母さまも、あなたとあなたのお父さまと暮らし、友人たちもいて幸せでした」

「よくわかりません。それなのになぜ……どのように……？」

「すべてがまずい方向に行ったか？」レディ・トリリングが眉を持ちあげた。「確かなことは言えませんが、明白な事実は偽れないもの。ふたりはまた関係を持ち始めました。なぜか、どのようにかは決して話さないのです」

その言葉が現在形であることにキャサリンは気づいた。自分が正しかった。レディ・トリリングが鍵なのだ。叔母がどこにいるかを知っている。

「婚約するという計画がだめになった時、ふたりはとても若かった。十九歳か二十歳だったのです。それだけ若いと、人生は無限と思うものです。もちろん互いを諦めなければならなくて悲しみのどん底に落とされたけれど、それが永遠の別れとはどちらも思っていませんでした。十年が過ぎ去り、その頃には年を取った分、人生がもっと短く思えてくるのです。グロリアは素敵な人でしたが、レジナルドの夢に現れる女性ではなかった。メアリーにとっても、あなたとあなたのお父さまは大切で、とくにあなたはどうしようもないほど愛しかった。それでもはやり、実の子どもとは違う」

その言葉に胸が痛んだが、キャサリンは平然とした表情を保とうとがんばった。

「わたしには母がいませんでした」急いで言う。

「ええ」レディ・トリリングが優しく言う。「それに本当に彼女の子どものようでしたから、メアリーもしばらくはそれで充分だったのだと思います。それでもやはり、自分自身の子どもを身ごもりたかった。愛する人の子どもが欲しかった。一生独身でいたくなかった。そういう性格ではなかったのです」

「それなのになぜ結婚しなかったんですか？　なぜレジナルドとの関係を再開したんですか？」

「明らかに愚かしいことでした。でも、ふたりともそうせずにはいられなかった。こうしてすべてを打ち明けるのは、叔母さまに同情を寄せてほしいからです」

「叔母はわたしに会いたくないんですね」

「彼女はだれにも会いたくないのです。昔からの知り合いで、彼女の居場所を知っているのはわたくしだけ。そしてわたくしはだれにも口外したことはありません。レジナルドには教えてほしいと懇願されました。彼女が生きていることは伝えましたが、レジナルドに居場所を明かさないと誓ったのです。だから明かしませんでした。もしも彼が知ったら、彼女の元に出向き、取り戻そうとするとわかっていた。あのことが起こったあと、彼女はもはや彼を愛せなかったのです。実際、ブレミンスター家を嫌っていました。レジナルドを憎むようになったと言ってもいいでしょう」

「では、どこにいるか教えてくださらないのでしょうか？」キャサリンは言った。「ヘンリエッタのためでも？」

レディ・トリリングがキャサリンと目を合わせた。「今までだれにも言いませんでした。間違いなく、わたくしのもっとも古い友人はわたくしが信頼を裏切ったことに激怒するでしょう。それでもなぜ明かさねばならないと感じたか、いつかわかってくれることを願うのみです」

レディ・トリリングはキャサリンに一枚の紙切れを手渡した。目を落とすと、そこに道順が書き殴ってあった。いくつか町を越えた先のなにもない田舎で、社交界の人々は決して行かない場所だ。

「たとえ明日でも、午後ならば彼女は客を受け入れるでしょう」

キャサリンはうなずいた。

「ただし、理解しておかねばなりませんよ」レディ・トリリングが言った。「あなたとジョンの婚約を彼女が喜ぶとは思いません。おそらく激怒するでしょう。残酷なことを言うかもしれません。結局は受け入れるでしょう。でも、ショックは受けるはずです」

ついに叔母に会うことになる。すべてを聞いた今となって、キャサリンはその展望に怖れしか感じなかった。

30

ジョンとキャサリンはレディ・トリリングが話してくれたことを踏まえ、メアリー・フォースターへの最善の接近方法を検討することに翌日一日を費やした。よい点はメアリー・フォースターが今どこにいるかを知っていること。悪い点はよほどしっかり説得しなければ、年金を受けとるとは思えないことだ。

モンテーニュとリースとトレンバーレィに別れを告げる時間はほとんどなかった。ただし、やってきた時の貸し馬車の惨状に耐えなくていいように、公爵家の馬車で三人をロンドンまで送り届けさせた。出発の前に、キャサリンとふたりで友人たちに、昨夜のフォーク男爵の事件について説明した。

「ぼくたちで殺してやろうか？」トレンバーレィが歯がみして言う。「本当にやってもいいが」

「それは必要ないと思いますわ」キャサリンは坐っている彼の肩に手を触れた。「レディ・トリリングがおとなしくさせてくださったようですから」

半時間後、〝有爵の放蕩者たち《ランク・レイクス》〟は一礼して玄関を出ると、三人の出発に涙していたヘンリエッタに別れを告げた。またキャサリンに対しては、ひとりずつ目立たぬように、いまや待たずにすぐ行われると知った結婚式の祝いを述べた。

友人たちが出発すると、ジョンとキャサリンはベッドで、互いに気を散らさないよう努力しながら——そして失敗した——計画を練った。それでもなんとか話して数時間後、ひとつの計画をまとめ、それがうまくいくことを願った。

翌朝、ジョンとキャサリンが乗った馬車は二時間近く走り、川が湾曲してできた淵のほとりという景色のよい場所にたたずむ小さいが豊かそうな農場の前に止まった。ドーセット州でも、エディントンからかなり離れたこの地域は、近隣に貴族の屋敷がほとんどない。ミスター・ペッカムという名前の大地主がひとりいて、ジョンもその名は聞いたことがあったが、上流社会の一員とは見なされていない。

ジョンは父とメアリーについて知った新事実に心底困惑していた。自分が生まれる前から、父がメアリー・フォースターと関係していたとは、これまで考えもしなかった。ふたりが一緒に育ったことを疑ってみるべきだったが、地所が近いにもかかわらず、自分とキャサリンのように、遠くから見かけるくらいの、知人とも言えない関係だと思いこんでいたのだ。今になってみれば、自分とキャサリンが子どもの時に紹介されなかったのは、メアリー・フォースターと父の関係ゆえだったと合点がいく。たしかに、尊敬されている古い隣人と、彼の家族がそこまで冷え切った関係だったこと自体がきわめて特殊なことだった。

子ども時代の父がメアリー・フォースターと一緒にいる姿を想像した。リンゴの果樹園を走りまわり、池でおたまじゃくしを採っていたに違いない。ドーセットの陽光を受けて光輝く髪の少女を最初に見た時、父はどれほど魅了されたことだろう。それで父に対する気持ちが和らいだわけではないが、異なる見方をするようになったことは否めない。

ふたりはそのこぢんまりした古風な感じの家屋の前に立っていた。こぢんまりと言っても、そのような場所にしてはとても大きく、ツタと花々に囲まれて品がある。華やかではないが、美しい家だった。貴族階級とは無縁の中流階級が暮らすいかにも英国らしい家だ。メアリーの以前の人生からは充分に離れて、彼女を認識する者はだれもいないくらい遠く、エディントンでなにが起こっているかはわかるくらいの近さ。メアリーにとってはぴったりの場所だ。

「用意はいいか？」キャサリンを見やる。

彼女が彼を見あげてうなずいた。

この障害物さえ乗り越えれば、とジョンは思った。キャサリンと一緒になれる。早くそうすべきだったし、これからもずっと一緒にいたい。まずはキャサリンが本当はだれかをヘンリエッタに話し、それからふたりの婚約を発表する。ジョンは農家のだれかに見られるかもしれないことなどおかまいなく、かがんでキャサリンにキスをし、対決に向けて気持ちを強化した。

並んで古風なしつらえの小道を歩いていき、扉をノックした。待つあいだ、ジョンの心臓は痛いほど高鳴った。メアリー本人が出てくるかと思ったが、お仕着せの縁なし帽をきちんとかぶった女中が扉を開けた。

「ミセス・ライアーソンはご在宅でしょうか？」キャサリンが訊ねた。緊張を示すのは、声のかすかな震えだけだ。

「はい、奥さま」少女が答え、お辞儀をした。「どちらさまでしょうか？」

「アスター夫妻だ」ジョンは言った。ここに来る車中で、使用人が出てきた時は旅用の偽名を使うことに決めていた。メアリー・フォースターが彼らの本名を聞き、会うのを拒む可能性を考慮したからだ。

女中はふたりを小さな客間に招き入れ、待つようにと言った。メアリーがいつも客を迎える時間内に訪ねるようにとレディ・トリリングが念を押したことについて、ふたりは推測をめぐらせていた。言葉には出さずに目線だけで、ふたりはその推測が正しかったことを確認し合った。

その時ジョンは、家の奥に通じる戸口から十歳くらいの少年がのぞいていることに気づいた。明るい青い瞳と薄茶色の髪、そして好奇心に満ちた表情の少年だ。キャサリンに軽く触れて知らせると、彼女も子どもの方を振り返った。少年はすぐに頭を引っこめて姿を消した。

ほどなく女中が戻ってきて、ふたりを居間に案内した。

四十歳台後半の女性がやりかけの刺繍を手に、こぎれいだが質素なソファに坐っていた。戸口に現れた訪問客を期待するように見あげた様子から、だれかわかっていないようだ。最初、ジョンは間違えたのかと思った。この女性は飾り気がなく、おとなしそうに見える。髪も彼の記憶にあるような印象的な銀色がかった金髪でなく、もっと黄色くて平凡だ。

だがその時、彼女の瞳に気づいた。黒すぐりの色はキャサリンの瞳とほんのわずかしか違わない色合いだ。やはり彼女だった。

女性はふたりを迎えるために立ちあがった。そうするのを見て、まだふたりがだれかわかっていないのがジョンにもわかった。

それから、女性がキャサリンを見た。そして動きを止めた。

「メアリー叔母さま」キャサリンは言い、手を取ろうと前に出たが、女はソファのほうに後退することで、キャサリンの動きを拒んだ。

あとずさりされたにもかかわらず、キャサリンは言葉を継いだ。「やっと会えて本当に嬉しいわ」

女はキャサリンを見たがなにも言わない。ただそこに立ってキャサリンを凝視している。表情からはなにを考えているかわからないが、むしろ怯えているように見える。

間近で見て、メアリー・フォースターの顔にキャサリンのおもかげをほとんどたどれないことに気づいてジョンは衝撃を受けた。今見ると、ふたりの女性の類似はうわべだけに見えた。色に関してはたしかに同じだ。髪と瞳が同じ独特な印象をかもしだしている。しかしながら、全体を見れば、似ているというのは誇張だとわかる。好色な噂話や、ジョンの子どもの時の記憶が、太い筆でメアリー・フォースターに加筆したらしい。真実はもっとずっと複雑なのに、ジョンはふたりがそっくりだと思いこんでいた。

そもそも目鼻立ちがまったく違う。メアリー・フォースターの顔は繊細すぎる。たしかに美しい造作だが、髪と瞳が独特な色合いでなければ、むしろ目立たない。それに対し、キャサリンは表情豊かな美しい眉と、彫刻家が彫ったような際だった顔立ちの持ち主だ。メアリー・フォースターは小柄で細く、手足も小さいが、キャサリンは背が高く官能的な体つきをしている。まさにジョンの女神だ。自分の間違いに気づき、ジョンは胃がよじれそうになった。こうして見れば、気を留める意味もないほどの類似のせいで、かつてキャサリンとの関係を排除するところだった。

「お願い、メアリー叔母さま」キャサリンが確信なさげに言葉を継いだ。「怖がらないで。問題を起こそうと思って来たわけではないの」

女の喉が一瞬ごくりと動き、それから吐き捨てるように言った。「怖がるですって？」

メアリーは頭を振り、部屋を横切った。挨拶するために出したキャサリンの手を取るのかとジョンは思ったが、そうではなく、戸口まで行って女中に合図した。午後はほかの訪問客は受けないようにと指示するのが聞こえた。それからメアリーは応接室に続く扉を閉めた。

ソファまで戻ってくると、ふたりに手振りで、向かい側に二脚置かれた肘掛け椅子に坐るよう示した。それから刺繍を取りあげると、こわばった声で低く言った。「どうしてここに来たの、キャサリン？」

この冷たい応対に、ジョンの婚約者は困惑したようだった。それでも叔母の向かいの椅子にじっと坐っている。キャサリンが答える前にメアリー・フォースターがさらに質問した。

「それになぜ彼をわたしの家に連れこんだの？」

「あなたは結婚しているのね」キャサリンが言う。答えでも質問でもなかった。「知らなかったわ」

「ジュリアに聞いたのでしょうね」メアリーは答えた。「あの人を信頼するべきじゃなかったけれど、昔の友人たちにはつい気を緩めてしまうものだから」

そう言いながら、メアリーはジョンを敵意に満ちた目で見やった。ジョンはなにも言わなかった。ここぞという時までは、キャサリンが話をすると決めてあったからだ。

「レディ・トリリングがあなたの居場所を話してくれました」キャサリンは冷静な口調で言った。「わたしがあなたを探していたからです。わたしたちがあなたを探していたから」

ジョンはここに来て初めて、メアリーの瞳の色が変わるのを見た。驚きで明るさを増したのだ。だが、その特別な色合いはすぐに別な感情に覆われて、今度は怒りに満ちた暗い色に変わった。

「わたしになにをしてほしいわけ、キャシー？　それに、どうして彼が関わってくるの？」

その激しい口調にもかかわらず、刺繍をするメアリーの両手は止まらなかった。

「わたしたち、以前は仲良しだったでしょう、叔母さま。何年ものあいだ、あなたはわたしにとって母同然だった。あなたに会えなくて本当に寂しかったのよ」非友好的なこの女性をうまくなだめて、異なる対応を引きだそうと試みるキャサリンの努力は称賛に値する。「だから、そんなふうに言うなんて驚いたわ」

「あなたが赤ん坊の時にあなたの母親は亡くなったわ」メアリーが言い返す。「わたしはあなたの母親ではありません」

この言葉に隠れた残酷さにジョンは肘掛けに置いた手を固く握りしめた。メアリー・フォースターがジョンに会うのを喜ぶはずもないが、キャサリンに対してこのように言う権利はない。

「ミセス・ライアーソン、ぼくに対しては好きなように話せばいいが、あなたの姪に対してそのような言い方で話すのを看過できない。彼女はただあなたを助けようとしているんです」

「わたしを助けるですって？　よくもそんなことが言えたものだわ。あなたの父親が死んで、今は公爵だそうね。わたしの家に飛びこんできた様子を見ると、自分勝手に振る舞う権利だけは父親からしっかり受け継いだようね」

メアリーはキャサリンのほうを向いた。「この男と一緒に行動しているなんて、恥ずかしいと思わないの？」

ジョンは思わず非難の言葉をぶつけそうになったが、キャサリンに視線を向けられて思いとどまった。計画した通りにするべきだとわかっていた。ジョンはこの女性に対していっさい非難しない。想像通り、この女がどれほど復讐心に燃え、どれほど残酷であろうとも。

「レディ・トリリングが、あなたのご主人ミスター・ライアーソンは良い方だとおっしゃっていました」キャサリンがさりげなく言う。

女の顔に小さい笑みが浮かんだ。だがそれもすぐに消えた。

「夫が出かけている時を狙ってあなたを来させるとは、ジュリアも狡猾だわね。わたしが訪問客を迎える時間に夫が市場に行くと、彼女は知っているから」

「あなたがたはどうやって知り合ったのですか？」キャサリンが訊ねる。メアリー・フォースターから厳しい拒絶の言葉が戻ってくるだろうとジョンは思ったが、その予想は裏切られなかった。

「長い話よ。でも、あなたにそれを聞く権利はない」

「そうだとしても、あなたが幸せでわたしはとても嬉しいわ、叔母さま」

女は苦々しく笑った。「あなたがどんな形であろうと、わたしの幸せを気にかけるとは思えないけれど、キャシー」

傷ついた表情がキャサリンの顔をよぎる。それを見るのがジョンは嫌だった。彼女の気持ちをおもんばかってジョンの怒りはすでに頂点に達していたが、答えたキャサリンの声に、苛立ちは感じられなかった。

「それは違うわ。とても気にかけていたのよ」

女はなにも言わなかった。その目を刺繍だけに向けている。

沈黙が部屋を支配した。キャサリンが早く要点を話してくれればいいのにとジョンは思った。

「いいえ」女がついに口を開いた。「あなたがわたしの幸せを気にかけているはずはない。なにか欲しいものがあったからここに来ただけでしょう」刺繍から顔をあげる。「でも、それがなにかわたしには見当もつかない。なぜジュリアがわたしを裏切ったのかもね。わたしからあなたにあげられるものなど、ひとつもないのに」

「わたしはあなたを助けに来たのよ、叔母さま」

メアリーがキャサリンをじっと見つめる。「あなたはわたしを助けにここに来たと？」

ジョンはこれ以上我慢できなかった。「ミセス・ライアーソン、あなたを追ってここまで来たのは、遺言書で父があなたに年金を遺したからです。年額一千ポンドです」

メアリーはぎょっとしたように顔をあげた。

「かなりの額です」ジョンは言葉を継いだ。

「あなたには子どもがいる。レディ・トリリングのお話では、男の子と女の子だそうですね。そのふたりがこれから世に出ていく一助になるでしょう。受け取らないのは間違いだと思いますが、受け取ってからそれをどうしようがかまわない。ぼくはただ父の希望を実行しているだけです」

メアリー・フォースターがジョンを凝視した。「レジナルドのお金など欲しくありません。それは彼もわかっていたわ。彼は重要な地位にいるには弱すぎたのよ。わたしは本当に無駄なことをした。彼が爵位に値しない、価値がない男と見極めるのは難しかった。わかった時には手遅れだった。わかっていれば、多くのことを違うやり方でやっていたでしょう」

そう言うと、皮肉っぽい笑いを漏らした。

「あなたもまったく違わないようね、公爵閣下。爵位に守られた意気地なし。どうやって、あなたを助けるようにわたしの姪に無理じいしたのか、いかにジュリアを操ってわたしの居場所を吐かせたのか知らないけれど、わたしはいっさい関わりたくありません。年金などいらないわ」

「考え直してもらいたい」彼女の態度に苛立ち、ジョンは強く言った。「あなたが受けるかどうかはきわめて重要なことだ。その金で自分の子どもたちになにをしてやれるか考えてほしい」

「よくもまあ、わたしの子どものことなど口にできたものね」メアリーは言い返した。「あの子たちはレジナルドの汚れた金など必要としないわ。あなたが今になって父親の価値がその程度であることを理解したとすればお気の毒なことね、公爵閣下。おそらく、わたしがそのお金を受けとることには、遺言書に書かれていない条項が付いているのでしょうね。彼はあなたを操り人形のように動かすことは成功したかもしれないけれど、わたしに同じことはできません。わたしはレジナルドからなにも受けとりません」

なぜこんなに自信たっぷりに、年額一千ポンドを受けとらないと断言できるのだろうとジョンはいぶかった。このように質素に暮らしている家族にとっては信じられないほどの大金だろう。

「わたしが理解できないのは」メアリーが言う。「なぜあなたが、キャシー、この男を助けようとしているかということよ」

「それはあなたに関係のないことだ」ジョンはぴしりと言った。

「それがあなたを傷つけるとはとても思えなかったからよ、叔母さま」キャサリンが言った。

「お金を受けとることが」

「それなら、あなたはわたしが怖れていたよりもさらに愚かだったということね。レジナルドはわたしを傷つけただけということを、あなたも理解すべきだった。彼から来るものはすべて呪われている。わたしがずっと昔に学んだことよ」

「キャサリン」ジョンは静かに言い、計画していた通り、手を伸ばしてキャサリンに触れた。彼の指が腕に触れると、キャサリンは彼を見やった。ふたりでメアリーの残酷さを予想し、このような瞬間に備えていたにもかかわらず、キャサリンの目には本物の苦痛が浮かんでいた。

　顔をあげてメアリー・フォースターを見たジョンは、自分たちの描いた場面が功を奏したことに気づいた。

　彼女が立ちあがり、彼を指差していたからだ。その指は震えていた。「あなた」彼女が言う。「あなたは」

「叔母さま」キャサリンが言った。「落ち着いてくださいな」

　メアリーがキャサリンを振り返った。「あなたはなにを考えているの？　わたしの過ちから学ばなかったの？　彼は決してあなたを正当に扱わないわ、キャシー」

「ぼくたちは婚約した」ジョンが急いで言ったのは、不適切だというほのめかしを消したかったからだ。

「婚約？」メアリーが吐き捨てるように言う。きらめく瞳が激怒を示している。「あなたは婚約などしていない。エディントン公爵が婚約したなら、わたしも聞いているはず」

「つい最近なのよ」キャサリンが補った。

「キャシー、彼があなたと結婚することは絶対にないのよ」メアリーの目がふたりをさっと見比べる。そのいかにも自分は知っているという目つきに、ジョンは自分が恥じる必要がないとわかっていながら恥辱を覚えた。

「あなたがたのあいだになにが起こったかは想像できるわ。身をもって体験してきたことですからね。あなたは」メアリーがジョンを見る。「卑劣だわ。あなたの恥知らずは限度というものを知らないの？　子どもの時に書斎でわたしたちを見つけて汚し、今度はわたしの姪を汚そうというわけ？」

ジョンはこれ以上我慢できなかった。予想していた通り、メアリー・フォースターは自己中心的な恨みから抜けだせず、理性的な対応ができないうえに、年金を受けとるつもりもない。計画の次の段階に移行すべき頃合いだろう。

「キャサリン」彼は婚約者のほうを向いた。「もう行こう。これ以上ここに居続けて、侮辱を受けるつもりはない」

戸口に向かったが、キャサリンがついてこないことはわかっていた。それがふたりの計画だったが、それでもキャサリンが動かないと、なぜか心が痛んだ。この女性のところにキャサリンを置いていくのが嫌だった。

「キャサリン」切迫した口調で言ったが、もちろん彼女が留まることはわかっている。

「ジョン、わたしは行けないわ。今はまだ」

「かまわないわよ、キャシー」女が言う。「あなたが彼と一緒にいるなら、これ以上話し合うことなどなにもないから」

「叔母さま」キャシーの声には本物の苛立ちがこもっていた。ごくりと唾を呑みこみ、自分を落ち着けようとしている。「わたしたちの婚約の詳細についてあなたはなにも知らない。でも、この知らせがあなたを怒らせたのならごめんなさい」

キャサリンはジョンを振り返った。「本当にごめんなさい、ジョン。でも、もう少し叔母と話をしなければならないの」

「いいだろう、キャサリン」ジョンはぴしりと言った。彼と一緒に帰りたがらないのがそぶりだけとわかっていながらも、怒るふりをするのが難しくないと気づいた。「この女性とここに留まることを選ぶのならば、自分で手段を見つけてエディントンホールに戻るように」

そう言うと、ジョンはキャサリン・フォースターから離れて歩き去った。ただし今回は、キャサリン自身の要請だ。

自分の叔母のことはよくわかっているとキャサリンはジョンに言った。そして、今回の任務を成功させるためには、自分が叔母とふたりだけになる必要があると主張した。そうすることで初めて、ジョンの父親の、最後であり、かつ望まれてもいない贈り物を、叔母に受けとらせることができると。

31

ジョンの馬車が砂利を踏んで去っていく音を聞き、キャサリンは内心ひるんだ。彼は怒ったふりをしただけだと自分に思いださせる。彼は実際に帰ってしまったわけではない。近くの田舎道に馬車を止めて待っていてくれる。この農場に来る途中で決めた場所だ。キャサリンをここに置き去りにしたわけではない。歩き去ってしまったわけではない。

喧嘩しているように見せたのは、メアリーがキャサリンに対する気持ちを和らげることを期待した作戦だった。年金を受けとるように説得するためには、ふたりだけで話す必要があるとわかっていた。叔母がキャサリンたちふたりの関係を見抜くことも想定していた。ふたりの関係が、叔母の中で休眠状態だったブレミンスター家への温かい感情を掘り起こすのではないかと、そうすれば少しは遺産を受けとってもらいやすくなるのではないかと期待した。だが、これまでのところ、まったく効き目はないようだ。

叔母に残酷な言葉を投げられて神経がすり減るような思いだった。それでも、目の前にいる女性が、さまざまなことがあったにもかかわらず、自分の力で新しい人生を築いたことに感嘆の念も覚えていた。それに、叔母に穏やかな面があることも知っている。土地のことや、それぞれそこにまつわる物語があることをキャサリンに教えてくれたのは叔母だった。叔母の自尊心と、条件反射的な頑固さをうまく回避する方法を見つける必要がある。

考えをめぐらせることで自分を落ち着かせ、キャサリンは一度深呼吸をした。

「なんと忠実な恋人だこと」叔母があざ笑い、またやりかけの仕事を両手に取った。ジョンが去ってしまった今、声にこれまでと違う明るさが感じられる。ジョンの存在に混乱し、本来の彼女とは言えない残酷な言い方をしたのだろうかとキャサリンは思った。

「彼を敵にまわす必要はなかったのに」キャサリンは言った。「あなたがあれほど辛辣で容赦ないのを初めて見たわ」

「あの家族のためにわたしがどれほどのものを諦めたか、あなたにはわからない。どれほど多くのものを失ったかも」

ジョンがいなくなったことで叔母の気持ちが和らいだのを察知し、キャサリンは椅子からソファに移動した。叔母が異議を唱えなかったのをよい徴候と受けとった。

「あなたにはわからないのよ、キャシー。あの人たちがわたしになにをしたか。そして今は、同じことがあなたに起こることをわたしは怖れているの」

「でも、わたしには、不適切なことも不道徳なことも起こっていないわ」キャサリンは言い、ぼかした言葉に自分でも少々たじろいだ。嘘ではない。厳密に言えば違うかもしれないが、心の中ではそれが真実だ。「ジョンとわたしは婚約しているのよ。ふたりでとても幸せになれるでしょう。それについては、あなたに感謝しなければならないわ。あなたを発見するための助力を求めて彼がわたしのところに来たのですもの。あなたを見つけようとしているあいだに、愛し合うようになったのよ」

「それもレジナルドの差し金でしょうね。自分が見捨てた息子をわたしの姪のところに送りこんだに違いないわ。わたしだって、社交界新聞は読んでいるのよ。新しいエディントン公爵のことがなんと書かれているかくらい知っているわ」

「社交界新聞がなにを書くか、ほかならぬあなたが一番よく知っているでしょう？」

メアリーがキャサリンに鋭い視線を向けた。「ああいう新聞が書いていることは正確よ、容赦ないけれど」

叔母の頑固さにキャサリンは首を振った。「お金は受けとらなければいけないわ、叔母さま。ジョンの言っていることは正しいわ。子どもたちのことを考えてちょうだい」

「わたしの子どもたちはレジナルドのお金など必要としないわよ」叔母があざけった。「けれど、レジナルドが後継者である息子をいかにして、このわたしの客間に来させたのかは疑問に思うべきね。さあ、言いなさい。あなたたちふたりをここに来させるために、レジナルドはその遺言書にどんな条件をつけたのかしら？」

「ただの遺産贈与ではないとどうして思うの？　お詫びの気持ちではないと？」

「レジナルドはずっとわたしを見つけたがっていたのよ。見つけさえすれば、わたしが彼と結婚するとでも思ったのでしょう。わたしにとって、それ以上におぞましいことは想像もできないけれど」

「なぜ？　彼を愛していたんでしょう？」

それこそ、キャサリンが理解できなかった部分だった。レディ・トリリングがこの話をしてくれた時、醜聞のわずか一年後にジョンの母親が亡くなったと聞いて思ったことだ。レジナルドとメアリーが愛し合っていたならば、なぜ結婚しなかったの？　レディ・トリリングは、公爵は死ぬまでメアリーを愛していたけれど、一方のメアリーはかつての恋人に対して敵意を抱いていると言っていた。叔母にとって、いったいなにが変わったのだろう？　彼のためにすべてを投げだすほどの気持ちが、彼から身を隠すまでになったのはなぜ？

「まずレジナルドの遺言について話してちょうだい」

ジョンとの話し合いで、キャサリンがそうすべきだと思ったら、遺言の内容についてメアリーに打ち明けていいことになっていた。今の叔母が情け深くなれるとは到底思えないと言わざるを得ないけれど、あるいは気の毒なヘンリエッタに同情するかもしれない。とにかく試してみなければならない。

「公爵の娘さんのことは覚えているでしょう？」頬が熱くなるのを感じながら言った。公爵夫人がヘンリエッタを妊娠していた時に、彼女の夫とこの叔母は寝ていたのだ。叔母が覚えていないはずがない。

叔母は手元の刺繍に目を近づけた。そうしながら、小さくうなずいた。

「娘さんにはかなりの額の持参金を用意されていたの。六万ポンドよ。公爵は遺言で、それを彼女から取りあげて、公爵自身もジョンもひどく嫌っている親戚に渡すことにした。もしもジョンがあなたを見つけられず、年金を渡せないならば」

メアリーが刺繍から目をあげ、手に持った仕事をまた脇に置いた。目が見開かれている。

「彼はわたしに年金を届けるために、娘の将来を危険にさらしたということ？」

「ええ。あなたにどうしてもこのお金を受けとってほしかったのでしょう。亡くなる数日前にこの条項を追加したんですって」

「レジナルド」叔母が頭を振った。彼女の態度全体から、昔の恋人に対する嫌悪感がにじみ出ていたが、その蔑視を悲しみが縁取っているのもキャサリンには感じられた。「わたしは彼のお金など必要ない。彼女は彼の娘なのに」

「あなたを愛していたのよ」叔母の気持ちが軟化してきた様子に元気づけられて、キャサリンはつけ加えた。

「あなたはなにもわかっていない」

「なぜお金を受けとらないの？」キャサリンはためらった。「あなたの子どもたちが利益を得ることなのに」

「わたしの子どもたちのことを言わないで」メアリーは言った。「なにもわかっていないくせに」

「では説明してちょうだい」

「簡単に説明できることじゃないのよ」

「でもなんとか説明できるはず」

メアリーはため息をつき、キャサリンを見やった。その目が挑むように光る。「わたしが真実を打ち明けたら、あなたはそれをだれにも言わないと約束できるかしら？　公爵にも。

その娘にも。とくにその娘には」

「なぜわたしがヘンリエッタに話すと思うの？」キャサリンは言った。意味がわからない。止める前にその質問が口から出ていた。

そして叔母の目をのぞきこみ、その恐ろしい意味に気づいた。

「まさか」ふいに理解した。「そんなことあり得ない」

「でも、そうなのよ」

その言葉の意味をとらえて、事実として見ようとしてもできなかった。信じられないという思いしかない。「そんなはずがないわ」キャサリンは繰り返した。「ジョンは彼の母親がヘンリエッタを産む時の声を聞いたのよ。悲鳴を」

「彼女の悲鳴を聞いたのではないわ」叔母の顔に奇妙な笑みが浮かんだ。「わたし、わたしの悲鳴を聞いたの」

キャサリンは気分が悪くなった。それでも立ちあがれなかった。叔母の言葉が呪文のように、彼女をその場に縛りつけていた。

「あの当時、公爵夫人とわたしはどちらも身ごもっていたのよ。レジナルドは臆病者だから、公爵夫人の妊娠をわたしに隠していた。もう何年も彼女には触れていないとわたしには言っていた。でも、あのガーデンパーティのあと、彼が嘘をついていたとわかったわ。公爵夫人は妊娠していて、それはレジナルドの子だったのよ。わたしは、あの醜聞が発覚したあと半年滞在していたマーサのところでそれを知ったわ」

「最後にくれた手紙には、マーサのもとを離れるつもりと書いてあったけれど」

「あなたとあなたのお父さまに手紙を書いた時は、海外に行くつもりだったのよ。あの日にレジナルドと離されてしまった時点では、そういう計画だったの。わたしの妊娠がわかってから、ふたりでずっとその計画を立てていたわ。ジョンは学校に行くし、グロリアのことはもう愛していないと彼は言っていた。彼が海外に行くつもりだったから、わたしもそうしようと思っていた。醜聞はあっても、そこならば一緒にいられて幸せになれると信じていたわ。マーサのところに身を寄せたあと、グロリアから一通の手紙を受けとった。あいまいな言葉はいっさいなく、自分は子どもを身ごもっているから、二度と彼女の家族に近づかないようにと要求する手紙だった。わたしはレジナルドに手紙を書き、彼はそれを認める返事を寄こした。それでも、彼はわたしと一緒に英国を離れたいと思っていたのよ。わたしと一緒でなければ生きていかれないと書いてあったわ。グロリアにわたしを選んだことを告げて、そのせいで、彼女はイーストウッド男爵と駆け落ちした。でも、わたしは自分に嘘をついていた男と契りを結ぶ気にはなれなかった。ようやく彼の本質が見えたのよ。彼はろくでなしだった。

だから、もはや計画もお金もなくマーサのところに居続けた。エディントンには戻れなかった。フォースターハウスに戻れば、醜聞をさらに悪化させるだけだった。兄が激怒していたから」

「激怒ではなく、悲しみに打ちひしがれていたのよ」父を責める言葉に憤慨し、キャサリンは口を挟んだ。

「あなたは彼の非難の手紙を読んでいないからそう言えるのよ」叔母が身を震わせた。

「でも、父はあなたの名誉を守ろうとして、破産したのよ」

「わたしの名誉じゃない。彼自身の名誉を守るためよ。兄にそうしてくれなどと一度も頼んでいないわ。彼はあの爵位に取り憑かれていた。何世紀も前に一族が失った爵位に。そしてまた、グロリアと結婚するという非礼を働いたレジナルドを許していなかった。わたしは奔放な十七歳だった。わたしがレジナルドを愛していて、それについて無謀であることをだれもが知っていた。わたしは彼を自分のものにしたかった。そして自分のものにした。彼と結婚したかった。十七歳の時も三十歳の時も。彼がフォースター家のものを、つまりわたしの貞節を奪ったことに対して、兄は激怒していた」

キャサリンはまた父を弁護しようと口を開いたが、メアリーが片手をあげてそれを止めた。

「でも、兄のことは関係ないわ。重要でもなんでもないのよ。なぜなら、妊娠末期を迎えた頃、レジナルドから手紙が届いたから。公爵夫人がエディントンホールに戻ってきたけれど、深刻な病で彼女もその子どもも亡くなったと知らせてきた。わたしにエディントンホールに戻って、すぐに結婚してほしいと。そうすれば、わたしの赤ん坊を嫡子にできると。それは醜聞の域を超えていることよ。社交界に戻ることは二度とできなくなるでしょう。それでも、彼にはそうする覚悟ができていたのね」

「あなたはなぜそうしなかったの？」

メアリーはキャサリンをじっと見た。その当時に戻ったかのように、その目は荒涼としていた。「もう彼を愛していなかったから」

キャサリンは唖然とした。叔母をこれほど多くの大胆な行動に駆りたてたレジナルドへの愛情が、突然ただ消滅してしまったということ？

「彼はその小心さとたくさんの嘘で、わたしの人生の大半を浪費させた。もはや彼と一緒に暮らしたくなかった。彼と家族を持ちたくなかった。自分の中で育っている子どもを愛していたけれど、でも認めないわけにはいかない。いくら愛していても、その子を愛するよりもっと、自分を愛していたことを。その子に彼とわたしをつなぎとめるかすがいになってほしくなかった。それはその子の人生ではないと思った。だから、彼の手紙が届いた時にわたしはエディントンホールへ行ったけれど、条件をはっきりさせたのよ。子どもは出産する。わたしがその出産を生き延びた時は、彼がその子を引きとり、わたしは自由の身になる。彼とは二度と会わない。自分の自由のために、その子を差しだした。彼はその子をグロリアの子として育て、その子は公爵の正統な娘となる。彼は同意したがらなかったけれど、ほかに選択肢はないでしょう？　わたしには彼と結婚するつもりがなかったから」

「あなたは子どもを放棄したということ？」

キャサリンは頭のてっぺんから足の先までショックを感じていた。これまで、自分がいかに叔母から見捨てられたかということばかり考えていた。今になって、なぜ叔母から便りがなかったのかわかった。叔母が諦め、見捨てた子どもはキャサリンではなかった。ヘンリエッタだった。

「そういうことになるわ。胸が張り裂けるほどつらかった。でも、わたしの胸はとっくに張り裂けていたのよ。レジナルドのせいでね。すでに心の内側は死んでいた。あなたは理解してくれなければ、キャシー。彼は自分の子どもを産んでほしいとわたしに懇願した。ありとあらゆる約束をした。わたしはそれを聞き入れた。でもその子のせいでわたしが彼に縛りつけられることだけは避けたかった。その子は必ず、彼がわたしの人生に戻ってくる手段になるでしょう。でもわたしは、どこかほかの場所に、自分にとってもっとよい人生があるとわかっていた」

理解できたとは言えなくても、理解するための努力はしたい。キャサリンは訊ねた。

「でも、ここに留まった。エディントンの近くに。あの子から完全に離れたくなかったのね」

「その通りだわ。でも、そこまで近くにいる必要はなかった。あの子が十七歳になるくらいまではレジナルドも生きているでしょう。あの子は社交シーズンを経て、結婚する。だれも秘密は知らない。よい人生を送るでしょう。わたしは正しい選択をしたのよ」

「会いたくないの？」

メアリーは肩をすくめた。「見かけてはいるわ。何年ものあいだ、あちらこちらで。美しい女の子。そして、わたしがいなくても健やかに育っている」

「わたしのこともそう思っていたの？」

「ええ」メアリーが目をぱちくりさせた。「実際のところ、そう思っていたわ」

「でも、そうじゃなかったわ」キャサリンは言った。「あなたがしたことで、わたしはずっと苦しんできたのよ。あなたの犯した数々の間違いをわたしがどれほど耐えてきたか、あなたは全然わかっていない」

「でもわたしのところに来たじゃないの」優しい口調だった。「公爵と婚約して。それでも修復不可能な苦しみだったというの？」

心は打ち沈んでいても、叔母が正しいことは理解できた。たしかに自分は公爵と婚約した。でも、これ以上婚約を継続することはできない。

なぜなら、ヘンリエッタがメアリー・フォースターの娘だとジョンに告げられないからだ。彼は今もメアリーを憎んでいる。この会見のあとではなおさらだろう。この事実は彼とヘンリエッタの関係を脅かすことになる。これほど衝撃的な事実を知ったあとも彼らの絆が変わらないとだれが保証できようか。

かといって、彼に打ち明けないまま結婚することもできない。嘘やごまかしがもたらした結果を目の当たりにしてきた。

自分はそんな人生を送ることはできない。

彼のためであっても。

この婚約を解消しなければならない。

喉の奥にすすり泣きがこみあげるのを感じたが、無理やり呑みこんだ。叔母のこの告白によって、キャサリンがどれほどの犠牲を払うことになるか、叔母本人には知られたくなかった。

「そんなに落胆する必要はないでしょう、キャシー。ご覧の通り、この話はハッピーエンドなのよ。わたしは夫のミスター・ライアーソンをとてもとても愛しているわ。公爵ではないかもしれないけれど、男として持つべきすべてを持った人よ」

キャサリンはなにも言えなかった。だから、答えるかわりに口の中でもごもごとつぶやいた。

「わたしはあなたの婚約に賛成できないし、そもそもその結婚が実現するかどうかも疑っている。ブレミンスター家の人間が、フォースター家のだれであろうと正当に扱うとは思えないからね。でもあなたはわたしの姪であり、ただひとりの兄の子どもだわ。しかも、ヘンリエッタが本来得るべきものをわたしが否定することはできない。だから、その年金を受けましょう。あなたのエディントン公爵にそう伝えていいわ」

「ありがとう、メアリー叔母さま」ようやく声が出るようになり、キャサリンはあえぐように言った。ふたりの目的はついに達成されたのに、むなしい気持ちしか感じない。そのために大変な代償を支払うことになった。

「お母さま？」

キャサリンが振り向くと、戸口に十歳くらいの少女が見えた。先ほど見かけた少年と少女が双子だとなんとなくわかった。温かみのある茶色い瞳をしている。父親に似たのだろうとキャサリンは直観的に思った。

「こちらにいらっしゃい」キャサリンとジョンに対する口調とはまったく違う声で叔母が言った。

興味ありげにキャサリンを見つめながら部屋に入ってきた娘を、叔母は両腕に抱いた。

「こちらはキャシーよ」少女の母が言う。「子どもの時に、わたしが算数や文字を教えていたの。でも、もうすっかり大人になってしまったわ」

少女は母の抱擁に心地よさそうに身を任せていた。抱きしめる叔母の顔に浮かんだ笑みを見て、たしかに、とキャサリンは思った。メアリーはいい母親だ。キャサリン自身にとってもいい母だった。だからこそ、彼女がいなくなってあれほど寂しかったのだ。

「もうお帰りになるところよ」メアリーが子どもに言う。「マリアを呼んできてくれる？ミス・フォースターのために馬車を借りに行きましょう。エディントンホールまで帰らないといけないから」

32

ジョンは心配で爆発しそうになりながら道端で待っていた。時間だけが過ぎていき、キャサリンの姿はいっこうに見えないうちに、その心配は苛立ちに変わった。

一分が一時間のように思える。

そしてついに、本当に一時間と思える時が過ぎた段階で、ジョンはこれ以上キャサリンを待つことができなくなった。

マーセルに馬車を方向転換させて農場に戻るように指示したが、狭い田舎道でそれは非常に難しいことだった。その操作でさらに十分という時間を失った。

ようやくあのこぎれいな農家に戻ってみると、中にいるはずの彼の婚約者はすでに出発したあとだった。

同じ女中が戸口に出てきた。そして、キャサリンがメアリー・フォースターの馬車ですでに出ていったと告げたのだ。この新事実——自分たちの計画とは違う——にジョンはがく然とし、馬車がどこに向かったか訊ねた。

「ドーチェスターです、旦那さま。駅馬車にお乗せするためだと思います」

ここに来る途中で、窓のカーテンをすべて閉じた一台の馬車とすれ違ったのを思いだした。ジョンが口にしたあまりにひどい悪態は、女中が口をあんぐり開けるほどだった。

それからジョンは自分の馬車に戻り、マーセルに全速力でドーチェスターの馬車停車場に行くよう指示した。

メアリー・フォースターが彼の婚約者になにを言ったのか、ジョンにはわからなかった。わかっていたのは、婚約者を見つける必要があるということだけだった。

しかし、馬車停車場に着いた時、駅馬車はすでに出発したあとで、キャサリンの姿はもうなかった。ロンドンに戻ったのかもしれないが、定かではない。駅馬車を追いかけることもできたが、その意味があるかどうかもわからない。もしかしたら、去ったわけではないのかもしれない。これはメアリー・フォースターが彼に対して仕掛けた企みかもしれない。ジョンにはわからなかった。

そもそもなぜキャサリンが去る必要がある？

ジョンはエディントンホールに戻ることにした。おそらく婚約者はそこに帰っているはずだ。だが、エディントンホールに着くと、キャサリンが戻っていないとミセス・モリソンから知らされた。

その言葉を聞いた瞬間、ジョンは体が熱くなるのを感じた。全身から汗がどっと吹きだすのがわかった。

また悪態をつき、ミセス・モリソンから叱られた。ミセス・モリソンに手紙も訪問者もすべて彼の書斎に通すようにと言い、事務弁護士のミスター・ローソンを呼ぶよう指示した。

執事が手紙を持って書斎に入ってきた時には、安堵のため息をついた。キャサリンからに違いない。なにが起こったのか書いてあるだろう。

ジョンは封をやぶって手紙を開けた。

ジョン
メアリーは年金を受けてくれることになりました。
わたしはロンドンに戻ります。わたしたちの婚約は解消しなければなりません。
どうかわたしを追わないでください。

キャサリン

ぼう然として手紙を置いたが、すでに体全体に広がる痛みを感じていた。彼の体から内臓かなにかをもぎ取られるような感覚だった。メアリー・フォースターに対する怒りにかっとなった。彼と結婚しないようにキャサリンを説得したに違いない。

それとも、とふいに虚脱感を覚えてジョンは思った。メアリーの居所がわかった時から、キャサリンは婚約を解消することをずっと考えていたのかもしれない。

違う、と自分に言う。それでは筋が通らない。

ふたりが分かち合ったものは本物だった。

ごまかしや策略のひとつだったはずがない。

追うなとキャサリンが言ったとしても、キャサリンを追ってロンドンへ行き、彼女を見つける必要がある。メアリー・フォースターとのあいだで、なにかが起こったに違いない。彼には理解できないなにかが。

ジョンは立ちあがり、足元の床が揺らぐのを感じた。肌からまた汗がどっと噴きだした。たしかに気分が悪い。やむを得ずもう一度椅子に坐ったところで、扉をノックする音が聞こえた。入るように声をかける。

入ってきたのはミスター・ローソンだった。呼ばれたことを喜んでいるようにはとても見えない。彼はジョンより二十歳以上年上で、小さい眼鏡をかけていた。髪はほとんど白髪だ。用心するような様子で書斎に入ってきたが、それについて非難できないのは、前回会った時にジョンが激怒してこの男をひどく罵倒したからだ。あの時のジョンは興奮のあまり、ミスター・ローソン自身に対して法的処置を執ると脅したのだった。

「公爵閣下」ローソンが深く頭をさげた。

「彼女を見つけた」ジョンが言うと、ローソンは目を輝かせた。

「ミス・メアリー・フォースターを、ですか、公爵閣下？」

「ミセス・ライアーソンだ」ジョンは正した。

昨日の朝、レディ・トリリングがキャサリンに渡した紙切れを机越しに滑らせる。あれは一生涯くらい前のことに思える。あの時はふたりの愛を確信していた。そして今はどう考えればいいかもわからない。

ローソンは安堵したようだった。彼は優秀な弁護士であり、多くの高位の紳士たちに対して忠誠を誓っているが、彼にとっては、その資産がきちんと管理できていることが最重要だとジョンは知っている。父のこの、まるで賭けでもしているような遺言を楽しんでいたはずがない。

「それで彼女は年金を受諾しましたか、公爵閣下？」

「受諾した」ジョンはなんとか答えたが、また奇妙な痛みに見舞われ、息ができなくなった。キャサリンのことを考えているだけで気絶するなどあり得るだろうか？

「明日の朝一番に訪ねてみます、公爵閣下。そして、年金に関する正式な書類を渡してまいります」

「ありがとう、ミスター・ローソン」

キャサリンと約束したことを思いだした——残りの九千ポンドだ。ふたりのあいだに起こったことと関係なく、この取引はたしかに終了した。たとえ彼が彼女を連れ戻すことができなくても、なにが起こったのか理解できなくても、もちろん取り戻せるように、理解できるようにと、心から願っているが、どちらにしろ、彼女には残金を得る資格がある。

「それから、ミスター・ローソン、キャサリン・フォースターに、ロンドンの彼女の住所宛に、九千ポンドの小切手を届けてもらいたい。前と同じ住所だ。ただちに頼む」

ふいに、あの日馬車の中で、処女であるかどうかの質問を答えたら五百ポンド支払うと言ったことを思いだした。そのあとにヘンリエッタの病気が知らされ、どちらもそのことをすっかり忘れていた。

ジョンは体の痛みにもかかわらず、思わずほほえんだ。

「九千五百ポンドだ、ローソン、厳密には」彼は言った。「ミス・フォースターへ」

ローソンはジョンに向かってうなずいた。その任務がたしかに実施されることを保証するうなずきだ。

そのまま立ち去るとジョンは思ったが、ミスター・ローソンは戸口で立ちどまった。

「お父上から、わたくしがメアリー・フォースターにお会いした時に、一通の手紙を直接お渡しするようにと預かっております」ローソンが言った。「その手紙は、年金と同様に重要なものとお見受けしました」

二週間前ならば、ジョンは弁護士に向かって激怒し、その手紙を渡さないほうがいいと言っただろう。だが今は、むしろ気にかけるほうが難しかった。父は複雑な男で多くの間違いを犯した。ジョンはキャサリンを思った。あの一度見たら忘れられない濃紺色の瞳と豊満な胸と、白い稲妻のような奇妙な色合いの髪、そして謎めいた伝説の物語と穏やかで思慮深い知性。そして今ようやく、自分が彼女を失ったかもしれないと怯えていることも、愛を取り戻すために、なぜ男がそれほどまでにがんばるのかも理解できた。

彼の母親は結婚生活において、ひどい仕打ちを受けるいわれはなかった。生まれながらにして愛すべき善良な女性だった。彼はそれに関していまだに父に対し怒りを抱いているが、その怒りに彼の人生を支配されるつもりはない。ロンドンに行ってキャサリンに会わねばならない時はなおさらだ。ローソンとの打ち合わせが済み次第、マーセルに命じて馬に鞍をつけさせよう。必要とあらば、ロンドン中を探してみせる。

「いいだろう」彼はローソンに言った。

弁護士はうなずき、ジョンは過去にローソンに向かって吐いたひどい言葉を悔いながら、彼を見送ろうと立ちあがった。

しかし、立ったその瞬間、部屋が揺らいだ。気づくと彼は床に倒れていた。

「公爵閣下？」

ミスター・ローソンが彼をのぞきこみ、ミセス・モリソンも同じようにしていた。

それから、すべてが闇に包まれた。


次に意識を取り戻した時、彼はベッドに横になっていた。頭が死ぬほど痛かった。額に冷たい手を感じ、見あげるとヘンリエッタだった。

「しーっ、お兄さま。寝ていなければいけないのよ」

気絶したに違いない。体がつらく、非常に気分が悪かったことに、今更ながら思いあたった。ヘンリエッタの熱病と父の病気のことを考え、自分も同じ病に襲われたのかもしれないと思った。頭の痛みと全身の汗から推して、おそらく答えはイエスだろう。

ジョンはヘンリエッタに向かってなんとか話そうとした。「キャサリン」ロンドンに行って彼女を見つけなければならないことを説明する必要がある。このベッドに横たわって、彼女が彼からどんどん離れていくのをそのままにしておくことはできない。

だが、言葉はただのうめき声にしかならず、自分が本当に重病であると改めて実感した。

「眠るのよ、ジョン」額に冷たい布が置かれるのを感じた。

キャサリンに連絡を取る必要がある。そうは思っても、みるみるうちに彼自身の無意識下の熱いスープの中に引きずりこまれていくようだった。

そして、すべてがふたたび真っ暗闇になる前、ジョンはキャサリンの顔を思い浮かべた。あの悪意に満ちた奇妙な農家に置き去りにする直前に見た顔だ。あの瞬間に戻れれば自分の持つすべてを投げだしてもいい。そして、今度こそなにが起ころうと、それが計画に従っていようがいまいが、彼女の隣に留まる。だが、そう思った瞬間、暗闇に沈んだ。

33

ロンドンに戻る馬車の中でキャサリンは泣かなかった。種々雑多な、しかし同様に惨めそうな人々で満席の馬車内に詰めこまれて二日の旅を過ごした。キャサリンは同乗者のことをほとんど見もしなかった。心はジョンのことを考えて、ぐるぐるまわり続けていた。すでに彼が恋しくてたまらなかった。あのひどい手紙を送るのは死ぬほどつらかった。叔母からすべてを聞いたあとでも、彼の元に駆け戻ることをなにより望んでいた。乗合馬車に乗ったその瞬間から、彼のことを思って心がうずいた。彼の両腕に抱かれて、新しく発覚した問題を一緒に解決したかった。彼のシルクのような巻き毛に両手を走らせ、彼の革と石鹼の香りを嗅ぎたかった。しかし、ヘンリエッタのことを考えればそれはできない。そして、ふたりのあいだにそんな嘘があっては、彼と結婚することもできない。

結果的に、レジナルドの嘘によって、彼本人がメアリーと結婚する機会が損なわれた。叔母の今の夫、ミスター・ライアーソンが、これで初めて叔母の正体を知るほうに大金を賭けてもいい。嘘の上に築かれた関係は生き残れない。レジナルドとメアリーのように。レディ・ウェザビーとサー・フランシスのように。ヘンリエッタの誕生の秘密をジョンに隠し続けることはできないし、かといって彼に真実を伝えることもできない。ヘンリエッタの母親がジョンの人生を苦痛に満ちたものにした張本人だと打ち明ける役割を自分は決して担えない。妹の母親こそが彼の実母の人生を打ち砕く手助けをした女だとはとても言えない。

今となって、ヘンリエッタとの交流を振り返ると、その時、無意識下に浮遊していたことに気づかないわけにはいかなかった。出会ってすぐに、まるで血がつながっているかのような親しみを覚えたが、それは当然のことだった。キャサリンとヘンリエッタは従姉妹だった。ほかにも視覚的な要素も脳裏をかすめた。陽光の中でにっこりする時のほほえみ、髪の質感、鼻の形。たしかに叔母を思い起こす要素があったと今ならわかる。でも、言われなければ、決してふたりを結びつけることはなかっただろう。

馬車の窓から外を見るともなく見ていると、思いはキャサリン自身があれほど長いあいだ憎く思っていた前の公爵レジナルドに向かった。だが、なんのことはない、彼は自分自身の犯した罪に苦しんでいた。自分の可愛い娘が成長していく姿を見るたびに、自分が愛し、そして失った女性を思いだす。そんな日々は彼を心底傷つけただろう。彼が衰え、年齢よりも老けたのも不思議はない。最後の何年か、エディントンホールをただ歩きまわって過ごしたのも不思議はない。自分が同じ状況でもきっと心を乱され、取り憑かれたようになっただろう。彼自身の娘が彼にとっては幽霊だったのだから。

ホルストンプレイスに帰り着いた時にはもう夕方だった。前と同じ灰色の石段をのぼり、扉をノックした。

見たことがない若い従僕が扉を開け、彼女を客間に導いた。

「あなたはきっとミス・フォースターですね」彼は畏敬の念に打たれた面持ちで深々とお辞儀をした。

「そうです」キャサリンはほほえんだ。「戻ってきたわ」

その時になってようやくキャサリンは、家全体が変わっていることに気づいた。家具が新しくなっている。壁紙も張り替えられている。もはや出ていった時の薄汚い様子はなく、家の中は光り輝いていた。

キャサリンが驚きのあまり、その場に立ち尽くしていると、従僕がコートを脱がせてくれた。レディ・ウェザビーとエアリアルは一千ポンドの一部をこのアパートの改装に費やしたに違いない。この二十四時間に自分が失ったすべてを一瞬棚にあげ、キャサリンはささやかな喜びに浸った。自分の労苦が少なくともレディ・ウェザビーとエアリアルによりよい人生をもたらしたと知ったからだ。

レディ・ウェザビーが客間に入ってきてキャサリンに気づくと悲鳴をあげた。

「まあ、キャサリン」レディ・ウェザビーがキャサリンを抱きしめた。「ホルストンプレイスの変わりようが嫌でなければいいのだけれど」

「すばらしいわ」キャサリンはレディ・ウェザビーを抱き返し、つかのま家に戻ってきたことをとても嬉しく思った。

「キャサリン！」

見あげると、准男爵の継承者という彼の地位に見合う新しい服一式できちんと装ったエアリアルが立っていた。彼は走り寄ってキャサリンのウエストを強く抱きしめた。

自分でも止める間もなく、キャサリンは泣いていた。叔母に会った時も流さず、帰路の馬車でもこらえていた涙がどっとあふれだし、音もなく顔を流れ落ちた。

「キャサリン、どうしたの？」エアリアルが驚いて身を引く。

「キャサリンは長い旅に出ていたのよ、いい子ね。しかも駅馬車で移動していたのだから、どんな女性でも泣きたくなりますよ。さあさあ、キャサリン、ここにお坐りなさい」レディ・ウェザビーがソファを示した。「メリンダがお茶を持ってきますからね」

メリンダが盆を入ってきた時には、彼女の新しい服をほめるだけの余裕を取り戻していた。一新した家屋で家政婦を務めるという役割にぴったりの服だ。メリンダが恥ずかしそうに急いで部屋から出ていくと、エアリアルはキャサリンが請け負ったはずの歴史書の執筆について質問を浴びせ始めたが、すぐにレディ・ウェザビーがさえぎった。レディ・ウェザビーの思いやりに感謝したものの、その様子がいつもと違うことが気になった。普段ならば、レディ・ウェザビーはとても知りたがり屋なのだ。

「これが今朝、あなた宛に届きましたよ」レディ・ウェザビーがテーブル越しに手紙を滑らせて寄こした。キャサリンの鼓動が二倍の速さになった。キャサリンの手紙に対するジョンの返事以外にあり得ないとわかっていたからだ。

しかし封蠟を壊すと、そこには九千五百ポンドの小切手と、彼の事務弁護士ミスター・ローソンからの、支払いを告げる短い手紙しか入っていなかった。

九千五百ポンド。

一瞬戸惑ったが、すぐに彼が馬車の中で問うた質問のことを思いだした。

キャサリンはごくりと唾を呑みこんだ。

彼は乗合馬車を追いかけてくることもなく、馬を駆って、キャサリンより早くこの家に来ることもしなかったが、この追加の五百ポンドは送ってきた。その事実が、なぜかわからないがキャサリンに、もう一度彼に会えるかもしれないというわずかな希望を与えてくれた。なぜ彼と結婚することができないかを、真実を告げずに説明する可能性をキャサリンは一番怖れていた。

そんなことを考えるうちに、涙がまたあふれそうになり、あわてて押し戻した。茶碗越しに、好奇心に満ちた目でキャサリンを見守っているエアリアルに、また泣くところを見せたくなかった。

「なんて書いてあったの、キャサリン？」彼の声には怯えが感じられた。

「これは歴史の執筆に対してエディントン公爵が支払ってくれる予定だったお金の残金よ」

「いくらなの？」エアリアルが顔をしかめる。

レディ・ウェザビーが息子の腕を叩いた。

「サー・エアリアル！」

息子は返事の代わりに舌を突きだした。

「九千五百ポンドよ」キャサリンは口をぽかんと開けたレディ・ウェザビーに小切手を手渡

した。

「九千五百ポンド」レディ・ウェザビーの声は驚きに満ちていた。

「地所の借金はいくらなの？」キャサリンは優しく訊ねた。

「キャサリン」レディ・ウェザビーが言う。「あなたが稼いだお金よ。そんなこと、絶対させられないわ」

「ウェザビーパークはわたしの家でもあるのよ、あなたがいつもそう言ってくれたのよ。自分の家を守りたくないはずがないでしょう？」

レディ・ウェザビーはなにも言わなかった。

「それで、いくらなの？」キャサリンは繰り返した。

「五千ポンドかかるわ、田舎の地所を戻すために。あと、街でこの家を借りておくために」

「ここよりもう少し新しい家を借りられるわね」キャサリンは急いで言った。レディ・ウェザビーとエアリアルに、これ以上少しでも貧困を感じてほしくなかった。

「いいえ、わたしはこの場所が好きになってきたの」レディ・ウェザビーが部屋を見まわした。「とくに、すっかりきれいにした今は」

「ここは我が家だよ、キャサリン」エアリアルは少し怒ったような口調で言った。「ホルストンプレイスはいつもぼくたちのための家だった。立派なおとなになっても、古い友だちを捨てちゃいけないんだよ」

「わかったわ」キャサリンは笑った。「ウェザビーパークとホルストンプレイス、そうしましょう」

キャサリンは手を伸ばし、自分の真の家族ふたりの手を取った。少なくとも、とキャサリンは思った。この旅は無駄骨ではなかった。自分はやり遂げた。このふたりを救ったのだ。

「あした、事務弁護士に手紙を書きますね」レディ・ウェザビーの声が震えているのを聞き、キャサリンは、自分の悲しみはさておき、とても幸せな気持ちになった。ふたつの正反対の感情が共存できることにキャサリンは驚いた。

エアリアルとレディ・ウェザビーは、キャサリンを新しい――壁を塗り換えて新しい家具を入れた――部屋に案内すると、彼女が眠れるように部屋を出ていった。長旅で疲労困憊だったが、眠りはなかなか訪れなかった。

ジョンのことを考え続けた。

彼は追いかけてくるだろうか？　愛していると言ってくれたことは一度もないけれど、彼が好いてくれて、本気で妻にと望んでいることはわかっていた。だから、このまままだ放っておくとは考えられないし、考えたくもない。

部屋の扉をノックする音が聞こえたので、キャサリンはベッドから起きて扉を開けた。レディ・ウェザビーが廊下に立っていた。

心配そうな表情を浮かべたその顔は、母親らしい心配でかげっている。あの奇妙な小さい田舎家で、叔母の顔に浮かんでいたらとキャサリンが願ったまさにその表情を見て、キャサリンはその日二回目だったがわっと泣きだした。

レディ・ウェザビーはキャサリンを抱き寄せ、背中をそっと叩いた。

「大丈夫、大丈夫。いい子ね。本当に勇敢だったわ」

キャサリンはレディ・ウェザビーの肩にすがり、それ以上涙が出なくなるまでむせび泣いた。

少しおさまると、レディ・ウェザビーが身を離して言った。「入ってもいいかしら？」

キャサリンはうなずき、ふたりはキャサリンのベッドに並んで坐った。

「エディントン公爵とはなにがあったの？」レディ・ウェザビーが言った。「立ち入った質問かもしれないけれど」

キャサリンは戸惑ってレディ・ウェザビーを見やった。どうして知っているの？　有償で歴史の本を書く旅から戻ってきたばかりのキャサリンに対し、いろいろ聞きたいのはわかる。でも、なぜレディ・ウェザビーが知っているのかわからない。エディントンからは一度しか手紙を書かなかった。なんといっても、二週間と少ししか留守にしなかったのだ。

「キャサリン、まさか、公爵が婚約者のために歴史の本を用意するなどという話をわたくしが信じるとはあなたも思っていなかったでしょう？」

キャサリンは顔が赤らむのを感じた。実を言えば、レディ・ウェザビーがそう信じることを期待していたのだ。

「最初からほかにもなにか事情があるとは思っていましたよ。でも、説明を求めてあなたをわずらわせたくなかったし、あなたがわたしたちを守ろうとしてくれていることもわかっていました。そうしたら、旧友のジュリア・トリリングから手紙が届いて、あなたと会ったと書いてあったのですよ。そして、あなたの叔母さまのことを訊ねていたと」

「もちろん、全部説明してほしいなどと言いませんよ」レディ・ウェザビーが言葉を継いだ。「でも、あなたが大丈夫なことだけは確認したいのです。彼にひどく傷つけられたの？」

自分のためにいつもそばにいてくれた人にすべての真実を告げてなぜいけないのかと、キャサリンは自分に問うた。レディ・ウェザビーはずっと母親のような存在だった。人生で、少なくともこの十七年間で出会っただれよりも親らしかった。レディ・ウェザビー本人にとって人生が非常に困難だった時でさえ、決してキャサリンを残して去らなかった。いつもそこにいてくれた。

キャサリンはレディ・ウェザビーの問いに答えた。もはや止めることができずに、すべての話を打ち明けた。トレンバーレィ邸の庭でジョンと過ごした夜のこと。公爵の遺言のこと。叔母とヘンリエッタのこと。そして、なぜ自分がジョンと一緒になれないのかという理由。

話し終えた時、レディ・ウェザビーは衝撃を受けたというより、物思いにうち沈んだ様子だった。まるで、キャサリン自身でさえ理解できないその話から教訓を引きだそうとしているかのようだ。

「彼があなたを愛しているのは知っていましたよ」レディ・ウェザビーが言う。「あの薄暗い小さな客間で、彼があなたを見つめるまなざしを見た瞬間から」

「彼が追いかけてくるとは思っていないんです。それに、一緒になることはできないとわかっているわ。それでも、来てくれればと願わずにはいられないの」

「きっといらっしゃるわ」レディ・ウェザビーが言った。「待っていなさいな」

キャサリンは肩をすくめた。そこまでの確信はまったく持てない。

「叔母さまがあなたにそこまで厳しくされたのが残念だわ。とてもつらかったでしょうね」

「叔母をいつも母のように思っていたから、彼女が生きていると初めて聞いた時は、それならばなぜわたしを見つけに来てくれないのか理解できなかった。今はなぜかわかりました。わたしはもう、叔母が置き去りにした子どもではなかったからだわ」

「そんなに簡単なこととは思えないけれど。それに、彼女も来たかったのではないかしら。あなたの怒りと批判を怖れたのかもしれないわ」

「わたしにはわからないわ、エレナ」

「そうね、あなたは忍耐強くなければならないわね。わたしは公爵さまを信頼しているわ。彼はきっと戻ってくる。あなたは彼を愛しているのでしょう？」

自分は彼を愛しているだろうか？　もちろん愛している。彼が前よりもハンサムで、しかも彼自身ではどうにもできない状況に追い込まれた状態でふたたび現れるより前でさえ、つまり出会うことなど思いよらなかった時でさえ、彼以外の人を自分が愛するなど想像もできなかった。

「愛しているわ」

「それならば、あなたがたふたりできっと道を見つけられるでしょう」

「でも――」

レディ・ウェザビーが片手をあげてキャサリンの言葉を止めた。「あなたがたふたりが、あなたの叔母さまとヘンリエッタの問題をどのように解決するかはわからないわ。でも、真に、そして心から愛し合うふたりならば、最後には必ず一緒になる方法を見つけられる。それはわかっているの」

そう言うと、レディ・ウェザビーはキャサリンの頬にキスをして、おやすみを言った。

34

昨日の午後、ジョンはまだ弱ってはいるが、この何日かでもっともよい気分で目を覚ました。ほぼ一週間、枕から頭をあげることさえできなかった。ベッドの上で起きあがると、そばの椅子でうたたねをしていた妹が目を覚ました。

「ジョン、起きたのね！」

そう言うなり、彼女は泣きだして、彼が死んでしまうのではないかとずっと心配していたこと、キャサリンを見つけることができず、彼女なしでどうしたらいいかわからなかったことを訴えた。頭がまだ少し痛んだものの、ジョンは妹に、キャサリンがロンドンの家族を訪ねていったことを伝えた。本当はふたりの関係について、真実を妹に話したかった。しかし、婚約も解消され、しかもひどい熱病から目覚めたばかりで、目の焦点も合わない状態では、まだ話すことはできない。

医者が来て、快方に向かっていると断言した。それから彼はふたたび夜じゅう眠った。起きている時はずっとキャサリンのことを考え、熱に浮かされて見る夢も、彼女のことばかりだった。思い描く光景は、過去の断片とおそらくは想像した未来の断片が奇妙に混じり合ったものだった。緑色の瞳で銀色の髪の子どもたちと一緒にふたりでエディントンホールの果樹園を散歩している夢も見た。銀髪の子どもたちが、フォースターハウスの外の公園を走っている夢もあって、その夢の中では、ふたりがそこを所有していると彼にはわかっていた。こうした夢は鮮やかで詳細だった。その夢のせいでキャサリンを切望する気持ちはいや増し、そのあと彼は眠りの沼に引きずりこまれていった。

医者の診察から二十四時間後、彼はようやくきちんと身なりを整えて寝室に立っていた。すぐにもキャサリンを探しにロンドンへ出発するつもりだった。

扉を叩く音が聞こえ、ミセス・モリソンが馬の用意ができたと言いに来たのだと思って入るように声をかけると、現れたのはヘンリエッタだった。

「ミスタ・ローソンがどうしてもあなたに会いたいそうよ」なんの前置きもなく言う。「まだ体が弱っていて弁護士と話すことなどできないと言ったんだけど、どうしてもって」

ジョンは一抹の不安を覚えた。彼が届けさせた謝礼金をキャサリンが返してきたのだろうか。それとも、ミスター・ローソンはメアリー・フォースターを見つけられなかったのだろうか。

「どこに行くの？」

「仕事でロンドンに行かねばならない」彼は答えた。「すぐに戻るよ」願わくはキャサリンと。すべてをヘンリエッタに説明しなければならないが、これ以上出発を遅らせたくなかった。戻ってきた時に説明しよう。

「また出かけてしまうのね」

「レッタ、とても短い期間だ。病気のせいで遅れてしまったが、急を要する仕事なんだ」

「どこに行くのかなぜ教えてくれないの？」ヘンリエッタが目を細めて言う。ジョンは罪悪感にとらわれた。フォーク男爵とのあいだで起こったことについても、まだ話し合っていない。きちんと話し合うべき事柄なのに。

どうしてこういつも、ヘンリエッタのこととなるとうまくできないのだろう？

「ミスター・ローソンと話してから、おまえと話すよ。知らせもなくやってきたということは、よほど差し迫った用事なのだろう。ミセス・モリソンに言って、階下の書斎で会うと伝えてもらってくれ。そのあとに、ロンドンになにをしに行くのか、おまえに話す。約束する」

簡潔に説明しようと彼は決心した。キャサリンの正体は明かさない。ただ、ミス・アスターと恋に落ちて、求婚したいと思っていることだけだ。すべてを出発前に伝えるのは不可能だ。

ヘンリエッタは動かなかった。

「頼むよ。ミスター・ローソンとの話が終わったら、必ず説明する。彼がなにを望んでいようと関係ない」

ヘンリエッタは彼と目を合わせ、そしてうなずいた。黙って了承したこと自体が、兄が命を失うのではないかと、ヘンリエッタがひどく怯えていたことをなによりも示していた。普段ならば、呆れたように目をくるりとまわし、彼のことをひどい呼び名で呼ぶはずだ。

ヘンリエッタが彼の部屋を出ていった。

ジョンはため息をつき、鏡に映る自分を眺めた。

事務弁護士と話し、それから妹と話し、そのあとすぐに愛する女性を見つけにいく。愛。その言葉は熱に浮かされた夢に余すところなく織りこまれていた。キャサリンに結婚を申しこんだ時に、愛を語るべきだった。なにがふたりを遠ざけているのか、どうすればそれを乗り越えられるかに焦点を当てていたせいだろう。彼女のためならばどんなことでもすると、彼女がいない人生は無意味だと話すべきだった。

この間違いを二度と犯さない。

ジョンが書斎に入っていくと、ミスター・ローソンが待っていた。

「閣下」小さく一礼して彼が言った。「ご回復されたと伺って安堵いたしました」

「ありがとう、ミスター・ローソン」ジョンは答えた。「だが、旅に出るところだ。急いで用件を済ませたい」

「メアリー・フォースターを訪問いたしました。むしろ、ミセス・メアリー・ライアーソンとお呼びするべきでしょうが」

ジョンはうなずいた。

「彼女は年金を受けとることに同意しました。あなたの説得で納得されていなかったとしても、お父上の手紙がその任務を完遂したようです」

「それはよかった」彼は吐き捨てるように言った。父とミセス・ライアーソンの古い慈愛の結果がどうであろうと、自分には関係ないことを表明したかった。

ミスター・ローソンが答える代わりにこわばった笑みを浮かべた。

「遺言はつつがなく執行されました。フォーク男爵に行くことになっていた金額は、レディ・ヘンリエッタのための信託から引きだされておりません。しかしながら、最後にもうひとつございます」

ジョンの心臓がずしんと落ちこんだ。「いったいどういう意味だ、ローソン」

「申しわけありません」男が言う。「驚かせるつもりはありませんでした。遺言は完璧に執行されております。公爵領とそれ以外にお父上が所有されていたすべては、完全にあなたのもので、債務もございません。しかしながら、先代の公爵さまにお約束したのです。あなたがメアリー・フォースターを見つけて、彼女が年金を公式に授受した暁に、この手紙をあなたに渡しすることを」

ミスター・ローソンはコートから四角い紙を引きだして、彼の書斎机の上に置いた。

ジョンは気分が悪くなった。その朝目覚めてから初めて、ロンドンに出発することが頭から離れた。

「失礼だが、ミスター・ローソン。こんな手紙があるのならば、なぜ先に渡してくれなかったのだ?」

ミスター・ローソンが顔をしかめた。「あなたがメアリー・フォースターを見つけたあとに手紙を渡すと先の公爵さまに約束をしたのです。わたくしたちは領主と弁護士であっただけでなく、友人同士でした。あの方を尊敬し、いろいろな面倒ごとをお気の毒に感じておりました。こんなことを申して無作法だとあなたがお思いにならなければいいのですが」

「出ていってくれ」彼は強い口調で言った。「もう終わりだ」

永遠に、とジョンはつけ加えたかったが、なんとか我慢した。

ミスター・ローソンは正しい。彼とジョンの父は長年の友人であった。これだけ長く彼の家族に忠実だった男を、ジョンは傷つけたくなかった。それでも、ジョンが思い悩んでいたあいだもこの手紙を渡さないでいたことを許容するのは、今の自分には難しい。

ミスター・ローソンはうなずき、そして部屋をあとにした。

ジョンは机の上に載った手紙を凝視した。暖炉の火に放りこむこともできる。おそらくそうすべきだろう。それでも、父からの最後の手紙はあまりにも誘惑的だった。父に対して今も怒っていたし、メアリー・フォースターを訪ねたこともその怒りを鎮めるにはなんの役にも立たなかった。それでも彼は、父がなぜ彼を騙してこんな罠を仕掛けたのか、その理由を理解したかった。そう考えてジョンは封を破って手紙を開けた。

親愛なる息子よ

おまえがこの手紙を読んでいるならば、おまえの善良さが忍耐心の限界まで発揮されたということだろう。そのことに関しては心から申しわけなく思っている。同時に、それについてもっと先まで予測すべきだったと非常に後悔している。

今頃おまえはメアリー・フォースターを発見して年金を渡すことに成功しているだろう。彼女にその年金を得る資格があり、おまえが説得して受領させてくれることはわかっている。とくにわたしがこの資金に関して定めた状況を説明するのは功を奏したことだろう。わたしはまた、彼女の好意が多少なりとも残っていて、わたしの死に際の希望を断らないだろうとうぬぼれている。

わたしは彼女とおまえの母親の両方を不当に扱った。どちらもそれぞれに愛し、どちらも諦められなかったあげく、両方を失った。それに関して、おまえにも謝罪したい。わたしの向こう見ずな行いのせいでおまえまでが耐えねばならなかったことに対し謝罪する。

わたし自身の数々の失敗を鑑みれば、おまえにおこがましく忠告などできないが、息子よ、計り知れない苦悩という対価を支払って得たこの叡智を授けなければ、怠慢のそしりは免れまい。もしも女性を心から、そして真に愛したならば、その女性と結婚するために、あらゆる機会をとらえなさい。たとえその代償が高すぎると思えても、あるいはその障害を乗り越えられないと感じても、おまえがわたしの年齢まで生き伸びることができたなら、高い山が蟻塚ほどに縮小するのを目の当たりにするはずだ。

しかしながら、おまえにこの手紙を書いているのは、よき父が死の床で息子に出すような最後の手紙を与えるためではない。おまえにとっては、よく言ってなんとか耐えられる程度の父であっただろうが、この期に及び、わたしはおまえにさらなる困難を与えねばならない。

ローソンに、この手紙をおまえに渡すように頼んだのは、おまえの妹に真実を知る権利があるからだ。この情報が引き起こすであろう苦悩に対して、おまえにも、おまえの妹にも申しわけなく思うが、この事実をこれ以上秘密にしておくよりも、伝えたほうが必ずよい結果となるはずだ。おまえが妹にこのことを告げるうまい方法を見つけてくれると信じている。わたしには勇気がなくてできなかったことを、おまえならやれると知っている。このことに関しても、息子よ、もう一度謝罪するが、おまえがわたしの過ちから学んで、わたしとは比較にならないほどよい人間になると知っているから安心している。わたしに息子がいる、あらゆる点でわたしを凌駕する後継者がいると知っているからこそ、わたしという存在を導いた厳しい指導者たちをわたしは許すことができる。

それゆえに、わたしはおまえに真実を告げなければならない。ヘンリエッタはおまえの母親の子どもではない。彼女はメアリー・フォースターとわたしの落とし子である。エディントンホールでメアリー・フォースターが出産した。何年も昔、おまえが学校から戻ったあの晩のことだ。世間の人々に対するのと同じく、わたしはおまえに対しても真実を隠した。お願いだ、この真実をなんとか穏やかに妹に伝えるすべを見つけてほしい。彼女には、自分の親のひとりがまだ生きていることを知る権利がある。

長年にわたり、おまえはわたしの誇りだった。息子であり、後継ぎであり、公爵家を継承してくれるおまえがいることをいつも神に感謝していた。互いに違いはあろうとも、おまえはこの何年かずっとわたしの慰めだった。今こうして病に伏せっていると、わたしが失敗しても、おまえがヘンリエッタを導いてくれるとわかっていることが、大きな充足感をもたらしてくれる。なぜなら、彼女の実の親に関するこの突然の情報でさえも、おまえが彼女に抱いている愛情を決して損なうことはないと知っているからだ。

心からの愛をこめて　父

ジョンはこの手紙を何回も読み返さねばならなかった。最初に一読して語義的な意味は理解しても、実際の言葉は理解できていないように感じた。部屋がぐるぐるまわりはしないが、微妙に再調整されているような感じだった。自分の存在そのものをこの新情報に無理やり合わせているような感覚だった。

思いがぐるぐるめぐり、川の湾曲した美しい場所にあった農場に戻って、メアリー・フォースターの姿と、奇妙な馴染み深さを感じる彼女の動きを脳裏に映しだした。メアリー・フォースターの記憶に心がざわつくのは、あまりに不快なあの強い態度のせいだと思っていた。しかし今になってみると、彼女の動きに、不快以上のなにかを認識したせいかもしれないと思う。

彼女はヘンリエッタのように小さく、同様に、まるで人形のように華奢でほっそりした目鼻立ちだった。そうだ、ふたりがいかに母と娘であるかが、あの時の自分には見えていたに違いない。

父の書斎だった場所、あのおぞましい日の現場だった場所を見まわしながら、ジョンは奇妙な明るさを感じていた。この新情報をまだ充分理解できておらず、いまだ嫌悪のような感覚はあるものの、この情報のせいで、すべてが違って見えた。おそらく、自分はある程度わかっていたのだろう。この不祥事に心を引き裂かれ、その後もずっと苦しんでいたのは、エディントンホールの雰囲気の中に、なにか未解決の疑念を感じとっていたからに違いない。ありふれた風景の中に、真実ではないなにかが、その真実についてなにも知らない無邪気な幼い妹を隠れみのにして潜んでいたせいだ。

父は間違いなく息子の人生を台なしにしたのだと思いながら、ジョンは椅子に身を沈めた。父自身が書いていたように、父はどちらの女性も選ぶことができず、結局独りとり残された。それぞれの子どもたちとともに。後年の彼がどんどんやつれ、落ちこんでいったのも無理はない。自分のふたりの子どもたちを見るたび、自分が裏切ったふたりの女性を、愛していながら失ったふたりの女性を思いだすという日々に、いったいどんな喜びと悲しみがあったのだろうとジョンは思った。

そしてその時、ジョンははっと気づいた。

キャサリンは知っていた。

それ以外に、突然立ち去ったことを説明できる理由はない。

彼が立ち去ることを彼女はいつも非難していた。なにか理由がない限り、その同じことを彼女が彼に対してするはずがないとようやく気づいた。

非常に重大な理由。この事実のように。

確かとは言えないが、おそらくメアリー・フォースターがキャサリンに告げたのだろう。キャサリンはこの事実を知り、自分のことは犠牲にしても、彼とヘンリエッタを苦しめたくないと願った。彼女の性格から、この秘密を彼に言うこともできず、でも、ふたりのあいだにこの秘密があっては結婚もできないと考えたのであろう。

書斎の扉がきしむ音が聞こえた。その音が、彼が約束した話し合いのために、新事実によってさらに複雑化した話し合いのために、ヘンリエッタがやってきた合図であることを怖れながら、ジョンは顔をあげた。

だが、戸口に立っていたのはミセス・モリソンだった。彼女の姿を目にして、ジョンは椅子から立ちあがった。

「ミスター・ローソンはもう帰られましたか、旦那さま?」彼女の顔は蒼白だった。その心配そうな目を一瞥し、彼女がこれまで伝えてきた以上のことを知っているとすぐにわかった。

「知っていたのだな」ジョンは冷静な口調で言った。

ミセス・モリソンは部屋に入り、扉を閉めた。

「なぜ言わなかったのだ?」ずっと知っていたに違いない、そして、父と共謀したに違いない人物に対し、ふいに怒りがこみあげた。「ぼくはおまえに訊ねた。なにも知らないとおまえは答えた。嘘をついたのか」

「あたしは申しあげる立場ではありませんでした」必死に訴える口調だった。「それに、真実をお話しすることで、なにかよくなるとも思えませんでした。しかも解決するために必要な大事なことをあたしは知らなかったのです。メアリー・フォースターがどこにいるかです。でも、たしかにあの晩、あたしはそこにいました。お父上がミスター・ローソンに年金のことを話しておられたので、あなたさまへの手紙になにが書かれているか、だいたいわかっていました。だから、遅かれ早かれ」と老婦人は続けた。

「真実をお知りになるとわかっていました。それに、あたしが真実を告げても、あなたさまが必要とされていることは提供できないとわかっていました」

「どうしてヘンリエッタのことを知ったのだ？」喉から無理やり言葉を押しだした。ミセス・モリソンが彼よりも先に知っていたことが彼を苛立たせた。

ミセス・モリソンが乾いた笑い声をたてた。

「あたしは十四歳の小娘の時に、このエディントンホールで働き始めたんです。あなたのお父さまは五歳の男の子でした。あの方の一生のほとんどをあたしは知っていたんです」

彼は苛立った表情をミセス・モリソンに向けた。長い話につきあう忍耐心はないと伝えるためだ。

「あなたさまのお母さまと赤ちゃんが亡くなり、その死をお父さまは隠したかった。そんな時にほかのだれを信頼できるでしょうか？　一週間も経たないうちに、暗闇に紛れてメアリー・フォースターをエディントンホールに連れてくることを、ほかのだれに託せるでしょう？　お腹が大きくて、馬車からおりることもままならなかったのです。あなたさまの妹さんが産まれる時、あたしはひとりで介助しました。メアリー・フォースターの悲鳴に死んでしまうだろうと思いました」

「その悲鳴は覚えている」彼は言った。

「あなたさまは、自分のお母さまの悲鳴だと思っておられました。ほかの人々と同様に」ミセス・モリソンが言う。「あれだけひどく悲鳴をあげたことが、結局は都合よかったのです。そのおかげで、お母さまが出産で亡くなったことを、だれも疑いませんでした。実際には、お母さまは静かに逝かれました」

ジョンはミセス・モリソンを眺めた。白髪を頭の上でひとつにまとめ、家政婦の黒い服を着た姿はいつも通りこぎれいで非常にきちんとしている。彼女にこんな秘密を隠し通すことができるとはまったく思っていなかった。

「これから妹と話す必要がある。失礼していいかな、ミセス・モリソン？」

退出を促すこの言葉にも、彼女は動かなかった。むしろ一歩前に出たのだった。その顔に浮かんだ無防備な表情が彼を驚かせた。

「彼女はどうなったのでしょうか、旦那さま？」

「メアリー・フォースターのことか？」ミセス・モリソンがなぜそこまで気にするのかわからず、聞き返した。

ミセス・モリソンがうなずく。

「結婚して、ここから数時間のところで暮らしている。ミスター・ライアーソンに嫁いだ」

「幸せなのですか？」

「ぼくにはわからない。おまえはなぜ気にするんだ?」

ミセス・モリソンが首を振った。

「気にするべきではないのでしょうが、あの方はいつも元気で活発な女の子でした。おふたりが若い時、先代の公爵閣下が、レジナルドさまが結婚する前は――」少し口ごもる。「ふたりは一緒にこの地所で遊びまわっていました。屋敷のまわりで。互いにぞっこんで、みんなそのことを知っていました。これだけ長いあいだ生きていても、あんな関係は見たことがないです」彼女の声が震えるのを聞いて、ジョンの胸に奇妙な感情がうごめいた。

「あなたさまはお父さまに対して怒っておられるでしょう。当然のことです」ミセス・モリソンが急いで言う。「お父さまはたくさんの間違いを犯しました。でも、ふたりがかつてどんなふうだったか、理解してあげなければいけません。お祖父さまがふたりを結婚させることを拒否なさった時、あたしは悲しくてたまりませんでした」

ジョンはミセス・モリソンを凝視した。自分は生まれてからずっと彼女を知っている。空想家どころか、感傷的な面など皆無だと思っていた。それにもかかわらず、今彼女の目は、ずっと前に死に絶えた愛を、何年も前に消滅した若い戯れを思いだして、涙があふれそうになっている。彼女の言葉は、父親の手紙にあっさり書かれていたこと、父が比類なき情熱を持ってメアリー・フォースターを愛していた事実を現実のものにした。そしてもしもミセス・モリソンが――あのミセス・モリソンが――、三十年以上経ったあとでそれを思いだして涙ぐんでいるのならば、それは実際、きわめて稀な愛だったに違いない。

「あなたさまとキャサリンが」部屋の戸口のところで足を止めてミセス・モリソンが言った。「あのおふたりを思い出させるのです——あの頃のおふたりのお姿を」

そう言い残し、ミセス・モリソンは戸口から出ていった。

キャサリンが何年も前にあのトレンバーレィの庭で話してくれた奇妙な伝説をジョンは思いだした。ハンプシャーの王が真実の愛を諦めて、義務のためにほかの女性と結婚した話だ。その時、ジョンはまるで自分の人生の話のように感じたが、それがなぜかわからなかった。今はわかる。人生で初めて、過去を理解したことで、父に感じていた恨みのかなりの部分が溶けていくのを感じた。今なお怒りは感じているものの、あの醜聞以来、初めて父の悲しみという重荷が自分から滑り落ちていくのを感じた。父の過去を正すために、自分はできることをすべてやった。今度は自分の将来に焦点を当てる番だ。父と同じ過ちをただ避けようとするのではなく、父の助言に従おう。

〝もしも女性を心から、そして真に愛したならば、その女性と結婚するために、あらゆる機会をとらえなさい。〟

そうだとすれば、ロンドンに駆けつけることから始めてはいけないだろう。この部分は決して急いではならない。正しいやり方で行う必要がある。

そうだ、まずは妹と話すことから始めるべきだろう。

35

二週間近く経ったが、ジョンからはなんの連絡もなかった。

この事実に自分の日々を支配されないようにしようとキャサリンは努力した。結局のところ、と自分に言い聞かせた。竜巻のような二週間を共に過ごしただけのこと。そのあいだにあまりに多くのことが起こったせいで、ふたりは恋に落ちたと思いこんだだけ。おそらく、ふたりの強いつながりは幻想に過ぎなかった――彼にとっては。もちろん、自分は彼を忘れることはできない。彼のベッドで過ごした幾晩か、彼が激しい切望の声でキャサリンの名前を何度も呼んだ瞬間が脳裏に幾度となくよみがえる。まるでキャサリンがみずからを彼に与えたことで、彼の傷を癒やして元気にさせたかのような、そんな呼び方だった。

でも、本当に望んでくれているならば、とっくに現れて、戻ってくれと懇願していたはずだとキャサリンは自分に言い聞かせた。さすがに、二週間あれば、姿を見せて思いを告げるには充分だろう。

キャサリンは待ちわびている自分を叱りつけた。なぜ恋い焦がれるの？　なぜ後を追ってきてくることを切望しているの？　彼を受け入れるのは不可能だとわかっているのに。意味をなさない。

キャサリンはレディ・ウェザビーとエアリアルに集中することで気持ちを紛らわせようと

した。

幸いなことに、キャサリンの小さな家族にとっては多忙な時期だった。エディントン公爵から報酬が全額支払われたことにより、三人の生活状況は完全に回復し、むしろ前よりもよくなった。まもなく、ウェザビーパークの屋敷で暮らせるようになる。屋敷の賃借人は今月の終わりに退去する予定だ。三人は地所まで出かけていき――ロンドンから馬車で二時間足らず――、懐かしい場所を見てまわり、家族がふたたび住むために必要となる改良点をノートに書き留めた。

昨週、キャサリンはレディ・ウェザビーを脇に連れていき、エアリアルは学校に行く必要があると告げた。ここ何年かは、イートン校に行かせるお金がなかったから、話題にさえほとんどのぼらなかったが、今ならば容易に費用をまかなえる。レディ・ウェザビーは初め乗り気でなかった。息子を遠くに行かせたくない一心からだが、エアリアルが世の中で自分の居場所を築くために必要なことだと、しかも学校の費用は家庭教師を雇うより安価であると、キャサリンが説得した。レディ・ウェザビーはしぶしぶ同意し、秋にエアリアルは初めて学校に行くことになった。エアリアル本人はその時が待ち切れない様子だったが、その歓喜の声が母親の感情を逆なでしたことは否めない。

とはいえ、引っ越しや入学という変化はまだ先のことだ。三人はウェザビーパークからホルストンプレイスに戻り、夕食後、新しく応接間にした部屋に坐ってくつろいでいた。エアリアルはその日、模型材料店で購入した船の模型を組み立てていた。レディ・ウェザビーは、新しい恋愛小説と皿の上のビスケットとエアリアルの模型作成の監督を一度にやろうとしていた。キャサリンは窓から外を眺め、努めてジョンのことを考えすぎないように努力していた。

新しい従僕がこの小さな応接間に入ってきて告げた。「お客さまです、奥さま」

「こんな時間に？」レディ・ウェザビーが言う。キャサリンのほうをちらりと見たが、ソファの自分の席から動こうとしない。

「きっと、あなたのドレスよ、エレナ」キャサリンは、ボンドストリートに新しく店を出したフランス人の仕立屋でレディ・ウェザビーが注文した、常識的とは言えない価格のドレスを思いだして言った。

それから戸口のほうを振り向いたら、そこにジョンがいた。少し疲れているように見えた。迎え入れてもらえるかどうか確信を持てない様子だったが、でも、緑色の瞳と黒い巻き毛の姿は、間違いなく本物の彼だった。表情豊かな口元が少しカーブして小さい笑みを浮かべていた。キャサリンは彼を見た瞬間に立ちあがった。でも、それ以上動けない。

「公爵さま！」レディ・ウェザビーが言い、滑るような身のこなしで立ちあがると、膝を折って入念なお辞儀をした。

そしてエアリアルが礼儀にかなったお辞儀をしないと見てとるや、息子のほうを振り向いて声を張りあげた。「エアリアル！」

エアリアルはジョンを眺め、いかにも貴族らしくわずかにうなずいて言った。

「エディントン」遊びに倦んだロンドンの放蕩者に対しては、たしかに自然で完璧な挨拶だったが、さすがに十歳の少年が発すればばかげて聞こえた。

「レディ・ウェザビー、サー・エアリアル」ジョンは両方にそれぞれ洗練されたお辞儀をして挨拶すると、初めてキャサリンのほうを向いた。「ミス・フォースターに話があってきた。ふたりだけで話をさせてもらえないだろうか？」

その言葉は、ふたりの最初の再会を思い出させた。まさにこの客間でのことだった。その時は彼と再会してとても驚き、それから、憎悪とときめきが入り混じった奇妙な感覚に襲われ、その後はその感覚を抱いたまま、ふたりで過ごす旅の最初の数日を過ごしたのだった。でも今、彼を見つめながら感じていたのは、切望と愛だけだった。

「こちらへ、エアリアル。すぐですよ！」レディ・ウェザビーが叫んだ。「キャサリンと公爵さまをふたりにしてあげなければ」

「お母さま」エアリアルが言う。彼がこの口調で話すのは、必ず面倒な発言をする時だ。「未婚のレディが付添役なしで未婚の男性と話をするのは不適切だよ」

キャサリンはこんな状況にもかかわらず、笑いだしそうになった。過日三人でボンドストリートに行った時、礼儀作法と社交界の慣習や形式が書かれた本を一冊、レディ・ウェザビーがエアリアルに買い与えたのだ。家に戻る道すがら、彼は多大な熱意をもってその本を数分間眺めたあげく、〝まったくのたわごと〟と脇に押しやった。それでも、明らかになにかは学んだらしい。

「すぐいらっしゃい」母が戸口から呼ぶと、エアリアルはぶつぶつとなにかつぶやいてからそちらに向かった。

「あの本が無意味だってことはわかっていたよ」彼が母に言うのが聞こえた。母は息子の腕を叩いてしかめ面をしてから、キャサリンのほうを向いてにっこりした。「なにか必要な時のために、近くにおりますからね」

キャサリンはうなずいた。「ありがとう、エレナ」

そしてエレナとエアリアルは去った。キャサリンはふたたびジョンとふたりだけになった。扉が閉まると、キャサリンは彼のほうに向き直った。二週間の不在によるひび割れがふたりのあいだでみしみし音を立てているように感じながら、絨毯の上にこわばった様子でただ立っている彼の緑色の瞳をじっと見つめる。

なにか言うことを考えようとした時、ふいに彼がふたりのあいだの空間を詰めて彼女を両腕に抱き、飢えたように唇を重ね、むさぼるようなキスをした。意識が遠のきそうなキスだったが、そうなってはいけないとわかっていた。もしも彼が求愛するためにここに来たのなら、拒絶しなければならない。

それでも彼のキスを迎えずにはいられなかった。抱き寄せられ、体が押しつけられると、キャサリンの頭からすべてが消え去った。これからするはずの会話のことも意識から追いだし、抱擁されている感覚にただ身を任せた。

しばらくすると、彼がキスをやめてキャサリンを見おろした。

「キャサリン」荒い息遣いの中で言う。「ぼくたちは話さなければならない」

キャサリンの胃がもんどりを打った。話し合いはしたくない。それはこれの終わり、ふたりの関係の終わりを意味するから。

「どうぞ、お坐りになって」キャサリンは手振りで肘掛け椅子を示したが、彼はそこに坐らず、キャサリンの手を取ってソファにいざなった。

ふたり並んで坐ったあとも、彼はキャサリンの手を離さなかった。

彼の目をのぞきこむと、そこには、どこから始めたらいいかわからないかのような狼狽の表情が浮かんでいた。彼に話させてはいけないとわかっていたが、一方で彼がなにを話さねばならないのかを聞きたいとも思った。まるでハッピーエンドがあるかのように聞こえたからだ。

「キャサリン、まずはもっとずっと前に言わねばならなかったことを言いたい。ぼくは自分のことしか考えず、しかも虚栄心が強すぎた。過去の出来事にとらわれるべきではなかった。そのせいできみにぼくの気持ちを伝えられなかった」

そう言いながら、キャサリンの顔に手を触れた。

「きみを愛している。これからもずっと愛し続ける。あのトレンバーレィ邸の庭での夜以来、子どもの時以来、ぼくはきみを、きみだけを愛してきた」

ふたりの目が合っても、キャサリンはなにも言わず、ただ彼の言葉が自分を通り過ぎていくに任せた。涙はこらえることができないとわかっていた。すでに顔を伝って流れ落ちていたからだ。今の言葉をどれほど聞きたかったことだろう。でも、それがなにも解決してくれない言葉であることもわかっていた。

「わたしもあなたを愛しているわ」キャサリンの声は苦悩に震えていた。「でも、だめなのよ、わたしは――」

「キャサリン、ぼくが一緒にいたいと思う人は、一緒にいる必要がある人はきみであり、きみにとってのそれはぼくだと信じている。ぼくたちは長いあいだ、過去が邪魔するのを放置してきた。もうそうするつもりはない。なによりもきみを愛しているんだ。過去と現在と未来を一緒にしたすべてよりもきみを愛している。きみが今なにを言おうと、もしもきみがぼくから離れるとしても、それは関係ない。ぼくのきみに対する愛はなにがあっても変わらない。きみが拒絶しようが受け入れようが、ぼくは死ぬまできみのものだ」

　彼のその言葉に息ができなくなった。セージ色の瞳を見つめると、ふいにその瞳がぼやけ、それでその目から涙があふれだして、彼の顔を伝っていることに気づいた。こんな言葉を言われたあとに、どうして拒絶することなどできるだろう？　でも、拒絶しないわけにはいかない。

「だめよ」なんとか言葉を押しだした。

　彼に真実を告げたかった。自分の望みだけを優先したかった。かがんで彼の膝に頭を載せ、真っ白なシャツの下に両手を差し入れて胸板に這わせたかった。でも、どんな願望に押し流されそうでも、ひとりぼっちで無防備で、この世に兄しかいないヘンリエッタのことを考えねばならない。自分にはレディ・ウェザビーとエアリアルがいる。

彼は少し黙った。それから言葉を継いだ。

「どうか、ただぼくの言うことを聞いてほしい。ぼくは信じがたい事実を知らされた。おそらくきみもそれを知っているとぼくは推測している。そうでなければ、言っても絶対に信じないような事柄だ」

キャサリンは自分の鼓動が向きを変えるのを感じた。はっとたじろいで彼を見あげる。そして彼の目を見た時、はっきりわかった。

彼は知っている。

「あ、あ、あなたは知っているの？」衝撃のあまり、言葉が詰まった。その情報が熱すぎて、心を焦がされるような気がした。彼がここに、キャサリンの目の前にいることと、彼が妹の生みの親がだれか知ったことのふたつが、どうして共存できるのか理解できない。

「きみはヘンリエッタのことを知っている。それは間違っていないかな？」

「あなたはヘンリエッタのことを知っているのね？」キャサリンは信じられない思いで彼の言葉を反復した。つかのま、ふたりは目を見開いて見つめ合った。その凝視の中で何年分、おそらくは何十年分ものやりとりが交わされ、キャサリンは、なぜ彼がここに来るのが遅れ、手紙も書かなかったかの理由を知り、そして彼がすばらしいことを成し遂げてきたに違いないと感じとった。

同じくらいすばやく、その情報が互いを行き来したのと同じくらい瞬時に、気づくと彼の両腕に抱かれ、口づけを交わしていた。激しいキスにほとんど息もできず、衝撃と空気の欠如のせいで気が遠くなりそうだったが、それでもかまわなかった。彼のそばにいて、彼を抱きしめ、彼のすべてを得る必要があった。彼女の熱望に同じくらい激しく返し、彼はキャサリンを膝に抱きあげた。ふたりのあいだの熱情が、もはやなにも考えられず、もはやどうすることもできない地点まで押しあげられるのを感じ、キャサリンが自分のすべてを投じようとした瞬間、彼が身を引いた。

「キャサリン」彼があえぎながら言う。「結婚してくれ」

キャサリンの返事はキスだった。

このやりとりのあいだ、どちらも詳細には長く時間を使わなかった。キャサリンの顔を見ただけで、ジョンは自分がヘンリエッタの出生について知っているという事実が、すべてを変えたとわかった。彼女にキスをして抱き寄せ、お互いに没頭する状況が数分続いた。そこでようやく、レディ・ウェザビーの客間で情熱に身を任せるわけにはいかないことを思いだした。彼女の耳が扉に押しつけられ、あらゆる音を解明しようとしている可能性がなきにしもあらずの時ならなおさらだ。

という次第で、ジョンは、父が書いた手紙によってヘンリエッタについて知らされたこと、その事実を妹に話したこと、そしてその妹がその知らせをどうにかうまく受け入れたことをキャサリンに伝えた。キャサリンのほうは、これほどの秘密を抱えたまま彼と結婚できないと思ってただ逃げだしたこと、もしも彼に真実を伝えたら、ジョンとヘンリエッタのあいだに亀裂を生じさせてしまうのを怖れたことを説明した。

それ以上詳細について話し合う前に、この客間にすでに四十五分もふたりだけでいることにキャサリンが気づいた。

レディ・ウェザビーに関して先ほど感じたキャサリンの直感は、すぐに正しかったことが証明された。居間に通じる扉を開けた時、エレナが危うく床に倒れそうになったからだ。


その夜、ジョンはレディ・ウェザビーとエアリアルと初めて正式に面談を持った。もちろんホルストンプレイスの小さな客間で以前に会ったことはあるし、もちろん、エアリアルとは手紙のやりとりをした。しかし今回、若き准男爵とその母親にもっときちんと会うことにより、彼らは今後もつきあいが続くような大事な友人同士になった。エアリアルはすぐにジョンを、年齢が上で、レディに言えないこともすべて相談できる兄のような存在と見なした。レディ・ウェザビーのほうは、ジョンを溺愛する様子を隠しもせず、むしろそうする許可を待っていたかのようだった。

数日のあいだに、キャサリンもヘンリエッタと再会し、また三人の〝有爵の放蕩者たち《ランク・レイクス》〟たちの街屋敷を訪問した。全員がキャサリンのまもなく行われる結婚式のために何度も乾杯してくれた。こうした興奮と結婚式の準備で慌ただしい中、ジョンとキャサリンはふたりだけで過ごす時間をほとんど取れなかった。

ついに結婚式の前夜となった晩、ホルストンプレイスの家の寝室にいたキャサリンは、窓に小石が当たる音をはっきり聞いた。キャサリンは窓を開け、下にジョンがいるのを見て笑いだした。

「玄関から入ってこられるのに」すでにかなり遅く、レディ・ウェザビーとエアリアルはとっくに寝てしまった時刻だったが、それでもキャサリンは下に向かって小声で叫んだ。

「そして、レディ・ウェザビーを呆れさせる？」ささやき声で叫び返す。「結婚式の前に公然ときみの貞節を汚したら、絶対に許してくれないと思う」

キャサリンは笑った。キャサリンの純潔はとっくに損なわれていると知りながら、レディ・ウェザビーはキャサリンとジョンに対し、結婚式までは別々に夜を過ごすことを要求した。

「あなたは上流社会において、重要なレディになるのですからね」レディ・ウェザビーは宣言した。「この結婚がつぎはぎだらけの契約だとみんなに思わせるわけにはいきません」

「でも、たしかにつぎはぎだらけだわ」キャサリンが言ったちょうどその時、エアリアルが部屋に入ってきて、〝つぎはぎだらけの契約〟とはつまりどういう意味か質問をし始めた。

レディ・ウェザビーが叫ぶ。「どういう意味でもありません！　あなたの足音は小さすぎて、いつ部屋に入ってきたのか全然わからないですよ、まったく」紳士が歩く時の適切な音について叱られ、エアリアルは戸惑った。母からはいつも、もっと静かに歩くようにと言われていたからだ。

かくして、レディ・ウェザビーの強い主張により（それは、これから一緒に住めなくなるキャサリンと、少しでも多く一緒にいたいという願いに基づいているものとキャサリンは疑っていたが)、キャサリンとジョンはふたりが望んでいるような形の再会を果たせていなかった。

格子伝いにのぼれることを発見したのち――この格子はありがたいことに、まだまったく草木に覆われていない壁にレディ・ウェザビーが新しく取りつけさせたものだった――、ジョンは無事に窓から部屋に入りこみ、キャサリンを両腕に抱きしめたのだった。体が押し当てられた感覚と、明日からは永遠に彼といられるという思いにかられ、キャサリンはさらに強く体を押しつけた。彼もまたさらに抱き寄せ、唇を彼女の喉元に這わせる。抱えられてキャサリンの足が今にも床から離れそうだ。

「キャサリン、きみに言わねばならないことがある」

彼の言葉にキャサリンの中の警報が鳴り、キャサリンは思わず彼から身を離した。不安が体じゅうに広がる。自分はふたたび、なんらかの事情によって彼を失うのだろうか？

彼がキャサリンにほほえみかけたが、それは少し説得力に欠けるほほえみだった。

「心配しなくていい。怖ろしい新情報があるわけではない。ただ、ヘンリエッタのことを知ったあとに、いったいなにが起こったのかをきみに伝える機会が一度もなかった。そしてぼくはそのことを、明日の前に話しておきたい。きみが多少なりとも警戒することがないように」

キャサリンはそう言われても納得できなかった。ふたりを引き裂く情報が新たに出てくることをいまだに怖れていたからだ。

「そうよね。自分の幸せばかり考えて、わたしがあまりに自分勝手だったから」

「それはぼくも同じだ」彼がまたキャサリンの手を取った。「しかし、そういう怖ろしい話ではない。ぼくがしたことをきみが怒らなければいいとは思っているが」

彼があまりに奇妙な表情を浮かべたので、キャサリンは笑わずにはいられなかった。

「どういう意味？」

「実は、きみも知っている通り、ぼくはヘンリエッタに母親のことを話した。それがわかってすぐに。これ以上妹に嘘をつくつもりはないし、何事も秘密にしておくべきではないと自分に言い聞かせた」

キャサリンはここ数日もヘンリエッタと会っていたが、ふたりだけになる機会はほとんどなかった。少女がいつもとまったく変わらないとは言えないまでも、快活にしている様子を見て、むしろ知らされた衝撃的な事実を頭の中で処理しきれていないのではないかとキャサリンは心配していた。

「でも、彼女はその事実をなんとか受け入れたと、あなたは言っていたでしょう？」

「いかにもヘンリエッタらしい納得の仕方だった」ジョンは小さくほほえんだ。「もちろん驚いていたが、それで疑問が解けたとも言った。父の娘ではないかもしれないといつも聞かされていたが、むしろ母とのつながりを感じられずに悩んでいたそうだ。母が亡くなっているせいと思っていたらしい」

「気の毒なヘンリエッタ」キャサリンは、彼女と最初に会った時、もうすぐ義理の妹になるこの少女が、親に関する噂を憂えてキャサリンの前で涙したことを思った。

彼がなにか打ち明けてくれると言っていたことを思いだし、キャサリンは言った。「でも、そのことは全部知っていたわ」

「そうだ」彼は言った。「しかし、ぼくがきみに言えていなかったのはこういうことだ。ヘンリエッタと話したあと、ぼくはもっとやるべきことがあるとわかっていた。メアリー・フォースターが彼女の母親で、ぼくたちが最後に会った時は……それはきみも一部始終を見たわけだ。あれは部分的にはぼくたち自身の計画のせいでもあった」

キャサリンは凍ったつららに心臓を突き刺されたような気がした。

「まさか、嘘でしょう。あそこに戻ったの？」

彼の口の左端が小さくあがるのを見て、キャサリンは恐怖におののいた。「そうだ」

「そんな、ジョン！」キャサリンは両手を口に当てた。「そんなことできないわ」

返事の代わりに彼はうなずいた。

「でも、叔母はわたしたちのだれとも関わりを持ちたくなかったのよ。わたしとも。ヘンリエッタとも。自分でわたしにそう言ったわ」

「またやってきたぼくにも、彼女はまったく同じことを言ったよ。そして、請け合ってもいいが、彼女の挨拶は温かいとは到底言えないものだった」

キャサリンは両手を彼の手に重ねた。「あなたが試みてくれたという事実は――」感情が高まってそれ以上言葉が出なかった。彼が妹のために、叔母のところに戻ったという事実に、キャサリンの心臓は真ふたつに張り裂けそうだった。

「まったく問題ない」彼が緑色の瞳でじっとキャサリンを見つめる。「きみはきっと驚くだろうな」

なんのことかわからず、問いかけのまなざしを返すことしかできない。

「実を言えば、ぼくは自分史上一番と言えるほど魅力的に振る舞った。それでも、彼女はしばらくぼくを罵倒していたよ。だが、彼女の姪と結婚するつもりであること、そしてぼくの妹が彼女の娘であると知ったとはっきり言った。それに、彼女を自分の妹から遠ざけておきたいとは望んでいないこと、できればヘンリエッタに実の母親のことを知らせたいことを伝えた」

キャサリンは頭を振った。これからは妹に正直に話すと彼は誓った。だとしても、実の母から徹底的に拒絶される事実をヘンリエッタに告げないでくれたらよかったのにと思う。

「ヘンリエッタとわたしの両方のためにしてくれた努力には感謝しているわ」彼を見あげると、彼は奇妙なほほえみを浮かべていた。

「ぼくたちがきみの叔母さんを訪ねた時、彼女がきみに手厳しかったことは知っている。だが、それは自分を守ろうとしていたのではないかとぼくは思った。あるいは、この特定の爵位を受け継いだ者に対する彼女の感情を、ぼくたちが過小評価していたのかもしれない。彼女はなんとも思わないと、真逆のことを主張していたが」

キャサリンはふいに小さな希望が湧くのを感じた。「どういう意味?」

「ぼくが非常に謙虚な態度で接したので」彼は言った。「これはつまり、文字通り謙虚な態度だったという意味だ。じっさい懇願したと言ってもいい。それで彼女の気持ちが変化した。彼女はヘンリエッタのことを知りたいと言った。それから、きみにあれほど厳しい言い方をしなければよかったとも言っていた」

驚きの衝撃が全身を走り、最高の幸せが訪れる最初のきざしと混じり合った。

「よくわからないのだけど」また彼の手を取る。「どうやってあなたは……? なぜ叔母は……?」

「はっきりわからない。おそらく、きみに会ったことと、ぼくの父の手紙と、ぼくの極端にひれ伏した態度の組み合わせによるものだろう。最初は、ぼくが彼女を憎んでいると感じたせいで、ぼくの存在は彼女を傷つけるだけだと思いこんだのかもしれない。その昔に起こったことについて、ぼくが彼女を責めるつもりがないことをはっきりさせると、明らかに態度を和らげた。

「叔母はヘンリエッタのことを知りたいと思うわ」叔母と交わしたやりとりを思いだしてキャサリンはそっと言った。近くに留まっているのはなぜかと訊ねたキャサリンの質問を叔母はさらりとかわした。自分が知らない娘でも愛していたからだ。

「それに、彼女はきみのことも知りたいのだとぼくは思う」ジョンが言い、キャサリンの顔をじっと見つめた。「それができない理由はないだろう?」

彼はかがんでキャサリンに深いキスをし、彼女の全身を熱く火照らせた。だが、そこでもう一度身を引いた。

「実は、こうして長々と説明したのは、きみの叔母さんが明日、ぼくたちの結婚式に来るだろうと信じる理由があるからなんだ」

キャサリンは満面の笑みのせいで顔が壊れてしまうのではないかと思った。なんと彼は、欠けていた最後のひとつを、キャサリンの幸せが完全と断言できなかったただひとつの要因を補ってくれたのだ。

キャサリンがジョンにキスをすると、彼は両腕で彼女を包みこんだ。

今回は窓の向こうで夜が白むまでずっと一緒にいた。そして夜が明けて、いよいよ自分たちの結婚式に臨む日が訪れた。

エピローグ

四カ月後

明日、キャサリンとジョンは英国の北部に向けて旅立つことになっている。そこには、キャサリンがどうしても見たい遺跡がいくつかある。それらは、キャサリンが執筆している本を完成させるために訪れる必要がある最後の遺跡だった。結婚してからキャサリンは、エディントンホールの書斎とメイフェアの街屋敷の書斎の両方を占領してジョンをおもしろがらせた。彼はどちらの部屋もとくに気に入っているわけではなく、「なぜだがまったくわからない」とにやにやしながらいつも言っていた。彼は図書室の長椅子で、スコッチのグラスを片手に自分の仕事を片づけるほうが好きらしい。それにもかかわらず、ふたつの書斎でキャサリンが仕事をしているところにたまたま居合わせては、彼が呼ぶところの〝性的な芸術〟をさまざまに駆使して、彼女の気を散らせようと試みるのを楽しんでいた。

とはいえ、ふたりのベッドから便利な距離にある遺跡をすべて調査し終えた今、この研究を終えるためには旅をする必要があった。

二週間前に、またひとつ事態を複雑にする事実が判明した。旅に関して詳細まで全部計画し終えた直後、キャサリンは七カ月後に、エディントン公爵家の家系図の木に新しい枝が芽吹くもしれないという疑念を抱いたのだった。その知らせに、キャサリンもジョンも有頂天になったが、一方でキャサリンは道中につわりのせいで具合が悪くなることを心配し、旅を延期すべきかどうか迷った。

だが、ジョンは計画通り旅をすると断言した。実際、その朝に彼はロンドンに発注していた新しい馬車をキャサリンに披露したのだった。移動のあいだも、必要とあればキャサリンが横になれるしつらえになっている。

「もちろん」と彼は言った。「ほかの目的に使うこともできる」

そして例によって、彼の目に浮かんだみだらなきらめきがキャサリンの下腹部に欲望を溜まらせたのだった。

ふたりの結婚式はキャサリンが予想していたよりもはるかに大がかりなものになった。ジョンが社交界の全員を招待すると言い張り、キャサリンが思っていたよりもはるかに多くの人々がその招待を受けたからだ。そして、ふたりの結婚から数カ月のうちに、貴族階級のあいだでは、ふたりが結ばれたことで、以前の醜聞が再燃するどころか完全に消滅したと見なされていると判明した。あたかも彼らの祖先によってなされた悪をふたりが正したかのようだった。ふたりの結婚は憤慨されるべきことではなく、むしろヘンリエッタの将来の道をなめらかにする万能薬であるように思われているこの状況に、キャサリンもジョンもとても感謝していた。実際、ヘンリエッタは現在ロンドンにいて、初めての社交シーズンを楽しんでいる。付添役はだれかといえば、ほかでもない、レディ・ウェザビーとレディ・トリリングである。

ヘンリエッタは社交シーズンが始まる前、かなり緊張していた。キャサリンに打ち明けたように、社交界の催しでフォーク男爵と出会うことを怖れていたのだった。しかし、ヘンリエッタがロンドンに向けて出発してほどなく、フォーク男爵が大陸に逃げだしたという知らせを受けとった。破産寸前であることと、女性に対して卑劣な行いをしたことが社交界新聞によって暴露されたのだ。しかも聞いたところによれば、大陸へ出発する前にロンドンの路地裏でひどく殴られたせいで、ドーバーでは、足を引きずって船に乗りこんだらしい。さらに驚くことに、フォークをめぐるこの一連の事件に関し、ジョンはいっさい関与していなかった。多くの人々から金を借り、さらに多くを敵にまわしていたせいで、フォークは多くの人間から襲撃される可能性があったのだろうとジョンとキャサリンは結論づけた。

上流社会に受け入れられることで、満足できる要素も有益な面も多々あった一方で、キャサリンはこれまでずっと、彼らの意見を気にかけないようにしてきたから、すぐにその習慣を直すことは難しかった。結婚式の時もしかりで、人々の話は気にしないために、キャサリンは自分の友人たちに焦点を合わせた。もちろん、教会の通路を一緒に歩いてくれたのはエアリアルだ。そして、その時にはすでに〝有爵の放蕩者たち《ランク・レイクス》〟を兄たちのように慕っていたから、ジョンに向かって歩いていく途中も、トレンバーレィ子爵とモンテーニュ伯爵とリース侯爵ににこやかにほほえみかけた。旧姓プリンティである旧友のマリッサ・デヴローが、ふたりの小さな子どもたちとリネンの商売をしているハンサムな夫と並んで、祭壇に向かうキャサリンに満面の笑みを向けているのを見た時もとても嬉しかった。ブレミンスター家の御者マーセルとウェザビー家の家政婦メリンダには、こちらからほほえみかけるのは控えた。ふたり並んで会衆席に立っていたが、明らかに求愛を開始したばかりのようだったからだ。

ミセス・モリソンとレディ・トリリングを見た時には、危うく泣きだしそうだった。ミセス・モリソンはとても静かに涙していたが、レディ・トリリングの泣き声はずいぶん大きく響いていた。レディ・ウェザビーに関しては、できるだけ長く涙をこらえていたことは間違いない。可能だろうとキャサリンが踏んでいたよりもずっと長くこらえたあげく、誓約の時にようやく嬉し涙を流したのだった。

式を終えて教会の入り口に向けて歩いている時、キャサリンは教会の一番後ろで、優しい茶色い目をしたとても立派な様子の男性と並んで立つメアリー叔母に気づいた。ふたりの目が合う。叔母のメアリーの目に涙が浮かんでいるのがわかった。その瞬間、キャサリンは、叔母の行動のせいで自分が耐え忍んできたすべての苦難を許したのだった。

そして出発の前夜となり、キャサリンとジョンはふたりが子どもの時にお互いをそっと見ていたリンゴ果樹園の中を一緒に散策していた。いつもよくするように、フォースターハウスに続く小道を歩く。昔の我が家を眺めても、かつてのような胸の痛みは感じなくなった。今は自身が幸せであるゆえに、昔の屋敷をただ美しい光景として見ることができた。

歩きながら、ジョンは彼女の本に関し、今どのあたりを執筆しているか、そしてこの旅で書き終えることができると思うかどうか訊ねた。できると思うとキャサリンは答えた。数章分を新たに追加すれば、ロンドンの出版社に渡すことができる。出版社という部分に関しては、エディントン公爵夫人ならばもっと簡単に解決できる現実をキャサリンは痛いほど知っていた。夫にせがんでもみたが、彼は決して首を縦に振らなかった。そうしたやり方をすれば本当の成功とは言えず、その責任を負いたくないという理由だった。キャサリンは最終的な研究成果をこれまで通り筆名で出版することになるだろう。とはいえ、著述業に携わっていることは、出版界ではともかく上流社会では広く知られていた。夫が大げさに自慢してまわっていたからだ。

「少なくとも」とキャサリンは片手を腹部に当てながら言った。「もうひとつの課題が完了する前には終わらせなければ。こちらは締め切り期限がはっきり決まっているから」

この隠喩に彼は顔を赤らめ――これは〝有爵の放蕩者《ランク・レイクス》〟の一員としてはとても珍しい眺めだとキャサリンは思った――、キャサリンを引き寄せてキスをした。

それから、唇を離し、じっとキャサリンを見つめた。「実はきみにサプライズがある」

「また別の？　横になれる馬車で使い果たして、少なくとも今後一カ月は、サプライズはないと思っていたのに」

ふたりは丘の頂上に着いたところだった。そこからフォースターハウスを眺めることができる。

「あの馬車は大したことではない。愛する女性のために、できることはなんでもしたいだけだ」

キャサリンはほほえんだ。彼が愛してくれていることはわかっているが、言葉で言われると今でもはっとして、体にぞくぞくした感覚が走る。破滅してもいいと思うほどに望んだただひとりの男性と結婚できた幸運を、いまだに信じられない。しかも破滅することなくその男性を得たことは、実際すごいことだ。

彼がポケットから折りたたんだ小さな紙を取りだして、キャサリンに手渡した。

「もしもわたしの本のために出版社を確保してくれたのなら」キャサリンは笑いながら言った。「とても怒っちゃうわ。まだ書き終えていないのですもの。わたしがあなたの公爵夫人だからといって、わたしのために不正な手段を用いてはいけないわ」

「それとは全然違う。誓うよ。開いてごらん」

キャサリンはたたまれた紙を開いたが、最初はその立派な文字で書かれた文書が判読できなかった。

「証書だ」キャサリンがなにも言わないと彼が言った。「フォースターハウスの」

「ジョン」彼を見あげた瞬間、自分の顔からさっと血の気が失せたのがわかった。

「きみのために買った。きみが不快に思わなければいいのだが。きみのためにフォースターハウスを買ったんだ」最初の言葉をキャサリンが聞いていなかったかのように、彼は同じことを繰り返した。

そして、顔を深紅色に赤らめ、手を振って家のほうを示した。

「きみのものだ」

顔に涙が伝うのを感じて、ようやくキャサリンは自分が泣いていることに気づいた。言葉が出なかったので、彼の腕の中に飛びこんで気が遠くなるほどキスをした。

話す力が戻ってきたのは、ずいぶん経ってからだった。「信じられない――あなたがあそこを買ったなんて信じられない」

「所有者を見つけられたのでね」彼はそう言って、両腕をキャサリンにまわした。「だから、断れないようないい条件を提示した。今のところ、借家人たちはそのままになっている。暮らすために屋敷ふたつはいらないからね。だが、家族がすでに増え始めているのだから、いつかは役に立つ時が来ると思ったんだ。とにかくきみが所有するべき屋敷だ。ぼくはきみに所有してほしい。きみが好きなようにできるものとして。ぼくと同様に」

キャサリンはまた彼にキスをした。今度は燃えるような、それでいて甘く官能的でふしだらなキスだった。

自分のこの人生に、こんなすばらしいことを彼女のためにしてくれる人がいることが信じられない。もちろん、最初に彼が愛を告げてくれた時もそう思えたけれど。でも、驚くことではないのかもしれない。なんといっても彼はジョン・ブレミンスターなのだから。

彼女の元仇敵。

彼女の恋人。

彼女の夫。

彼女の公爵。
彼女の幸せはかくもたくさんの名前を持っている。

訳者あとがき

家同士の確執ゆえに決して結ばれない運命のふたり。ロミオとジュリエットは死をもってしかふたりの愛を成就できませんでした。この物語のヒーローと、ヒロインも、王政復古の時代にまで遡る両家の確執に加えて、ヒーローの父とヒロインの叔母による醜聞があり、誤解、それぞれのトラウマ、隠された真実などさまざまな要因でがんじがらめとなって、結ばれることなどあり得ない状況にいます。その現実を変え、最後にハッピーエンドをもたらしたものは――？　ふたりはいかに愛を成就させたでしょうか。お楽しみいただければ幸いです。

ブレミンスター家とフォースター家は地所が隣接したふたつの名家。ブレミンスター家はエディントン公爵位とフォースター侯爵位を有しており、それは、もともとフォースター家のものだった侯爵位を、その昔、王政復古で王位についたチャールズ二世が、自分に反旗を翻したフォースター家から取りあげ、見せしめとして、フォースター家の隣人であるブレミンスター家に与えたためでした。そのせいで隣人同士は、ただのフォースター家とフォースター侯爵であるブレミンスター家となり、それゆえにフォースター家は代々ブレミンスター家を敵対視していたわけです。

そのうえ、ヒロインであるキャサリンの叔母メアリー・フォースターと、ヒーローであるジョンの父の不祥事が原因となってフォースター家は破滅に追いやられ、キャサリンは父の友人だったウェザビー家に引きとられて育ちました。その後、ウェザビー家も没落し、残されたレディ・ウェザビーと幼い息子と暮らしながら、二十八歳になったキャサリンは貧しい生活を余儀なくされています。

そこにフォースター侯爵であり、父が亡くなってエディントン公爵位を継いだばかりのジョンが現れ、キャサリンにある依頼をします。かつて一度の出会いから惹かれ合いながらも、互いを敵対視しているふたりは、ある目的のために行動をともにするようになり……。

叔母に似ていると言われ、その叔母の醜聞という自分の咎ではない理由により社交界でつまはじきにされたトラウマを持つキャサリン。一方のジョンも、その醜聞によってある秘めたトラウマを抱えています。そのせいで惹かれ合い、近づきながらも、そのたびに互いに突き放さずにはいられないふたり。いったいどうなってしまうのでしょう？

一貫して描かれているのは、家族とはなにか、真の愛とはなにかということ。そこにはあまりにつらい事実、隠さずにはいられなかった事実があり、でも、少しずつそれらを明らかにし、ひとつずつ乗り越えることで、最後にはみんなが幸せになる、本書はそんな物語です。

キャサリンは遺跡や史跡、景勝地に関して執筆することで生計を立てています。本書の中でも、ジョンの親友トレンバーレィの地所にある遺跡や、イギリス南部の景勝地で、世界遺産にもなっている〝ダードルドア〟（海の中にアーチ型の岩が形成されている）などが美しく描かれ、そこでキャサリンが語る伝説がジョンに影響を与える重要な要素にもなっています。

親友といえば、ジョンの仲間、〝有爵の放蕩者たち《ランク・レイクス》〟三人のそれぞれ個性的な人となりも本書の大きな魅力のひとつです。結婚は墓場と信じている放蕩者たち三人モンテーニュ伯爵、トレンバーレイ子爵、リース侯爵がそれぞれどんな愛を見つけていくのか、それも楽しみですね。さらには、ジョンの妹ヘンリエッタと、レディ・ウェザビーの息子サー・エアリアルの繊細ながらも快活で楽しい魅力的な姿が生き生きと描かれ、このふたりが成長した暁には、また別な愛の物語が紡がれるのではないかと期待してしまうほどです。

本書の著者リディア・ロイドは一九世紀の英国文学の博士号を持っており、放蕩者のヒーローと複雑な背景を持つヒロインの熱いロマンスを描くことに情熱を傾けるほか、教師であり、学者でもあります。小品を除けば、本書が処女作であり、本シリーズの第二作〝*WHEN THE VISCOUNT WANTED ME*〟、第三作〝*WHEN THE EARL DESIRED ME*〟はすでに出版され、第四作〝*WHEN THE MARQUESS NEEDED ME*〟も二〇二五年五月に刊行の予定です。こちらもまた皆さまにご紹介できることを願いつつ。

二〇二五年一月　旦　紀子

運命の恋は偽りの夜の庭で

2025年2月17日　初版第一刷発行

著 ……………………………… リディア・ロイド
訳 ………………………………………… 旦紀子
カバーデザイン …………………… 小関加奈子
編集協力 …………………… アトリエ・ロマンス

発行所 ………………………… 株式会社竹書房
〒102-0075 東京都千代田区三番町8-1
三番町東急ビル6F
email : info@takeshobo.co.jp
https://www.takeshobo.co.jp
印刷・製本 ……………… 中央精版印刷株式会社
